KB174532

# 짱아오

## 藏獒

Published by arrangement with People's Literature Publishing House Co., Ltd. China.
This book has been supported by 中国国家新闻出版广电总局
through "China Classics International Project".

经典中国国际出版工程
China Classics International

# 짱아오

## 藏獒

**2**

양쯔진 장편소설 ― 이성희 옮김

황소자리

**차례**

# 7장

# 너는 음혈왕
# 당샹나찰이다

# 17

샹아마의 아이들은 밀령동에서 도망쳐나온 후 얼마 지나지 않아 한 사람과 맞닥뜨렸다. 그는 줄곧 아이들을 미행해온 듯했다.

아이들은 눈 덮인 골짜기를 지나고 산봉우리를 넘어 쉬지 않고 달려오느라 온몸이 땀에 흠뻑 젖은 채 눈밭에 지쳐 쓰러졌다. 숨도 제대로 못 쉬며 헐떡이고 있는 그때, 눈 쌓인 언덕 뒤편에서 그 사람이 불쑥 튀어나왔다.

그는 얼굴에 정직한 미소를 띠고 부드러운 목소리로 물었다. "불쌍한 아이들아, 어디로 가는 길이니?"

아이들은 대답 대신 놀란 토끼눈으로 그를 쳐다보기만 했다. 가슴에는 묘장주의 거울을 걸고, 머리에는 나찰여신의 호박 구슬을 묶고, 허리에는 해골바가지 귀신 형상을 한 두름 둘러멘 그 남자는 분명 보통 사람이 아니었다.

얼굴에 칼자국이 있는 아이가 큰 소리로 대뜸 물었다. "누구세요? 여기 뭘 하려고 온 거죠?"

그는 대답했다. "내 이름은 다츠達赤라고 한다. 설산의 아들이자 바른 길을 알려주는 밝은 등불이지. 그래서 항상 길 잃은 사람들에게 나타나 어디가 바른 길인지 알려준단다."

칼자국은 그를 위아래로 재어보며 말했다. "바른 길을 알려주는 밝은 등불? 그럼 우리한테도 바른 길을 알려줄 수 있어요?"

다츠는 허리춤에서 해골바가지 하나를 꺼내들고 말했다. "나한 테 있는 신통력을 확인해보면 내가 바른 길을 가르쳐줄 수 있는지 없는지도 알게 될 걸."

그는 말이 끝나기 무섭게 가지런히 모은 두 손 사이에 해골바가지를 넣고 주문을 외기 시작했다. "왔구나 왔어! 대곡여신大哭女神이 왔구나! 복명마두伏命魔頭가 왔구나! 일격도부一擊屠夫도 오고 금안폭구金眼暴狗도 왔구나! 신령들이 다 왔으니 변하는구나! 해골이 보석으로 변하는구나!"

그리고 그가 두 손을 펼치니 그 안에 있던 해골이 정말로 터키석 재질의 양으로 변해 있었다. 샹아마의 아이들은 너무 놀라서 꿀먹은 벙어리처럼 서로 얼굴만 쳐다보았다. 다츠는 계속해서 신통술을 부렸다. 터키석 양은 곧 흑마노의 원숭이로, 방해석의 개로, 쇠구슬 모양의 귀신으로 차례차례 변하더니 마침내 다시 해골바가지로 돌아왔다. 아이들은 그의 눈동자가 어둠속에서 갑자기 번쩍번쩍 빛을 발하는 것을 보았다. 이런 마술은 난생 처음이었기에 기적이 일어난 줄로만 알았다.

이제는 다츠가 하는 말은 팥으로 콩을 쑨대도 믿을 판이었다. "뭐? 너희는 천국의 과일이 어디든 가득 자라는 하이셩 대설산, 깡진춰지를 찾아온 거라고? 그럼 내가 알려주마. 너희들 정말 행운 아구나. 나를 만난 건 깡진춰지를 찾은 거나 마찬가지거든. 너희들 당상 대설산鬃項大雪山을 알고 있니?"

칼자국은 큰 이마를 쳐다봤다. 큰 이마가 대답했다. "알아요."

다츠가 웃었다. "알면 됐다. 당상 대설산에는 얼음창고들이 아주 많이 있는데, 그 얼음창고들은 실은 전부 다 깡진춰지로 가는 출입구거든. 이건 나만 알고 있는 비밀이야."

다츠는 말이 끝나기도 전에 다시 한 번 마술을 선보였다. 아이들은 또다시 경이에 가득 찬 얼굴로 구경을 마친 후 곧 말했다. "그럼 가요. 우리는 아저씨를 따라 갈래요."

하지만 떠나려던 칼자국은 금방 고개를 흔들었다. 아이들도 모두 고개를 흔들었다. "우린 깡르썬거랑 같이 갈 거예요."

다츠는 흰자위를 번득이며 하늘을 뚫어져라 쳐다보더니 말했다. "깡르썬거? 깡르썬거는 또 어떤 놈이냐? 말하지 마라. 내가 맞춰볼 테니. 그놈은 사자도 아니고, 야크도 아니고, 말도 아니고, 양도 아니고, 물론 사람도 아니로구나. 알았다. 그놈은 아주아주 큰 짱아오구나. 황금색 짱아오. 어때? 내 말이 맞지?"

아이들은 신기해하며 맞장구쳤다. "맞아요! 맞아요!"

다츠는 신이 나서 계속했다. "그럼 어디, 내가 대곡여신하고, 복명마두, 일격도부, 금안폭구 신령께 물어봐야겠다. 내 몸에 붙어 있는 이 신령들이 알려줄 게다. 깡르썬거는 너희들이랑 같이 갈 건지, 아니면 너희들 발자국을 따라서 혼자 올지 말이다. 잘 봐라. 내 손 안에 아무것도 없지? 내가 두 손바닥을 모았다가 펼쳐 보일 테니 손바닥 사이를 잘 살펴봐라. 만일 그 안에 있는 게 까마귀 머리 남신이거든 깡르썬거랑 같이 가는 게 길한 것이고, 짱아오 머리 여신이거든 깡르썬거 혼자 찾아오는 게 길한 거다."

그가 두 손바닥을 모았다가 눈 깜짝할 새에 떼었다. 샹아마의 일곱 아이들은 목을 길게 늘이고 그의 손바닥 사이에 나타나는 청동신상을 바라보았다. 짱아오 머리를 한 여신이었다.

아이들은 멍해졌다. '그렇다면 깡르썬거는 혼자 올 수밖에 없다는 말이네. 그게 하늘의 뜻이야. 누구도 거역할 수 없는 뜻.'

샹아마 아이들은 다츠를 따라 앙라 설산보다 훨씬 더 큰 당샹 대설산으로 향했다.


다츠는 시제구 초원의 송귀인送鬼人이었다. 송귀인은 대대손손 내려오는 천직이었다. 티베트력으로 정월 보름이면 시제구사는 매년 축귀逐鬼 법회를 거행한다. 라마승들은 모두 말을 타고 사나운 주문을 외며 시제구 초원의 곳곳을 질주하고, 곳곳의 해로운 귀신들을 쫓아내 시제구사 가장 높은 곳에 위치한 찰창명왕전 뒤편 언덕의 장옌모우 동굴로 몰아넣는다. 그때 주지 활불의 인도로 열네 개의 황동 뿔피리와 열네 개의 야뿌요무 북이 연주된다. 또 '근용일격취능살사요마경僅用一擊就能殺死妖魔經(단 일격에 요괴와 마귀를 처치할 수 있는 불경이란 뜻)' 및 명성이 자자한 각종 밀종 본존의 법호를 외운다. 철봉라마는 무시무시한 얼굴에 무시무시한 목소리로 호령하며 귀신을 한 마리씩 검은 역병疫病 보따리와 붉은 사망 보따리, 하얀 재앙 보따리에 가둔다. 그러면 송귀인은 이 보따리 세

개를 메고 당샹 대설산에 가서 산신에게 처리를 부탁하는 것이다. 산신은 귀신들을 매장시키거나 불에 태우는데 어떤 때는 찢어 가루를 내기도 한다.

당샹 대설산은 요괴와 마귀의 사형장으로, 신비롭고 성스러운 설산인 동시에 무시무시한 산골짜기이기도 했다.

송귀인 다츠는 매년 귀신이 든 보따리를 메고 초원을 가로질러 설산까지 배달해야 했다. 당연히 온몸은 귀기로 뒤범벅이 되었다. 그의 머리카락 한 올 한 올까지 질병과 사망, 재앙의 상징으로 여겨졌다.

사람들은 그에게 다가오지 못한 채 소름끼치는 공포 속에 숨어 버렸다. 그러면서도 그의 요구에는 최선을 다해 응했다. 다츠는 구걸로 살았는데 두령이든 라마승이든 아니면 유목민이든, 그가 손만 내밀면 가장 좋은 음식을 주었다. 사람을 해치는 악귀들이 자기에게 달라붙지 않도록, 그가 빨리 떠나주길 바라면서.

하지만 사실 그는 구걸을 거의 하지 않았다. 그에게서 뿜어져 나오는 자욱한 사기邪氣와 귀기를 몰아내기 위해 두령들이 매년 그에게 막대한 재산을 하사했기 때문이다. 그가 소유한 소떼와 양떼만 해도 여러 무리로, 혼자 먹고사는 데는 아무 문제가 없었다.

그는 먹을 걱정, 입을 걱정은 안 해도 되었다. 다만 어떤 여인도 자신을 좋아하지 않는 것이 일생의 고민이었다. 그래서 성격이 음울한데다 전 남편들의 복수에만 혈안이 된 한 여인이 다가왔을 때 기쁘고 떨리는 마음으로 받아들였다. 그는 감격한 나머지 이 여인 앞에서 팔수흥신인 반다라무, 대흑천신, 백범천신과 염라적의 이름을 걸고 경건하기 그지없는 맹세를 했다. '만일 여인의 전 남편들을 위해 복수하지 못한다면 이생 이후, 억겁의 윤회 속에서 아귀, 역귀, 병앙귀로 환생할 것이며, 스퉈린주의 무자비한 학대를 받으며, 화형과 빙형의 고통 중에서 살아가겠노라.'

여인은 그와 함께한 지 이태 만에 세상을 떠났지만 그때 그의 맹세만은 죽지 않았다. 이 불사의 맹세를 지키기 위해, 그는 시제구를 떠나 당샹 대설산의 샨루 들판으로 거처를 옮겼다.

맹세자의 새로운 생활은 이렇게 시작되었다. 그는 유목민의 수백 마리 짱아오들 중에서 찾고 찾은 끝에 생후 2개월 된 순종 히말라야산 당샹 짱아오를 찾아냈다. 그리고 오만하고 사나운 신들의 주신, 분노의 왕 이름을 붙여주었다. 피에 굶주린 신령의 대왕 당샹나찰. 개의 온몸은 칠흑같이 검은색으로 반질거리고, 네 다리는 활활 불타는 횃불 네 개 같았다. 가슴의 털 역시 타오르는 붉은색으로, 들끓는 격정과 분노를 상징했다.

그러나 사실 그때 그 개는 분노라고는 전혀 모르는 강아지였다. 티베트력 정월 초하루. 송귀인 다츠에게 갈기채를 잡힌 채로 주인과 이별할 때, 그는 세상에 태어나 처음 느껴보는 고통에 그저 '헥헥'거리는 가쁜 숨소리로 당혹감을 표시해야 했다. '이게 도대체 무슨 일이지? 세상에는 이런 고통도 다 있구나.'

송귀인 다츠는 갈기채를 쥔 손을 풀지 않았다. 게다가 이리저리 흔들기까지 했다. 점점 더 아파왔다. 그는 더 큰 소리로 '헥헥'거리며 이 사람이 자기를 품에 안아주든 전 주인에게 돌려주기만을 고대했다. 하지만 주인은 악귀가 몸에 붙을까봐 무서웠는지 자기 개를 다츠에게 줘버린 사실은 일찌감치 잊어버렸다.

주인은 다츠에게 말했었다. "왜 날마다 우리 천막집 근처에 와서 기웃거리는 거야? 갖고 싶은 게 있으면 빨리 가져가! 이렇게 빌테니까 제발 우리 집 근처에는 다시 오지 말라고."

말이 끝나기도 전에 송귀인 다츠는 한 손으로 이 강아지를 덥석 집어올렸다. 그때 그는 주인 곁에서 놀고 있었다. 커다란 몸집에 두터운 털을 가진 당샹 쌍아오인 엄마와 아빠는 방목을 하러 가고 없었다. 그래서 주인과 놀 수밖에 없었던 것이다.

송귀인 다츠와 함께 낯선 집으로 왔다. 그곳은 창문도 없고 출입구만 있는 돌집이었다. 문을 닫으면 온 집안은 캄캄한 어둠에 휩싸였다. 쑤여우등에 불을 붙이고 나서야 사면의 벽이 보였다. 벽은 귀신 그림으로 가득했다. 귀신들은 모두 나뭇가지처럼 빼빼 마른 손가락에 붙잡혀 있었다. 그 손은 대곡여신의 손이며, 복명마두의 손, 일격도부의 손, 금안폭구의 손이었다. 그 손가락들이 그림 속의 귀신들을 꽉 붙잡고 있었기 때문에, 귀신의 얼굴은 더 잔인하고 무섭게 보였다.

너무 무서워 비명 소리가 절로 나왔다. 돌벽 한구석에 온몸을 웅크린 채 한동안 눈도 뜨지 못했다. 눈을 뜨고 나니 쑤여우등은 이미 꺼져 있었다. 다츠는 집을 나갔고 나무문은 굳게 잠겨 있었다. 바깥의 햇빛이 들어오는 곳이라고는 가느다란 문틈밖에 없었다.

밖으로 나가고 싶었다. 주인의 집으로 돌아가고 싶었다. 그러나 공기가 아닌 이상 문틈으로 빠져나갈 수는 없었다. 아는 방법을 총동원해보았지만 결국 부질없이 스러지는 햇빛만 지켜봐야 했다. 기진맥진한데다 배에서는 꼬르륵거리는 소리가 들렸다. 땅에 가만히 누워 휴식을 취한 뒤 먹을 것을 찾아 사방을 헤맸다.

아무것도 찾을 수 없었다. 참파도 없었고, 소 폐도 없었고, 고기탕도 없었다. 젖을 뗀 후 주인한테 받아먹던 먹이들은 하나도 찾을 수 없었다. 있는 것이라곤 무시무시한 정적뿐이었다. 그는 정적 속에서 부들부들 떨었다. 그러다 잠이 들었다. 꿈속에서도 먹을 것을 찾아헤맸다. 마침내 찾았다! 하지만 눈을 떠보면 아무것도 없었다. 코를 킁킁거리며 냄새를 맡아보았다.

방 안에는 고기 냄새가 가득했다. 급히 고개를 들어 어둠속을 응시했다. 어둠을 꿰뚫는 눈빛은 벽에 매달린 고기를 볼 수 있었다. 벽 가득히 말린 고기가 줄지어 있었다. 얼음물도 보였다. 얼음물이 불룩한 양의 내장 속에 담겨져 있다는 사실은 냄새만으로도 알 수 있었다. 기뻐서 짖으며 고기를 향해 뛰어들었다. 하지만 닿지 않았다. 수없이 뛰었지만 끝내 닿지 않았다.

개는 "컹컹컹" 짖기 시작했다. 엄마와 주인이 자기의 목소리를 듣고 문을 열어주기만을 기다렸다. 그러나 아무도 나타나지 않았다. 그렇게 다음날 동이 틀 때까지 짖어댔다. 하지만 누구 하나, 개 한 마리 나타나 문을 두드려주지 않았다. 절망스러웠다. 머리로 문짝을 들이받았지만 고통만 찾아왔다. '아, 아파!' 참을 수 없는 고통에 무거운 머리를 다리 사이에 끼워넣었다.

아마도 그에게 생존의 영감을 불러일으킨 것은 배고픔이었으리라. 아니면 당샹 쨩아오로서 그의 천성 속에는 이미 사선을 뛰어

넘을 능력이 내재되어 있었는지도 모른다. 그는 벌떡 일어났다. 방 안을 돌며 힘차게 뛰었다. 점점 더 빨리, 점점 더 빨리, 힘을 다해 뛰었다. 그리고 한 순간, 힘차게 도약했다. 네 다리로 돌벽을 박차고 높이높이, 매달린 고기를 향해 날아올랐다.

한 달 후 다츠가 돌아왔다. 개를 바라보는 시선은 무덤덤하기만 했다. 하지만 개가 많이 자란 것만은 확실했다. 비록 너무 말라 뼈와 가죽밖에는 남지 않았지만 체격은 같은 개월 수의 다른 짱아오들보다 훨씬 컸다.

다츠는 말했다. "내가 잘못 보진 않았군. 넌 커서 분명 대단한 개가 될 거야."

그러나 개는 다츠를 향해 짜증스럽게 짖어댔다. 다츠의 몸에서 이 집과 똑같은 냄새가 났기 때문에 달려들지는 않았다. 하지만 그는 잘 알고 있었다. '나는 이 사람하고는 상관없는 개다. 이 집하고도 전혀 상관이 없는 개다.'

날마다 온갖 수를 짜내며 이 집을 떠날 궁리만 했다. 이제는 문이 열렸으니 떠나야겠다. 그는 문으로 달려들었다. 이 사람의 가랑이 사이로 빠져나갈 생각이었다. 그러나 다츠는 진작부터 이런 일이 있을 줄 예상해온 터였다. 등 뒤에서 크고 굵은 나무몽둥이 하나를 꺼내들더니 사정없이 휘둘렀다. 태어나 처음으로 맞는 매였다. 몽둥이에 맞아 데굴데굴데굴 세 번이나 굴러 벽에 '픽' 하고 부딪혔다. 다츠를 바라보는 개의 눈동자에서는 파란 불꽃이 튀었다. 묵직한 으르렁거림이 목구멍에서부터 새어나왔다.

다츠는 그제야 만족스러운 듯 독살스러운 미소를 지었다. 다츠는 개의 눈동자에서 일어나는 파란 불꽃이 이 당샹 짱아오가 갖게 된 생애 최초의 원한이라는 것을 알았다. 또한 이것이 인간세상과 개들의 도道에 대해 어린 짱아오의 뇌리에 각인된 첫 번째 인상이라는 것도.

그는 말했다. "그래, 미워해라. 열심히 미워해. 속이 후련해질 때까지 미워하는 거야. 송귀인을 귀신 취급하는 사람들, 사람 목숨을 파리목숨처럼 빼앗은 사람들을 전부 다 미워해. 미워하지 않으면 널 죽도록 패주마. 하지만 더 많이 미워하면 미워할수록 너를 좀 봐주지. 왜냐하면 너는 피에 굶주린 음혈왕飮血王 당샹나찰이어야 하니까."

이제 뭔가 알 것 같았다. 아니, 그는 본래 강인하고 완고한 짱아오였다. 사람의 말을 못 알아듣는 일이란 절대 있을 수 없었다. 그는 재빨리 몸을 일으켜 다시 달려들었다. 이번에는 문이 아니라 문간을 막고 서 있는 다츠를 향해서. 송귀인 다츠는 또 한 번 나무몽둥이를 휘둘렀다. 개는 땅에 뒹굴었다. 이번에는 처음보다 더 처참한 모습으로 돌벽에 부딪혔다. 그는 거칠게 반항하며 다시 일어나 달려들었다. 이러기를 스물여섯 번이나 반복했다. 당샹 짱아오의 포악함과 잔인함, 인내심이 낱낱이 드러났다. 다츠도 쉬지 않고 몽둥이를 휘둘러댔다. 개가 상처투성이가 되어 땅에 쓰러져 더이상 움직일 수 없을 때까지 잔인하게 몽둥이찜질을 했다.

마지막으로 다츠는 발로 개를 걷어차며 중얼거렸다. "아직 안 죽었으니 미워하는 연습이나 더 해둬라. 열심히 미워해라. 쉼 없이, 끝없이 미워하는 거야. 나를 피하는 모든 사람들을 미워하고,

시제구 사람들을 죽인 사람들을 미워하라고. 너는 피에 굶주린 음혈왕 당샹나찰이란 걸 잊지 마라."

부릅뜬 개의 눈에서 타오르는 파란 불꽃은 더욱더 크고 맹렬해졌다. 하지만 일어날 수가 없었다. 고통스러워 죽을 것만 같았다. 송귀인 다츠는 허리를 굽혀 그의 몸을 이곳저곳 만져보더니 말했다. "이렇게 사정없이 두들겨팼는데도 작은 뼈 하나 부러지지 않았다니. 내가 섬기는 분노의 신들, 대곡여신, 복명마두, 일격도부, 금안폭구가 전부 너를 보호하는가 보구나? 여길 떠날 생각일랑 하지 마라. 여기서 죽으면 밖에 있는 독수리에게 먹이로 줄 테고, 죽지 않으면 내가 계속 두들겨패줄 테니까."

송귀인 다츠는 나무몽둥이를 들고 방 안 구석구석을 살폈다. 벽에 걸렸던 말린 고기와 얼음물을 모두 먹어치운 모습을 만족스럽게 바라보았다. 이건 개가 날마다 어둠속을 뛰고 달렸으며 이제는 더 높은 곳까지 뛰어오를 수 있다는 증거였다. 이 개는 어린 표범처럼 민첩해진 것이다. 다츠는 말린 고기와 얼음물을 가득 담은 양 내장 여러 개를 더 높은 곳에 걸어놓았다. 그리고 그곳을 떠났다. 한 번 가면 한 달이 흘러야 다시 돌아왔다.

송귀인 다츠가 다시 돌아왔을 때 개는 아주 많이 자라 있었다. 벽에 걸린 고기와 얼음물은 말끔히 사라진 뒤였다. 한 달 전과 비교해 적어도 한 자 이상 더 높이 뛸 수 있다는 뜻이었다.

개는 벽 한구석에 처박혀 경계의 눈빛으로 이 사람을 주시했다. 한 손이 몸 뒤로 숨겨져 있는 것을 보자 즉시 벌떡 일어섰다. 그리고 조건반사처럼 얼굴에 있는 살가죽을 찡긋거렸다. 다츠의 등 뒤에는 나무몽둥이가 숨겨져 있었다.

몽둥이가 가져다주는 고통은 어머니의 따뜻한 사랑만큼이나 강렬하게 그의 기억 속 깊이 각인되었다. 이 기억은 그의 자신만만한 천성에 큰 상처를 남긴 것은 말할 나위도 없거니와 일찍이 이런 깨달음을 주었다. '몽둥이의 고통에서 벗어나려면 오직 한 가지, 몽둥이를 없애는 길뿐이다.'

그는 달려들었다. 최근 극도의 배고픔 속에서 벽에 달린 말린 고기를 향해 힘껏 달려들었던 것처럼. 그가 뛰어오른 거리는 이제 쨩아오 성견과 비등했다. 송귀인 다츠는 깜짝 놀라 "어이쿠!" 소리와 함께 뒤로 물러서며 급히 몽둥이로 후려쳤다. 그가 달려드는 속도와 정확도, 다츠가 몽둥이를 휘두르는 속도와 정확도는 막상막하였다. 그러나 땅에 패대기쳐진 것은 개가 그렇게 소망하던 나무방망이가 아니라 자신이었다.

털썩 땅에 떨어진 후, 그는 두 번째 공격 기회를 얻지 못했다. 나무몽둥이는 소낙비처럼 개의 온몸을 강타했다. 그는 꿈틀거리며 참혹한 비명을 질러댔다. 고통으로 그만 정신을 잃을 뻔했다. 이번 싸움으로 그는 이런 교훈을 얻었다. '한 번에 제대로 공격해야만 해. 한 번에 물어죽이는 공격기술을 배워야 해. 강력한 적수 앞에서 제2, 제3의 공격 기회란 찾아오지 않는구나.'

송귀인 다츠는 부러져버린 나무몽둥이를 바닥에 내던지더니 새로 가져온 말린 고기와 얼음물을 담은 양의 내장을 더 높은 곳에 매달았다. 다츠는 떠나며 말했다. "넌 누구를 미워하지? 나를 미워하는 거지? 그렇지? 그래, 미워하려면 실컷 미워해라. 내가 필요한 건 너의 그 원한이니까. 나를 미워해. 이 세상의 모든 사람들, 모든 개들을 다 미워해. 나한테 귀신을 가져가라고 시키면서도 정작 나와는 상대도 하지 않으려는 그 사람들을 미워하라고! 하지만 네가 가장 미워하고 또 미워해야 할 건 샹아마 초원의 사람들하고 개들이야. 알겠어? 샹아마 초원 사람들하고 그 개들이라고!"

다시 한 달이 지났다. 인정사정 볼 것 없는 매질이 이어졌고 고기와 물은 더 높은 곳에 매달아졌다. 송귀인 다츠는 또다시 그곳을 떠났다. 꼬박 일년 열두 달 세월이 이렇게 지나갔다. 음혈왕 당샹나찰은 일년 내내 햇볕 한 번 쐬지 못했고 초원과 설산, 천막집과 양떼들도 보지 못했다. 그 일년 동안 개든 동물이든 사람이든, 다른 생명은 구경조차 못했다. 송귀인 다츠는? 그는 사람이 아니라 귀신이었다. 벽에 그려진 귀신 그림과 똑같았다. 마음은 음습한 분지같았다. 그 안에서는 잔인하고 날카로운 송곳니가 삐죽삐죽 제멋대로 자라고 있었다. 당샹나찰은 일년 열두 달, 한 달에 한 번씩 다츠의 나무몽둥이에 늘씬하게 맞아 땅바닥에 쓰러졌지만 발악을 하듯 다시 일어났고, 끈질긴 생명력으로 자라났다.

몸과 함께 자라난 것은 분노와 원한이었다. 캄캄한 돌집보다 100배는 더 캄캄한 쌍아오의 마음이 생겨났다. 육식동물 사냥기술도 일취월장했다. 마지막 한 달, 다츠는 말린 고기와 얼음물을 담은 양 내장을 천장에 매달았다. 다츠가 방을 나가자마자 당샹나찰은 고개를 들어 천장을 바라보더니 벽을 타고 뛰어올랐다. 비상하는 독수리마냥 한 입에 고기를 낚아챈 그는 벽을 타고 내려왔다. 그가 성견이 된 것이다. 그것도 아주 빠른 속도로.

성견이 된 당샹나찰은 이제 다츠가 왔다고 해서 무조건 달려들지 않았다. 절대로 그렇게 하지 않았다. 다츠의 등 뒤에 숨겨진 나무방망이가 점점 더 단단해진다는 것은 그도 잘 아는 사실이었다. 다츠가 나무방망이를 안 가져오도록 할 방도가 없다면 결국 끓어오르는 원한을 억누르며 참는 것을 배우든지, 복종을 배워야만 했다.

뭐? 복종? 그가 어떻게 이런 인간에게 복종할 수 있단 말인가? 하지만 복종은 필수적이었다. 그는 천성적으로 인간의 동료였다. 그런데 지금 그가 찾을 수 있는 동료란 오직 이 사람 하나뿐이니 어쩔 도리가 없었다. 게다가 복종은 잠시 본심을 숨긴 채로도 가능한 일이었다. 이런 위장전술이 먹혀들어가 다츠가 더 이상 나무몽둥이를 휘두르지 않게 되면, 그때부터 새로이 복수의 칼날을 벼릴 수 있을 것이다. '때가 되면 인정사정 볼 것 없이 다츠의 목덜미를 향해 달려드는 거야.'

그리하여 당샹나찰은 비굴하게 고개를 치켜들고, 자꾸 감겨들기만 하는 꼬리를 펴서 흔들기 시작했다. 송귀인 다츠는 꽤 놀란 듯했다. 자기도 모르게 빙그레 웃기까지 했다. 그러나 미소는 단 몇 초였다. 순식간에 예전의 모습으로 돌아간 그는 나무몽둥이를 치켜들더니 과거처럼 사정없이 내리치며 외쳤다. "이 녀석! 꼬리를 흔들긴 뭘 흔들어! 너는 아무한테도 꼬리를 흔들어선 안 돼! 한 번만 더 그랬다간 꼬리를 확 잘라버린다, 이놈!"

그날, 가장 심한 몽둥이찜질이 이어졌다. 개는 목숨을 잃을 뻔했다. 다친 상처로 고통스러워하면서 그는 다츠가 원하는 모든 것이 무엇인지 문득 깨달았다. 그것은 흉포함, 원한, 그리고 파괴였다. 모든 선한 행동을 파괴시키는 것. 다츠의 숨은 뜻을 깨달은 것은 큰 성과였다. 이제는 다츠에게 달려들지도 않고 그렇다고 해서 복종하지도 않는 태도를 취했다. 다츠는 힘써 피했지만 그의 생각에는 애써 가까워지려 노력했다. 살려면 다츠가 뭘 생각하고 있는지 반드시 알아야 했다.

새로운 일년이 시작되자 송귀인 다츠는 새끼줄로 당샹나찰을 묶어 돌집에서 데리고 나갔다. 그날은 햇빛이 비치지 않았다. 함박눈이 펑펑 내리는, 특별히 추운 날이었다. 그날 그는 다츠의 발에 채여 깊은 구덩이에 처박혔다.

구덩이는 매우 깊었다. 구덩이 바닥에서 고개를 들어보니, 송귀인 다츠는 사라지고 없었다. 미칠 듯 초조하고 불안해졌다. 바닥을 이리저리 뛰어다니며 지상으로 돌아가려 몸부림쳤다. 이제는 몸에 배여 정들기까지 한 돌집으로 다시 돌아가고 싶었다. 그러나 구덩이를 벗어나려는 모든 시도는 허사로 돌아갔다. 구덩이 입구는 세로 50미디에 가로 2미터로, 가장 깊은 곳은 30미터, 가장 얕은 곳을 따져도 깊이 10여 미터는 되었다. 이 구덩이는 본래 눈 녹은 물이 흐르며 땅이 패여 생긴 골짜기였다. 다츠는 지난 일년 동안 이 골짜기를 더 깊이 파냈다. 벽의 경사는 더 급하게 만들었으며, 입구의 가장자리에 흙을 더 쌓아 높였다.

설산의 골짜기는 이렇게 당샹나찰의 새로운 거주지로 개조되었다. 당샹나찰은 골짜기 바닥에서 부산하게 움직였다. 함박눈은 더욱 거세게 내리고, 칠흑 같은 밤이 찾아왔다. 밤새 한숨도 자지 못했다. 이튿날 새벽녘이 되어서야 태양이 먹구름 사이에서 고개를 내밀었다. 눈이 그쳤다. 하지만 바람은 여전히 매서웠다. 공기는 너무 차가워 살을 에는 듯했다. 한 줄기 가느다란 선처럼 뚫린 구덩이 위로 파란 하늘을 올려다보며 이제 죽음은 먼 곳에 있지 않다는 사실을 절감했다.

그의 죽음을 알려주는 첫 번째 존재는 수많은 늑대의 머리였다. 구덩이 가장자리를 둘러싼 늑대 머리들이 멀리 허공에서 호시탐탐 그를 엿보았다. 그는 너무 긴장해서 펄쩍펄쩍 뛰어보았다. 힘껏 달려보았지만 겨우 50미터 길이의 골짜기는 단 6~7초면 왕복할 수 있었다. 달리기는 아무 소용도 없는 짓이었다. 이제 당샹나찰은 가만히 서서 미친 듯이 짖어댔다. 그렇게 큰 소리로 짖어본 것은 처음이었다. 신기한 것은 짖는 소리가 우렁차면 우렁찰수록 호시탐탐 그를 훔쳐보는 늑대의 머리들이 더 완강하게 버티며 떠날 기미를 보이지 않는다는 것이었다.

늑대들이 같이 울어댔다. 자신을 따라하는 느낌이었다. 전에 늑대를 한 번도 본 적은 없지만, 늑대 소리를 들어본 적은 있었다. 천적인 짱아오의 앞에 서면, 늑대의 목소리는 본디 아주 처량하고 불쌍하게 마련이다. 그런데 지금은 오히려 오만방자한데다가 득의양양하기까지 했다. 상대에 대한 멸시와 조롱이 가득한 목소리였다.

그는 번쩍이는 번개처럼 펄쩍거렸다. 수십, 수백 번을 그렇게 뛰었다. 마침내 더 이상 뛸 수 없게 되어서야 땀으로 흥건해진 온몸을 땅에 뉘었다. 늑대 무리의 울음소리는 더욱 득의양양해졌다. 그는 잔뜩 웅크리고, 눈을 질끈 감고, 온몸을 부들부들 떨었다. 이제야 알았다. 자신은 포악한 것처럼 보였지만 겁이 많았다. 흉포한 것처럼 보였지만 두려워했다. 짱아오의 유전인자 가운데 극소량뿐이었던 죽음에 대한 공포는 순식간에 엄청난 크기로 증폭되어 그에게 달려들었다.

죽음과 삶의 의지 사이에서 작두를 타며 그는 생명의 무력함과 절망감을 뼈저리게 느꼈다. 그는 커다란 두 귀로 자신의 두 눈을 완전히 덮어버렸다. 고통에게 항복하는 심정으로 최후의 날을 조용히 기다렸다.

사실 최후의 그날이란 다가올 리 없었다. 감히 골짜기 아래로 내려오려는 늑대가 한 마리도 없었기 때문이다. 늑대들은 아주 오랫동안 그를 훔쳐보고 신나게 놀리더니 바람처럼 어디론가 사라져버렸다. 갑자기 모든 것이 고요해졌을 때, 당샹나찰은 도저히 참을 수 없는 허기를 느꼈다. 고개를 들어 위쪽을 쳐다보던 그는 이곳의 벽에는 말린 고기가 걸려 있지 않다는 절망스런 현실과 마주했다. 있는 것이라고는 바위뿐이었다. 그의 본능이 눈은 먹을 수 있다는 것을 알려주었다. 눈을 핥기 시작했다. 꼬박 사흘이 지나자 골짜기 바닥에 쌓인 눈을 죄다 핥아버렸다. 그리고 그는 앞발을 이용해 힘껏 골짜기 벽을 파냈다.

넷째 날이었다. 어쩌면 다섯째 날인지도 모르겠다. 송귀인 다츠가 왔다. 그는 골짜기의 가장 얕은 곳에 황원 늑대 한 마리를 던져 넣었다. 살아 있는 놈으로, 사냥꾼에게 살찐 양 두 마리를 주고 바꿔온 다 자란 늑대였다. 당샹나찰은 놀라 일어섰지만, 한 치의 흐트러짐도 없는 눈빛으로 늑대를 쏘아보았다. 늑대는 있는 힘을 다해 발버둥쳤다. 발을 묶고 있던 밧줄에서 벗어난 늑대는 자유롭게 달리기 시작했다. 하지만 도망갈 곳이 없다는 것을 알고는 뒤로 돌아섰다. 그 순간, 배고픈 두 눈을 시뻘겋게 뜨고 자신을 노려는 당상나찰을 발견했다.

당상나찰은 미동도 없었다. 이렇게 가까운 거리에서, 자기보다 성질이 열 배는 더 사나운 동물을 대면하게 된 건 이번이 처음이었다. 늑대는 코를 위쪽으로 찡긋거리며 날카로운 송곳니를 드러내더니 앞으로 한 걸음 내디뎠다. 늑대도 세상 물정 모르는 이 짱아오가 천둥벌거숭이마냥 자신을 두려워하지 않는다는 사실을 알아챈 것이다. 하지만 앞에 서 있는 이 짱아오가 날마다 온몸에 쌓아 온 분노와 원한들이 태산같이 무겁다는 사실까지는 몰랐다.

당상나찰은 온 세상에 분노했다. 모든 생명을 증오했다. 게다가 지금 자신이 마주한 것은 늑대이다. 모든 개과 종족의 영원한 천적. 그는 고개를 숙이고 배고파 달라붙은 자신의 뱃가죽을 한 번 내려다보았다. 놀랍게도 배는 흥분으로 인해 떨리고 있었다. 즉, 자신은 늑대가 먹고 싶지 않다손 쳐도 배는 늑대를 간절하게 원한다는 말이다. 그는 극도의 배고픔으로 치떠는 배를 안고 펄쩍 뛰어올라 번개처럼 달려들었다. 자신마저 감지 못할 속도였다. 이빨은 이미 늑대의 뒷덜미를 관통해 있었다. 늑대의 몸부림은 그를 더욱 흥분하게 만들었다. 다시 한 번 늑대의 목덜미를 덥석 물어뜯으며 늑대 피를 꿀꺽꿀꺽 삼켰다.

구덩이 위쪽에서는 미친 듯 부르짖는 다츠의 목소리가 울려퍼졌다. "일격도부, 일격도부여! 복명마두, 복명마두여!"

피에 굶주린 신령의 대왕 당샹나찰은 골짜기에서 이렇게 일년을 보냈다. 하지만 일년 내내 죽은 짐승 고기는 한 번도 먹은 적이 없었다. 전부 다 살아 있는 야수의 고기였다. 야수가 떨어지면 늘 하던 대로 싸움을 벌이고, 그 다음에는 고기를 뜯었다. 눈표범과도 싸워보았고 표범, 티베트 불곰과도 싸워보았다. 가장 많이 싸워본 대상은 역시 늑대였다. 황원 늑대나 승냥이도 있었고, 교활하기로 악명 높은 설랑도 있었다. 송귀인 다츠는 사냥꾼에게서 이런 야수를 사오기 위해 두령들이 그에게 준 재산 대부분을 탕진했다. 양 떼와 소떼들이 사라졌다.

일년 내내 거의 날마다, 야수들은 이 구덩이로 던져져 울부짖었다. 딩샹나찰은 음험한 눈빛으로 야수들의 모습을 바라다보았다. 그는 하루가 다르게 사납게 펄쩍거리며 으르렁거렸다. 원한과 분노 역시 하루가 다르게 맹렬한 기세로 자라났다.

일년 내내 그는 천막집과 양떼를 본 적이 없었다. 동족이나 인간도 본 적이 없었다. 사람인지 귀신인지 분간이 안 가는 송귀인 다츠만 보았을 뿐이다.

일년 내내 앞발톱으로 구덩이의 벽을 파냈다. 구덩이 벽을 담이라고 생각했기에 그곳을 파내면 나갈 구멍이 열리고 탈출할 수 있으리라 여겼다. 커다란 구멍을 아주 많이 파냈다. 비록 소원은 성취하지 못했지만 앞발톱은 날카로운 강철 드릴처럼 갈아졌다. 이제는 한 번 긁기만 해도 돌벽에 깊은 자국을 남길 수 있었다.

일년 내내 혹한도 폭서도 피할 수 없었다. 낮에는 햇빛에 목욕을 하고 밤에는 별빛에 몸을 적시면서 철저한 야수이자 자연의 일부로 변했다. 그는 아주 많이 자랐다. 조금도 부족함 없는 거대한 짱아오 성견이 되었다. 몸에는 승냥이 냄새, 티베트 불곰 냄새, 늑대 냄새가 가득했다. 호흡과 마음과 행동은 이미 시제구의 초원의 그것이 아니었다. 과거 목양견 부모에게서 태어난 자신의 우수한 혈통도 잊어버렸다. 자신의 존재에 대해 오직 피에 굶주린 음혈왕 당샹나찰로 인식할 뿐이었다. 그는 송귀인 다츠의 소망에 따라 악독하게 증오하는 법을 배워나갔다. 언제 어디서든 자신 앞에 나타나는 모든 것을 물어죽일 준비가 되어 있었다.

마침내 일년이 지나던 날, 야크 한 마리와 맞바꿔온 황산 살쾡이를 먹어치웠다. 황산 살쾡이는 다츠가 던져준 야수 중 행동이 가장 민첩한 놈이었다. 황산 살쾡이가 만난 상대가 다른 짱아오였다면, 잽싸게 구덩이 벽을 타고 올라 이 곤경을 피할 수 있었을 것이다. 그러나 당샹나찰은 황산 살쾡이가 도망칠 기회를 원천 봉쇄했다. 높이 뛰어올라, 긴 발톱을 쭉 내뻗었다. 야수가 보여줄 수 있는 가장 빠른 속도로 상대방을 한 입에 해치워버렸다.

황산 살쾡이를 먹어치운 후, 깊은 잠에 빠져들었다. 황산 살쾡이 고기에는 강한 마취 성분이 들어 있기 때문에 이놈을 잡아먹은 동물은 모두 기절한 듯 깊은 잠에 빠져들었다. 하루 밤과 하루 낮 동안 꼬박 잠들었다 깨어난 후, 깜짝 놀랐다. 자신은 어느새 드넓은 눈밭에 누워 있었다.

송귀인 다츠는 10여 개의 가죽끈과 다섯 마리의 야크를 이용해 그를 구덩이에서 끌어냈다. 그리고 가장 튼튼한 야크 등에 태워 이곳까지 데려왔다. 이곳은 당샹 설산에 펼쳐진 얼어붙은 눈밭이요,

땅속에 수많은 천연 얼음창고가 감춰진 곳이었다. 송귀인 다츠는 아직 정신이 덜 깬 개의 털가죽을 잡아뜯으며 있는 힘껏 앞으로 떠밀었다. 그는 얼음 언덕을 따라 아래로 미끄러져 내려갔다. '쿵' 하고 바닥에 떨어지자 지하 얼음창고 안에 있던 닭떼들은 놀란 눈으로 푸드득거리며 여기저기 날아올랐다.

그리고 또 일년 365일이 지났다. 당상나찰은 사방 20미터도 안 되는 얼음창고 안에 갇혔다. 얼음창고의 문은 그가 뛰어오를 수 없는 높이에 달려 있었다. 그는 얼음창고 벽을 따라 분통을 삭이며 뛰어다녀야 했다. 그리고 시도때도 없이 앞발을 내밀어 발톱으로 벽을 긁어대었다. 벽은 깊은 발톱 자국으로 어지럽혀졌다. 먹잇감은 여전히 살아 있는 맹수였다. 적어도 반년 동안은 그러했다. 반년 동안 거의 매주에 한 번씩 결사의 혈전을 벌여야 했다. 그는 얼음창고로 떨어진 야수들을 찢어발겼다. 늑대, 표범, 혹은 티베트 불곰. 어떤 놈이 오더라도 순식간에 달려들어 일격에 치명타를 가할 기회를 놓치지 않았다. 엄청난 파괴력을 지닌 그의 발톱은 점점 더 딱딱하고 날카로워졌다. 평평한 땅이든 경사진 땅이든, 매끄러운 얼음덩이를 파내야만 했기 때문이다.

반년이 지났다. 떨어지는 모든 야수들을 무찌르는 천하무적 짱아오임을 충분히 증명해내던 그 무렵, 살아 있는 먹잇감이 더 이상 떨어지지 않았다. 배고픔은 날마다 겪어야 할 일상이 되었다. 다츠는 일주일에 한 번밖에 먹이를 주지 않았다. 먹이라고 해봐야 썩은 양고기나 소고기였는데, 그것도 매번 굵은 가죽끈을 얼음창고에 드리우고 그가 뛰어오를 수 없는 중간지점에 고기를 묶어두었다.

이빨로 가죽끈을 물고, 굳세고 날카로운 발톱으로 얼음벽을 타고 한 걸음씩 먹이를 향해 올라가야 했다. 먹이를 다 먹으면 가죽끈은 끊어져버렸다. 얼음벽에서 바닥으로 한순간에 곤두박질쳐져 온몸과 머리가 깨질 지경이 되었다. 이렇게 두세 번 곤두박질을 친 후에야 비법을 터득했다. 먹이를 다 먹기 전, 먼저 두 앞발로 얼음벽을 깊이 찍어 발을 단단히 고정시킨 후 한 발씩 디디며 내려왔다.

이제 그는 더 이상 짱아오가 아니었다. 가장 거대한 고양이과 동물이 되었다. 배는 늘상 고팠다. 정상적인 상황이라면 날마다 신선한 고기 10킬로그램 이상은 먹어야 했다. 그러나 그는 하루 평균 50그램도 먹지 못하고 있었다. 배고픔이 극에 달하자 그는 자기 대변을 먹기 시작했고, 날카로운 이빨로 얼음덩어리를 깨뜨려 탐욕스럽게 씹어댔다.

몸은 점점 마르고 정신은 혼미해졌다. 하지만 냉혹함과 잔인함만은 질적인 변화를 겪으며 온몸의 세포 하나하나로 스며들었다. 분노와 증오는 시한폭탄처럼 언제 어디서든 폭발할 위험성을 지니고 있었다. 가슴 속에 감춰진 억만 개의 독화살은 발사명령만을 기다리며 세상 모든 사람과 모든 생명을 향했다.

어느 날, 당상나찰에게 먹이를 먹이러 얼음창고를 찾은 다츠의 눈앞에 놀라운 광경이 펼쳐졌다. 얼음창고 입구에 눈표범의 굵다란 꼬리 반쪽이 걸쳐져 있었다. 급히 아래를 확인해보니 당상나찰은 게걸스럽게 고기를 뜯고 있었다. 머리가 아찔해졌다. 이제는 얼음창고로도 당상나찰을 가둘 수 없다. 그는 얼음창고를 기어나와 눈표범을 물어죽인 후, 다시 얼음창고로 돌아간 것이다. 도망가지 않은 게 천만다행이었다. 만일 도망갔다면 어쩔 뻔했나?

그 다음날 송귀인 다츠는 야크 두 마리와 맞바꾼 황산 살쾡이 한 마리를 얼음창고에 떨어뜨렸다. 당샹나찰은 배가 조금도 고프지 않았다. 하지만 한 달음에 치솟아 상대에게 달려들었다. 상대는 어디로 도망쳐야 할지 갈피를 잡지 못한 채 허둥대다가 한 입에 목덜미를 물어뜯겼다. 황산 살쾡이 고기는 눈표범만큼 맛있지는 않았다. 당샹나찰은 눈표범을 다 뜯어먹기 전에는 마취를 일으키는 황산 살쾡이 고기를 거들떠보지도 않았다. 다츠는 얼음창고 입구에서 일주일을 지켜선 후에야 간신히 잠에 곯아떨어진 당샹나찰을 건져올릴 수 있었다.

그해는 티베트력으로 철토년鐵兎年이었다. 철토년이 끝날 무렵, 당샹나찰은 돌집 문앞에 나타났다. 두꺼운 쇠사슬 두 가닥에 꽁꽁 묶인 집지기 개 같은 행색으로. 하지만 여전히 천막집과 양떼를 볼 수 없었고 송귀인 다츠 외에는 누구도 만나볼 수 없었다.

그의 생활은 두 가지 면에서 과거 생활의 연속이었다. 첫째, 배고픔을 참아내야 했으며 둘째, 원한을 참아내야만 했다. 배고픔은 먹이로 해결할 수 있지만, 원한은 어떻게 해결해야 할까?

다츠는 날마다 그에게 호령했다. "샹아마의 원수들! 샹아마의 원수들!" 이 호령을 들은 당샹나찰은 한 가지를 깨달았다. '나의 삶은 이곳에 없다. 샹아마의 원수들이 사는 그곳에 있다.' 그의 삶과 원한이 등호로 연결되자 샹아마의 원수들은 원한의 대명사로 각인되었다.

여름이 되었다. 송귀인 다츠는 당샹나찰을 데리고 샹아마 초원으로 갔다. 깡르썬거에 관한 소문을 들은 것이다. 샹아마의 일곱 아이들에 관한 소문도 들었다. 그는 뜻밖의 성과에 반색하며 결심을 했다. '당장은 복수하러 가지 않는다. 이곳에서 복수를 할 수 있다면 갈 필요가 없을 것이다.'

샹아마의 일곱 아이들과 함께 떠난 지 이틀 만에 송귀인 다츠는 당샹 대설산의 샨루 벌판에 당도했다. 그는 자신의 돌집으로 가 당샹나찰의 목에 드리워진 굵은 쇠사슬 두 가닥을 풀어주었다. 당샹나찰이 송귀인 다츠 외에 다른 사람을 만난 건 몇 해 만에 처음이었다. 당샹나찰은 붉게 충혈된 눈을 부릅뜨고 초원의 모든 원한을 담아 전광석화와 같은 속도로 달려왔다.
　샹아마의 일곱 아이들은 기겁을 했다. 혼비백산해서 서로 밀고 당기며 걸음아, 날 살려라! 도망을 쳤다. 달리면서도 죽을힘을 다해 "마하커라뻔썬바오! 마하커라뻔썬바오!" 외쳐댔다.

# 18

밀령곡에 들어선 깡르썬거는 몇 걸음 안 가 이상한 낌새를 느꼈다. 흐르는 공기가 모든 것을 알려주었다. 혓바닥으로 흰 강아지 까까를 받치고, 골짜기의 바닥을 따라 3단뛰기 선수처럼 순식간에 밀령동에 근처로 왔다.

칼 달린 총을 비껴멘 사람들이 말들과 함께 동굴 입구를 둘러싸고 있었다. 그 중 한 사람이 깡르썬거를 향해 총을 겨누었다. 시커먼 총구는 사람의 눈동자처럼 속을 헤아릴 수가 없었다.

그는 아무것도 생각하지 않았다. 인간이 대단한 만큼 총도 대단하리라는 사실을 잘 알고 있었다. 총구에서 발사된 총탄은 인간의 권위를 상징하는 셈이다. 그러나 그는 두렵지 않았다. 지금까지 죽음을 두려워한 적은 한 번도 없었다. 그는 유연한 네 다리로 계곡 바닥에서 펄쩍 뛰어올라 이 얼음 바위에서 저 얼음 바위로 건너뛰며 순식간에 밀령동 앞에 도착했다.

누군가, 소리치기 시작했다. 깡르썬거는 그것이 누구의 목소리인지 아주 잘 알았다. 티베트 의원 가위튀의 목소리였다. 이 목소리가 들리자 조준하고 있던 총구가 일제히 내려졌다.

"강도가 오셨구려! 기마사냥꾼들도 오셨어요! 안녕들 하신가요? 설마 소승을 모른다고 하지는 않으시겠지요? 저는 약왕라마 가위튀올시다. 소승은 초원에 있는 모든 담즙질膽汁質 병과 점액질粘液質 병, 호흡기 질병을 고쳤소이다. 또 욕심병과 상사병에 귀신도 놀랄 신묘한 처방을 냈지요. 그뿐인 줄 압니까? 귀신의 처소와 악마의 땅, 독이 있는 하천, 악한 짐승들, 사나운 곤충들도 약왕 유리광불琉璃光佛의 위력 앞에선 다 굴복하지요. 아! 소승으로 말하자면 제 몸에 있는 털 하나까지도 병과 고통을 치료하는 보약으로 만들고 싶을 따름입니다. 하지만 소승이 어떻게 해야 쇳녹처럼 슬어오른 여러분의 원한과 해묵은 분노의 찌꺼기들, 질투의 더러운 때를 벗겨낼 수 있겠소이까? 깡르썬거는 전생에 아니마칭 설산의 사자였으며, 설산에서 수행하는 모든 수도승을 보호했었소. 여러분들, 이 사실을 알고 계시다면 왜 그를 향해 총구를 겨누십니까? 설산사자에 대한 여러분의 태도가 불경스럽기 짝이 없소이다. 제가 여러분에게 불치병을 선고할 그날이 두렵지도 않으십니까? 그날 소승은 이렇게 말할 것이오. 소승은 여러분의 병을 고칠 수가 없소이다. 여러분이 따르는 강도 자마춰에게 가보시오. 여러분 마음에 이 병의 뿌리를 심은 사람이니까요."

검은 짱아오 나르는 티베트 의원 가위튀의 말을 알아듣기라도 한 듯, 우렁찬 목소리로 '컹컹' 맞장구를 쳤다.

무마허 부락의 군사대장인 강도 자마춰도 큰 소리로 외쳤다.

"강도가 없는 부락은 짱아오가 없는 양 무리나 마찬가지입니다. 약왕라마가 없는 초원도 야크 똥 불 없는 겨울이나 마찬가지 아니겠습니까? 제가 원한의 뿌리면 스님은 뿌리를 끊어서 탕약을 만드는 신 아니십니까? 스님은 산 위에 사는 분이시고 우리는 같은 산 아래 동고동락하는 처지인데, '소승은 여러분의 병은 고칠 수 없소이다.'라니요? 그런 말은 정말 듣고 싶지 않습니다. 나 원, 참. 총 내려, 총 내려! 기마사냥꾼 일동, 어서 총 내려!"

깡르썬거는 두려움도 없이 기마사냥꾼들의 틈을 뚫고 밀령동 안으로 뛰어 들어갔다. 샹아마 아이들은 이미 이곳을 떠나고 없었다. '주인님은? 우리 주인님은 어디로 가신 거야?'

이런 긴급 상황에서도 그는 흰 강아지 까까를 나르 앞에 조심스레 내려놓는 것을 잊지 않았다. 깜짝 놀란 나르는 뒤로 한 발 물러서며 의심스러운 눈초리로 깡르썬거를 바라보았다. 또 흰 강아지 까까를 뚫어져라 살펴보았다.

깡르썬거는 무엇이라 변명도 못한 채 황망히 흔들리는 눈동자로 짖어댔다. '주인님은? 우리 주인님은 어디 계신 거야?'

순간 깡르썬거의 짖는 소리가 멈추었다. 땅바닥에 흩어진 양의 뼈 관절들을 발견한 그는 달려가 냄새를 맡아보더니 몸을 돌려 횡하니 사라져버렸다.

강도 자마춰 역시 땅 위에 널려 있는 양 뼈 관절들을 발견하고는 샹아마 아이들이 방금 전까지 이곳에 있었음을 알아챘다. 깡르썬거가 나타난 것을 본 그는 샹아마 아이들을 찾을 방도가 생겼다는 사실까지 알아차렸다. '깡르썬거만 따라가면 되는 거야. 이놈도 지금 주인을 찾고 있잖아.' 그는 잽싸게 티베트 의원 가위튀에게 허리를 굽혀 작별을 고했다. 기마사냥꾼들에게는 얼른 깡르썬거를 뒤쫓으라는 명령을 내렸다.

'이런, 끝장이다. 깡르썬거가 이제 주인들을 찾아내겠구나.' 낙담한 가위터는 큰 소리로 외쳤다. "깡르썬거, 돌아와라! 내 말을 들어야 한다! 돌아와라!"

깡르썬거는 돌아오지 않았다. 그의 후각은 이미 밀령동을 떠난 주인의 종적을 밟았다. 지금 머릿속에는 빨리 주인을 찾아내야 한다는 일념뿐이었다. 동굴 입구를 나와 뒤편 얼음 언덕까지 쉬지 않고 달렸다. 얼음 언덕은 조금 가파르기는 했지만 3단뛰기 같은 그의 뜀뛰기 방법으로는 평지를 걷는 것처럼 쉬웠다.

기마사냥꾼들은 말을 끌고 쫓아왔다. 강도 자마취가 재촉했다. "빨리! 빨리! 설산사자를 바짝 따라가기만 하면 샹아마의 원수들을 잡는 건 식은죽 먹기다."

그는 자신이 타고 온 검은 말의 고삐를 내던지고 혼자서 언덕을 기어올랐다. 얼음 언덕 꼭대기에 선 그가 날카로운 휘파람을 불자 검은 말은 네 다리를 번쩍 쳐들고는 질주해온 관성을 이용해 한달음에 미끄러운 얼음 언덕을 달려 올라갔다. 강도 자마취는 다시 검은 말을 잡아타고 저만치 앞서 나간 깡르썬거를 뒤쫓기 시작했다.

깡르썬거는 고개를 돌려 뒤를 돌아보더니 갑자기 발걸음을 늦추었다. 검은 말이 아주 손쉽게 자신을 따라올 때까지. 그렇지만 검은 말은 깡르썬거를 완전히 따라잡지는 않았다. 계속 일정한 거리를 유지하며 쫓아왔다. 깡르썬거는 알 수 있었다. 말을 타고 뒤

쫓아오는 사람은 결코 자신을 잡거나 죽이려는 게 아니다. 그들에게는 다른 목적이 있다.

'그들의 목적은 과연 무엇일까?' 깡르썬거는 한동안 생각을 하면서, 더욱 천천히 달렸다. 모든 기마사냥꾼들이 그의 뒤를 바짝 쫓아올 때까지. 그리고 나서야 바람에 날듯이 질주해나갔다.

밀령동 안에는 가위퉈와 나르만 남았다. 나르는 깡르썬거를 따라 달려나가고 싶었다. 하지만 가위퉈가 절대안정을 취하도록 엄명을 내렸기 때문에 가위퉈의 곁에 누워 깡르썬거가 떠나간 후의 고독 속으로 침잠하고 있었다. 아침저녁으로 동고동락하던 추억, 다 자란 암짱아오 나르를 매료시키던 사자머리 수짱아오 깡르썬거의 모습이 벌써부터 그리워졌다.

이제 나르는 깡르썬거를 떠날 수가 없었다. 그녀가 고독한 건 그 때문이었다.

고독한 짱아오 나르는 지금 낯선 강아지 한 마리와 함께였다. 살짝 냄새만 맡아보아도 시제구 초원의 짱아오라는 걸 알 수 있었다. 하지만 이 강아지가 과연 죽었는지 살았는지 분명치가 않았다. 그래서 계속 거리를 유지하고 있었다.

티베트 의원 가위퉈는 흰 강아지 까까의 코에 손을 대어보더니 강아지를 집어 나르의 입가에 내려놓으며 말했다. "좀 핥아주려무나. 이놈은 아직 살았단다. 그런데 어느 집 강아지인지 모르겠구나. 이놈은 도대체 어떻게 깡르썬거한테 물려 이곳까지 왔을까?"

그의 말을 알아들은 나르는 혀를 내밀어 피와 살이 엉겨붙은 까까의 부러진 다리를 핥아주었다. 가위뭐는 부러진 다리에 묻었던 피가 깨끗하게 닦인 것을 확인하고는 표범가죽 부대에서 하얀 가루와 검은 가루, 푸른 가루를 꺼내 상처에 뿌려주었다. 풀죽 같은 약도 발라주었다. 그리고 부러진 다리뼈를 잘 맞춘 후 자기 몸에 걸친 가사자락을 찢어 한 겹 한 겹 튼튼하게 싸매주었다. 흰 강아지 까까는 여전히 눈을 감고 있었지만 정신은 이미 돌아온 상태였다. 많이 아픈지 강아지가 깽깽거렸다.

이 소리에 나르는 기겁을 했다. 벌떡 몸을 일으켜 뒤로 한 걸음 물러났다. 하지만 금세 앞으로 다가가 자세히 살펴본 후 다시 자리에 누웠다. 그녀는 두 앞발로 까까를 천천히 감싸안고 하얀 털을 부드럽게 핥아주었다. 나르는 아기를 낳은 적이 없었다. 아직은 처녀였으니까. 하지만 나르는 암짱아오였다. 암컷들은 대개 천성적으로 아기를 좋아한다. 게다가 지금 그녀는 급작스럽게 찾아온 고독으로 힘겨워하고 있었다.

위로가 필요했다. 검은 짱아오 나르는 까까를 물처럼 부드럽게 핥아주었다. 깡르썬거가 물고 온 강아지라는 데까지 생각이 미치자 갑자기 이 강아지가 깡르썬거의 아기인 듯 여겨졌다. 깡르썬거의 아기라면 당연히 자신의 아기이기도 한 것 아닌가? 하지만 나르에게도 이해되지 않는 게 있었다. '이 아기는 이렇게 눈처럼 하얀데 나는 왜 칠흑처럼 새까만 거지?'

까까를 핥아주는 사이 나르의 생각은 한 걸음 더 나아갔다. '이 하얀 강아지가 깡르썬거의 아기라면 내 아기도 되는 셈이지. 그런데 나는 왜 아기를 데리고 깡르썬거를 찾으러 가지 않는 거야? 여

기서 바보같이 기다리기만 하다니, 뭘 어쩌겠다는 거야?'

그녀는 일어섰다. 흰 강아지 까까를 입에 물고 발걸음을 내디뎠다. 가부좌를 튼 채 자신을 바라보고 있는 가위튀를 무의식적으로 쳐다보던 그녀는 주춤했다. 앞에 앉은 이 은인은 자신이 이렇게 떠나버리는 걸 허락하지 않았다. 그녀는 전체 시제구 초원을 수호하는 영지견으로서 어떤 한 개인의 뜻에는 순종할 수도 순종하지 않을 수도 있었다.

그러나 그녀 앞에 있는 이 사람은 보통 인간들과는 달랐다. 그는 신기한 능력을 가진 티베트 의원이며, 나르와 깡르썬거를 위해 특별히 이곳을 지키며 상처를 치료해준 은인이었다. 은인의 말에는 무슨 일이 있어도 순종해야 했다. 설령 맘에 들지 않는 명령이라 할지라도. 그래서 반은 사정하는 마음으로, 반은 어쩔 수 없는 심정으로 가위튀를 바라보며 잘 보이려는 듯 꼬리를 흔들었다. 가위튀는 나르를 한참 바라보더니 두 손을 내밀어 흰 강아지 까까를 받아 자신의 품에 안았다.

그는 일어서며 말했다. "네 눈은 바람을 쐬어서도, 흰 눈의 반사광을 쐬어서도 안 되는 것이다. 하지만 너는 이미 밖에 나갔다 왔어. 바람도 너를 보았고 눈도 너를 보았으니, 네 눈이 치료될 수 있을지 여부는 이제 내 손을 떠났다. 네 눈의 미래는 앙라 설산 산신의 뜻에 달렸지. 산신이 오늘따라 기분이 좋으셔서 네 왼눈의 시력을 예전처럼 회복시켜 주시기만을 바랄 뿐이다. 이제 우리도 가자꾸나. 밀령동 안에서 칩거하는 기간도 이제 끝났다. 시제구사의 장엄하고 위엄 넘치는 대약왕 유리불大藥王 琉璃佛 전의 금등잔에 쑤여우도 부어야 하느니라. 밝은 빛이 사방에 휘황찬란한 유리 궁전을 보고 싶으면 너도 나를 부지런히 따라오너라. 함께 가고 싶지 않으면 조용히 나를 떠나면 된다. 하지만 너한테 꼭 알려둘 게 있다. 나와 같이 간다면 천년에 한 번 만날까 말까 하는 기회를 잡을 가능성이 있다는 거지. 대약왕 유리불은 앙라 산신에게 성지聖旨를 내려 신기한 치유의 광선을 모두, 그리고 영원히 너에게 비춰줄 수 있어. 그때가 되면 네 시력은 떨어지기는커녕 오히려 예전보다 천 배는 더 밝아질 게다."

검은 쨩아오 나르는 다 알아들었다는 듯 티베트 의원 가위톼를 따라나섰다. 그녀의 눈빛은 가위톼의 품안에 안긴 흰 강아지 까까에게 고정되어 한 순간도 떠나지 않았다.

그들이 밀령곡을 나와 독수리 둥지 절벽을 지날 때 기쁨과 감사가 충만한 눈독수리떼의 울음소리가 울려퍼졌다. 나르는 불안한 듯 짖어댔다. 언제라도 튀어올라 눈독수리를 물어뜯을 것 같은 모습으로 가위톼에게 바짝 붙었다. 눈독수리가 내려와 그의 품안에 고이 안긴 흰 강아지 까까를 채어갈까봐 두려웠던 것이다.

무마허 부락의 기마사냥꾼들은 이렇게 잘 달리는 쨩아오를 태어나서 처음 보았다. 깡르썬거는 꼭 달리기 위해 태어난 개 같았다. 그는 속도의 완급을 조절하여 체력을 안배했다. 달리다가 쉬다가 또 달리는 그의 모습만 봐서는 절대로 지치지 않을 것 같았다. 상처는 이미 완전히 아물었다. 티베트 의원 가위톼와 그를 사랑하는 모든 사람들의 소망대로 건강을 회복한 후 체력은 과거보다 훨씬 더 좋아졌다. 생명의 가장 중요한 요소인 부드럽고도 끈질긴 생명력은 더욱 풍부해졌다.

강도 자마춰는 연신 혀를 내두르며 말했다. "짱아오를 말을 삼아 타고 다녔더라면 깡르썬거는 초원에서 가장 좋은 말이었을 거야. 내 강도의 목숨을 걸고서라도 반드시 내 것을 만들었을 놈인데."

대개 오랜 시간 길을 걷거나 달릴 수 있는 지구력으로 따지자면 말은 초원의 일인자였다. 짱아오는 말에 비하면 아무것도 아니었다. 말의 10분의 1만 되어도 이미 대단한 수준이었다.

하지만 깡르썬거 앞에서는 강도 자마춰의 애기인 검은 말마저 콧대를 세울 수 없었다. 검은 말은 부락 경마대회에서 일등을 차지한 종마였다. 이놈은 하늘에 날아다니는 새들만 존경할 뿐, 땅에서 달리는 동물은 본 척도 하지 않는 녀석이었다. 그러니 깡르썬거에게도 절대 양보할 수가 없다는 의지가 역력했다. 모든 말들을 따돌리며 선두 자리를 놓치지 않고 깡르썬거를 바짝 뒤쫓았다. 아무리 숨이 가빠도, 네놈이 얼마를 가든 나도 얼마든지 따라가 줄 수 있다는 모습이었다.

깡르썬거는 당연히 검은 말의 마음을 잘 알았다. 깡르썬거는 편안하고 느긋한 마음으로 달리다가 걷고, 걷다가 또 달리기를 반복했다. 조금이라도 쉬려는 낌새는 전혀 보이지 않았다. 검은 말은 짜증이 나기 시작했다. 냉큼 깡르썬거 앞으로 달려나가 그를 막아서고 싶었던 게 한두 번이 아니었다. 그러나 등 위에 올라탄 강도 자마춰가 그의 발걸음을 가로막았다. 이렇게 뒤에서 바짝 쫓아가는 수밖에는 도리가 없었다. 꼭 깡르썬거의 경호원인 것처럼.

검은 말은 심사가 뒤틀렸다. '완전히 바뀌었구먼. 말하고 개의 자리가 완전히 바뀌었어.' 이렇게 역할을 바꾸어 걸어가는 동안 검은 말은 어느새 자기도 모르게 감탄하고 있었다. '나도 피곤한데 저놈은 어째 피곤한 줄을 모르는 걸까? 오히려 시간이 갈수록 더 신나게 걷고 있잖아?'

깡르썬거는 기마사냥꾼들을 끌고 설산 하나를 넘었다. 그리고 설산 하나를 더 넘었다. 도대체 설산을 몇 개나 넘었는지 모르겠다. 마침내 날이 어두워질 무렵, 이리저리 구불구불 길을 걸어 앙라 설산에 도착했다.

강도 자마춰에게 의문이 피어오르기 시작했다. '샹아마의 일곱 꼬마 원수들은 왜 앙라 설산으로 바로 가지 않고 이 길 저 길로 돌아간 걸까? 설마 그놈들이 산을 타고 왔던 길을 잊어버린 걸까?' 그는 기마사냥꾼 일부를 무마허 부락으로 돌려보내며 따거리에 두령에게 왜 해가 지기 전까지 롱바오 습지초원으로 귀환할 수 없었는지 보고하게 했다. 자신은 나머지 기마사냥꾼들을 이끌고 계속해서 깡르썬거의 뒤를 쫓았다.

깡르썬거는 몽롱한 밤의 어둠 한가운데로 걸어갔다. 달빛 아래 시제구 초원은 하얀 안개로 뒤덮여 있었다. 반투명한 하얀 안개 사이로는 예루허의 물보라와 강물 위에 걸친 돌아가는 경통經筒, 어느 곳에나 펼쳐진 푸른 초원이 어슴푸레 비쳤다. 멀리까지 뻗어나가는 쩡아오의 울음소리가 어렴풋이 들려왔다. 그것은 띠아오팡 산 아래의 생활이었다. 영지견들은 지금 순라를 돌고 있었다.

깡르썬거는 첨벙거리며 예루허를 건넜다. 그리고 또 첨벙거리며 같은 예루허를 7~8회는 건넜다. 이렇게 7~8마리 물고기를 잡아먹은 후에야 강가를 떠났다. 남쪽을 향해 한동안 걷던 그가 갑자기 고개를 치켜들었다.

공기 중에서 무슨 냄새를 맡았던 걸까. 동쪽을 향해 몸을 돌리더니 앙라 설산으로 종종걸음을 치며 달려갔다. 강도 자마춰는 기마사냥꾼들을 지휘하며 그 뒤를 바짝 쫓았다. 깡르썬거가 달려가는 이 길이 샹아마의 꼬마 원수들이 걸어간 길임이 분명했기 때문이었다. 그러니까, 깡르썬거는 또다시 돌아왔다. 샹아마의 일곱 아이들은 앙라 설산으로 돌아간 셈이었다.

아직도 풀리지 않는 문제가 하나 있었다. 아무리 똑똑한 강도 자마춰라도 시종일관 이해가 되지 않았다. '샹아마의 꼬마 원수들은 왜 자기 고향인 샹아마 초원으로 돌아가지 않는 걸까? 왜 굳이 위험천만한 시제구 초원에서 동분서주하는 걸까?'

티베트 의원 가위퉈는 황혼이 물든 앙라 설산 입구에 자리를 잡고 앉았다. 너무 많이 걸어서 피곤했다. 좀 쉬고 싶었다. 검은 짱아오 나르도 좀 쉬어야 한다는 걸 잘 알고 있었다. "쉴 수 있는 시간이 있을 때 얼른 앉아 쉬어라. 이제 길을 떠나면 시제구사까지 한 달음에 걸어가야 하니까."

나르는 앉지 않았다. 그 대신 가위퉈가 흰 강아지 까까를 땅에 내려놓는 것을 보자 얼른 다가가 잘 핥아주고 가볍게 입에 물었다.

떠나야 했다. 그녀의 코는 공중을 가리키고 있었다. 있는 힘을 다해 냄새를 맡으며, 자신의 은인인 티베트 의원 가위퉈마저 버려

두고 막무가내로 떠나려 했다. 가위튀는 이상하다는 눈빛으로 나르를 바라보았다. 돌아오라고 불러보려고도 했지만 그 말은 목구멍에서 막혔다가 다시 내려갔다.

나르는 가위튀가 집어삼킨 말이 무엇인지 알기라도 하는 듯 고개를 돌려 그를 쳐다보더니 갑자기 다시 돌아왔다. 그리고 얌전히 곁에 앉았다. 하지만 눈빛만은 시종일관 먼 곳을 응시하고 있었다. 까까는 여전히 입에 문 채였다.

흰 강아지 까까는 가위튀의 품속에 안겨 있던 때부터 눈을 떴다. 라마승 차림의 한 사람과 이모뻘의 검은색 암짱아오가 보였다. 익숙한 냄새는 자신이 안전하다는 것을 알려주었다. 아무 소리도 하지 않고 얌전히 그 품안에 안겨 있었다. 약을 바른 부러진 다리는 아주 아팠다. 하지만 참을 수 있었다. 짱아오는 천성적으로 아주 격렬한 고통도 참아내는 능력을 지니고 있었다. 고통을 참아내는 능력은 상대방을 공격하여 제압하는 능력과 정비례했다. 위험이 다가와도 도망가지 않고, 아파도 소리 지르지 않는 것. 이것이야말로 조물주께서 그들을 창조하실 때에 내리신 명령이었다.

가위튀는 나르의 마음이 조금은 이해가 되는 듯했다. '나르는 비록 내 뜻을 거스르지 않고 돌아와 곁에 앉았지만 마음은 이미 먼 곳에 가 있다. 게다가 혼자가 아니라 강아지 까까까지 물고 가려고 한다. 나르는 뭘 하려는 걸까? 깡르썬거를 찾아가려는 걸까? 깡르썬거는 도대체 어디에 있는 걸까? 자기 주인인 샹아마 일곱 아이들은 찾았을까? 만일 찾았다면, 애들하고 깡르썬거는 모두 무마허 부락의 강도 자마춰 수중에 있다는 이야기일 텐데⋯⋯.'

가위뛰는 검은 짱아오 나르의 머리를 쓰다듬으며 근심 가득 어린 목소리로 말했다. "가거라. 나르, 네가 정 가고 싶으면 가봐라. 네가 가면 도움이 될지도 모르겠구나. 혹시 강도 자마춰가 너를 보면 깡르썬거에 대한 애틋한 네 마음을 봐서라도 그를 봐줄지 모르지. 하지만 어디서 왔는지도 모를 이 강아지는 놓고 가는 게 낫겠다. 데리고 갔다가는 너한테 짐만 될 거야."

검은 짱아오 나르는 떠났다. 이번에는 정말로 떠났다. 흰 강아지 까까는 끝내 내려놓지 않았다. 이것이 바로 어미의 마음이다. 아이가 부모의 곁에 있어야 마음이 놓일 뿐, 어찌 짐이 될 수 있을까? 물론 까까는 나르의 아기가 아니었다. 그녀는 아기를 낳은 적조차 없었다.

흰 강아지 까까에 대한 나르의 사랑은 깡르썬거와 깊은 관계가 있었다. '흰 강아지 까까는 깡르썬거가 물어왔으니까.' 깡르썬거야 말로 자신에게 아기를 가져다줄 수 있고, 자신을 아내요 어머니로 변화시킬 수 있는 유일한 남성이라는 믿음이 선명하고도 몽롱하게 나르에게 자리잡았다.

나르는 황혼녘의 차가운 바람을 뚫고 깡르썬거를 찾으러 갔다. '깡르썬거! 어디에 있는 거야?'

바람을 타고 오는 냄새가 대답을 해주고 있었다.

하지만 바람은 종종 시간이 지난 냄새를 실어왔다. 검은 짱아오가 지금 가고 있는 길은 어쩌면 깡르썬거가 오래 전에 지나간 곳일 수 있었다. 그래서 그들은 한동안 서로 만날 수 없었다. 자정이 되어 깡르썬거가 앙라 설산의 산맥으로 돌아가 눈 덮인 언덕 위에서 뜨거운 오줌줄기를 뿌릴 때에야 나르는 그가 지금 어디에 있는지 정확히 알 수 있었다. 다시 말하자면, 바로 이때 깡르썬거도 공기에 실려오는 나르의 냄새를 민감하게 포착해냈다.

검은 짱아오 나르는 깡르썬거의 발자국을 따라 남쪽으로 갔다. 깡르썬거는 바람의 인도를 받아 북쪽을 향해 걸었다. 한참을 걷던 두 짱아오는 거의 동시에 전율했다. 깡르썬거가 짖기 시작했다. 나르는 흰 강아지를 입에 물고 달려왔다.

다시 만나는 그 순간, 나르의 머리는 깡르썬거의 몸을 들이받았다. 깡르썬거는 그녀의 체취를 맡으며 핥아주었다. 나르는 흰 강아지 까까를 눈밭 위에 내려놓고 그보다 더 열정적으로 체취를 맡고 핥아주며 그의 사랑에 보답했다. 두 마리 짱아오는 한동안 서로 떨어질 줄을 몰랐다. 그렇게 한참이 지난 후에야 흥분을 가라앉힐 수 있었다.

이미 새벽이었다. 동쪽 하늘이 어렴풋이 밝아지는 기미가 보였다. 깡르썬거의 꽁무니만 죽어라 따라왔던 무마허 부락의 강도 자마취와 기마사냥꾼들은 그제야 깨달았다. '죽어라 고생하며 따라왔는데, 깡르썬거가 찾아헤맨 대상은 검은 짱아오 나르였잖아! 그나저나 샹아마의 일곱 아이들은 왜 찾지 않는 거지? 지금은 안 찾겠다는 건가, 아니면 처음부터 찾을 생각이 없었던 건가? 아니, 아니야.' 자마취는 이야기를 다시 한 번 짜맞춰보려 했다. '주인을 찾기 위해서가 아니라면 깡르썬거는 왜 그 동굴을 떠났지? 깡르썬거는 지금 자기 주인을 찾는 중이다. 나르와 만나게 된 사건은 전체 이야기의 일부에 지나지 않는다. 깡르썬거는 분명 계속 주인을 찾을 것이다. 보라고. 저 녀석들은 지금 서로 의논을 하고 있잖아? 벌써 발걸음을 옮기고 있어! 한 놈은 앞장서고 한 놈은 뒤따르며 앙라 설산의 외부를 향해 가고 있다고.'

두 마리 짱아오는 매우 빨리 걸어갔다. 새벽의 어둠이 완전히 사라지기 전에 강도 자마춰와 기마사냥꾼들의 추적을 벗어나기라도 하려는 듯이.

자마춰는 자신의 검은 말에 채찍을 휘두르며 그들 뒤로 바짝 다가섰다. 그러고는 이렇게 뇌까렸다. '네 이놈, 내 손아귀에서 벗어날 생각일랑 꿈도 꾸지 말거라. 무마허 부락의 강도님께서 어떻게 너 같은 짱아오 한 마리도 제대로 따라가지 못한단 말이냐? 나는 네놈을 붙잡을 수도 있고, 쇠사슬로 얽어매 끌고 다니며 네놈의 주인인 샹아마의 꼬마 원수들을 찾게 할 수도 있다고!'

이렇게 생각하던 그가 갑자기 걸음을 멈추었다. 앞에서 추격당하던 짱아오 두 마리도 발걸음을 멈추었다. '어찌 된 일이지?'

앞쪽에서, 점점 옅어지는 마지막 어둠 사이로 거대한 몸집의 짱아오 몇 마리가 나타난 것이다.

# 19

깡르썬거와 검은 짱아오 나르는 차분했다. 그들은 이런 상황을 피할 수 없다는 걸 잘 알고 있었다. 그들이나 저들이나 모두 영민한 후각과 정확한 판단력을 지니고 있었다. 내가 상대의 냄새를 맡으면 상대도 내 냄새를 맡게 마련이다. 담판을 하든 죽기 살기로 싸움을 하든, 어차피 벌어질 일이라면 일찌감치 해치우는 편이 나았다. 괜히 시간 끌 필요가 없었다.

반면 그들의 길을 막아선 짱아오 대왕 호랑이머리 순백색 짱아오와 동료들은 차분해 보이지 않았다. 그들은 이곳에서 깡르썬거를 막아낼 수 있으리라 예견했지만, 나르까지 함께 만나게 될 줄은 미처 예상치 못했다. 게다가 나르의 입에는 백사자 까바오썬거와 똑같은 체취를 풍기는 흰 강아지가 물려 있었다.

그들 사이에 놀라움의 눈빛이 교차했다. '검은 짱아오 나르는 이미 죽지 않았나? 흰 강아지는 설랑에게 물려가지 않았나? 그설랑 세 마리는 강아지를 먹어치우기도 전에 황천길을 떠났단 말인가?' 더욱 놀라운 사실은 나르의 냄새를 전혀 맡지 못했다는 점이었다. 그래서 깡르썬거가 올 줄은 알았지만 나르까지 함께 올 줄은 전혀 몰랐다. '이것은 어떤 이치일까? 신체기관의 기능도 마음의 변화에 따라 달라지거나 상실되고, 강해지거나 약해질 수 있단 말인가? 우리는 결국 우리가 생각한 대상의 냄새만 맡을 뿐이란 말인가?'

짱아오와 짱아오, 사람과 짱아오는 눈 쌓인 산기슭에서 고요하게 대치하고 있었다.

사람이 있는 이편에서는 역시 지혜로운 강도 자마춰가 먼저 상황을 파악했다. 그는 목소리를 낮추며 예상치 못한 기쁜 소식을 곁에 있는 기마사냥꾼들에게 전했다. "저기 보이지? 저게 누군지 알겠나? 우리 시제구 초원의 짱아오 대왕이야. 대왕이 왔어."

"짱아오 대왕이 왔으니 잘 됐네요! 대왕이 왔으니 깡르썬거는 이제 죽은 목숨이죠. 오늘 하루를 버티기도 어려울 걸요."

강도 자마춰가 중얼거렸다. "하지만 우리는 깡르썬거를 이용해서 샹아마의 일곱 원수놈들을 찾아내야 하는걸. 자네들 생각에는 어떻게 하면 좋겠나?"

기마사냥꾼들이 이구동성으로 대답했다. "강도님의 분부대로 따르겠습니다."

검은 짱아오 나르는 흰 강아지 까까를 내려놓고 앞으로 걸어갔다. 어찌 되었든 그녀는 시제구 초원의 영지견이었다. 깡르썬거에게 마음을 빼앗겼지만 짱아오 대왕과 동복 언니 궈르를 여전히 좋아하고 있었다. 그녀는 걱정과 죄책감 속에서 과거의 동료에게 반갑게 인사를 전했다.

검은 짱아오 궈르가 그녀를 맞으러 나왔다. 언니와 여동생은 코와 코를 맞대고 서로의 체취를 맡은 후, 다시 짱아오 대왕 호랑이머리에게 함께 나갔다. 호랑이머리 대왕은 매우 놀라기는 했지만 정신은 맑기 그지없었다. 그는 두 눈을 부릅뜨며 궈르를 향해 굵직한 목소리로 짖었다. 시제구 짱아오들을 저버린 반역자와 과도하게 친밀한 접촉을 갖지 말라는 경고였다. 이 파렴치한 반역자가 친여동생이라 할지라도.

'제발 이러지 말아주세요. 짱아오 대왕님, 제발 이러지 말아주세요.' 검은 짱아오 나르는 짱아오 대왕을 향해 큰 꼬리를 세워 천천히 흔들었다. 그에게 사랑과 호의를 얻기 위해서였다.

대왕은 짖기를 멈추었다. 검은 짱아오 나르는 대왕을 향해 나아갔다. 그러자 짱아오 대왕은 옆으로 그녀를 흘겨보았다. 경멸의 행동이었다. 갑자기 어떤 신경줄기라도 건드린 것처럼 대왕이 난폭하게 "컹컹" 짖어대더니 앞으로 달려들어 한 입에 나르의 어깻죽지를 물어뜯었다. 저주였다. 힘을 줘서 물지 않고 이빨로 그저 상대방의 가죽만 물어뜯었을 뿐이다.

대왕은 이 아름다운 암컷의 경박스러움을 저주했다. '지금 네 온몸은 깡르썬거의 냄새로 뒤덮여 있다. 정이 아주 깊은 노린내가 나고 있어. 이 낯짝도 없는 것!'

검은 짱아오 나르는 얼른 뒤로 물러나 돌아가야만 했다. 그녀는 짱아오 대왕 호랑이머리를 아주 좋아했지만 깡르썬거를 더욱 사랑했기 때문에 어쩔 수가 없었다. 슬픔과 고독과 실망감을 다독이며 깡르썬거와 함께 서 있어야만 했다.

깡르썬거는 잔혹한 싸움이 벌어질 것임을 직감했다. 눈밭 위에서 오들오들 떨고 있는 흰 강아지 까까를 물어 검은 짱아오 나르의 앞에 놓아주며 잘 지켜달라고 당부했다. 또 그녀의 미간을 핥아주며 위로했다. 마치 이렇게 말하는 것 같았다. '걱정하지 마.'

그리고 깡르썬거는 몸을 돌렸다. 온몸의 황금빛 털이 뻗쳐 일어났다. 소리까지 들릴 정도였다.

그는 상대를 향해 나아갔다. 앞에 버티고 선 회색 늙은 짱아오는 과거 대결에서 해치웠던 상대이므로 다시 상대할 필요는 없었다. 암짱아오인 궈르에게 함부로 이빨을 들이대는 날카로운 공격을 해서도 안 되었다. 짱아오들의 규칙에 따라 짱아오 대왕 호랑이머리는 처음부터 자신과 맞서 싸우지 않을 것이다. 그의 강렬한 눈빛은 희끄무레한 어둠을 뚫고 대왕 곁에 있는 검은색 털의 또 다른 수컷에게 향했다.

검은색 수짱아오 역시 오늘의 첫 번째 싸움이 필시 자신으로부터 시작될 것임을 예감하고 있었다. 마음속으로 한 차례 차가운 콧방귀를 뀐 후 아무런 선전포고도 없이, 상대방이 상황을 파악할 틈도 주지 않고 희뿌연 새벽 공기속으로 달려나갔다.

깡르썬거는 눈이 아니라 육감으로 상대가 이미 행동을 개시했음을 알아차렸다. 순간 걸음을 멈추고, 네 발은 땅에 굳게 박은 채 꼼짝도 하지 않았다. 검은 짱아오는 달려오자마자 머리로 냅다 깡르썬거를 들이받았다. 하지만 얼어붙은 암석을 들이받는 것만 같았다. 아직 물어뜯지도 않았는데 자신으로서는 전혀 본 적도 경험해본 적도 없는 강인함에 튕겨나가고 말았다. 깡르썬거는 여전히 꼼짝도 하지 않으며 상대가 다시 부딪혀 공격해오기를 기다렸으나 검은 짱아오는 다시 부딪혀오지 않았다. 자신은 상대방을 밀어뜨릴 적수가 되지 않는다는 것을 알고는 곧 깡르썬거의 목덜미를 향해 덤벼들었다.

깡르썬거는 마음속으로 중얼거렸다. '정말 대단한 상대로군, 하마터면 송곳니에 내 목이 날아갈 뻔했어. 여기서 내 목을 내줄 수는 없지. 이건 내 목이라고. 물렸다가는 끝장이야.'

깡르썬거가 자신의 송곳니를 번쩍이며 반격을 할 듯 위장공격을 시도했다. 물론 아무것도 물지는 않았다. 이후 깡르썬거는 그를 몇 차례 공격했으나 한 번도 제대로 물지를 않았다. 이 공격은 검은 짱아오를 우쭐하게 만들었다. '네 녀석도 겨우 이 정도이잖아. 나한테 달려든 게 도대체 몇 번이야. 한 번도 물지 못하면서 우리 대왕님에게 도전할 수 있겠어?'

이것이 깡르썬거가 구사하는 '경계심 허물기 전략'임을 그는 깨닫지 못했다. 자신이 경솔함에 사로잡혀 있으며 대세는 이미 패배를 향해 기울고 있음은 더더욱 생각하지 못했다. 그의 경계심이 마비된 순간, 깡르썬거가 예상할 수 없는 자세로 튀어올랐다. 속도가 너무 빨라 검은 짱아오는 미처 쫓아갈 수 없었다.

이번이야말로 깡르썬거의 첫 번째 공격이었다. 피해보려는 움직임도 소용이 없었다. 도리어 피하려던 그 동작 때문에 검은 짱아오의 목덜미는 정확하게 깡르썬거의 커다란 입속에 처박혔다. 깡르썬거는 한 입에 그의 목덜미를 물어뜯었다. '죽을지 살지는 네 명

이 얼마나 긴가에 달려 있다.'

검은 짱아오는 피를 쏟으며 쓰러졌다. 붉게 물든 눈밭이 반짝반짝 빛났다. 아침이 다가오고 있었다. 깡르썬거는 싸움터에서 벗어났다. 산은 그곳에 버티고 있었다. 그는 앞으로 다가오는 톄빠오진鐵包金(몸은 검고 다리와 배는 누런색이며 눈두덩이에 누런 점이 있는 짱아오) 수짱아오를 맞이했다.

의미심장하게 깡르썬거를 바라보는 톄빠오진 짱아오는 조급하게 공격할 뜻이 없는 듯했다. 보아하니 아주 꾀가 많고 용의주도하며, 노련하고 신중한 짱아오였다. 확실히 그랬다. 그는 공격에 앞서 열심히 깡르썬거의 장점들을 연구하고 있었다. '예상치 못한 때에 날아와 미처 대비하지 못한 곳을 공략한다. 속도는 놀랄 만큼 빠르다. 게다가 공격은 매우 야만스럽고, 힘은 천하장사다. 입을 이용한 공격도 날듯이 빨라 피부와 살을 자르고 근육과 뼈까지 끊어놓기를 식은죽 먹듯 한다.'

동시에 그는 깡르썬거의 단점들도 열심히 연구했다. '눈썹이 너무 긴 건 아닐까? 다른 짱아오와 달리 보지 못하는 맹점盲點이 있지는 않을까? 그렇다면 어디가 맹점일까? 코가 너무 넓은 것은 아닐까? 목덜미를 물어뜯지 못한다면 코를 물어뜯어주면 어떨까? 코가 뭉개지면 그의 체면이 구겨지겠지? 꼬리가 너무 긴 건 아닐까? 꼬리를 잘라버리면 그의 이름과 명예에 먹칠을 할 수 있겠지? 아니면 뱃가죽에 털이 없는 부분이 너무 넓은 건 아닌가? 이빨로는 당연히 물어뜯을 수 없고, 그럼 발톱으로 공격하는 건 어떨까? 그렇게 하면 놈의 창자를 끌어낼 수 있을까? 깡르썬거, 넌 결코 완

전무결하지 않아. 넌 우리 대왕에 비하면 한참 멀었어.'

깡르썬거는 그가 기민한 두뇌로 싸우는 짱아오일 뿐, 잘 발달된 사지를 가지고 초원을 가르는 짱아오가 아니라는 사실을 간파했다. 사람들이 흔히 쓰는 말로 표현하자면 그는 교활하고 음험한 협잡꾼이었다. 그의 눈동자는 깡르썬거의 약점만을 호시탐탐 엿보고 있었다. 어떻게 해야 할까?

깡르썬거는 지체 없이 그에게 달려들었다. 톄빠오진 짱아오가 더이상 기민한 두뇌를 굴리지 못하게 만드는 것이 깡르썬거가 노린 점이었다. 톄빠오진 짱아오는 허를 찔렸다. 상대방의 장단점을 일일이 연구하며 계책을 세울 시간은 주어지지 않았다. 어떻게 하면 죽지 않고 도망칠 수 있을까를 연구할 시간밖에는 없었다.

그는 참으로 기지가 번득이는 행운아였다. 자신은 깡르썬거의 번개 같은 공격을 피할 재주가 없다는 것을 깨닫자 그대로 땅에 쓰러져 상대방의 공격에 자신을 내맡겨버렸다. 그리고 두 뒷발을 힘껏 버둥거려 깡르썬거의 뱃가죽에 상처를 입혔다. 깡르썬거에게는 다소 의외였다. '알고 보니 짱아오도 자발적으로 쓰러질 수 있는 동물이었구나. 또 한 수 배웠다. 우선 약한 모습을 보인 후, 나중에는 강하게 대항한다. 중요한 시점에서 쓰러지는 수를 사용한다면 예상치 못한 의외의 방법으로 승리할 수도 있겠구나.'

그는 톄빠오진 짱아오의 뒷덜미를 덥석 물었다. 치명상은 아니었다. 두 번, 세 번, 상대의 숨이 끊어질 때까지 물어뜯어줄 수도 있었다. 그러나 그렇게 하지 않았다. 이미 승리한 싸움이라고 여겼기 때문이다. 상대방이 패배를 인정하기만 한다면 더 이상 잔인한 방법을 동원할 필요가 없다. 깡르썬거는 한 쪽으로 물러서 거친 숨을 헐떡이며, 욕망과 충동에 이끌려 짱아오 대왕을 쳐다보았다.

짱아오 대왕 호랑이머리는 진작부터 싸우고 싶어 안달이 나 있었다. 그는 낮은 음성으로 으르렁거렸다. 그 음성은 한편으로는 깡르썬거에 대한 찬탄의 표시였다. '깡르썬거, 참 멋있구나. 네가 만일 내 부하였다면 번번이 내게 반기를 드는 백사자 까바오썬거를 물어죽이는 건 분명 네 차지였을 텐데. 그렇게 할 수 없는 현실이 정말 안타깝구나. 지금 죽어야 할 대상은 바로 네 놈이니까.' 그의 음성은 또 한편으로는 싸움을 준비하라는 경고였다. '깡르썬거, 준비는 다 되었겠지? 내가 네놈을 공격하러 간다. 네가 결코 쓰러지지 않는 천하무적이라고는 생각하지 말아라.'

깡르썬거는 당당하게 섰다. 굵고 튼튼한 다리를 벌린 채. 다리는 튼튼한 네 개의 기둥처럼 그의 몸을 견고하게 지탱해주었다.

날이 밝았다. 땅은 하얗게 빛났다. 앙라 설산은 거대한 은색의 산봉우리로 변했다. 깡르썬거는 설산의 산봉우리를 바라보며 호기로운 상상에 빠졌다. '나도 산봉우리다!'

앙라 설산은 앙라 산맥 가운데 늠름하게 솟아올라 짱아오 대왕 호랑이머리의 도전을 맞이하고 있었다.

바람이 불고 산은 흔들렸다. 짱아오 대왕 호랑이머리는 세찬 기세로 부딪혀왔다.

유감이었다. 정말로 유감이었다. 깡르썬거의 힘과 견고함은 자신의 기대치에 미치지 못했다. 그는 짱아오 대왕에게 들이받혀 제

자리에서 튕겨나갔다. 비록 땅에 쓰러진 것은 아니지만 이제 더 이상 설산의 봉우리처럼 견고하지는 않았다.

깡르썬거는 생각했다. '역시 짱아오 대왕답군. 나도 한번 들이받아봐야지. 대왕의 힘은 나보다 얼마나 강한지 봐야겠어.'

그는 '컹컹' 짖는 소리로 선전포고를 한 후 사나운 기세로 짱아오 대왕의 어깨를 부딪쳤다.

짱아오 대왕도 움찔했다. 그 역시 깡르썬거처럼 제자리에서 튕겨나갔다. 비록 땅에 쓰러진 것은 아니지만 이제 더 이상은 모든 적수를 한 수 아래로 깔보던 그 마음이 아니었다. 대왕도 깜짝 놀랐다. 자신은 움직이지 말았어야 했다. 그러나 움직여버리고 말았다. 이것은 깡르썬거의 치달려오는 힘과 버티는 힘이 자신과 마찬가지로 위대하다는 뜻이었다.

대왕은 속으로 자문했다. '어떻게 이럴 수가? 이 세상에 짱아오 대왕 호랑이머리가 쓰러뜨릴 수 없는 짱아오가 존재하다니!' 답답한 울분은 부르짖음으로 터져나왔다. '짱아오 대왕도 쓰러뜨리지 못한 깡르썬거! 네놈이 감히 대왕과 싸우려고 해?'

싸움은 죽기살기 결투였다. 대왕에게는 그 어떤 것과도 비교할 수 없는 자신감과 자부심이 있었다. '내 송곳니는 여섯 날이다. 하지만 깡르썬거는 다른 짱아오들처럼 네 날뿐이지 않은가?'

여섯 날 송곳니는 네 날 송곳니보다 전투력을 3분의 1 증강시킨다. 깡르썬거는 아마도 대왕과 싸워 패배한 모든 짱아오들과 같은 운명일 것이다. 치명적인 부상을 당하거나, 비참하게 죽는 것.

그러나 깡르썬거는 짱아오 대왕의 여섯 날 송곳니는 안중에 없었다. '송곳니가 여섯 날이라면 유리하겠지. 당연히 적을 제압하고 승리를 거두게 한 비밀병기였을 테고. 하지만 비밀병기는 대왕만 가지고 있는 게 아니잖아? 대왕은 여섯 날 송곳니를 가지고 있다 지만, 나는 다른 재주와 무기를 가지고 있거든. 그게 적을 제압하고 승리를 가져다줄 수 있는 거지.'

그는 이 지방의 우두머리인 짱아오 대왕을 존경하는 의미에서, 선제공격으로 상대를 제압하기보다 대왕의 선제공격을 기다려 역 공하겠다고 생각했다. '승부란 물 흐르듯 쉴새없이 뒤바뀌는 거라 고. 두고 보시지. 나를 물어죽이고 싶다면 자기가 물려죽을 가능 성도 배제해서는 안 되는 것. 살 수 있는 기회는 공평하게 주어진 거야. 어느 한 쪽만의 것이 아니라고.'

깡르썬거는 기다렸다. 그는 이상하리만치 침착하고 냉정하게 보였다. '결과에 대해서는 너무 많이 걱정할 필요 없으니까. 승리 아니면 실패, 둘 중의 하나 아닌가?'

하지만 깡르썬거도 미처 생각하지 못한 것이 있었다. 바로 다음 순간 그의 앞에 나타난 제3의 결과였다.

강도 자마춰가 말을 달려 그들 가운데로 뛰어들더니 짱아오 대 왕 호랑이머리를 가리키며 말했다. "인자하신 앙라 산신께서 지금 너를 보고 계신다. 깡르썬거와의 싸움을 멈춰라! 깡르썬거를 죽이 면 누가 우리를 데리고 샹아마의 원수들을 찾으러 가겠느냐?"

강도 자마춰가 볼 때 깡르썬거는 반드시, 의심의 여지없이 패할 운명이었다. 하지만 운명은 깡르썬거가 지금 이 순간 여기서 비참 한 파국을 맞지 않도록 했다. 시제구 초원에서는 아직 그가 필요했다. 그렇지만 짱아오 대왕 호랑이머리는 강도 자마춰의 말을 알아듣지 못했다. 혹은 자마춰의 제지를 공격의 채찍으로 여기는 듯 우레같이 포효하며 덤벼들었다.

깡르썬거는 땅에 쓰러졌다. 대왕이 깡르썬거의 털끝 하나 건드리지 않았는데도 벌써 땅에 쓰러진 것이다. 그는 어떤 적수에게서든 전투의 기술을 습득할 줄 알았다. 조금 전 톄빠오진 짱아오에게서 배운 기술을 사용한 것이다. 제 발로 땅에 쓰러진 후 발을 버둥거려 상대의 뱃가죽을 찢는 전법 말이다.

깡르썬거는 절반의 성공만을 거두었다. 번개보다 더 빨랐던 그의 '약한 모습 보이기 전술'은 짱아오 대왕의 번개 같은 공격을 성공적으로 피했지만 톄빠오진 짱아오가 자신을 할퀴었던 것처럼 대왕의 배를 공격할 수는 없었다. 상대는 대왕이었다.

대왕은 속아넘어가지 않았다. 게다가 상황을 분명하게 인식하고 있었다. '내가 넘어뜨린 것이 아니다. 저놈은 용감무쌍할 뿐만 아니라 교활하기까지 하다.' 짱아오 대왕 호랑이머리는 조심스럽게 뒤로 한 발짝 물러나 천둥이 울리듯 포효한 후 다시 한 번 뛰어올랐다.

이때 강도 자마춰가 화난 목소리로 고함을 질렀다. 조금도 망설이지 않고 말채찍을 꺼내들어 공중에 휘둘렀다. 펄쩍 뛰어올랐던 짱아오 대왕은 깜짝 놀라 고개를 숙여 채찍을 피했다. 채찍은 바람을 가르며 머리 위로 지나갔다. 그는 '쿵' 하고 착지했지만 깡르썬거는 이 기회를 이용해 덤벼들지는 않았다. 대왕은 어이가 없다는 듯 강도 자마춰를 쏘아보았다.

자마춰는 신경질을 냈다. "네놈은 왜 내 말을 듣지 않는 거냐? 무마허 부락의 강도는 너를 복종시킬 힘이 없단 말이냐? 너는 우리 시제구 초원 짱아오들의 대왕이다. 가장 강하고 용맹스런 짱아오이지. 당연히 이놈을 물어죽일 수 있고, 또 앞으로 반드시 물어죽여야 한다. 하지만 지금은 아니야. 이놈은 지금 우리를 데리고 샹아마 아이들을 찾아야 하거든. 샹아마 아이들이야말로 깡르썬거와는 비교도 안 되는 우리의 진정한 원수지."

짱아오 대왕은 그의 말을 경청했다. 자기 앞에 서 있는 이 사람은 보통 기마사냥꾼이나 유목민이 아니었다. 그렇게 평범한 사람이라면 짱아오 대왕을 향해 채찍을 휘두를 리 없었다. 특히 '강도'라는 단어를 들은 후에는 반드시 이 사람의 말을 들어야 한다는 걸 깨달았다. 인류의 강도는 기마사냥꾼을 데리고 싸움의 선봉에 서는 자이고, 두령이나 청지기와 마찬가지로 중요한 직책을 가진 우두머리였다. 사람들이 그의 말을 듣는다면, 영지견인 짱아오는 더욱 잘 따라야 할 대상이었다.

대왕은 실망스러운 표정으로 자신의 동료들이 있는 진영으로 돌아왔다. 핏발 선 눈을 도끼날같이 뜨고 깡르썬거와 검은 짱아오 나르를 노려보았다. 그가 "컹컹컹!" 짖어댔다. 폐부에서부터 울려나오는 이 소리는 '조만간 내가 꼭 네놈을 손봐주마!' 하는 경고였다.

강도 자마춰는 짱아오 대왕을 쫓아내며 말했다. "가라! 가! 여기는 네가 있을 곳이 아니야. 너는 초원으로나 돌아가보거라!"

짱아오 대왕 호랑이머리와 동료들은 화를 억누르며 깡르썬거와 나르의 곁을 떠났다.

깡르썬거는 공기를 통해 냄새를 맡아보았다. 짱아오 대왕의 무리가 정말로 떠났다. 그는 그제야 자리에 앉아 몸을 구부리고 구릿빛 짱아오의 발톱에 뜯긴 배의 상처를 핥았다. 검은 짱아오 나르도 가까이 다가왔다. 깡르썬거가 힘겹게 배를 핥고 있는 모습을 보니 마음이 아파왔다. 그녀는 자기 혀를 내밀어 상처난 배를 핥아주었다. 상처를 핥으면 소염과 진통 효과가 있다. 물린 상처나 긁힌 상처는 일반적으로 핥는 방법을 통해 치료할 수 있었다.

통증이 사라지자 깡르썬거는 고마움의 표시로 나르의 코를 핥아주었다. 그리고 "후후." 콧김을 내뿜으며 말했다. '우리 가자.'

이제 깡르썬거가 흰 강아지 까까를 물고 있었다. 깡르썬거의 상상 속에서 흰 강아지는 바로 검은 짱아오 나르의 아기였다. 나르가 흰 강아지 까까를 보살펴주는 모습에서는 어머니의 따뜻함과 사랑이 물씬 풍겨나고 있었다. 검은 짱아오 나르가 까까의 어머니라면 자신은 까까의 아버지였다.

까까가 느끼는 사랑 역시 아버지와 어머니에게서 받았던 그 사랑이었다. 그는 심지어 깡르썬거의 주둥이에 물려서도 장난을 쳤다. 깡르썬거 입 주변에 난 털을 물고는 있는 힘껏 당겨댔다. 깡르썬거는 너그러운 마음으로 강아지가 장난치게 놔두었다. 발걸음은 더욱 빨라졌다. 강아지가 배고플 게 걱정된 까닭이었다.

태양이 떠오를 무렵, 깡르썬거와 검은 짱아오 나르는 앙라 설산을 빠져나왔다. 그들은 예루허 강변에서 흰 강아지 까까를 내려놓고 흥미진진하게 두더쥐를 잡았다. 두더지들은 부드러운 흙더미 뒤에서 앞발을 세우고 태양을 향해 세수를 하고 있었다. 커다란 짱아오 두 마리가 자기 쪽으로 달려오는 것을 보았지만 바보처럼 멍하니 쳐다보기만 할 뿐 도망가지는 않았다.

그들의 기억 속에서 이렇게 위풍당당하고 멋있는 짱아오들은 결코 두더지를 먹지 않았다. 하지만 그들은 두더지를 한 마리씩 잡아 흰 강아지 까까에게 가져다주었다. 까까는 사양하지 않고 만 찬을 즐겼다. 통통하게 살이 오른 두더지, 아삭거리는 오돌뼈가 있는 두더지, 가죽까지도 부드러운 두더지였다. 까까는 오늘 아침 유난히 맛있는 식사를 했다.

그리고 그들은 드러누워서 쉬었다. 무마허 부락의 강도 자마춰 와 기마사냥꾼들은 점점 이상하다는 생각이 들었다. 깡르썬거와 검은 짱아오 나르는 강변에 드러누워 햇볕만 쬐고 있었다. 마치 이 제는 아무 걱정도 없다는 듯, 샹아마의 아이들을 찾으러 갈 필요 도 없다는 태도였다.

강도 자마춰는 절망한 목소리로 말했다. "혹시 우리 이렇게 오 랫동안 헛고생만 한 거 아니야?"

기마사냥꾼들은 강도보다 더 절망했다. 모두 말잔등에서 내려 와 강가의 풀밭에 같이 드러누워 "아이고! 아이고!" 탄식만 해댔 다. 어떤 사람은 심지어 코를 골며 잠이 들었다.

졸음은 연쇄작용을 일으켜 멀지 않은 곳에 있는 짱아오에게까 지 전염되었다. 깡르썬거와 나르는 하품을 하더니 고개를 푹 숙이 고 깊은 잠에 빠져들었다. 흰 강아지도 이미 잠들어버렸다. 까까 는 피를 너무 많이 흘려 더 이상 정신을 차릴 수 없었다.

강도 자마춰도 말잔등에서 내려와 기마사냥꾼들에게 불을 지피고 차를 끓이도록 분부했다. 이 틈에 배나 좀 채우고, 다시 무마허 부락의 주찰지인 롱바오 습지초원으로 돌아갈 생각이었다.

차를 마시고 정신없이 참파를 다 먹고 나자 기마사냥꾼들은 강도 자마춰의 지휘에 따라 구령을 붙여가며 그곳을 떠났다. 그리고 금세 깡르썬거와 나르의 눈에 보이지 않을 곳으로 사라졌다.

한참이나 길을 가던 강도 자마춰는 갑자기 고삐를 당겨 말을 세우더니 채찍으로 세 명의 기마사냥꾼을 지목하며 자기처럼 말에서 내리도록 했다. "이 두 마리 짱아오들은 교활하고 간사하기가 사람 뺨치는 놈들이야. 우리가 따라가는 이상 그놈들은 샹아마의 원수들을 찾으러 가지 않을 게 분명해. 아무래도 우리가 몰래 돌아가서 그놈들을 감시할 수밖에 없네."

기마사냥꾼 세 명이 말에서 내렸다. 그들은 강도 자마춰를 따라 살금살금 숨을 죽이며 길을 더듬어갔다.

자마춰의 예상은 틀리지 않았다. 깡르썬거는 흰 강아지 까까를 이미 입에 물고 있었다. 검은 짱아오 나르는 그의 곁에 바짝 기대섰다. 그들은 사방을 둘러보며 조심조심 발걸음을 옮겼다.

예루허를 따라 앞으로 나갔다. 앞은 초원과 산맥이 뒤섞인 지역이었다. 대략 한 시진을 걸은 후, 깡르썬거와 나르는 어떤 냄새를 맡았다. 그들은 감격한 듯 세차게 꼬리를 흔들더니 갑자기 뛰기 시작했다. 걸어서 뒤를 따르던 강도 자마춰와 기마사냥꾼 세 명이 몇 걸음 달려봤지만 쫓아가기가 힘들었다.

이제 더 이상 정체를 숨기고 자시고 할 필요가 없었다. 얼른 뒤를 돌아 휘파람을 불었다. 그들의 뒤, 화살 서너 개는 날아갈 거리 뒤에서 말과 다른 기마사냥꾼들이 쫓아오고 있었다.

강도 자마춰의 애기인 검은 말이 먼저 소리를 듣고 달려왔다. 자마춰는 몸을 날려 말에 올라탄 후 채찍을 휘둘러 뒤를 쫓았다. 기마사냥꾼들도 너나없이 따르기 시작했다. 초원에는 먼지 연기가 일었다. 무마허 부락의 강도와 기마사냥꾼들이 거대한 바람을 일으키며 질주하고 있었다.

깡르썬거는 뒤따라오는 사람들의 목소리를 들었다. 그들의 모습도 보았다. 강도와 기마사냥꾼들이 이런 수를 쓸 줄 이미 알고 있었다는 듯, 그는 더욱 씩씩하고 용감하게 달려갔다.

검은 짱아오 나르는 깡르썬거의 곁에 바짝 붙었다. 달리는 속도는 거의 차이가 없었다. 그녀의 왼쪽 눈에서는 눈물이 흘러내리고 시력은 점점 약해지고 있었지만, 체력만은 조금도 떨어지지 않았다. 상처에서 회복된 후, 잘 발달한 근육과 넘치는 힘은 그녀에게 자신감을 불어넣어주었다. '깡르썬거가 달리면 나도 달린다. 그가 달리는 만큼 나도 달린다.'

이것은 깡르썬거의 소망이기도 했다. 인간세계의 말을 빌리자면 '검은 짱아오 나르는 이미 깡르썬거의 갈비뼈 중 하나가 되었으니까, 둘은 영원히 떨어지지 않을 것이니까.'

초원과 산맥이 바람처럼 좌우로 사라졌다. 지평선에서 랑도협이 서서히 모습을 드러냈다.

지금 깡르썬거와 나르의 눈앞에 드러난 것은 랑도협만이 아니었다. 몇 명의 외지인이 보였다. 그들 중 한 명만 빼고 전부 모르는 사람이었다.

사실 깡르썽거와 나르는 이 한 사람을 만나기 위해 이렇게 미친 듯이 달려온 것이다. 이 사람이 올 것을 진작부터 알고 있었다. 그들이 예루허 강변에서 비몽사몽 잠들어 있던 때, 기마사냥꾼들이 불을 지펴 정신없이 참파를 먹고 있던 때, 강도 자마춰가 철수하는 척 떠나갔다가 몰래 뒤쫓아올 것까지 예상했을 때, 그들은 이 사람이 올 것이라는 소식을 접했다. 그들에게 소식을 전해준 것은 바람, 바람에 실려온 냄새였다. 그리고 다른 짱아오들보다 더 예민한 후각과 진실하며 거짓 없는 그들의 우정, 이를 통해 생겨난 육감六感이었다.

그들은 먼 길을 달려왔다. 샹아마의 아이들을 추적하는 일일랑 잠시 접어두고, 랑도협 입구로 달려와 이 사람을 맞이했다. 그는 바로 아버지였다.

# 8장

# 백사자 까바오썬거,
# 진짜 적수를 만나다

# 20

아버지가 시제구 초원을 떠난 지 보름이 지났다. 그리고, 그는 다시 돌아왔다.

이 보름 사이, 아버지가 맨 먼저 찾은 곳은 따미 초원이었다. 칭궈아마 초원 공작위원회의 총부, 즉 따미 총부의 소재지였다. 그러나 이곳에서 아버지는 찾고 싶어하던 사람을 만나지 못했다. 아버지로부터 상황설명을 들은 사람은 이렇게 말했다. "좀더 기다려 보시죠. 마이※ 정치위원은 지금 부재중이십니다. 초원의 분규와 부락 간 갈등은 최근 저희들이 당면한 가장 힘든 문제들이죠. 그러니 역시 그분께 직접 보고하시는 게 낫겠습니다."

마이 정치위원은 따미 총부의 일인자였다. 그는 일주일 전, 조사연구차 상아마 초원에 간 후 돌아오지 않고 있었다.

아버지는 따미 총부에서 하루를 기다렸다. 그러다 문득 생각했다. '여기에서 무작정 기다리고 있느니 직접 가서 찾는 게 더 낫지 않을까. 마이 정치위원이 간 곳이라면 나도 갈 수 있겠지.'

아버지는 회색 말을 타고 샹아마 초원으로 갔다. 그곳에 도착해서야 마이 정치위원은 이미 성雀으로 돌아갔다는 사실을 알았다. 샹아마 초원에서 곧바로 성으로 떠났기 때문에 따미 총부 사람들은 알 턱이 없었다. 아버지는 비록 허탕을 쳤지만 예상치 못한 수확을 거두기도 했다. 그곳에서 깡르썬거와 샹아마의 일곱 아이들에 대한 사연을 듣게 된 것이다.

깡르썬거는 원래 아주 뛰어난 사냥개였다. 깡르썬거가 물어죽인 티베트 불곰과 눈표범, 황원 늑대 수가 너무 많아서 사람들이 헤아릴 수도 없는 지경이었다.

아마허阿媽河 부락의 두령 자빠뛰甲巴多는 깡르썬거의 패기와 담력, 용맹스러움에 홀딱 반해서 천막집 한 채를 주고 사냥꾼에게서 그를 사왔다. 그리고 자신의 집지기 개로 삼았다.

하지만 깡르썬거는 과거의 생활이 그리웠다. 툭하면 쇠사슬을 끊어버리고 산림으로 달려가 옛주인을 찾기 일쑤였다. 어느 날 갑자기 옛주인이 실종될 때까지 그런 일이 반복되었다. 옛주인이 사라진 뒤 깡르썬거는 샹아마 초원을 구석구석 뒤졌다. 안 찾아본 곳이 없을 때쯤에야 마음을 정리하고 자신의 직무에 충성하는 집지기 개가 될 수 있었다.

반년 후 어느 날 새벽이었다. 깡르썬거는 자빠뛰의 목에 사냥꾼의 마노 목걸이가 걸려 있는 것을 보고간 큰 충격에 휩싸였다. 깡르썬거는 몰래 냄새를 맡기 시작했다. 자빠뛰 두령의 천막집에서 사냥꾼의 티베트 보검과 활과 화살을 찾아냈다. 그는 사람처럼 미간을 찌푸려가며 생각을 거듭하는 유형이 아니었다. 과감하게, 고향을 떠나 살겠다는 결정을 그 자리에서 내렸다. 즉 자빠뭐를 물어죽여 옛주인을 해친 원한을 갚겠다는 결심이었다.

자빠뭐를 물어죽인다는 건 깡르썬거에게 늑대 한 마리 물어죽이는 것만큼 손쉬운 일이었다. 깡르썬거는 복수에 성공했다. 그리고 사람들의 시선을 피해 사냥꾼이 항상 사냥을 하던 산림으로 숨어들었다. 자빠뭐 두령 일가는 부락의 기마사냥꾼들을 데리고 산림을 둘러싼 소탕작전을 벌였다.

깡르썬거는 산림에서 도망쳐 다시 초원으로 돌아와야 했다. 거기서 초원을 유랑하는 일곱 아이들을 만났고 아이들은 그를 거둬주었다. 아이들은 그의 새 주인이 되었다.

그 시절, 아이들을 돌봐주던 이는 썅아마 초원에서 밀법의 고행 수련을 하던 펑춰彭措 대사였다. '마하커라뻔썬바오.' 즉 10만 사자의 왕인 어오대흑호馭獒大黑護의 이름을 부르는 주문은 펑춰 대사가 개들을 피해 목숨을 건지라고 아이들에게 전수해준 거였다.

훗날 대사가 입적한 후 아이들은 사방을 떠돌며 구걸로 연명했다. 한 끼 먹으면 한 끼 굶는 나날들이었다. 정해진 거처도 없이 여기서 하룻밤 저기서 하룻밤, 신세지며 살았다. 그러나 정해진 거처가 없기 때문에 후일 자빠뭐의 가족들이 깡르썬거가 꼬마 유랑객 일곱과 함께 다닌다는 사실을 알고 추적했음에도 한동안 그들을 찾아낼 수가 없었다. 수색이 지연되던 그 잠시 동안, 눈치 빠른 아이들과 더 눈치 빠른 깡르썬거는 썅아마 초원을 떠났다.

아버지는 그제야 아이들이 했던 이야기가 무슨 뜻인지 이해되었다. 썅아마 초원의 오래된 신화와 전설에서는 해골귀신과 심장을 파먹는 귀신, 혼을 빼앗아가는 처녀귀신이 아주 많은 곳으로 아마허 유역을 묘사했다. 또 아마허의 발원지는 천국의 과일이 지천으로 자라나는 하이성 대설산, 깡진춰지라고 알려져 있었다. 그곳은 고통도 근심도 없는 곳이며 모든 신선과 아이들이 행복하게 사는 곳이라 일컬어졌다. 아이들은 살인사건에 연루된 깡르썬거와 함께 바로 그곳을 찾았던 것이다. 그래서 하류에서부터 상류까지 아마허를 거슬러 올라가다 시제구 초원에 닿았던 것이다.

마이 정치위원을 찾지 못한 아버지는 따미 총부로 돌아가 계속 기다려야만 했다. 기다리는 동안 현지 유목민에게 티베트어를 배웠다. 10여 일이 지나서야 성에서 공작 상황보고를 마치고 돌아온 마이 정치위원을 만날 수 있었다. 아버지는 자신이 알고 있는 모든 일을 차근차근 설명했다.

마이 정치위원이 말했다. "자네, 그러니까 날더러 자네하고 같이 시제구 초원에 좀 가달라는 겐가?"

"만일 직접 가기 어려우시면 대리인을 보내셔도 됩니다. 샹아마의 일곱 아이들과 짱짜시, 깡르썬거를 구할 수만 있다면 방법은 상관없습니다."

"아닐세, 내가 직접 가봐야겠네."

그렇게 길을 떠난 아버지로서는 상상조차 하지 못했다. 랑도협을 건너자마자 꿈에도 그리던 깡르썬거와 검은 짱아오 나르를 만나게 되다니! 그들이 재회한 이곳은 아버지와 깡르썬거, 샹아마의 일곱 아이들이 처음 만난 곳이자 아이들에게 '천국의 과일'을 나눠준 곳이었다. 이곳은 신령함이 깃든 인연이 태동하는 장소 같았다.

깡르썬거도 아버지에게 이런 사실을 일깨워주고 싶었다. '당신은 개를 위해서 태어난 사람이에요. 당신은 영원히 짱아오와 함께 살아야 해요.'

아버지는 뜻밖의 만남에 감격해서 깡르썬거와 검은 짱아오 나르, 그리고 흰 강아지 까까를 번갈아 살펴보며 자기도 모르게 함성을 질렀다. 그런데 다른 사람의 귀에는 그 소리가 영락없는 개 짖는 소리로 들렸다. 아버지는 자신이 지금 말 위에 앉아 있다는 사실도 까맣게 잊은 채 한달음에 달려가려고 했다. 순간 아버지의 몸이 기우뚱하더니 말 아래로 떨어졌다.

이를 본 깡르썬거가 흰 강아지 까까를 일른 내려놓고 바람처럼 달려와 자기 몸으로 아버지를 받았다. 아버지는 깡르썬거와 함께 굴렀다. 뒹굴뒹굴 검은 짱아오 나르 곁에까지 굴러갔다. 나르는 기쁜 내색을 감추며, 부끄러운 듯 아버지의 옷만 핥아댔다.

아버지는 품안 가득 나르의 머리를 감싸안으며 물었다. "상처는 다 나았니?"

나르는 자신의 감정을 어떻게 표현해야 좋을지 몰랐다. 뒷다리로 벌떡 일어서더니 앞다리로 아버지의 머리를 붙들고 뜨거운 오줌을 한바탕 퍼부었다. 덕분에 아버지의 다리는 축축하게 젖었다.

아버지가 외쳤다. "아이고! 나르! 너 지금 뭐하는 거야?"

외부에서 온 몇몇 외지인들은 눈앞에서 펼쳐지는 광경에 어리둥절하기만 했다.

아버지는 일어나서 개들을 한 마리씩 가리키며 말했다. "마이 정치위원님, 이놈이 제가 말한 설산사자 깡르썬기입니다. 이놈은 제가 말한 검은 짱아오 나르고요. 이놈들이 얼마나 신통해요! 오늘 제가 온다는 것까지 알고 있잖아요!"

이미 중년의 나이에 접어든 마이 정치위원은 개가 무서운 듯 물었다. "이렇게 큰 개가 사람은 안 무나?"

아버지가 농담을 했다. "그거야 마이 위원님이 시제구 초원의 문제를 어떻게 해결해주시느냐에 달려 있죠. 문제만 잘 해결해주시면 이놈들은 물지 않을 뿐 아니라 위원님과 친구도 될 수 있습니다. 하지만 문제를 해결해주지 못하시면 어떤 관계가 될지 저로서도 장담할 수 없습니다. 이곳 사람들이 그러는데 짱아오는 은혜도 기억하지만 원한도 기억한다나요? 10년, 20년이 지나도 원한을 잊지 않고 자기 자손한테까지 물려준다고 했습니다."

마이 정치위원이 정색을 했다. "자네 겁은 그만 주게. 난 개를 무서워해."

"이곳은 개들의 세상이에요. 개를 무서워했다가는 한 걸음도 걸을 수 없는걸요." 아버지는 이렇게 말하며 흰 강아지 까까를 안아 올렸다. "이 강아지는 어디서 났니? 어쩌다가 이렇게 다쳤어?"

깡르썬거는 아버지만 알아볼 수 있는 은근한 미소와 함께 자기 곁에 있는 나르의 냄새를 맡았다.

아버지는 웃었다. "설마, 나르의 아기는 아니겠지? 말도 안 돼. 나르의 아기라면 어떻게 이렇게 하얀 색이야?"

이때 앞에서 날카로운 말 울음소리가 들려왔다. 그들은 그제야 이 두 마리 짱아오를 따라온 사람과 말들의 무리를 발견했다.

마이 정치위원이 물었다. "저들은 뭐 하는 사람들이오?"

아버지는 이 질문을 깡르썬거와 검은 짱아오 나르에게 전달했다. "뭐 하는 사람들이니?"

깡르썬거는 몸을 돌려 맹렬히 짖기 시작했다. 하지만 달려들어 공격하지는 않았다. 아버지도 어느 정도 감은 잡았다. '적어도 이 사람과 말들은 깡르썬거나 나르와 같은 편은 아니다.'

그는 앞으로 걸어가며 큰 소리로 물었다. "실례지만 어느 부락에서 오셨죠? 여기에는 뭘 하러 오셨습니까?"

강도 자마춰는 아버지가 무슨 질문을 하는지 대강 짐작했다. 하지만 자기가 대답해봐야 상대방도 못 알아들을 게 뻔하다고 느꼈는지 말머리를 돌려 곁에 선 기마사냥꾼들에게 말했다. "돌아가자, 돌아가. 샹아마의 꼬마 원수들은 벌써 자기 집으로 돌아갔다. 우리도 돌아가야 한다."

자마춰는 지금 속으로 생각하고 있었다. '내 판단은 절대로 틀리지 않을 거야. 깡르썬거는 지금 동서남북으로 자기 주인인 샹아마의 일곱 원수놈들을 찾고 있었던 게야. 하지만 샹아마의 원수들은 이미 자기 초원으로 돌아가버린 거지. 깡르썬거는 시제구 초원을 배반한 검은 짱아오 나르를 데리고 아이들을 찾아 랑도협까지 왔어. 그런데 막 이곳을 지나 샹아마 초원으로 돌아가려는 찰나 깡르썬거와 나르를 구했던 한짜시한테 붙잡힌 거지. 한짜시하고 같이 있는 저 사람들은 얼굴이 낯선 걸로 봐서 외지인인 것 같은데. 시제구 공작위원회 사람 같기도 하고 아닌 것 같기도 하군.'

강도 자마춰 일행은 몇 시진 후 무마허 부락의 목초지 롱바오 습지초원에 도착했다. 그는 따거리에 두령이 은사발 가득 담아 직접 하사한 위로주를 들이켰다.

따거리에가 말했다. "비록 우리의 강도가 샹아마의 원수들을 잡아서 직접 손목을 자르지는 않았지만, 그놈들을 시제구 초원에서 몰아냈으니 그 공로가 결코 작지 않네. 깡르썬거는 역시 다른 곳에 가지 못하도록 이곳에 붙들어놓는 게 낫겠네. 그놈의 상처가 이미 다 나은 듯하니 용맹과 지혜로써 자신이 위대한 설산사자임을 증명할 때가 되었잖나? 깡르썬거가 그 사실을 증명하기 전에 우리가 해야 할 아주 중요한 일이 한 가지 있네. 시제구 초원을 이 잡듯이 뒤져서 우리의 도움만 받고 적을 도와준 그놈, 초원의 규칙을 심각하게 위반한 짱짜시를 잡아 두 손목을 자르는 일일세. 각 부락의 기마사냥꾼들은 이미 출발한 지 오래네. 우리 부락의 기마사냥꾼들은 언제 행동을 개시할 텐가? 강도 자마춰, 자네는 이 방면의 전문가이니 내가 자네 말을 따르지. 만일 강도의 영예와 기마사냥꾼의 영광 따위는 전혀 중요하지 않다고 생각한다면 이제 자네 맘대로 배불리 먹고 마시고, 마누라를 옆에 끼고 몇날 며칠 동안 잠을 자도 뭐라 하지 않겠네."

강도 자마춰는 은사발을 따거리에 두령의 시녀에게 건넨 뒤 등에 비끄러매고 있던 칼 달린 총을 꺼내며 대답했다. "존경하는 두령 어른, 마침 이야기를 잘 하셨습니다. 말씀하신 대로 저는 배불리 먹고 마실 권리도 있고, 마누라를 옆에 끼고 몇날 며칠 잠을 잘 권리도 있습니다. 하지만 그건 짱짜시를 붙잡아 그놈을 징벌한 후의 이야기입니다. 짱짜시는 시제구 초원의 반역자입니다. 우리 무마허 부락이 징벌하지 않는다면 누가 징벌을 한단 말입니까? 초원의 이익은 하늘과 같이 넓고, 부락의 명예는 땅과 같이 크지 않습니까? 정벌을 격려하는 격려주를 한 잔 더 들이키고, 지금 당장 기마사냥꾼들을 데리고 출발하겠습니다. 반역자 짱짜시를 잡기 전에는 절대 돌아오지 않을 겁니다."

깡르썬거는 고개를 들어 강도 자마취가 자신의 기마사냥꾼들을 이끌고 날듯이 달려 사라지는 모습을 바라보았다. 이제야 정말 돌아가는 것이란 확신이 들었다. '다시는 날 쫓아오지 않겠지.'

깡르썬거는 즉시 몸을 돌려 아버지가 타고 온 회색 말 등 위에 걸쳐진 전대纏帶를 물어뜯었다.

아버지는 마이 정치위원에게 설명했다. "이놈이 배가 고픈 모양이네요. 저 안에 먹을 게 들어 있다는 걸 알고 있거든요."

아버지는 흰 강아지 까까를 땅에 내려놓고 전대 안에서 양피 주머니 하나를 꺼냈다. 안에 든 말린 고기를 꺼내 먹이려는데 깡르썬거가 한 입에 양피 주머니를 덥석 물어 채갔다. 그러고는 아버지가 기분 나빠하지 않을까 걱정되는 듯 얼른 그 자리를 떴다.

깡르썬거는 10여 발자국가량 떨어진 곳에서 검은 짱아오 나르를 기다렸다. 검은 짱아오 나르도 그가 무엇을 원하는지 알았다. 부러진 다리를 끌며 앞으로 기어가는 흰 강아지 까까를 입에 물고 깡르썬거 곁으로 갔다.

두 마리 짱아오는 시제구 쪽으로 걸어갔다. 몇 걸음 못 가 뒤를 돌아 아버지를 바라보았다. 아버지가 말을 끌고 따라나서자 그들은 또다시 앞으로 나아가기 시작했다. 아버지는 시험 삼아 걸음을 멈춰보았다. 그러자 그들도 멈추어 아버지를 기다렸다.

아버지는 마이 정치위원에게 말했다. "저 고기는 저놈들이 먹으려는 게 아니라 다른 사람한테 먹이려는 거예요."

마이 정치위원은 물었다. "누구 말이오?"

"누구긴 누구겠어요? 자기 주인이겠죠. 아무튼 빨리빨리 따라가야 할 것 같네요. 샹아마의 일곱 아이들이 지금 어떻게 되었는지 모르는 형편이니까요. 보아하니 저놈들이 여기까지 저를 마중 나온 데는 다 목적이 있는 것 같아요. 이놈들도 자기 주인을 구할 수 있는 건 저같이 마음 좋은 외지인밖에 없다는 걸 알고 있으니까요."

아버지가 이렇게 말하자 깡르썬거는 양피 주머니를 땅바닥에 내려놓았다. 아버지는 다가가 주머니를 주운 후, 다시 말 등 위의 전대에 쑤셔넣었다.

마이 정치위원이 말했다. "자네는 개를 꼭 사람처럼 생각하는군. 개들이 어떻게 그런 생각을 했겠나? 하지만 난 자네의 그런 태도가 맘에 드네. 그렇게 생각하는 게 우리 공작에 도움이 되지."

일행은 깡르썬거와 나르를 따라 앞으로 걸어갔다. 깡르썬거에게는 이제부터가 본격적으로 자신의 주인을 찾아가는 길이었다. 반면 검은 짱아오 나르에게 이 길은 사랑에 이끌린 길이었다. 깡르썬거가 어디로 가든 나르도 반드시 따라나섰다.

그들에 비하면 사람들의 목적은 많이 복잡했다. 샹아마 아이들을 위해, 짱짜시를 위해, 깡르썬거를 위해, 시제구 초원과 샹아마 초원의 평화와 안정을 위해, 공작위원회의 공작을 위해, 초원에서 순조롭게 부락 외 정권을 건설하기 위해 이 길을 가고 있었다.

칭궈아마 초원 공작위원회 총부의 일인자인 마이 정치위원이 사람들을 이끌고 직접 시제구 초원까지 찾은 이유는 개인적으로 아버지가 보고한 문제와 짱아오를 친구로 삼는 방법이 그 어떤 것보다 중요하다고 여겼기 때문이다. 그는 각 공위에서 보고한 상황을 기초로 칭궈아마 초원에서는 티베트 개들, 특히 짱아오가 유목민 생활에 있어 필수불가결한 동반자요 숭배의 대상이라는 것을 잘 알고 있었다.

거대한 유목민 군중을 단결시킬 수 있는 가장 중요한 열쇠는 바로 초원의 개들, 특히 짱아오들을 단결시키는 것이다. 짱아오가 좋아하는 사람이라면 유목민들도 쌍수를 들고 환영할 것이다. 짱아오를 조금이라도 사랑해주면 유목민들은 그보다 열 배는 더 정겹게 대할 것이다.

하지만 그는 개에 대해 보고서 종이를 통해서만 논의해보았을 뿐, 어떻게 해야 짱아오들을 단결시킬 수 있는지, 구체적인 방법은 전혀 몰랐다. 이번에 아버지를 따라 시제구 초원에 온 데는 아버지에게 한 수 배우려는 목적도 있었다. 그래서 그는 아버지와도 격의 없이 대화를 나누었다.

그는 아버지와는 정반대로 개를 아주 무서워했다. 어떤 개든 다 무서워하는 것이 꼭 전생에 개한테 물려 무서움증이 생긴 늑대였던 것만 같았다. 언제나 험상궂은 표정이라 이 세상에 아무것도 두려울 게 없을 듯한 느낌을 주는 사람이었는데 개를 만나는 것만큼은 그렇게 두려워했다. 아버지가 후에 알게 된 이야기에 따르면,

마이 정치위원은 어린 시절 샨둥山東의 고향에서 몇 년간 비럭질로 살았는데 그곳의 개들은 가난한 사람을 보면 물고 부자들에게만 꼬리를 흔들었다고 한다. 그곳의 개들은 사람을 돈으로 차별하지 않고 좋은 사람과 나쁜 사람, 가족과 외지인, 사랑하는 사람과 원수들로 구별하는 초원의 짱아오와는 달랐나보다. 말하자면, 마이 정치위원은 고향에서 '권세와 이익을 따르는 개'에게 물려 무서움 증이 생긴 것이다.

개를 무서워하지 않는 아버지와 개를 무서워하는 마이 정치위원이 깡르썬거와 검은 짱아오 나르를 따라나선 지 얼마 되지 않아 아버지가 입을 열었다. "이놈들, 예루허를 떠난 걸 보니 띠아오팡 산으로 돌아가려는 게 아닌데요. 다른 곳으로 가고 있어요. 마이 정치위원님, 어떻게 생각하세요? 우리 계속 쫓아가야 할까요, 말 아야 할까요?"

"자네가 결정하게. 난 자네 말대로 하겠네."

"역시 깡르썬거하고 나르한테 결정하라고 하는 게 낫겠어요. 저 놈들이 우리가 따라오길 원한다면 그건 저하고 마이 정치위원님을 신뢰한다는 뜻이거든요. 만일 우리가 따라오길 원하지 않는다면 마이 위원님이 오셔서 자기들한테 득이 될지 해가 될지 잘 모르겠 다는 뜻이죠. 그렇다면 마이 위원님은 쫓아오지 않으시는 편이 낫 습니다. 위원님의 선한 의도를 증명하시고 이놈들의 신임을 얻으 면 그때 다시 이야기하는 게 좋을 거예요. 만일 꼭 따라가야만 하 겠다고 우기신다면 이놈들은 위원님을 멀리 떼어놓을 때까지 자기 맘대로 달아나 버릴 걸요."

아버지의 말에 마이 위원이 대꾸했다. "내 살면서 개가 사람 말 듣는다는 이야기는 들었어도 사람이 개 말 듣는다는 이야기는 처음이네. 이렇게 복잡한 걸 저놈들이 어떻게 알겠나?"

아버지가 정색했다. "사람이 볼 때는 복잡한 일도 짱아오에게는 아주 간단할 수 있거든요. 짱아오는 사람이 따라갈 수 없는 직관력과 이해력을 가지고 있으니까요. 가령 지금 우리가 하는 말들, 저나 마이 위원님의 태도, 어투, 친절한 정도, 손짓, 거리 등등에 대해 깡르썬거하고 나르는 이미 오래 전부터 주시하고 있어요. 그리고 이걸 통해서 마이 위원님이 저의 친구인지 상급자인지, 아니면 적인지 결론내리죠. 그 후에 위원님을 어떻게 대해야 할지 태도를 결정하고요. 안 믿겨지시면 한번 시험해보세요. 제가 위원님을 한 대 때리고 위원님도 저를 한 대 후려친 다음 서로 성이 나서 노려보고 있다면 이놈들은 금방 멈춰서서 사건의 추이를 관찰할 겁니다. 만일 우리 둘이 금세 '하하' 큰 소리로 웃어젖힌다면 이놈들은 의심이 풀려 개운하다는 듯 눈을 껌뻑거리고 편안한 마음으로 다시 걸어갈 거예요. 우리 두 사람이 서로 친한 개들처럼 싸우며 놀고 있다고 생각할 길요? '이렇게 허물없이 놀 수 있는 상대는 분명 보통 사이가 아니다. 서로 믿을 수 있는 사이다.' 라고요."

말을 마치자 아버지는 말 위에서 몸을 뒤로 젖혀 마이 정치위원에게 주먹을 날렸다. 마이 정치위원은 양미간을 한껏 찌푸리며 눈을 부라리더니 역시 주먹을 날려왔다. 길 가는 데에만 정신이 팔려 있는 듯하던 깡르썬거와 검은 짱아오 나르는 갑자기 멈춰서서 경계의 눈빛으로 둘을 돌아보았다. 아버지는 갑자기 "하하하!" 크게 웃으며 다시 한 번 주먹으로 마이 정치위원을 툭 때렸다.

"저것 좀 보세요. 제 말이 맞죠? 깡르썬거가 눈을 껌뻑거리더니 다시 자기 길을 가기 시작했죠?"

마이 정치위원이 신기해했다. "자네 말대로 정말 그렇구만."

두 마리 짱아오에게 막 터져나오는 웃음소리를 들려주려는 찰나, 뒤쪽에서 경호원이 쏜살같이 튀어나와 말했다. "한짜시 동지, 우리는 모두 위원님을 아주 존경하고 존중하고 있습니다. 무례한 행동은 삼가주시죠. 위원님께 함부로 손발을 놀리지 마십쇼."

마이 정치위원이 웃음을 참지 못하고 큰 소리로 껄껄 웃으며 말했다. "정말이지 사람은 개만한 이해능력도 없구만 그래. 개는 알고 있는 일을 사람은 알지 못해. 허허."

아버지는 말 등에서 뛰어내려 매우 정중하게 그의 말을 정정했다. "개가 아닙니다. 위원님. 개중의 개, 짱아오죠. 그러니까 '짱아오는 알고 있는 일을 사람은 모른다.' 라고 하셔야 맞는 말씀입니다."

마이 정치위원이 따라가는 게 좋은지 나쁜지 확실히 결정할 수 있도록 아버지가 깡르썬거와 나르에게 제시한 방법은 아주 간단했다.

흰 강아지 까까를 검은 짱아오 나르의 입에서 자기 품안으로 데려오며 아버지는 말했다. "내가 안고 갈게. 이렇게 물고 가면 강아지도 불편할 거야."

검은 짱아오 나르도 좋았던지 눈웃음을 치며 꼬리를 흔들었다. 아버지는 흰 강아지 까까를 안고 다시 말에 올랐다. 그렇게 조금 가다가 까까를 마이 정치위원에게 곧바로 넘겨주었다.

앞에서 걸어가면서도 아버지를 살피고 있던 나르는 금방 멈춰섰다. 왼눈은 상처를 입어 감고 있었기에 오른 눈으로 마이 정치위원을 바라보았다. 믿을 수 없는 듯 의심이 가득한 표정으로 두꺼운 입술은 '푸르르' 떨리기까지 했다. 아버지가 자신의 강아지를 함부로 다른 사람에게 넘겨준 데 대한 불만의 표시였다.

하지만 깡르썬거는 멈추지 않았다. 고개조차 돌리지 않았다. 그건 아버지가 흰 강아지 까까를 마이 정치위원에게 건네주는 행동이 하등 문제될 게 없다는 뜻이었다. '마이 정치위원은 한짜시와 똑같이 선량한 분이야.' 심지어 이런 판단까지 하고 있었는지도 모른다. '한짜시는 샹아마의 일곱 아이들을 구하고 싶어하지만 그런 능력이 없지. 그래서 힘이 있는 저 사람을 청해온 거야.'

마이 정치위원을 쏘아보던 나르는 계속 앞으로 걸어가기만 하는 깡르썬거를 바라보더니 결연한 뒷모습에서 무엇인가를 읽어내기라도 한 듯, 두 다리를 펄쩍거리며 다시 쫓아가기 시작했다.

검은 짱아오 나르는 곧 깡르썬거와 함께 나란히 걸었다. 오른 눈으로는 여전히 마이 정치위원의 품을 수시로 흘끔거렸지만 다시는 몸을 돌리지 않았다. 가끔 고개만 돌려 바라보는 것도 깡르썬거가 눈물이 흐르는 자신의 왼눈을 핥아줄 때뿐이었다.

아버지는 말했다. "따라오셔도 되겠습니다. 마이 정치위원님, 이놈들도 위원님이 샹아마의 일곱 아이들을 구하러 오신 줄을 알고 있는데요. 만일 이놈들이 위원님을 신뢰하지 않았다면 갖은 방법을 다 써서 위원님을 떼어놓으려고 했을 겁니다. 그랬다면 자기들이 끔찍이 여기는 이 강아지도 위원님이 안도록 절대 허락하지 않았을 거예요."

마이 정치위원도 안심한 듯 대꾸했다. "맞는 말인 것 같네. 하지만 정말 그런지는 모를 일이지."

이때 경호원이 다가왔다. "위원님, 제가 안고 가죠." 그는 이렇게 말하며 말 등 뒤에서 몸을 쑥 내밀어 흰 강아지 까까를 얼른 자기 품으로 데리고 갔다.

아버지는 다급하게 외쳤다. "안 돼요. 안 돼! 그건 허락하지 않았다고요!"

경호원이 물었다. "누가 허락하지 않았다는 거요?"

아버지가 미처 대답을 하기도 전에, 앞쪽에서 거친 개 짖는 소리가 들려왔다. 검은 짱아오 나르와 깡르썬거가 서로 뒤질세라 달려오고 있었다.

아버지가 일렀다. "빨리 강아지를 마이 위원님께 돌려드려요!"

그러고는 얼른 말에서 뛰어내려 분기탱천한 두 짱아오를 막아섰다. 깡르썬거와 나르는 펄쩍거리며 짖어댔다. 이 난리법석은 당황해 어쩔 줄 모르는 경호원이 흰 강아지 까까를 다시 마이 정치위원의 품에 되돌려줄 때까지 계속되었다.

아버지는 그제야 웃었다. "마이 위원님. 보셨죠? 이게 신뢰하는 사람과 신뢰하지 않는 사람의 차이입니다. 축하를 드려야겠네요. 이렇게 금세 짱아오하고 친구가 되셨으니 말이에요." 다시 길을 떠나며 아버지는 덧붙였다. "지금 이놈들은 적어도, 위원님이 아주 중요한 인물이시고 뒤따라오는 저 몇 사람의 상사라는 사실까지 파악하고 있습니다."

마이 정치위원은 고개를 절레절레 저었다. "아무런 근거도 없이 뭘 그렇게까지 말하나?"

"근거를 찾는 건 그리 어렵지 않죠. 수행원들에게 저를 붙잡으라고 명령하시고 저놈들의 반응을 한번 보시죠."

이어진 실험 결과, 마이 정치위원도 두 손 두 발을 다 들고 아버지의 말에 승복해버렸다. 마이 정치위원의 수행원들이 아버지를 말 등에서 끌어내려 어깨를 뒤로 꺾고 아버지가 비명을 지르자마자 깡르썬거와 나르는 순식간에 달려왔다. 그러나 그들이 달려든 대상은 아버지를 붙잡은 수행원들이 아니라 마이 정치위원이었다.

대경실색한 마이 정치위원은 손의 맥이 풀려 품에 안은 까까마저 땅에 떨어뜨릴 지경이 된 채 구조요청을 했다. "한짜시! 빨리 나 좀 구해주세!"

아버지는 껄껄껄 웃었다. 아버지가 웃자 깡르썬거와 나르는 더 이상 덤벼들지도 물지도 않았다. 둘은 눈동자를 깜빡이며 아버지를 응시했다. 마치 '친한 개들끼리 장난치는 것처럼 또 그렇게 논거예요?' 하고 묻는 듯했다.

아버지는 다가가 마이 정치위원의 품에서 금세 떨어져내릴 것 같은 흰 강아지 까까를 받아들고 쪼그려 앉았다. 무엇이 그리 기쁜지 검은 짱아오 나르의 머리를 톡톡 두들겨주고 깡르썬거의 이마에 난 긴 털을 쓰다듬어주며 말했다. "잘 했어. 잘 했어! 너희들 때문에 난 정말 기쁘다." 칭찬과 격려 후 다시 일어나 아버지가 재촉했다. "빨리 가자. 더 놀면 안 돼. 샹아마의 일곱 아이들을 구하는 일이 한시가 급한데."

그렇지만 깡르썬거와 검은 짱아오 나르는 앞으로 가려고 하지 않았다. 아버지가 말을 타고 앞서 가는데도 말이다.

아버지는 손짓도 하고 고함도 쳤다. "가자! 빨리 가자!"

하지만 요지부동이었다. 아버지는 고개를 들어 무언가를 보고 서야 그 이유를 알았다. '마이 정치위원이 보이지 않잖아!'

마이 정치위원은 말에서 내려 가까운 풀더미 속에서 볼일을 보고 있었다. 아마도 방금 전 놀라도 너무 놀란 탓에 볼일을 참을 수 없었던 듯하다.

마이 정치위원이 돌아오자 아버지가 이야기했다. "저놈들한테 마이 위원님은 이제 저보다 더 중요한 인물이 되셨습니다. 저 짱 아오들이 이렇게 생각하는 게 틀림없어요. '한짜시는 샹아마의 일곱 아이들을 구할 수 없어. 주인님을 구할 수 있는 사람은 마이 정치위원님뿐이야.'라고요. 녀석들 머리가 엄청나게 똑똑하죠? 보세요. 이제 가기 시작하잖아요. 저놈들은 위원님을 특별히 모시고 가는 중이라고요. 방금 전에 볼일을 보러 가셨을 때는 꼼짝도 하지 않았거든요. 그런데 지금 수행원들이 볼일을 보러 갈 때는 계속 앞으로 걸어가면서 시간을 지체하지 않잖아요. 누가 중요하고 중요하지 않은지 이놈들은 벌써 정확하게 꿰뚫고 있어요."

마이 정치위원은 말에 오르며 중얼거렸다. "보아하니 '권세와 이익을 따르는 개'란 말이 틀린 말은 아닌가 보네."

아버지가 즉각 반박했다. "이건 영리하다고 하는 것이지 권세와 이익을 따르는 게 아닙니다. 이놈들이 정말로 권세와 이익만 따랐다면 자기 주인이 곤경에 처했을 때 그렇게 끈질기게 찾겠습니까? 마이 정치위원님, 제가 건의를 하나 드리죠. 위원님의 비서, 경호원, 모든 부하들을 전부 짱아오로 바꾸신다면 이놈들은 반드시 위원님을 위해 전심전력할 것이며 어떤 순간에도 절대 위원님을 배반하지 않을 겁니다."

마이 정치위원이 흔쾌하게 맞장구를 쳤다. "그럼 당연히 좋지! 그땐 나도 더 이상 따미 총부의 정치위원이 아닐세. 칭궈아마 초원의 개 두령, 진짜 개같은 벼슬아치가 되는 거지."

아버지가 정정했다. "개의 두령이 아니라, 짱아오 대왕이 되시는 겁니다. 그러면 초원의 두령도, 유목민도 모두 위원님을 신뢰하고 의지하게 되죠. 공작 수행은 쉬워지고, 정권을 세우려고 힘쓸 필요도 없습니다. 위원님께서는 짱아오 대왕으로서 명령을 내리시기만 하면 됩니다. 회의에 참석하러 성에 가실 때에도 아무도 데리고 가지 않으셔도 됩니다. 위풍당당한 큰 짱아오 두 마리만 대동하고 위원장 석에 앉기만 하면 누구도 함부로 하지 못할 겁니다."

마이 정치위원은 껄껄껄 호탕하게 웃었다.

말을 하는 동안 그들은 어느새 완만한 경사가 이어지는 큰 언덕을 오르고 있었다. 초원의 고도가 높아지고 있었다. 목초는 짧고 가늘게 변하고, 사방은 분홍색의 낭독화狼毒花와 진노랑색의 들국화로 장식되어 있었다. 간혹 거대한 바위가 강아지풀들의 포위 속에 두드러져 보이고, 바위 위에는 소금기가 밴 붉은색과 흰색의 염화鹽花가 가득 피어났다. 마치 흐드러지게 피어 있는 모란을 그려놓은 것 같았다.

아버지는 전대 속에 넣어둔 양피 주머니에서 말린 고기를 꺼내 흰 강아지 까까에게 조금씩 먹여주었다. 또 앞서 가는 깡르썬거와

나르에게도 던져주었다. 깡르썬거와 나르는 매번 서로에게 양보했다. '네가 안 먹으면 나도 안 먹을래.'

깡르썬거는 손가락 굵기만한 말린 고기를 물어서 두 조각으로 자른 후 반은 자기가 먹고 반은 나르에게 주기를 여러 번 했다. 하지만 조금 후에는 서로 양보할 필요가 없었다.

산맥에 가까워진 초원에서 고기를 열심히 씹던 나르가 고개를 들어 눈물이 흐르는 왼눈을 감고 조준하듯 전방을 살펴보았다. 그리고 갑자기 화살처럼 앞을 향해 날아갔다. 돌아올 때는 입에 말린 고기가 아닌 검은 오소리가 물려 있었다. 검은 오소리는 아직 살아 있었다. 다리를 자꾸 버둥거리는 것이 포획자의 식욕을 더욱 당기게 만든다. 나르는 놈을 땅에 놓더니 의견을 묻듯 깡르썬거를 한 번 쳐다보았다. 그리고 허겁지겁 먹기 시작했다. 집지기 개였던 깡르썬거는 보통 밖에서 구한 음식은 먹지 않는다는 걸 알고 있었기에 체면 차릴 필요가 없었던 것이다. 깡르썬거는 나르가 검은 오소리를 먹는 모습을 지켜보며, 아버지가 다시 던져준 말린 고기를 혼자 씹었다.

초원은 여전히 솟아오르고 있었다. 황혼이 내렸다. 산맥 언덕자락과 초원은 자연스럽게 이어져 언뜻 보기에는 산맥처럼 보이지 않았다. 비취처럼 푸른 언덕자락, 그 위는 설선이었다. 저녁노을에 황금색으로 물든 설산은 푸른 물결 속에서 솟아나와 하늘 끝까지 닿아 있었다. 저 높이 흰 눈 쌓인 골짜기가 일렁이는 초원에는 야크 가죽 천막이 몇 채 자리잡고 있었다. 방목 후 돌아가는 양떼와 소떼들의 검은색과 흰색 물결이 흐르는 물마냥 천막집 주위에 뿌려져 있었다.

깡르썬거와 나르는 고개를 돌려 아버지를 쳐다보더니 가장 가까이에 있는 천막집을 향해 걸어갔다.

개 짖는 소리가 들려왔다. 우람한 체구에 온몸이 대추색인 수짱아오 한 마리가 천지를 진동할 소리를 내며 달려왔다.

마이 정치위원은 급히 아버지에게 말했다. "가지 말라고 하게! 싸우기라도 하면 어쩔 텐가?"

아버지도 말했다. "네, 그렇지만 우리도 저녁에 잘 데가 없잖습니까? 저놈들은 분명 우리 때문에 저 천막집으로 가는 걸 겁니다."

깡르썬거는 멈춰섰다. 대추색 짱아오를 향해 친절한 목소리로 몇 번 짖으며 엉덩이 뒤에 비스듬하니 단단히 말려 있던 큰 꼬리를 펴서 거위털 부채처럼 펄럭펄럭 흔들었다. 풀비린내 자욱한 바람이 일었다. 그 바람 속에 깡르썬거의 냄새가 전해졌다. 너무나 생소한 냄새였다.

상대방은 냄새를 맡자마자 그가 시제구 초원의 짱아오가 아니라는 것을 알아챘다. 대추색 짱아오가 다가왔다. 다가오는 속도가 느려지고 짖지도 으르렁대지도 않았지만 음험하고 악독해 보이는 눈빛으로 상대를 엿보는 모습이 언제라도 결사전을 벌일 준비가 된 것 같았다.

검은 짱아오 나르는 얼른 달려가 대추색 짱아오의 앞을 막아서며 조곤조곤 무엇인가를 이야기했다. 그녀는 이 대추색 짱아오를 몰랐다. 대추색 짱아오도 그녀를 몰랐다. 하지만 그들의 몸에서는 시제구 초원 특유의 냄새가 났다. 무슨 주머니 속 신분증처럼 그들은 서로 냄새만 맡아도 자기 사람이란 걸 알 수 있었다.

대추색 짱아오는 조금씩 평정을 찾았다. 검은 짱아오 나르는 다시 깡르썬거 쪽으로 뛰어오더니 발딱 일어서 두 앞 다리를 깡르썬거의 어깨 위에 얹어놓고 코로 '킁킁' 냄새를 맡았다. 아주 친숙하고 스스럼없는 모양으로 보였다.

그녀는 이 스스럼없는 동작으로 대추색 짱아오에게 말했다. '외지에서 온 이 사자머리 짱아오는 제 남편이에요. 절대로 공격해서는 안 됩니다.'

대추색 짱아오도 상대방의 말을 알아들었다. 태도는 한결 더 차분해진 것 같았다. 깡르썬거는 마음을 놓고 다가갔다. 가는 동안 눈물이 흐르는 나르의 왼쪽 눈을 계속 핥아주는 것도 잊지 않았다. 모두 긴장을 풀었고 평화의 분위기가 흘렀다. 깡르썬거와 대추색 수짱아오는 심지어 서로 코까지 마주대고 냄새를 맡았다. 깡르썬거는 감사를 표시했고, 대추색 짱아오는 관용을 표시했다.

그러나 바로 이때 일이 벌어졌다. 평화와 관용을 가장했던 대추색 짱아오가 한 입에 깡르썬거의 목덜미를 물어뜯은 것이다.

목덜미, 특히 목구멍은 가장 중요한 부분이다. 살상에 능한 야수들은 모두 이 사실을 알고 있었다. 야수였던 조상의 태생을 끈질기게 기억하는 짱아오 역시 이 사실을 아주 잘 알고 있었다.

하지만 알아야 할 것은 한 가지가 아니라 두 가지 사실이었다. 첫째, 상대방의 목을 물어뜯어라. 둘째, 자신의 목을 보호하라. 응당 적대관계에 있어야 할 두 야수가 갑자기 화해를 하게 될지라도,

게다가 서로 코를 부딪쳐 냄새를 맡는 방법으로 의견충돌을 무마할 때라 하더라도 그들 중 출중한 자는 절대 자기보호를 잊지 않는다.

대추색 수짱아오는 출중한 자였다. 그는 적의를 감추는 방법으로 공격을 개시했다. 깡르썬거 역시 출중한 자였다. 그는 대추색 짱아오가 자신을 그냥 놓아두지 않으리라는 것을 진작부터 예상하고 있었다. 깡르썬거는 잡기 위해 일부러 놓아준다는 욕금고종欲擒故縱 전술을 이용해 상대방의 공격을 유인했다. 그리고 상대가 공격해올 때 잽싸게 피했다. 목덜미 중 생명과 관계 있는 근육들은 기적적으로 상대의 날카로운 이빨을 피했다. 그리고 목덜미 중 통증과는 전혀 상관이 없는 갈기털들은 기적적으로 모여 상대방의 입속에 들어갔다.

이제 깡르썬거가 반격할 차례였다. 깡르썬거의 반격 역시 한 입에 상대방의 목덜미를 물어뜯는 것이었다. 그가 물어뜯은 것은 갈기가 아니었다. 보통의 근육들도 아니었다. 그는 숨통을 물어뜯었다. 숨통 아주 깊은 곳까지 물어뜯었다. 억센 이빨은 꼭 큰 망치로 때린 듯 깊숙이 박혀 숨통을 철저히 끊어버렸다. 그리고 있는 힘을 다해 큰 머리를 흔들어댔다. 남달리 뛰어난 그의 살상능력을 아낌없이 보여주었다. 체구가 우람한 대추색 짱아오는 땅에 쓰러져 경련을 일으키며 죽어갔다.

말 위에서 이 광경을 지켜보던 마이 정치위원은 사색이 되어 깡르썬거를 가리키며 말했다. "저놈은 어떻게 저렇게 사나운가? 저게 어떻게 개인가? 호랑이보다도 더 무섭네. 이걸 어떻게 하면 좋은가? 사람이 개를 죽이는 게 아니라 개가 개를 죽이다니, 원. 사람이 개를 죽이면 사람을 처벌하면 되지만 개가 개를 죽이면 개를 처벌한단 말인가?"

아버지가 대답했다. "누가 처벌을 한단 말씀입니까? 이 개는 전생에 아니마칭 설산에서 수행하는 수도승들을 보호했던 설산사자입니다. 이 개를 건드릴 수 있는 사람은 아무도 없습니다. 이 개를 처벌할 수 있는 건 같은 동료들이겠죠. 그것도 깡르썬거가 자신의 진정한 적수를 만날 수 있느냐 아니냐에 달려 있습니다."

마이 정치위원은 대추색 짱아오가 불쌍한 듯 죽어가는 놈을 바라보며 중얼거렸다. "이렇게 큰 짱아오도 일 분이 채 안 돼 물려죽었는데, 누가 깡르썬거의 적수가 될 수 있을까?"

아버지가 말했다. "적수가 없기를 바랄 뿐입니다. 그저 깡르썬거가 무사하게 지낼 수 있기를요."

깡르썬거는 아무 일도 없다는 듯 대추색 수짱아오의 시체 옆에 서서 차분한 표정으로 먼 곳을 바라보았다. 평소보다 더 온화하고 기품 있는 태도였다.

검은 짱아오 나르가 다가와 위로하듯 펑퍼짐한 그의 코 위에 묻은 피를 핥아주었다. 그건 깡르썬거의 피가 아니었다. 적수의 피였다. 이 결투가 끝날 때까지 그는 피 한 방울 흘리지 않았다.

깡르썬거는 엎드렸다. 아주 피곤해 보였다. 머리는 축 늘어져 구부린 두 앞 다리에 턱을 받치고, 눈꺼풀은 졸린 듯 몇 차례 깜빡거렸다.

그를 잘 알고 있는 아버지가 웃었다. "저놈 참 천연덕스럽게 앉아 있죠? 꼭 자기는 아무 잘못도 안 했는데 무고하게 누명을 썼다는 표정이잖아요." 아버지는 말에서 내려 깡르썬거에게 다가가 톡톡 건드리며 말했다. "일어나라. 일어나. 우리도 널 야단칠 생각은 없어. 우리 빨리 떠나자. 잘못했다가는 시비가 일어날 거야."

깡르썬거는 일어나지 않았다. 고개를 더욱 깊숙이 처박으며 자꾸 앞쪽만 흘끔거렸다. 아버지도 뭔가를 깨달을 수 있었다. 깡르썬거의 시선을 따라 앞쪽을 살펴보았다.

개 세 마리가 또 와 있었다. 모두 건장한 짱아오들로 아무 소리도 내지 않은 채 스무 발자국쯤 떨어진 곳에 서 있었다. 그들은 앞서 벌어진 상황을 분석하고 있었다. '대추색 짱아오는 쓰러졌다. 외지에서 온 짱아오도 쓰러져 있다. 둘 다 상처를 입은 건가? 우리가 가서 싸움을 마저 끝내야 하나?'

그런데 참으로 이상한 것은 검은색 사자머리 암짱아오였다. 몸에서는 분명 시제구 초원의 냄새가 나는데 외지에서 온 그 짱아오와 너무나 친했다. '이게 도대체 어떻게 된 일이지? 그리고 저 사람은? 이렇게 생긴 사람은 본 적이 없는데, 혹시 양이나 소를 훔치러 온 건 아닐까? 천막집으로 함부로 들어가 주인과 주인의 재산에 해를 끼치는 건 아닐까?'

세 마리 건장한 짱아오는 이 유목민 집의 집지기 개와 양치기 개였다. 늘 고산 초원에서만 생활하기에 이제는 시제구와 띠아오팡산에서 일어나는 일에 대해 아는 바가 없었다. 그들은 호기심에 가득 차 앞에 서 있는 사람과 개들을 연구했다. 또 한편으로는 그들을 감시했다. 특히 사람을.

일단 사람들이 가축떼나 천막집으로 향하기만 하면 조금의 망설임도 없이 달려들어 한 입에 목덜미를 물어뜯을 것이다. 하지만 사람들이 초원에만 머물러 있다면 자신들은 이렇게 멀리서 바라보고만 있을 것이다. 그들은 영지견이 아니기에 초원의 안위에 대해서는 책임질 필요가 없었다.

검은 짱아오 나르가 달려왔다. 방금 전처럼 자신의 몸에서 나는 시제구 초원의 냄새를 내세우며, 호시탐탐 경계를 늦추지 않는 짱아오 세 마리에게 다가가 가까운 척을 했다. 그리고 또다시 깡르썬거에게 달려와 앞발을 깡르썬거의 엉덩이에 걸치는 친근한 동작으로 상대방에게 말했다. '이제는 알겠지? 나하고 이 외지에서 온 짱아오가 어떤 관계인지 말이야. 우리는 다 한 식구야. 서로 싸울 필요가 있겠어?'

그녀의 행동은 과연 상대방의 경계심을 허무는 효과가 있었다. 건장한 세 마리 짱아오들은 냉정하게 쳐다보고 있었다. 겉으로는 아무런 영향도 받지 않은 척했지만 사납기 그지없던 눈빛이 한결 부드러워졌다. 그 중 한 마리는 긴장을 풀고 고개를 까딱거리기까지 했다.

아버지는 이곳을 최대한 빨리 벗어나고 싶었다. 말이 있는 곳으로 돌아가며 깡르썬거와 검은 짱아오 나르에게 큰 소리로 외쳤다. "빨리 가자. 빨리 가. 너희들이 안 가면 우리만 간다."

이렇게 말하며 말에 채찍질을 가해 앞으로 나갔다. 하지만 깡르썬거는 여전히 돌부처 같았다. 검은 짱아오 나르는 아버지를 따라나서고 싶었지만 깡르썬거가 마음에 걸렸다. 이렇게도 저렇게도 할 수 없었는지 왔다갔다 조바심만 냈다.

이때 마이 정치위원이 나섰다. "우리야 깡르썬거를 따라가는 것 아니오? 개가 안 가겠다는 데 우리가 어디를 어떻게 가겠소?"

아버지가 동의했다. "네, 그렇죠. 우리한테 개 코가 있는 것도 아니고, 샹아마 아이들이 어디에 있는지 어떻게 알겠어요."

갑자기 개들이 짖어댔다. 건장한 세 마리 짱아오들이 동시에 짖어댔다. 짖는 소리는 매우 낮고 무거웠다. 마치 베이스 성악가들이 노래하는 것 같았다.

깡르썬거는 그 목소리가 주인을 부르는 신호라는 걸 알아들 수 있었다. 그는 경계심 가득한 눈으로 고개를 들었다. 나르도 신경질적으로 급히 깡르썬거의 앞에 한 발을 내디디며 자신이 뜨겁게 사랑하는 이 외지의 개를 몸으로 막아섰다.

한 사람이 다가오고 있었다. 털이 닳아 반질반질해진 양가죽 두루마기를 입은 유목민이었다.

유목민은 한인들 여럿이 온 것을 보고는 얼른 말에서 내리더니 꼭 부락의 두령을 본 것처럼 그렇게 허리를 굽히며 빠른 걸음으로 다가왔다.

아버지는 티베트어로 인사를 했다. 유목민은 중얼중얼 뭐라고 대꾸를 하더니 세 마리 짱아오의 앞을 가로막고는 자신의 천막집으로 들어와 쉬라는 초청의 자세를 취했다. 아버지와 마이 정치위원은 서로 눈빛을 주고받은 후, 막 말에서 내리려고 했다. 그 순간 아버지는 깡르썬거가 벌떡 일어서는 것을 보았다.

"깡르썬거!" 아버지는 깡르썬거가 또 다른 개를 물어죽이는 것은 아닌지 내심 걱정이 되어 매서운 목소리로 그를 불러세웠다.

유목민은 깡르썬거를 뚫어져라 살펴보더니 놀라운 듯 물었다.
"깡르썬거? 이 개가 깡르썬거란 말입니까?"

"네, 이 개가 바로 설산사자 깡르썬거입니다."

유목민은 "아~." 긴 여운을 남기는 대답을 했다.

그리고 그제야 자기 집 대추색 짱아오가 땅에 쓰러져 있는 것을 발견했다. 땅은 흘러내린 붉은 피로 흥건했다. 그는 비명을 지르며 비칠비칠 뛰어갔다. 마치 자기 아들이 세상을 떠난 것처럼 유목민은 죽은 대추색 짱아오를 껴안고 대성통곡을 했다.

유목민은 무릎을 꿇었다. 깡르썬거에게.

그는 이미 샹아마 초원에서 온 짱아오 한 마리가 시제구 초원에 돌아다닌다는 소식을 들었다. 그 개는 젊고 건장한 황금빛 사자머리 짱아오로, 전생에 신성한 아니마칭 설산의 사자로서 설산에서 수행하는 모든 수도승들을 보호한 적이 있다고 했다. 또 부락연맹 회의에서는 이런 결정을 내렸다는 이야기도 들었다. '깡르썬거는 자신의 용맹과 지혜로써 자신이 진정 위대한 설산사자임을 증명해야 한다.' 그러니까 깡르썬거는 시제구 초원에서 그에게 굴복하지 않는 모든 짱아오와 싸워 이겨야만 시제구 초원에 남아 설산사자의 영광과 지위를 누릴 수 있다는 뜻이었다.

하지만 이 유목민은 이토록 용맹스럽고 신비로운 설산사자가 자신의 천막집 앞에 나타나 자기의 목양견을 물어죽일 줄은 꿈에도 생각하지 못했다. 대추색 짱아오는 단번에 너덧 마리의 커다란 황원 늑대를 물어죽인 적이 있는 사나운 개였다.

유목민은 마음이 아파 계속 울면서도 신성한 아니마칭 설산에서 온 설산사자에게 머리를 찧으며 절을 했다. 또다시 의외의 변고가 생기지나 않을까 두려워하며 자기 집의 건장한 짱아오 세 마리를 천막집 문간으로 불러들였다. 그는 천막집에서 아내와 아들을 불러 깡르썬거의 성질을 건드리지 않도록 자기 집의 개들을 단단히 지키라고 당부했다. 그리고 설산사자와 함께 온 한인들이 배고프거나 목마르지 않게 잘 대접하라고 당부했다. 그 후 자신은 말을 타고 집을 떠났다.

아버지는 그를 따라가며 고함쳤다. "어디로 가세요? 무서워하지 마세요! 저는 한짜시예요! 따미 총부의 마이 정치위원님도 시제구 초원에 오셨어요. 이분도 상서로운 보살이세요!"

유목민은 "짜시! 짜시!" 대답만 남긴 채 저녁놀이 불타는 설산을 향해 황급히 달려갔다. 그는 예루허 부락의 유목민으로 이곳에서 발생한 모든 일을 두령 쒀랑왕뛔이에게 보고하러 가야만 했다. 이곳은 예루허 부락이 대대로 지켜온 영지의 남쪽 경계지역으로 과거 샹아마 초원과 전쟁이 발생했던 곳이었다.

# 21

이곳에 묵고 나서야 이 집의 주인, 즉 쒀랑왕뛔이 두령에게 보고를 하러간 그 유목민의 이름이 런친츠딴仁欽次旦이란 사실을 알게 되었다. 그의 열두 살 난 아들과 열 살 난 딸은 아버지 일행을 증오에 찬 눈빛으로 바라보기만 할 뿐 저녁 내내 한 마디 말도 하지 않았다. 자기 집의 대추색 짱아오를 물어죽인 사람이 꼭 아버지인 것만 같았다.

아버지 일행은 얼어붙은 분위기를 녹여보려고 그들에게 말을 걸었다. 하지만 아이들은 눈썹을 찌푸리더니 천막 밖으로 나가 다시는 들어오지 않았다. 런친츠딴의 아내는 그저 묵묵히 나이차를 끓이고 쑤여우와 취라1), 참파를 차려주었다. 그리고 개를 먹이러 갔다. 개들의 먹이와 사람의 식사는 거의 똑같았다. 개들에게는 쑤여

---

1) 쑤여우를 만들 때 유지방을 걷어내고 남은 우유를 솥에 넣고 끓인 후 깨끗한 헝겊에 부어 수분이 빠져나가게 하여 남은 찌꺼기를 취라酥拉라고 한다. 물기를 완전히 제거한 후 건조시켜 저장하며, 차에 넣어 마신다.

우를 주지 않는다는 것만 빼고 말이다.

자신이 무엇을 해야 하는지 잘 알고 있는 짱아오는 지금까지 쑤여우에 대한 욕망을 잘 절제해왔다. 쑤여우는 먹으면 살이 붙는다. 그러나 그들은 어떤 지방이나 군살도 필요하지 않다. 그들에게는 생기와 지구력이 솟아나는 튼튼한 근육이 필요할 뿐이다.

깡르썬거와 검은 짱아오 나르는 한 끼를 포식한 뒤 천막집에서 멀지 않은 곳에 드러누워 꼼짝도 하지 않았다. 그들은 어제 낮부터 잠을 자지 못했다. 지금은 너무 졸린 상태였다. 게다가 내일은 해야 할 일이 매우 많았다. 최대한 빨리 정상체력으로 회복해놓아야 했다. 밥을 많이 먹은 흰 강아지 까까는 놀고 싶었다. 하지만 막 몇 걸음을 걸었는데 부러진 다리가 아파오기 시작했다.

까까는 "깨갱! 깨갱!" 울며 얼른 나르의 품안에 안겼다. 자기를 사랑해주는 큰 개들 곁에 있기만 하면 아픔도 금세 사라지는 것 같았다. 흰 강아지 까까도 꿈나라로 들어갔다.

아버지와 마이 정치위원도 식사 후 담요에 들어가 누웠다.

마이 정치위원이 입을 열었다. "어떻게 남의 집 개를 죽일 수가 있지? 이건 작은 일이 아니네. 반드시 적절하게 처리해야 할 일이야. 깡르썬거는 샹아마의 짱아오이니 다른 동네에 왔으면 조신하게 그 동네의 규율을 따라야지. 그런데 내가 보니 이곳 개들보다 더 드센 것 같네. 이렇게 자기 맘대로 하는 독불장군은 언젠가는 문제를 일으키게 될 걸세."

아버지가 대답했다. "깡르썬거는 전생에 아니마칭산의 설산사자였습니다. 신이었죠. 짱짜시도 제게 말했습니다. 전생의 신은 금생에서도 신이라고요. 유목민들은 깡르썬거를 처벌하지 못할 겁니다. 오히려 숭배하겠죠. 깡르썬거보다 더 용감하고 총명한 짱아오가 시제구 초원에 있어서 그에게 패배하지 않는 이상은요."

마이 정치위원이 다시 의구심을 내비쳤다. "시제구 초원이 이렇게 넓은데, 깡르썬거보다 뛰어난 짱아오가 한 마리도 없을까? 그리고 말야, 우리는 깡르썬거를 따라가고 있는데 깡르썬거가 남의 집 개를 물어죽였으니 우리에게 책임을 묻지 않을까?"

"물론 그럴수도 있습니다. 하지만 다른 사람이 비난한다고 해서 샹아마 아이들을 찾는 걸 포기해서는 안 되지 않습니까?"

마이 정치위원은 하품을 하며 대답했다. "그렇긴 하지. 자네는 정말 생각이 깨어 있는 친구야."

그는 방 저편에서 이미 잠들어버린 부하들과 문간에 있는 경호원을 바라보았다. 그러고는 자기도 윗도리를 끌어올려 잠을 청했다.

경호원은 잠들 수 없었다. 따미 총부에서 멀리 떨어진 이 적막한 초원에서 그는 지도자를 보호할 책임이 있었다. 하지만 얼마 지나지 않자 그도 쏟아지는 졸음을 이길 수가 없었다. 다만 잠자는 자세가 좀 바뀌었을 뿐이다. 누워서가 아니라 앉아서, 입가에 침을 흘리며 모제르총을 든 자세로 잠이 들었다.

하지만 아버지의 잠은 초원 사람들이 흔히 말하는 '개 선잠'이었다. 즉, 10~20분 잠이 들었다가 눈을 뜨고 주위를 한 번 둘러본 뒤 다시 잠이 드는 식이었다. 그는 런친츠딴의 열두 살 난 아들과 열 살 난 딸이 아직까지 집에 돌아오지 않았음을 알고 있었다. 불단 앞 쑤여우등이 계속 환히 타오르는 것도 보았다. 런친츠딴의 아내가 흐느끼며 불경을 외고 있었다. 대추색 짱아오를 잃은 슬픔으로 잠을 이룰 수 없었던 것이다.

아버지는 죄책감을 느꼈다. 깊은 밤이 되었는데도 잠이 오지 않았다. 개 선잠도 사람의 잠도 다 오지 않았다. 그는 일어나 불단 앞에 있는 런친츠딴의 아내 옆에 꿇어앉았다. 그리고 조용히 육자진언을 외우며 그녀와 함께 앉아 있다가 천막집 밖으로 나왔다.

달은 아주 크고 낮게 떠 있었다. 머리 위 손만 뻗어도 달을 듯했다. 천막집과 양 무리 사이 공터에는 거대한 짱아오 세 마리가 있었다. 한 마리는 누워 있고 두 마리는 서 있었다. 누워 있는 놈은 목양견이다. 하루 종일 수고했기 때문에 휴식이 필요했다. 서 있는 놈들은 집지기 개다. 이놈들은 하루 종일 쉬었고, 이제 그들이 맡아야 할 주요 임무는 야간경비였다.

양치기 개든 집지기 개든, 저녁에는 모두 쇠사슬을 풀어둔다. 그런데 오늘 런친츠딴의 아내는 굵은 쇠사슬로 개들을 전부 묶어 놓았다. 자기 집 개들이 깡르썬거를 건드렸다가 화를 자초하지 않도록 하기 위해서였다. 그리고 천막집에서 묵고 있는 몇몇 외지인들을 위협하지 않도록 하기 위해서였다.

이 외지인들은 설산사자를 따라, 즉 신을 따라 이곳에 왔다. 이 사람들은 놀라게 해서는 안 된다. 게다가 외지인 중에는 총을 가진 사람도 있었다. 총을 가지고 있다는 것은, 그들에게 어떤 잘못도 해서는 안 된다는 의미나 마찬가지였다. 작은 잘못이라도 저지르면 곧 이들에게 총을 쏠 이유를 제공해주는 셈이다.

런친츠딴의 아내는 과거 역사의 경험을 떠올리며 가슴이 졸아들었다. 개들을 묶어두는 것만으로도 부족한 듯해 아예 열두 살 난 아들과 열 살 난 딸이 자기 집 짱아오 곁에서 자도록 했다.

이렇게 해두면 자기 집의 짱아오들도 억지로 쇠사슬을 끊고 외지인에게 덤비려 하지 않고 아이들 곁을 얌전히 지킬 것이다. 게다가 깡르썬거가 달려와 덤벼드는 일이 생기더라도 두 아이들은 자기 집 개들을 보호하는 역할을 해줄 것이다. 일반적으로 외지에서 온 짱아오들은 다른 사람의 집에 머물 때 그 집의 주인, 특히 자녀는 물지 않았다.

아버지는 가죽 두루마기를 덮고 깊이 잠든 두 아이들 앞에 잠시 서 있었다. 커다란 몸집의 집지기 짱아오는 아주 불만스러운 듯 아버지를 쳐다보며 낮은 음성으로 으르렁거렸다. 이곳을 떠나라는 경고였다. 아버지는 알았다는 듯 손을 흔들며 뒤를 돌았다. 어느새 깡르썬거가 재빨리, 그러나 아무 소리도 없이 달려와 있었다.

얼른 꿇어앉아 깡르썬거의 머리를 감싸안으며 말했다. "넌 남의 일에 신경 쓸 필요 없어. 가서 잠이나 자렴."

깡르썬거는 낮고 가라앉은 목소리로 집지기 짱아오들에게 맞대꾸를 하며 아버지 곁을 떠나지 않았다. 아버지는 깡르썬거의 갈기를 잡아 검은 짱아오 나르의 곁으로 끌어당겼다. 깡르썬거가 더 가까이 갔다가 다른 일이 일어날까 걱정이 되었다.

깡르썬거를 앉게 한 뒤 자신도 풀밭에 앉아 팔로 깡르썬거의 목을 감았다. 이렇게 앉아 있던 아버지가 갑자기 꾸벅꾸벅 졸기 시작했다. 몸이 스르르 기울더니 깡르썬거의 몸을 베고 잠이 들었다. 이번은 개 선잠이 아니라 사람이 자는 잠을 잤다. 아버지는 동이

틀 때까지 한 번도 깨지 않았다. 깡르썬거와 나르와 함께라면 아버지의 몸도 마음도 편안해지는 것 같았다.

이날 새벽은 결코 평범하지 않았다. 특히 나르에게는. 나르는 상처 입은 자신의 왼쪽 눈으로는 아무것도 볼 수 없다는 사실을 알게 되었다. 새벽녘이면 눈에 들어오던 하늘의 별들이 그 빛조차 감지되지 않고 새카맣게 보였던 것이다. 그러나 아직 성한 한쪽 눈이 있기에 더 이상 슬퍼하지 말기로 했다. 왼쪽 눈이 보이지 않게 된 이후 왼쪽 코의 후각은 더 예민해졌다.

고산의 초원에서 냄새가 진동했다. 이상하게도 흰 강아지의 냄새와 똑같았다. 이해가 되지 않았다. '어떻게 이럴 수가 있지?'

흰 강아지는 사실 나르의 아기가 아니다. 그런데, 강아지의 친어미일지도 모를 짱아오의 체취가 순풍에 실려 나르에게로 전해졌다.

한쪽 눈을 실명하면서 무섭게 민감해진 그녀의 후각은 깡르썬거보다도 훨씬 더 앞서서 다가오는 변화를 감지할 수 있게 만들었다. 그것은 조용한 세계에 감춰진 피비린내였다. 뜨거운 생명과 억제할 수 없는 욕망이 기지개를 켜는, 흑암의 아비규환이 시작되는 통로였다. 새벽 내내 나르는 이상스러우리만치 흥분이 되어 안정을 찾을 수가 없었다. 순수혈통을 지닌 히말라야산 짱아오로서 그녀는 자신이 예감한 피비린내와 아비규환의 전투쯤은 조금도 두렵지 않았다. 도리어 갈망이 꿈틀대고 있었다. 본래의 욕망을 배설하고 싶은 광기 같은 것.

갈망과 광기는 생각의 차원에서 시작되었다. 하지만 이것은 곧 강렬한 생리현상으로 바뀌었다. 그녀의 두 다리 사이에서 피가 흘러내렸다. 게다가 이 욕망은 커졌다 작아지기를 반복했다. 마치 숨을 쉬고 있는 것 같았다. 나르 스스로조차 이상할 따름이었다. '이게 바로 내가 느낀 피비린내의 정체인가? 설마 이게 고산 초장에서 진동하는 흰 강아지와 똑같은 냄새에 대한 반응인가?'

그녀는 꼬리를 치켜들고 엉덩이를 들이대며 깡르썬거에게 냄새를 맡아보라고 했다. 그에게 소변을 뿌려대고, 심지어 여러 번, 탁자처럼 단단한 깡르썬거의 엉덩이 위로 올라서기까지 했다.

하지만 깡르썬거는 아무런 느낌도 알아채지 못했다. 똑바로 서서 가까운 곳에 있는 아버지와 마이 정치위원을 한 번 쳐다보고는 다시 고개를 돌릴 뿐이었다.

아버지가 물었다. "너희 지금 뭘 하는데 그렇게 재미있니?"

마이 정치위원은 비밀스럽게 속삭였다. "자네, 한 번도 본 적이 없나? 그럼 한 번 지켜보게."

"뭘요?" 마이 위원이 꿀 먹은 벙어리처럼 입을 다물자 아버지는 다시 재촉했다. "도대체 뭘 보라고 하시는 거예요?"

"부부가 되어 아기 낳는 일을 어찌 함부로 말할 수 있나?"

아버지가 새삼 깨달은 듯 유쾌한 목소리로 외쳤다. "깡르썬거, 나르는 네 아내야. 그러니까 당해서는 안 돼!"

마이 정치위원은 눈을 휘둥그렇게 뜨고 아버지를 바라보며 말했다. "그런 것까지 알다니, 자네 알건 다 알고 있었구먼 그래."

아버지가 낄낄 웃었다. "저도 알건 다 알아요. 본 적이 없어서 그렇죠."

깡르썬거는 아직도 영 마음이 내키지 않는 눈치였다.

혼자 마음이 다급해진 아버지는 깡르썬거를 앞으로 밀며 재촉했다. "깡르썬거, 당하지 말고 위로 올라가."

깡르썬거는 부끄러운 듯 고개를 흔들었다. 검은 짱아오 나르는 원망스럽다는 듯 아버지에게 "컹컹." 짖어댔다. 마치 '옆에서 뭐가 그리 급하세요? 깡르썬거가 제대로 하고 있는지 아닌지 설마 제가 모르겠어요?'라고 말하듯이.

사실 지금 가장 다급한 쪽은 짐짓 태연한 척하는 깡르썬거였다. 깡르썬거는 이미 나르의 마음을 알고 있었다. 또 자기 역시 마음이 급하기는 마찬가지였다. 하지만 사람들이 지켜보는 것이 싫었다. 사람도 종종 개가 쳐다보는 게 싫듯이.

그는 어깨로 나르를 막으며 다른 쪽으로 가버렸다. 그리고 달리기 시작했다. 나르가 뒤를 쫓았다. 둘은 금세 사람의 눈길이 닿지 않는 언덕 뒤편으로 사라졌다.

아버지는 속으로 중얼거렸다. '둘만 가게 할 순 없지. 나도 꼭 한 번 구경해봐야겠다.'

아버지는 흰 강아지 까까를 안고 살금살금 다가갔다. 포복자세로 언덕 위까지 기어가 아래쪽을 훔쳐보았다.

깡르썬거가 나르의 엉덩이 위로 올라가 사람들과 같은 익숙한 동작으로 자신의 남성적 매력을 펼쳐보이고 있었다. 잠시 뒤 그는 나르의 몸에서 내려와 꼬리와 꼬리를 마주대고 섰다. 그의 두 번째 사랑이 시작되었다. 곧이어 세 번째, 네 번째도 계속될 예정이었다.

히말라야산 짱아오 특유의 남다른 열정 덕분에 깡르썬거는 전에 느끼지 못했던 놀라운 쾌감의 바다에 흠뻑 빠졌다. 물결치며 다가오는 파도와도 같은 즐거움이었다. 그러나 이것은 단순히 얕은 곳에서 깊은 곳으로, 깊은 곳에서 얕은 곳으로 변화하는 즐거움만을 가리키는 게 아니었다. 극도의 갈증에 시달리다가 눈표범이나 설랑의 달콤한 혈류 속으로 송곳니를 처박아 허겁지겁 피를 빨아마실 때의 짜릿한 쾌감과 비견됐다. 더 신비로운 일은 마시면 마실수록 더 목마르고, 목이 마르면 마를수록 더 마시게 된다는 것이었다. 이렇게 점점 더해가는 목마름을 해소하기 위해 끊임없이 마시고 또 마셔대면서 짜릿한 쾌감 속으로 빠져들었다.

암짱아오인 나르는 수컷보다 훨씬 더 풍부한 사랑과 즐거움을 만끽했다. 꼭 끝없는 번민 중에 위안을 얻거나, 끔찍이 증오하는 원수의 뒷덜미 동맥을 한 입에 끊어놓거나, 너무나 힘겹고 고통스러운 나날 끝에 가장 그리워하는 사람이나 개를 보았을 때와 같은 느낌이었다. 나르는 하늘을 향해 날아오르는 기분이었다. 힘껏 날아올라 어제 죽은 대추색 수짱아오를 하늘로 보낼 준비를 하는 독수리처럼. 타는 듯한 갈증으로 탐욕스럽게 먹어치운 뒤 날개를 활짝 폈다. 날개는 영원한 자유의 상징이다. 검은 짱아오 나르가 가장 부러워하는 것도 바로 하늘을 나는 독수리였다.

비상하는 이 기쁨이야말로 바로 사랑의 느낌이리라. 가슴이 새로 열리는 듯, 무엇과도 비견되지 않는 이 쾌감이 바로 사랑이리라. 즐거움이 혈관을 타고 흘렀다. 행복감이 전신을 엄습했다. 털한 올 한 올이 기쁨에 도취되었다. 태어나서 단 한 번도 맛보지 못했던 따뜻함과 부드러움이었다.

깡르썬거와 나르의 사랑 나누기는 오랜 시간 동안 그치지 않았다. 이것은 조금 이르게 찾아온 사랑의 광기였다. 짱아오의 일반적인 습성에 따르면 가을이나 겨울이 발정기에 속했다. 그러나 깡르썬거와 나르는 여름날에 격정의 불길에 사로잡혔다. 개도 사람과 똑같은가보다. 사랑이 깊고 간절하다면, 사랑이 마음을 녹이고 감정의 불길을 타오르게 만들면, 사랑의 시기는 일찍 찾아올 수도 있다. 봄바람이 봄비로 변하듯 말이다.

아버지는 훗날 또 다른 사실도 알게 되었다. 그들의 사랑은 일찍 찾아왔을 뿐 아니라 열렬하기까지 했다는 점 말이다. 나르는 독보적인 사랑스러움과 달콤함으로 깡르썬거가 대단한 힘을 과시할 수 있도록 유혹했다. 그 덕에 보통 짱아오라면 20분가량으로 끝날 일을 깡르썬거는 이렇게 오래도록 계속하고 있었다. 너무 오랜 시간이라 구경하는 아버지가 오히려 조바심이 날 지경이었다. 조금 전 깡르썬거가 전혀 흥분하지도 마음이 내키지도 않는 듯해 조바심을 낸 것처럼, 이번에도 앞으로 다가가 놈을 밀어주고 싶었다. 깡르썬거는 아버지의 경이에 가득 찬 얼굴을 지켜보면서도 아무런 거리낌 없이 마음껏 즐거움을 누리면서 상대방에게도 쾌락을 선사했다. 불과 얼마 전까지 사람이 지켜보는 것을 부끄러워했다는 사실조차 잊어버린 듯이.

아버지와 마찬가지로 검은 짱아오 나르도 점점 조바심이 나기 시작했다. 큰 머리를 돌려 깡르썬거를 바라보았다. 그녀가 조바심이 난 이유는 지고지순한 사랑 나누기에 싫증을 느껴서가 아니었다. 그 문제라면 오히려 정반대이다. 그녀는 강렬한 욕망을 가진 암짱아오였고 깡르썬거의 사랑을 간절히 원하고 있었다.

하지만 왼쪽 눈을 실명한 후로 그녀의 후각은 점점 더 예리하게 벼려지고 있었다. 점점 격렬해지는 감정 속에서도 정신만은 돌연 또렷해졌다.

나르가 일찌감치 맡았던 피비린내는 깡르썬거와 자신의 사랑을 예고한 것이 아니었다. 그야말로 피비린내 진동하는 살육이었다. 초장에 진동하던 흰 강아지의 냄새가 그들에게 다가오고 있었다. 소리를 지르면 들릴 수 있는 거리까지 가까워졌다.

상대는 소리를 내지 않았다. 조용히 침묵하고 있었다. 그 또한 짱아오였다. 시제구 초원의 짱아오. 짱아오의 힘은 때로 침묵에서 나온다. 그리고 침묵의 힘은 때로 적의에서 나오기도 한다.

도전이 임박했다. 봉수대의 연기는 이미 치솟았다.

'깡르썬거! 빨리 그만둬. 지금 시제구의 짱아오가 네게 시비를 걸러 왔어. 지금 나 때문에 네 허리가 삐끗하면(수짱아오들은 교배 후 정기를 잃고 체력이 급속도로 떨어져 허리가 빠지기도 한다) 다가오는 적을 어떻게 상대하려고 그래? 상대는 나쁜 의도를 가지고 오는 불청객이야.'

깡르썬거와 나르가 떨어지는 순간, 흰 강아지 까까를 안고 포복 자세로 언덕 위에서 그들을 지켜보던 아버지도 일어났다.

긴 한숨을 몰아쉬며 아버지가 말했다. "힘들지 않니? 보는 내가 다 힘들다."

깡르썬거는 고개를 흔들며 아직도 성에 차지 않은 듯 나르의 엉덩이에 코를 들이밀었다. 나르는 깡르썬거보다 앞서 달리며 따라오는 깡르썬거를 돌아다보았다. 그의 허리가 성하다는 사실을 확인하고서야 제자리에 멈춰서서 남동쪽을 향해 뇌조마냥 몇 번을 포효했다. 이 포효는 조용히 다가오는 초대하지 않은 손님에게 내는 경고의 소리였다. 동시에 깡르썬거를 일깨우는 소리였다. '네 적수가 왔어!'

깡르썬거는 그녀의 말은 아랑곳하지 않은 채 계속해서 엉덩이로 파고들었다. 나르가 그를 물었다. 꼭 이렇게 말하는 것 같았다. '적이 코앞에 닥쳤는데 아직도 이렇게 정신을 못 차린단 말이니?'

깡르썬거는 그제야 흥이 깨진 듯 나르를 떠났다. 떠나가면서 앞발로 흙을 파는 동작으로 말했다. '사실 나도 알고 있었다고. 설마 내가 그걸 모르겠어? 시제구 초원의 짱아오 아니야? 그놈을 건드리지 않으면 되는 거지. 만일 내게 계속 집적거린다면 목숨 걸고 싸우면 그만이지. 설마 내가 결투를 두려워하겠어?'

깡르썬거는 언덕으로 뛰어올라 아버지 곁에 앉았다. 휴식이 필요했다. 하지만 오래 쉴 수 없다는 걸 잘 알고 있었다. 사람들의 계산법으로 따지자면 약 20분의 시간이었다. 20분 후에 그는 냄새만으로도 오만방자하고 독단적인 성격임이 드러나는 수짱아오를 만나게 될 것이다.

'그와는 그저 어깨만 마주치고 헤어지게 될까, 아니면 서로 대결을 하게 될까?' 깡르썬거는 생각했다. 고개를 돌려 아버지의 무릎을 베었다. 이렇게 하니 훨씬 편안한 것 같았다.

아버지는 흰 강아지 까까를 땅에 내려놓으며 말했다. "깡르썬거, 말 좀 해보렴. 오늘은 샹아마 아이들을 찾을 수 있겠니?"

그러나 대답을 한 사람은 아버지를 향해 다가오고 있던 마이 정치위원이었다. "나는 이렇게 하려고 하네. 오늘부터는 이놈들을 따라가지 않는 게 좋겠어. 차라리 시제구로 가서 공작위원회의 지휘에 따르는 게 좋을 것 같군. 역시 사람의 힘에 의지해서 한시라도 빨리 그 일곱 아이들을 찾아 보호하도록 하지."

아버지는 제안했다. "그럼 저희 나눠서 행동하죠. 저는 계속 깡르썬거를 좇고요. 위원님 일행은 시제구로 가시죠. 저는 깡르썬거를 의지할 테니, 위원님은 바이 주임 바이마우진을 의지하세요. 그리고 누가 먼저 아이들을 찾는지 볼까요? 제가 먼저 찾으면 짱아오가 사람보다 영리하다는 이야기고, 깡르썬거가 시제구 초원의 문제를 해결할 능력이 있다는 이야기가 되는 셈이죠. 그럼 깡르썬거는 바이 주임을 대신해서 시제구 공작위원회의 주임이 되는 거예요. 마이 정치위원님, 어떠세요? 이렇게 해도 되겠습니까?"

마이 정치위원이 흔쾌히 동의했다. "그럼, 되고말고. 안 될 게 뭐 있겠나? 하지만 만일 내가 바이 주임의 도움을 받아 먼저 찾게 되면 어떻게 하겠나?"

"그럼 제가 시제구 초원을 떠나죠. 시닝의 신문사로 돌아가서 다시는 이곳에 얼씬도 하지 않겠습니다."

마이 정치위원이 껄껄 웃었다. "자네 생각 아주 좋네. 하지만 자네는 시닝으로 못 돌아가. 내 자네 신문사하고 의논을 해서 자네를 칭궈아마 초원으로 다시 불러올 생각이야."

아버지가 정색을 했다. "저는 오고 싶지 않아요. 제가 따미 총부의 일원이 된다면 자유롭지 않을 테니까요. 지금처럼 저를 간섭하는 사람도 없고 제가 아무도 간섭하지 않아도 되는, 이런 자유는 없을 테니까요."

마이 정치위원이 반문했다. "자네 그렇다면 샹아마 일곱 아이들 일에는 왜 그리 간섭을 하나?"

아버지는 생각에 잠기더니 아주 진지하게 대답했다. "깡르썬거의 충성심, 짱짜시의 부탁, 그리고 저 자신의 소망 때문에요. 저는 개하고 아이를 아주 좋아하는 사람이거든요. 마이 정치위원님, 저도 위원님의 권세가 대단한 줄은 알고 있습니다. 위원님의 그 권세로 저를 칭궈아마 초원의 짱아오로 탈바꿈시켜주시면 소원이 없겠습니다. 저는 지금 짱아오가 점점 더 대단하게 보입니다. 그래서 더 짱아오가 되고 싶습니다. 깡르썬거처럼 아무것에도 얽매이지 않고, 신비함이 가득한 생활을 하면 좋겠습니다. 그리고 아이들하고 같이요."

마이 정치위원이 이야기했다. "내 자네 말을 들으면 들을수록 자네는 초원에 속한 사람이라는 확신이 드는군. 자네는 반드시 초원에 와서 공작을 해야 해. 나를 위해서가 아니라 초원의 아이들을 위해서 말이야. 내 이미 구상해놓은 것이 있는데 말야, 속히 학교 하나를 세우는 거지. 시제구 초원에다 말이야. 자네는 교장을 하고 떠돌아다니는 아이들을 다 불러모아 학교를 다니게 하는 거야. 그럼 아이들에게도 생활과 배움이 동시에 보장될 걸세. 이 아이들은 미래 초원의 신세대 유목민이 될 거야."

아버지는 감동했다. "초원 학교를 세운다고요? 제가 교장이라고요? 야! 그거 정말 좋은데요!"

검은 짱아오 나르가 다시 한 번 포효했다. 이번에는 정말 사자의 포효 같았다. 공기가 흔들렸다. 투명하고 고요하기만 하던 새벽은 순식간에 혼탁하고 불안해졌다.

깡르썬거는 고개를 들어 바라보더니 침착하게 일어나 그의 품에서 구르고 있는 까까를 핥아주었다. 그리고 강아지를 물어 고개가 보이도록 아버지의 품에 맡겼다. 그는 나르가 포효한 방향을 향해 걸어갔다. 그리고 금빛 찬란한 태양 아래 위풍당당하게 서 있는 순백색 사자머리 수짱아오를 발견했다.

깡르썬거는 심장이 철렁했다. 그 짱아오의 이마에는 무성한 털이 나 있고 갈기는 사납게 뻗쳐 있었다. 눈과 코는 험상궂고 입은 대야만큼이나 컸다. 이빨은 깊숙이 감춰져 있고 혀는 반쯤만 내민 듯했다. 한눈에 매우 침울하면서도 강단 있고 야심 많은 개임을 알아볼 수 있었다. 깡르썬거는 곰곰이 생각했다. '시제구 초원에 이렇듯 범상치 않은 기개를 가진 짱아오가 있었다니!'

만일 짱아오 대왕 호랑이머리 순백색 짱아오를 보지 않았더라면 그는 분명 앞에 있는 이 개를 시제구 초원의 짱아오 대왕이라 여겼을 것이다.

그 짱아오 역시 깡르썬거를 발견한 순간 가슴이 철렁했다. '저놈은 시제구사에서 본 녀석이잖아? 그때는 깊은 밤이라 어떻게 생겼는지 제대로 볼 수가 없었는데. 이렇게 민첩하고 용맹한 황금빛 짱아오인 줄 생각도 못했는걸! 눈빛은 번쩍거리고 큰 입에 날카로운 송곳니, 깊고 넓은 앞가슴, 굵고 건장한 네 다리, 호랑이 같은 등

에 곰 같은 허리. 정말 늠름하고 무시할 수 없는 모습이다!'

영웅이 영웅을 알아보듯 두 마리 짱아오는 그렇게 대치하고 있었다. 둘 다 잘 알았다. 이 싸움은 돌과 쇠의 싸움이라는 것을.

깡르썬거의 뒤를 따르던 나르도 두 강자 간의 싸움을 돌이킬 수 없다는 사실을 깨달았다. 그래서 얌전히 서 있기만 했다. 이전처럼 스스럼없는 동작으로 자신들은 특별한 관계임을 보여주지도 않고, 이로써 당돌하게 이곳에 찾아든 깡르썬거를 자비와 관용으로 포용하도록 상대방을 설득하려 들지도 않았다.

나르는 이미 상대방을 알고 있었다. 그는 까바오썬거라 불리는 니마 할아버지 댁 목양견이었다. 하지만 깡르썬거와 까바오썬거, 그리고 나르가 이렇게 빨리 만나게 될 줄은 예상치 못했다.

서로 대치하고 있는 두 짱아오는 마음속 깊은 분노를 외부로 표출하기에는 아직 어렸다. 근육은 미처 긴장되지 않았고 혈관의 피는 끓어오르지 않았다. 하지만 바람을 가르는 소리를 내며 한 놈이 덤벼들기 시작했다.

눈을 든 백사자 까바오썬거가 이 순간 그렇게도 보고 싶던 대상을 발견한 것이다. 아버지의 품속에 있는 흰 강아지 까까였다.

# 22

백사자 까바오썬거는 바람에 실려오는 냄새를 맡았다. 새벽에 일어나 코를 가볍게 킁킁거렸을 때 까까의 냄새가 났다. 그는 벌떡 일어나 어젯밤 내내 수고한 집지기 개, 까까의 절름발이 엄마에게 달려갔다. 또 절름발이 엄마의 언니인 쓰마오 이모에게도 달려갔다. 코와 눈빛, 엉덩이 뒤에 말려 있는 꼬리로 '이 냄새를 맡았는지?' 물어보았다. 그들은 '맡지 못했다.'고 했다.

엊저녁, 그들은 양떼를 공격하는 황원 늑대떼를 세 번이나 쫓아냈다. 비록 한 마리를 물어죽였지만 한순간도 긴장을 풀 수 없는 추격과 순찰로 지쳐 있었다. 그들은 땅에 누워 꼼짝도 하지 않으며 빨리 아침밥을 먹고 푹 잘 수 있기만을 간절히 바랐다.

까바오썬거는 화가 나 그들에게 한바탕 짖으며 자신을 향해 달려오는 까까의 형 거쌍을 코로 뒤집어엎었다. 또 까까의 누이인 푸무를 향해 사랑을 담아 호통을 쳤다. '절대 멀리 나가 놀지 마라. 초원은 아주 흉악하고 위험한 곳이다. 까까도 어디 있는지 아직 모르니 아빠가 가서 찾아볼게.'라는 의미였다. 그는 재빨리 까까의 냄새가 날아오는 방향으로 뛰어갔다.

까바오썬거와 같은 목양견인 신사자 사제썬거와 독수리사자 총바오썬거도 그를 따라나서고 싶었했지만, 까바오썬거는 고개를 돌려 사납게 막으셨다. 그는 거친 목소리로 그들에게 알렸다. '이곳은 롱바오 설산과 가까운 고산 초장이야. 야수들, 특히 황원 늑대가 많은 곳이지. 너희들은 방목에만 최선을 다해라. 소떼와 양떼를 잘 지켜달라고. 나는 너희를 데리고 갈 수 없다. 오늘 난 우리 까까를 찾을 때까지 쉬지 못할 거야. 그럼 가볼게!'

주인집이 예루허 강변에서 고산 초장으로 이사를 한 후부터 흰 강아지 까까가 보이지 않았다. 까까가 어디로 갔는지 아무도 몰랐다. 까바오썬거는 주인이 다른 사람에게 선물했을 가능성도 생각해보았다. 그런 일은 과거에도 있었다. 또 교활한 눈표범이나 더 교활한 설랑에게 잡아먹혔을 가능성도 고려해보았다. 그런 일도 과거에 있었다. 어떻게 된 일인지 정확하게 알고 싶었다. 그런데 오늘 새벽, 불어오는 바람에서 까까의 냄새가 났다.

지금, 냄새는 실체가 되어 나타났다. 흰 강아지 까까가 자기 눈앞에 있었다. 그 순간 백사자 까바오썬거는 아무것도 생각나지 않았다. 번개처럼 빠르고 화급하게, 아버지를 향해 뛰어들었다.

영문을 모른 채 서 있던 깡르썬거가 맹렬히 짖으며 앞으로 달려나갔다. 그는 상대가 자신이 아닌 아버지를 향해 달려드는 것이 너무나 이상했다. 짱아오의 관습에 위배되는 행동이었다. 짱아오

는 낯선 사람과 낯선 짱아오를 동시에 만났을 때, 항상 후자를 제1
순위 증오의 대상으로 삼는다.

모든 짱아오들은 사람을 주인으로 여기며, 사람의 권력과 능력
이 자신들이 상상하는 것보다 훨씬 뛰어나다는 사실을 인정한다.
하지만 한 가지 더 또렷하게 인식하는 것이 있다. 아군과 적군이
결정되고 그 적과의 전투가 시작되는 순간에는, 사람이 아니라 짱
아오가 치명적 위험요인이라는 사실이다.

개들은 아마 이렇게 외칠 것이다. '야! 이 변절자야! 네놈이 결국
악당의 똘마니가 되었구나!' 그리고 끓어오르는 모든 분노를 그 똘
마니에게 쏟아붓는다. 그래서 짱아오 간 싸움은 대개 똘마니들의
싸움이 된다. 하지만 오늘 백사자 까바오썬거는 사람에게 먼저 달
려들었다. 자신은 짱아오가 아니라는 듯, 혹은 이런 행동이 잘못
되었다는 걸 전혀 모른다는 듯이.

두 마리의 거대한 짱아오끼리 자웅을 가리려던 대결은 눈 깜짝
할 사이에 침범자와 보호자의 전투로 바뀌어버렸다.

갑작스런 공격을 예상치 못한 깡르썬거였지만 혈관 속에 흐르
는 살상의 관성 덕에 앞으로 튀어나갔다. 하지만 앞으로 채 나가
기도 전에 백사자 까바오썬거가 '번쩍' 하고 그를 지나쳐버렸다.
지금은 까바오썬거가 앞서 달리고 깡르썬거가 뒤를 쫓는 형세였
다. 사납고 오만한 짱아오 두 마리가 앞서거니 뒤서거니 아버지를
향해 질주해오고 있었다.

아버지는 깜짝 놀랐다. 아버지 곁에 서 있던 마이 정치위원은
다리 힘까지 다 빠져버린 모양이었다. "어떻게 하면 좋지?" 말이

채 끝나기도 전에 그는 '쿵' 하며 땅에 주저앉았다. 하늘도 땅도 사람도 귀신도 두려워 않는 그였지만 개만은 유독 무서워했다. 어린 시절부터 개만 보면 모골이 송연해지는 것이었다. 그는 비명을 질렀다. "경호원!"

경호원과 부하들은 곁에 없었다. 어떤 사람은 천막집 앞에서 말에게 빗질을 해주고, 어떤 사람은 런친츠딴의 아내를 도와 우유를 짜고, 어떤 사람은 런친츠딴의 열두 살 아들과 열 살 딸에게 이야기를 하고 있었다. 두 아이는 대추색 짱아오 때문에 화가 났던 일을 깡그리 잊어버렸다. 역시 아이들이었다. 맑고 티 없는 웃음으로 두 한인 아저씨들에게 노래도 불러주었다.

그의 경호원은 지금 독수리가 먹이를 먹는 모습을 지켜보고 있었다. 10여 마리 독수리가 이미 대추색 짱아오의 살점을 남김없이 먹어치웠다. 거대한 붉은 뼈다귀는 생명의 슬픔과 무상함을 간직한 채 초원 가득한 푸른 광선 아래 누워 있었다.

아버지가 곁에 있는 게 그나마 다행이었다. 아버지는 개를 사랑하는 사람이다. 개를 사랑하는 사람은 대담하다. 아버지도 개에게 심하게 물린 경험이 있기는 했지만 자라 보고 놀란 가슴 솥뚜껑 보고 놀랄 정도는 아니었다. 아버지의 성격은 짱아오와 비슷했다. '부딪힐수록 더 굳건해지고 물릴수록 더 강해진다.'

아버지는 진정 한 마리 짱아오처럼, 날듯이 다가오는 전방의 위험을 향해 몸을 던져 마이 정치위원의 앞을 막아섰다.

짱아오 두 마리는 여전히 앞서거니 뒤서거니 달려오고 있었다. 그들의 거리는 겨우 몇 촌寸(한 자尺의 10분의 1. 약 3.33cm에 해당함)

차이였다. 하지만 이 거리는 몇 장丈(한 자의 10배. 3. 33미터) 혹은 수십 장과 같이 멀게 느껴졌다. 깡르썬거는 열심히 뒤쫓았지만 아무리 달려도 잡을 수가 없었다. 두 마리 짱아오는 날고 있었다. 둘 다 우수한 능력을 가진 야수이자 달리기의 귀재들이었다.

백사자 까바오썬거의 송곳니는 순식간에 다가와 아버지에게 닿을 듯했다. 깡르썬거는 크게 포효했다. 이것은 아버지를 향한 포효였다. '빨리 강아지를 내려놓으세요!'라는 뜻이었다.

비범한 직감으로 깡르썬거는 이해했다. '까바오썬거가 동족이 아닌 사람에게 달려든 것은 흰 강아지 까까 때문이구나.'

깡르썬거는 머리털이 곤두서도록 화가 나서 소리쳤다. '너한테서 저 강아지하고 같은 냄새가 나기는 한다만, 그렇다고 저 흰 강아지의 아빠라고 인정해줄 수는 없다. 아니! 너는 절대로 아니다! 흰 강아지의 아빠는 나다. 나는 나르의 남편이고, 나르는 흰 강아지의 엄마이다. 그러므로 나는 흰 강아지의 아빠이다.'

나르 역시 깡르썬거처럼 울부짖었다. '네가 알려줄 필요 없어. 나도 알고 있어. 나도 알고 있다고!' 그리고 펄쩍 뛰어올랐다.

"휙." 소리가 울렸다. 아버지에게 송곳니를 꽂으려던 백사자 까바오썬거가 갑자기 방향을 바꾸더니 비스듬한 자세로 땅을 굴렀다. 연속 세 번을 구른 후에야 네 다리로 땅을 박차고 일어섰다. 깡르썬거도 뒤따라 땅을 굴렀다. 이 기회를 이용해 달려들면 얼마든지 상대의 목구멍을 한 입에 물어뜯을 수 있었다.

그러나 깡르썬거는 그렇게 하지 않았다. 그런 일은 불난 집에서 강도질을 하는 행위나 마찬가지였다. 쥐새끼나 늑대처럼 야비한 놈들이나 하는 도둑질이었다. 이걸로 상대방을 이길 수 있는 기회가 날아간다 하더라도 영웅의 명예를 더럽힐 수 없었다. 세네 번을 구른 후에야 제대로 일어선 그는 까바오썬거를 경계하는 한편으로 앞에 있는 검은 짱아오 나르의 솜씨를 감탄하며 바라보았다.

나르가 아버지를 구하고 흰 강아지 까까를 구했다. 그녀가 자신의 날카로운 이빨 앞에 나타났을 때 까바오썬거는 소스라치게 놀랐다. 그는 상대를 알고 있었다. 시제구의 영지견이자 가장 아름다운 암짱아오였다. 태곳적 조상들은 암짱아오들을 못살게 굴지 않았다. 태곳적 목양견들은 영지견들을 특별히 존중했다. 마치 인간사회에서 지방 군대가 국방군를 특별히 존중하고 경찰부대가 야전군대를 존중하는 것처럼. 오래된 관념이 그를 속수무책이 되게 했다. 어떻게 해야 할지 갈피를 잡을 수가 없었다.

검은 짱아오 나르는 백사자 까바오썬거를 향해 분노의 목소리를 토해냈다. 자신은 깡르썬거와 상대방의 싸움에 끼어들어서는 안 된다는 것을 알고 있었다. 암컷을 차지하기 위한 목적이든 주인과 그 재산을 보호하기 위한 목적이든 두 짱아오 간 결투는 언제나 일대일이어야 한다. 그러나 나르는 이렇게 무섭게 달려오는 까바오썬거가 바람을 가르고 날아오는 날카로운 칼임을 잘 알고 있었다. 그 송곳니가 아버지에게 닿기만 하면 끝장이었다. 목에 닿으면 목이 잘리고 가슴에 닿으면 가슴이 뚫릴 것이다.

아버지가 끝장이면 흰 강아지 까까도 끝장이었다. 까바오썬거는 까까를 한 입에 물고 뒤돌아 가버릴 것이다. 어미 짱아오인 자신은 힘이 부쳐 쫓아가지 못할 것이다. 어쩌면 깡르썬거는 쫓아갈 수 있을지 모르지만 그런다고 한들 뭐가 달라질 수 있으랴. 자기와 깡르썬거를 뺀 나머지 모든 짱아오와 사람들은 까바오썬거를 흰 강아지 까까의 아빠로 알 것인데.

나르는 짖지 않았다. 아버지의 앞을 가로막으며 수심 가득한 얼굴로 깡르썬거를 바라보았다. 깡르썬거는 백사자 까바오썬거에게 달려들었다. 까바오썬거는 피했다. 오만하고 성미가 급한 그도 생애 최초로 적수의 공격을 회피하는 전술을 구사했다.

까바오썬거는 아버지 품에 있는 흰 강아지 까까를 바라보면서 친아버지만이 낼 수 있는 온화한 목소리로 부르기 시작했다. 까까도 그 목소리를 들었다. 얼굴을 들어 바라보던 까까는 몸을 뒤채며 몸부림을 쳤다. 아버지의 품을 벗어나려고 발버둥을 쳤다. 죽을힘을 다해 발버둥쳤다. 다친 다리가 아파오자 비참하고 위험했던 순간들이 생각이 났다. 눈물이 흘렀다. 설랑들에게 붙들린 절대고독 속에서 엄마와 아빠, 형과 누나, 쓰마오 이모를 생각할 때는 나오지 않던 울음이 봇물 터지듯 터져나왔다.

마이 정치위원은 아버지 뒤에서 일어나 온몸을 부들거리며 커다란 세 마리 개들을 바라보았다.

아버지는 까바오썬거를 가리키며 말했다. "보셨죠? 저 짱아오는 이 강아지를 찾아온 거예요. 이 강아지는 어쩌면 저놈의 새끼인지도 모르겠어요. 아주 비슷하게 생겼잖아요? 둘 다 사자머리에 큰 귀를 하고, 눈은 삼각형에 입은 두껍고 털 색깔까지 같아요. 눈처럼 하얀 순백색에 잡모 하나 섞이지 않았어요."

마이 정치위원은 재촉했다. "그럼 저놈에게 줘버리게나. 어서!"

"하지만 깡르썬거하고 나르는 지금까지 이 강아지를 자기 아기처럼 대해 왔는걸요. 제가 저 짱아오한테 강아지를 주려고 하면 두 놈들이 절대 허락하지 않을 거예요."

마이 정치위원이 정색을 했다. "그럼 억지로라도 줘버리게. 어떻게 남의 자식을 훔쳐서 자기 아이로 삼나? 그건 사람한테도, 개한테도 안 되는 일이네."

"그래도 저놈들이 저를 용서하지 않을 거예요."

마이 정치위원은 아버지 품에서 울며불며 몸부림치는 까까를 바라보며 말을 이었다. "이 강아지는 자기 부모를 알아볼 게야. 강아지를 개들 사이에 놓고 스스로 선택하도록 하지. 강아지가 어떤 쪽을 선택하든 그건 자네하고 상관없는 일 아닌가?"

아버지는 생각했다. '그것 참 묘책이로군. 강아지가 자기 부모를 향해 기어가면 깡르썬거랑 나르도 강아지를 원망하지는 않겠지.'

아버지는 깡르썬거와 까바오썬거의 중간쯤 되는 지점으로 걸어가 한 손으로는 까까를 꼭 끌어안고 다른 한 손으로는 그들을 가리키며 말했다. "너희들 서로 싸우지 마라. 강아지가 스스로 선택을 하도록 할 테니까. 강아지가 누구한테 가든, 그 개가 강아지를 데리고 간다. 알아듣겠지?"

아버지는 거듭거듭 당부를 했다. 까바오썬거는 더 이상 애처로운 목소리로 까까를 부르지 않았다. 깡르썬거도 더 이상은 상대방에게 덤벼들려는 자세를 취하지 않았다. 두 짱아오가 제대로 알아들은 것을 확인한 아버지는 몸을 굽혀 까까를 땅에 내려놓은 뒤 멀찍이 물러났다.

적막이 흘렀다. 10여 초 동안 바람소리마저 들리지 않았다. 큰 개 세 마리의 시선은 세 가닥 밧줄마냥 까까의 몸에 비끄러매어 있었다. 까까는 이쪽저쪽을 번갈아 쳐다보더니 뭔가를 생각하는 듯했다. 그리고 황급히 깡르썬거를 향해 기어왔다.

깡르썬거는 기뻐하면서 "멍멍!" 짖었지만 기뻐하기엔 이르다는 것을 곧 알아차렸다. 마음이 급한 나머지 방향을 착각했든지 아니면 깡르썬거에게 작별인사를 하려던 듯했다. 강아지에게 깡르썬거는 자신의 생명을 구해주고 돌봐준 은인이니까.

흰 강아지 까까는 얼른 방향을 180도 바꾸어 기어들어가는 목소리로 짖어댔다. 그리고 흥분한 듯 빠른 속도로 백사자 까바오썬거를 향해 기어왔다. 까바오썬거는 말려 있던 꼬리를 활짝 핀 국화 송이마냥 힘차게 흔들며 얼른 맞으러 나갔다.

그러나 검은 짱아오 나르는 송곳니를 드러내며 매서운 목소리로 짖어댔다. 까까에게 접근하지 말라는 경고였다. 그게 까바오썬거에게는 주의의 의미로 들렸다. '빨리 손을 써라! 상대방이 손을 쓰게 놔뒀다가는 까까를 영원히 잃어버릴지도 모른다!'

까바오썬거는 광풍같았다. 아버지와 마이 정치위원이 정신을 차려보았을 때 흰 강아지 까까는 이미 땅 위에 없었다. 강아지를 입에 문 백사자 까바오썬거는 미친 듯이 질주했다. 깡르썬거와 나르는 좌우를 맡아 그 뒤를 질풍처럼 쫓았다.

이 순간 속도는 모든 것을 결정짓는 듯했다. 폭발적인 힘을 발휘하는 근육과 멋진 자세를 만들어내는 뼈대가 약동하는 생명력을 선명하게 드러내고 있었다. 여기에 그들의 지혜가 곁들여져 속도와 힘을 조율하면서 환상적인 아름다움을 만들어냈다.

도망가는 속도와 뒤쫓는 속도가 막상막하이던 그 순간, 깡르썬거가 우렁차면서도 처량한 울음소리를 냈다. 그것은 늑대의 울음소리였다. 황원 늑대가 동료를 부를 때 내는, 폐부로부터 우러나는 절절한 울음이었다.

앞에서 질주하던 까바오썬거는 깜짝 놀랐다. '어디서 나타난 늑대야?' 하지만 속도는 전혀 줄이지 않은 채 세모진 눈을 흘기며 뒤편의 깡르썬거를 돌아보았다. 그는 속으로 차가운 비웃음을 던졌다. '흥, 너로구나. 외지에서 온 버러지만도 못한 도둑놈. 네가 날 너무 얕잡아봤어. 네 가죽을 벗겨내도 난 네놈이 얼어죽을 늑대가 아니라 샹아마 사람들의 앞잡이라는 것쯤은 알 수 있다고.'

실제로 이런 속임수는 까바오썬거 자신도 사용한 적이 있었다. 과거 기병단 사람들이 자신의 주찰지인 샹아마 초원에서 시제구 초원으로 와 사냥을 한 적이 있었다. 그들의 사냥개는 아주 사나운 짱아오 세 마리로 시제구 초원의 늑대를 여러 마리 물어죽였다. 까바오썬거는 본래 이 일에는 관여할 필요가 없었다. 그는 영지견이 아니라 목양견이었기 때문이다. 외지에서 온 사람이나 개들이라 하더라도 자신이 보호하는 양떼나 소떼 및 주인과 천막집을 침범하지 않는 이상 그는 상관할 필요가 없었다.

그러나 그의 주인 니마 할아버지 생각은 달랐다. 할아버지는 말하셨다. "아무리 늑대라고 해도 이건 시제구 초원의 늑대다. 네놈 샹아마 초원의 것들이 무슨 권리로 우리 땅에 와서 늑대를 사냥해? 안 되지! 안 돼! 늑대 가죽 한 장이라도 네놈들 손에 들려보낼 수 없다. 까바오썬거! 사제썬거! 총바오썬거! 어서 쫓아가라!"

그리하여 그들 삼총사는 쫓기 시작했다. 자연히 그들의 목표는
세 마리의 사나운 짱아오를 해치우는 것이었다. 그 사나운 짱아
오들은 본래 적에게 쫓긴다고 해서 도망칠 필요가 없었다. 하지만
그들의 주인은 상등품 늑대 가죽을 얻은 이상 말썽 많은 이 초원
을 빨리 떠나고 싶은 마음만 가득했다. 그는 말을 달리며 짱아오
들에게 빨리 철수하도록 호령했다. 철수는 날듯이 빨랐다. 놈들의
뒤를 쫓아 잡는다는 건 거의 불가능했다.

까바오썬거는 순간 늑대 울음소리를 냈다. 바보같은 샹아마의
짱아오들은 속임수를 알아차리지 못했다. 진짜 늑대 몇 마리가 자
신들을 쫓고 있거나 아니면 까바오썬거 삼총사가 갑자기 늑대로
변한 줄로 알고 있었다. '하! 늑대가 어떻게 우리를 쫓을 수 있나?
우리는 짱아오가 아닌가? 천하를 호령하던 태곳적 거대한 야수가
진화한 천하장사요, 늑대를 능가하는 초원의 금강역사란 말이다.
역사와 신은 우리가 평생 늑대를 죽이고 늑대를 먹으며 살도록 허
락했다. 하늘이 우리에게 선사한 날카로운 이빨, 예리한 발톱, 위
풍당당한 체모들은 늑대가 보기만 해도 혼이 빠지는 것들이다.' 그
런 연고로, 짱아오들이 도저히 용납할 수 없는 일 중의 하나가 바
로 늑대에게 추격당하는 것이었다.

늑대는 추격을 해오고, 자신은 도망치고 있었다. 심장을 찌르는
수치심이 그들 주인이 내린 철수 명령마저 종잇장처럼 내버리게
했다. 그들 셋은 멈춰섰다. 쫓아오는 쪽도 셋이었다. 하지만 그들
은 멍청했다. 철저히 까바오썬거가 원하는 대로 행동하고 있었다.

멈춰선 그들이 까바오썬거 삼총사에게 달려들었다.

까바오썬거는 여전히 늑대처럼 울어대고 있었다. 이것은 상대 짱아오들 안에 잠재한 늑대에 대한 멸시감을 일깨웠다. 더불어 적을 얕보도록 만들어버렸다. 그들은 정말로 늑대를 본 양, 얼굴 가득 혐오와 경멸을 담아 미친 듯이 달려들었다. 그러나 그들을 기다리고 있었던 것은 두려움에 떨며 도주하는 황원 늑대의 모습이 아니라 용맹스런 짱아오의 반격이었다.

그들은 죽었다. 모두 용맹하고 건장한 짱아오였으므로 죽더라도 멋진 결투 장면은 남겨야 했다. 그러나 그들은 샹아마 초원에서 먹고 자라며 적을 얕봐온 짱아오들이었다. 제멋대로 설쳐대는 기병단과 같이 생활하며 사람들의 못된 습관을 배운 탓에 적수를 멸시할 줄만 알았다. 까바오썬거는 힘을 거의 낭비하지 않고도 한 마리를 물어죽였다. 사제썬거와 총바오썬거도 한 마리씩 물어죽였다. 전장에서 죽음을 맞는 것, 이것은 적을 얕잡아보는 모든 어리석은 자들의 필연적인 운명이다.

그런데 백사자 까바오썬거는 오늘 아침, 전혀 예상치 못한 적과 마주했다. 상대는 어리석은 샹아마의 앞잡이가 아니라 태생부터 남다른 설산사자 짱아오였다. 기구한 운명 속에서 강인한 의지력과 지혜를 연마해낸 히말라야산 우수한 짱아오였다.

설산사자 깡르썬거는 절대 까바오썬거를 얕보지 않았다. 오히려 시종일관 그를 높이 평가하고 있었다. '저 짱아오는 얼마나 아름답고 위용이 넘치는가? 설산처럼 깨끗하고 상쾌할 뿐 아니라 위엄 있게 솟아 있구나!' 깡르썬거는 상대방이 자신의 울음소리에 속을 것이라고는 처음부터 기대하지 않았다. 오히려 마음속으로 가볍게 외쳤다. '너는 짱아오 중의 미남자다! 절대로 속지 말아라!'

그는 쉬지 않고 늑대 울음소리를 냈다. 그리고 마침내, 속아넘어간 자의 대답을 들었다. 그건 바로 개 짖는 소리였다. 거대한 짱아오 세 마리가 간담이 서늘해질 정도로 맹렬히 짖어댔다. 런친츠딴의 아내가 천막집 앞 공터에 묶어놓은 개들이었다. 이곳을 전혀 볼 수가 없었던 그들은 정말로 늑대가 온 줄로 알고 맹렬히 짖어댔다. "철커덩! 철커덩!" 죽을힘을 다해 굵은 쇠사슬을 끌어당기는 소리가 쉴새없이 들려왔다.

앞에서 질주하던 백사자 까바오썬거는 깜짝 놀랐다. 그는 런친츠딴 집의 짱아오 세 마리가 전부 묶여 있다는 사실은 알지 못했다. 또 외지에서 온 깡르썬거에 대한 그들의 태도도 짐작할 수가 없었다. 다만 한 가지는 추측했다. 만일 그들이 나르처럼 시제구 짱아오들의 기본적인 태도를 배반했다면, 침입자의 늑대 울음소리는 또 다른 신호가 될 수 있었다. '빨리 오너라! 저놈을 붙들어라! 흰 강아지 까까를 빼앗아라!'

백사자 까바오썬거는 몸을 앞쪽으로 기울이며 방향을 약간 바꾸었다. 자신이 예상한 전방의 위험요소를 피해가고 싶었다. 질주하던 노선은 곡선이 되었다. 이 작은 변화가 바로 깡르썬거가 기대하던 것이었다. 그는 직선으로 달려갔다. 격차는 재빨리 줄어들었다. 송곳니가 까바오썬거의 엉덩이에 닿을 듯했다. 까바오썬거는 질투하듯 마음속으로 부들부들 떨며 말했다. '비열한 자식! 이렇게 빠른 속도로 결국엔 나를 따라잡았구나!'

만일 이때 전방에서 사람이 튀어나오지 않았더라면 깡르썬거에게 추월을 허용하고 앞길이 막히지 않았을지도 모른다. 그들은 늑대를 잡기 위해 뛰어나온 사람이었다.

막 우유를 짜고 있던 런친츠딴의 아내는 자기 집 개들이 간담이 서늘해질 정도로 맹렬하게 짖어대는 소리를 듣자 조건반사적으로 고함이 터져나왔다. "늑대가 왔다! 늑대가 왔어!"

그녀와 함께 우유를 짜고 있던 마이 정치위원의 비서가 티베트어를 조금 알고 있었다. 그는 곧 한어로 외치기 시작했다. "늑대가 왔다! 늑대가 왔어!"

말의 털을 빗질해주던 사람, 런친츠딴의 아이들과 이야기를 하던 사람, 독수리가 시체 먹는 걸 구경하던 경호원은 고함 소리를 듣자마자 마이 정치위원을 떠올렸다. 그들이 사방에서 뛰어나와 의도치 않게 까바오썬거 길을 막아선 것이다.

까바오썬거는 달리던 길을 직각으로 틀어야 했다. 그렇게 깡르썬거의 함정에 걸려들었다. 깡르썬거는 가장 빠른 길로 바람을 가르며 달려가 그의 앞길을 막아섰다. 까바오썬거는 멈춰설 수밖에 없었다. 아직 제대로 서지도 않았는데 나르가 정면에서 달려들었다. 그는 얼른 고개를 돌려 강아지 까까를 엄호했다. 그리고 땅으로 몸을 날려 몇 번을 뒹군 후에 다시 일어났다.

이미 도망갈 수는 없게 되었다. 백사자 까바오썬거는 화가 나 머리를 이쪽저쪽으로 흔들어댔다. 오른쪽은 깡르썬거, 왼쪽은 나르, 앞쪽은 사람, 뒤쪽도 사람이 막고 서 있었다. 아버지가 마이 정치위원을 잡아끌고 빠른 걸음으로 현장에 도착한 것이다.

까바오썬거를 너 화나게 만든 것은 깡르썬거가 이 기회를 틈타 그와 결투를 하지 않았다는 사실이었다. 그는 군자와 같은 풍모를 보이며, 화도 내지 않고 위엄 넘치는 모습으로 그를 바라보고 있었다. 가슴에서 울리는, 끊어질 듯 이어지는 낮고 묵직한 소리로 으르렁거리기만 하면 충분하다고 여기는 듯했다. 그러면 백사자 까바오썬거는 흰 강아지 까까를 내려놓고 절망하여 자기 집으로 돌아갈 거라는 듯이. 이게 말이 되는 이야기인가?

까바오썬거는 귀를 찢을 것같이 포효하며 상대방에게 대답했다. '그건 말도 안 되는 이야기지! 짱아오는 절대 일반 개처럼 꼬리를 내리지 않아. 까까는 내 자식이야. 너희들 자식이 아니라고!'

긴장한 까바오썬거의 큰 입이 씰룩거리며 까까를 문 이빨에 힘이 들어갔다. 그 바람에 아픔을 느낀 까까가 "낑낑." 울어댔다.

상대방이 강아지를 학대한다고 느낀 검은 짱아오 나르가 앞뒤 따져볼 겨를도 없이 덤벼들었다. 백사자 까바오썬거는 수치스럽게 공격을 피했다. 한 번, 두 번, 세 번…. 공격을 피하는 횟수가 늘어갔다. 그러나 나르는 '네가 피할수록 나는 더 덤벼든다! 까까를 찾아오기 전까지는 하늘이 무너지고 땅이 꺼져도 계속 공격을 하겠다.'라고 결심한 듯했다. 처음에는 덤벼들기만 하고 물지는 않았지만 백사자 까바오썬거의 완고한 태도가 변할 것 같지 않자 짜증이 몰려왔다. 그녀는 상대방의 어깻죽지를 있는 힘껏 물었다.

이 한 입이 까바오썬거에게는 너무 아팠다. 아파서 눈이 휘둥그레지고 분노가 치솟았다. 뼛속 깊이 박혀 있던 오만함이 아픔과 함께 전신으로 퍼져나갔다. 그는 울부짖기 시작했다. '나는 야심만

만한 백사자 까바오썬거라는 걸 잊지 마라. 내가 언제 이렇게 수
치스러운 적이 있었느냐? 언제 이렇게 참은 적이 있었느냐? 어느
날 아침 내가 시제구 초원의 위대한 짱아오 대왕이 되란 법이 없
지 않으냐? 그런데 어찌 나를 이렇게 대할 수 있단 말이냐? 이 바
보 같은 암캐야! 나는 너를 용서할 수 없다. 내 먼저 너를 물어죽
인 후에, 저 외지 개를 물어죽일 것이다. 그리고 내 앞뒤로 길을 막
아선 이 외지인들도 싹 다 물어죽이겠다!'

폐부에 맺힌 울부짖음과 함께 이성마저 저 하늘 너머로 던져버린
듯했다. 그가 흰 강아지 까까마저 팽개친 뒤 앞으로 달려들었다.

백사자 까바오썬거는 제정신이 아니었다. 까까를 집에 데려가
기는 틀렸다고 판단한 이후, 자기 자신까지 못 알아볼 정도로 변
해버렸다. '흰 강아지 까까는 내 것이야! 누가 뭐래도 내 것이라고!
너희들은 까까가 너희 아기라고 하는데, 그렇다면 너희들은 이 아
기를 먹을 수 있느냐? 나는 할 수 있다! 오래 전 우리 조상들의 전
통과 관습 중에 친자식을 먹어치우는 관습이 있었다는 걸 잊지 말
아라. 자신의 자손을 적의 손에 넘겨주지 않기 위해서, 악한 자들
의 이빨에 찢겨죽게 하지 않기 위해서 말이다. 자신의 명성을 하늘
보다 높게 여기는 위대한 짱아오 중에는 종종 친자식을 자기 뱃속
에 집어넣는 일이 있었다. 지금 내가 그 위대한 짱아오다. 태곳적
조상의 명성을 현실로 계승하는 계승자다. 나는 삼켜버릴 것이다.
내 아기를 뱃속으로 삼켜버릴 것이다!'

그는 한 입에 흰 강아지 까까를 집어삼켰다. 이빨이 맹렬하게
움직이더니 피가 튀어나왔다. 피가 하늘로 튀고, 아무것도 남지 않

았다. 공기 중으로 흩어져버린 까까의 선혈은 비명으로 화했다.

사람과 짱아오의 비명이 동시에 울려퍼졌다. 깡르썬거의 비명은 호랑이의 포효 같았다. 놀란 구름은 어지러이 흩어졌다. 검은 짱아오 나르는 짖지 않았다. 그저 경악해서 뒤로 한 발을 물러섰다. 그녀가 마주하고 있는 것은 짱아오가 아니라 마귀인 것 같았다.

백사자 까바오썬거는 물어뜯고, 씹고, 삼켰다. 하늘을 향해 보란 듯 길게 목을 들었다. 살도 가죽도 털 하나까지 남기지 않고 전부 다 먹어버렸다. 입 밖으로 뱉어낸 것은 딱 하나였다. 티베트 의원 가위톼가 까까의 다친 다리에 묶어주었던 가사자락이었다.

설랑의 입에서 살아 돌아온 흰 강아지 까까는 친아버지인 백사자 까바오썬거에게 잡아먹혔다. 한 맺힌 얼음 계곡에서 재난을 피했던 까까는 따뜻한 사랑을 주어야 할 아빠의 이빨에 씹어 먹혀버렸다. 의부 깡르썬거와 의모 나르는 까까의 상처가 낫고 건강하게 성장하도록 자상하게 보살펴주었다. 그러나 까까는 사랑으로 미쳐버린 친아빠에게 잡아먹히고 말았다.

이것이 바로 고원에 사는 냉혹한 영혼 짱아오의 진면목이다. 짱아오라는 이 위대한 생명이 침착함, 강인함, 정의로움, 희생정신, 근면성실함 등 인류가 침이 마르도록 칭찬한 장점들을 다 소진한 후 홀연 번득이며 드러낸 한 가닥 검은 광채였다. 새파란 하늘 아래 검은 광채는 눈을 찌르듯 번쩍였다. 그 광채에 아버지는 하마터면 정신을 잃을 뻔했다.

내가 사랑하는 대상을 다른 이가 사랑할 수는 없다. 그게 아니라면 내 사랑은 내가 물어죽이고 잡아먹는다. 사랑은 소유니까.

다른 누구도 절대 소유하지 못하게 해야 하니까.

아버지는 가슴 아프게 말했다. "이 야수만도 못한 놈! 어떻게 네 자식을 잡아먹을 수가 있어?"

마이 정치위원은 아버지를 한쪽으로 끌며 말렸다. "소리치지 말게! 저놈이 이쪽으로 오기라도 하면 어떻게 하려고 하나? 저놈은 미친개야."

아버지가 대답했다. "깡르썬거랑 나르가 있는데 저놈이 감히 오겠어요?"

검은 짱아오 나르는 아버지가 자신을 호명하자 갑자기 "우우우." 울기 시작했다. 그녀는 애달픈 감정에 쉽게 사로잡혀 정신을 수습하지 못하는 암짱아오였다. 하늘이 무너진 것 같았다. 내 아이를 잃어버린 것이다. 눈물로 뒤범벅이 된 그녀는 개의 탈을 쓰고 늑대의 마음을 가진 까바오썬거에게 달려들어 죽기살기로 싸워보려고 했다. 하지만 깡르썬거에게 붙들리고 말았다. 깡르썬거는 나르의 얼굴에 흐르는 눈물을 따뜻하게 핥아주었다. 그리고 눈물만 흐를 뿐 빛도 보지 못하는 왼쪽 눈을 더욱 따뜻하게 핥아주었다.

그는 커다란 머리를 치켜들고 긴 한숨을 토해내며 온몸의 털을 털어내었다. 그리고 멸시의 눈초리로 백사자 까바오썬거를 바라보았다. 마치 이렇게 말하는 것 같았다. '좋다. 늑대의 심장을 가진 녀석. 네 녀석의 못된 짓거리는 그만하면 됐다. 이제는 우리 둘이 승패를 가를 때가 되었다.'

아버지는 외쳤다. "절대 시간 낭비하지 말아라! 깡르썬거, 어서 놈을 처치해버려!"

마이 정치위원은 손사래를 치며 만류했다. "자네, 냉정을 되찾게. 어떻게 그런 말을 하나? 칭궈아마 초원에서 개싸움을 교사하는 건 사람의 싸움을 교사하는 거나 마찬가지야!"

하지만 아버지는 흥분을 가라앉히지 못했다. "하지만 저놈이 강아지를 먹어버렸다고요. 그 강아지는 분명 자기 새끼일 텐데 말예요. 자기 새끼까지 먹어치울 수 있는 사람은 좋은 사람인가요?"

"그놈들은 사람이 아니야. 사람 기준으로 판단하지 말라고."

아버지가 반문했다. "위원님은 방금 제게 사람 싸움을 교사하는 것과 마찬가지라고 말씀하시고선 어떻게 사람이 아니라고 하시죠? 저놈들은 사람이에요. 누가 뭐라고 해도 사람과 같다고요."

마이 정치위원은 고개를 저었다. "이 문제에 대해 자네하고는 더 말하지 않겠네. 자네 빨리 저놈들을 막기나 하게. 저놈들이 싸워서 어느 쪽이든 다치기라도 하면 우리한테는 불리하다고."

하지만 돌이킬 수 없었다. 거대한 몸집에 맹렬한 위용을 뽐내는 두 마리 짱아오는 천지가 진동할 만큼 포효하며 다가섰다. 설산사자 깡르썬거와 백사자 까바오썬거 간의 숙명적 대결, 잔혹하고 치명적인 싸움은 곧 시작될 태세였다.

# 9장

# 지혜로운
# 회색 짱아오의 선택

# 23

일이 터졌다.

리니마의 총소리는 시제구의 고요함을 단번에 시끄러운 개 울음 소리로 바꿔버렸다.

일이 터지기 전 바이 주임 바이마우진은 리니마에게 화려한 노루가죽 티베트 두루마기를 벗고, 폼 나는 높은 털모자도 벗고, 튼튼한 소코 장화와 비싼 홍마노 목걸이도 벗어버리라고 했다.

기분이 나빠진 리니마는 억지로 자기 옷을 입었다. 그 옷은 갈아입으려고 베개 밑에 눌러놓은 마지막 남은 옷이었다.

그는 속으로 궁시렁거렸다. '티베트 사람의 옷이 얼마나 좋아. 왜 입지 말라는 거야? 초원의 옷을 입으면 머리부터 발끝까지 티베트 사람이 되는 거 아냐? 내가 속속들이 티베트 사람으로 변하고 시제구 공작위원회 사람들도 다 티베트 사람으로 변하면 공작에 유리한 거 아니야? 이 복장을 왜 부정부패와 엮어? 티베트 두루마기랑 장화, 털모자, 마노가 꽤 값나간다 쳐도 그렇지, 그게 얼마나 귀중한 건지 모른다면 결국 아무 값어치도 없는 거나 마찬가지 아니야? 내가 설마 이걸 따미 시장에 들고 가서 돈으로 바꾸겠어? 게다가 그놈의 개들! 바이 주임, 당신이 말하지 않았나? 개에 대한 공작을 잘 해야 한다고. 개들에게 나를 새롭게 알릴 수 있는 기회를 주라고 말이야. 티베트 주민의 옷을 입으면 영지견들이 나를 새롭게 볼 거 아니야? 예루허 부락의 치메이 청지기도 나한테 말했었다고. 자기가 티베트 향불에 쐬인 옷을 입고, 부처에게 가지했던 마노를 걸면 어떤 개도 날 함부로 물지 못할 거라고. 개들은 옷으로 사람을 알아본다는데, 내가 치메이 청지기의 옷을 입으면 청지기의 냄새도 나고, 그러면 시제구 초원의 영지견이나 짱아오들도 내 말을 잘 들은 텐데. 짱아오들이 우리 명령을 들으면 시제구 공위의 공작은 거저먹고 들어가는 셈 아니냐고. 게다가 지금 내가 이 옷을 벗어버리면 청지기의 마음을 벗는 거나 마찬가지라고. 우정을 벗는 거고, 공작의 결과를 벗는 거 아니냐고.'

리니마는 바이 주임 바이마우진의 책망에 부글부글 끓었지만 겉으로는 아주 공손하게 명령에 복종했다. 이게 그의 습관이었다. 그는 평소 이런 말을 입에 달고 살았다. "나는 상사와의 관계를 짱아오와 주인의 관계로 본다. 상사가 어떤 명령을 내리든 복종한다는 게 내 최대의 장점이다."

치메이 청지기에게 받은 옷과 모자, 장신구들을 돌려주기 위해 리니마는 문을 나서야 했다. 바이 주임의 지령에 따라 물건을 주인에게 돌려줘야만 했다. 소퉁 돌집 문간을 넘어설 때, 그의 머릿속에 영지견들이 달려들어 자신을 물어뜯었던 낭패스런 상황이 떠올랐다. 생각만 해도 무서워 온몸의 살점이 떨렸다.

그는 다시 방으로 돌아가 권총을 찾았다. 상급자는 그에게는 총을 주지 않았다. 그래서 바이 주임의 총을 가지고 왔다. 바이 주임은 총을 그에게 주고 싶지 않았지만 개들이 다시 달려들까봐 걱정이 되었다. '이곳은 어딜 가나 곰처럼 건장하고 승냥이처럼 막무가내인 짱아오들이 버티고 있다. 개에 물려 살이 좀 뜯겨나가는 건 대수롭지 않지만 사람이라도 죽게 되면 상부에 뭐라고 보고한단 말인가? 리니마도 결국 우리 사람인데, 사람하고 개들 사이에 충돌이 생기면 개들만 싸고돌 수는 없지 않은가?'

바이 주임은 총을 그에게 건네주며 당부했다. "위협만 하면 되니까 실제로 총을 쏘는 일은 없도록 주의하게."

그의 이런 당부는 바이 주임이 초원에서 몇 개월이나 지냈지만 사실 초원을 전혀 이해하지 못하고 있다는 사실을 반증할 뿐이었다. 초원의 티베트 개들, 특히 저 무서운 짱아오들이 어디 마음대로 위협할 수 있는 대상이란 말인가? 위협하면 할수록 그놈들은 더 덤벼든다. 짱아오의 눈동자, 그 붉은빛 도는 검은색, 진황색, 암홍색, 옥색, 회백색, 푸른 풀색의 불같고 번개 같은 눈동자는 멀리에서 그리고 가까이에서 상대를 연구한다. 겁을 주면 줄수록 짱아오들은 '결국 이 사람은 죽으러 왔군.' 하고 판단할 것이다.

리니마는 주머니에 총을 집어넣은 채 들판에 도착했다.


들판은 조용했다. 일이 터지기 전 들판은 항상 조용하다. 조용하다 못해 예루허의 물소리도, 바람에 나부끼는 풀잎의 나지막한

합창도, 허공을 나는 독수리들의 울음소리도 들리지 않았다. 바로 앞 풀언덕은 멀리 있는 설산마냥 아무 소리도 없이 서 있었다.

그는 먼저 꽁뿌의 집 입구에 도착했다. 메이둬라무를 불러 함께 가고 싶었던 것이다. 꽁뿌 집의 집지기 개 두 마리가 짖기 시작했다. 그것은 목구멍에서부터 떨려나오는 소리였다. 리니마는 그 소리를 듣자마자 자신을 향해서가 아니라 자기 집 주인에게 알리는 통고임을 알아차렸다. '누가 왔어요. 누가 왔어요.'

꽁뿌의 아내 양진央金이 장막 집에서 나와 그를 향해 웃었다. 그가 개를 무서워하며 다가오지 못하는 걸 보고는 곧 집으로 들어가 메이둬라무를 데리고 나왔다.

메이둬라무는 가지 않으려 했다. 리니마와 함께 들로 나가고 싶지 않았다. 그녀는 들판에서 표범을 만났고, 황원 늑대를 만났다. 하마터면 그들에게 잡아먹힐 뻔도 했다. 들판은 여전히 부드럽고 아름다웠다. 그러나 들판에서 경험한 한 남자의 강압 이후 설산과 초장, 하류, 수목의 아름다운 경치는 한순간에 사라져버렸다.

그것은 영원히 끝나지 않는 공포극이었다. 초원의 들바람에 순결을 날려버린 후 그녀의 마음과 꿈은 단단히 얼어붙었다. 더 이상 아름답고 신비로운 '아가씨의 꿈'을 간직할 수 없었다. 그녀는 아주 심각하게 이 문제를 고민하고 있었다. '나는 사랑을 확신할 수 없는 남자에게 느닷없이 순결을 빼앗겨버렸다. 어떻게 하면 좋을까? 그를 미워해야 하나? 그건 옳은 선택이 아닐 듯해. 그렇다면 그를 사랑해야 하나? 아마도 그건 불가능할 듯해! 한 남자가 여자를 쫓아다니는 목적은 과연 무엇일까? 한 여자가 한 남자에게 몸과 마음을 주는 이유는 과연 무엇 때문일까? 설마 그 사람한테 기쁜 마음으로 시집을 가야 하는 건 아니겠지?'

이 문제를 명확하게 결론짓기 전에 그녀는 절대 그와 단둘이 있지 않을 작정이었다. 들판의 아름다움을 애써 외면하면서 그녀는 얼음 같은 냉정함과 단호함으로 대답했다. "난 안 갈래요."

리니마로서는 용납할 수 없는 대답이었다. 대초원 속에서 무르익을 대로 익은 젊음의 열정이 솟구쳐올랐다. 욕망의 물줄기는 예루허 강물처럼 불어났다. 더 이상 참을 수 없게 된 그는 메이뒤라무의 손을 붙잡고 억지로 끌고 가려 했다. 그녀는 따라가지 않았다. 비틀비틀 그를 따라 몇 걸음을 걷다가 뒤로 몸을 잡아빼며 있는 힘껏 그를 밀쳐냈다. 리니마를 감시하던 집지기 개 두 마리가 짖기 시작했다.

집지기 개는 순종 짱아오였다. 그 사실은 그들의 성격적 특성과 혈맥을 태곳적 조상의 심장과 단단히 연결시켜주었다. 그들 조상으로 말할 것 같으면, 호색으로 이름을 떨친 역사를 가지고 있었다. 그런 그들이 오랫동안 인간과 함께 하면서 인간의 안목을 소유하게 되었다. 인간의 눈에 아름다운 것은 그들의 눈에도 아름다웠다. 천성적으로 호색을 타고난 짱아오들은 수컷이든 암컷이든 모두 여자를 좋아했다. 그래서 여인들과 가장 친했다. 특히 아름다운 여인이 밥을 주고 쓰다듬어주는 것을 그들은 좋아했다.

남자가 생면부지의 성년 짱아오를 길들이는 데는 약 두 달이 걸린다. 이렇게 해도 짱아오는 절대 옛주인을 잊지 못하고, 새 주인에게 감정적으로 완전히 귀속되지 않는다. 그러나 여자라면 스무 날이 안 되어 생면부지의 짱아오를 길들일 수 있다. 아리따운 아가씨라면 시간은 더 짧아진다. 일주일이면 개를 구슬려 뱅글뱅글 돌도록 지휘할 수도 있다.

한족 아가씨 메이뒈라무는 매우 아름다운 여인이었다. 그녀는 꽁뿌네 집에서 사흘밖에 머물지 않았지만 선녀 같은 모습으로 꽁뿌네 집의 짱아오를 매료시켰다. 그들은 전례 없이 빠른 속도로 그녀를 자기 가족의 일원으로 받아들였다. 웃통 벗은 빠어추쭈가 처음부터 그녀를 진짜 선녀로 받아들인 것처럼.

초원에서 아름다운 아가씨는 선녀로 대우받는다. 이런 대우는 사람에게서가 아니라 총명한 짱아오들에게서 비롯되는 것이다.

짱아오가 짖어대자 리니마는 손발을 제 맘대로 놀릴 수 없었다. 메이뒈라무는 얼른 돌아서서 뛰어오는 짱아오 두 마리를 가로막았다.

리니마는 유감스러운 듯 고개를 저으며 말했다. "메이뒈라무, 잘 들어! 내 아내가 되는 게 뭐가 나빠서 그래? 우리 결혼하자! 여기서 결혼하자! 대답 기다릴게! 나한테 꼭 대답해 줘야 해!"

메이뒈라무는 짱아오를 돌려보내며 아무런 말도 없이 그곳을 떠났다. 화가 머리끝까지 뻗친 리니마는 손에 들고 있던 옷을 땅바닥에 내팽개쳤다. 그리고 또다시 주우며 멍하니 그 자리에 서 있었다. 그때 예상하지 못한 일이 일어났다. 짱아오 두 마리가 무시무시한 눈빛으로 그를 쏘아보고 있었던 것이다. 곁에는 웃통 벗은 빠어추쭈도 함께 있었다.

빠어추쭈는 꽁뿌네 천막집의 소똥 벽 뒤쪽에 숨어 자신의 선녀인 메이둬라무를 훔쳐보고 있었다. '선녀를 함부로 끌어당겨서는 안 되는데. 괴롭혀서도 안 되고, 혼자 독점하려고 해서는 더 안 되는데.' 그런데 부끄럼도 모르는 이 철면피 남자는 계속 뭔가를 하고 있었다. 빠어추쭈는 이런 상황을 도저히 참을 수가 없었다. 마음속으로 몇 번이고 외쳤다. '아오떠지! 아오떠지!'

빠어추쭈는 갑자기 뒤돌아 달렸다. 양모 허쯔와 붉은 나사로 장화통을 만든 소가죽 장화를 신고, 영지견들이 모여 있는 곳을 향해 달려갔다.

리니마는 서글펐다. 사랑하는 여인이 자신을 사랑해주지 않는 듯했다. 그는 우울한 마음으로 여인의 천막집을 떠나 초원과 앙라설산이 이어진 관목림으로 향했다. 관목림 깊은 곳에 팔보길상이 세워진 오색 천막이 있었다. 예루허 부락의 두령 쒀랑왕뛔이 일가와 청지기 치메이 일가가 이곳에서 살았다. 그러나 유감스럽게도 관목림으로 들어서기도 전에 모골을 송연케 하는 영지견 무리와 마주쳐버렸다.

영지견들은 곧바로 그를 알아보았다. 지난날 빠어추쭈의 부추김 아래 쫓아가 물어뜯었던 그 외지인임을. 그때 그를 물어뜯었다면 당연히 오늘도 그를 쫓아가 물어뜯을 수 있었다. 티베트의 개들, 특히 짱아오의 기억 속에 선인은 언제까지나 선하고 악인은 언제까지나 악하기 때문이다. 성질 급한 티베트 개 몇이 먼저 짖기 시작했다. 짖으며 순식간에 그에게 다가왔다.

이제 막 달려들려는 찰나, 그들이 멈춰섰다. 짱아오 대왕의 목소리가 들린 것이다. 대왕의 명에 따라 그들은 멈춰섰다.

짱아오 대왕 호랑이머리는 공허한 눈빛으로 외지에서 온 이 한 인과 그의 품에 있는 옷가지들을 연구하기 시작했다. '옷은 왜 입지 않고 품에 안은 걸까? 내 경험에 따르면 입고 있는 옷이어야 자기 옷이라고 할 수 있는데. 들고 있는 옷은 전부 남의 것이고, 게다가 남의 것이라면 훔친 것이기 십상이지. 그렇다면 저 사람은 외지에서 온 도둑놈이란 말인가? 그럼 누구 옷을 훔친 거지?'

하지만 짱아오 대왕 호랑이머리는 여전히 달려들어 물어뜯으라는 명령은 내리지 않았다. 이유는 간단했다. 그는 쉬고 싶었다. 몇 명의 동료들을 이끌고 앙라 설산에서 예루허로 막 돌아온 참이었다. 휴식이 필요했다. 더욱이 자신의 심신은 '하루라도 보지 않으면 삼추三秋(가을 세 번, 즉 삼 년)를 떨어져 있는 것'만 같은 친근한 이 분위기에 푹 젖어, 모두의 정성스런 문안을 누리고 싶었다. 별들이 달을 받드는 것 같은 화목한 분위기를 외지인을 물어죽이는 노기 어린 일로 깨뜨리고 싶지 않았다.

하지만 대왕의 마음을 리니마가 알 리 없었다. 영지견 무리가 진을 친 모습에 대해서도 연구해보지 않았다. 지금은 분명 단결하려는 진세이지 공격하려는 진용이 아니었다. 그는 심지어 이 개들의 무리에 대왕이 있다는 사실도, 그가 누구인지도 몰랐다. 그러니 짱아오 대왕의 얼굴을 살피며 기분을 추측할 수도 없었다.

사실 지금 그가 해야 할 단 한 가지는 뒤로 돌아 도망치는 것이었다. 개 무리 중에 참견하기 좋아하는 놈들은 달려와 위협할 것이다. 하지만 절대로 실제 공격을 하지는 않는다. 정신없이 짖는 것은 두려움을 주기 위함이지 목숨을 빼앗기 위함이 아니다.

짱아오 대왕의 공허한 눈빛 속에는 나른한 평화가 숨어 있었다. 영지견들은 짱아오 대왕이 평화와 안정을 필요로 할 때, 어떠한 자기 능력 과시도 대왕에게는 평화로운 분위기를 해치는 범죄로 기억될 뿐이라는 것을 잘 알았다.

초원의 개, 특히 짱아오와 사귀려는 외지인으로서 리니마가 알아야만 할 사실이 있었다. 아무리 개의 눈치를 살필 줄 몰라도, 개가 자신을 향해 짖는다고 해서 무조건 물 거라고 오해하면 안 된다는 사실이었다.

도망치는 것 외에 믿을 만한 피신책이 두 가지 있기는 했다. 하나는 품에 안고 있던 옷가지를 땅에 내려놓고 큰 걸음으로 자리를 뜨는 것이었다. 개들은 이 옷가지가 도대체 무엇인지 연구하느라(누구의 것일까? 치메이 청지기의 것 같은데? 우리가 가져다줄까?) 그를 쫓는 일은 포기할 것이다. 둘째, 품에 안고 있던 옷가지를 걸치고 개들에게 다가가는 방법이었다. 개들은 그의 몸에서 나는 냄새가 익숙하고도 경외스런 향기라고 여겨 아무런 해코지도 하지 않을 것이었다.

하지만 유감스럽게도 리니마는 가능한 시도들은 외면한 채 절대 하지 말았어야 할 짓을 감행해버렸다.

기겁한 그의 얼굴이 창백해졌다. 힘이 빠진 다리는 부들부들 떨렸다. 그는 도둑이 아니었다. 하지만 두려워하며 앞으로 나가지 못하는 모양이 영락없는 도둑 꼴이었다. 도둑은 장물을 끌어안은 채 자신의 몸을 정신없이 더듬었다. 두려움이 그의 온몸과 정신을 덮쳤다. 너무나 창백해서 개들이 물기도 전에 죽어버릴 것만 같았다. 정신없이 몸을 더듬던 그가 별안간 총을 꺼내들었다.

짱아오 대왕 호랑이머리의 흑황색 부리부리한 눈이 등잔만해졌다. 타오르는 눈빛으로 그를 쏘아보았다.

누가 총을 모를까? 샹아마 사람들, 기병단 사람들이 시제구 초원에 와서 살인과 약탈을 일삼을 때, 그들의 손에 총이 들려 있었다. 장총도 있었고 권총도 있었다.

짱아오 대왕은 경계의 눈빛으로 먼 곳을 응시하며 큰 종이 울리는 것 같은 소리로 짖어댔다. 리니마에 대한 위협이자 모든 개들에게 내리는 경계령이었다. '주의하라! 놈이 총을 가졌다. 전투태세에 돌입하라!' 순식간에 개 짖는 소리로 아수라장이 되었다.

전투는 곧장 시작되지 않았다. 리니마에게도 자기 총을 다시 집어넣고 뒤돌아 도망갈 기회가 있었다. 그러나 불행스럽게도 개 짖는 소리는 금세 사라져버렸다.

들판에서는 또 다른 소리가 들려왔다. "아오떠지! 아오떠지!"

듣기만 해도 웃통 벗은 빠어추쭈의 음성인 줄 알 수 있었다. 그가 어디에 있는지 아무도 보지 못했다. 민감한 시야를 가진 짱아오 대왕조차 보지 못했다.

소리는 점점 더 격렬해졌다. "아오떠지! 아오떠지!"

꼭 지하 깊은 곳에서 솟아나는 샘물이 셀 수 없이 많은 물방울이 되어 튀듯 그의 원한은 영지견들에게 전염되었다. 그 소리는 결코 위배할 수 없는 인간의 의지를 대표했다. 소리는 영지견들의 살상본능을 자극했다. 짱아오 대왕 호랑이머리는 더 이상 주저할 수 없었다. 그는 큰 입을 벌려 짱아오의 가장 전형적인 천둥 같은 울음소리로 지축을 흔들어댔다. 공격 명령이었다. 졸개 티베트 개들이 벌떼처럼 달려들었다.

총소리가 울렸다. 영지견 한 마리가 총소리와 함께 땅에 쓰러졌다. 리니마도 미처 예상하지 못한 일이었다. 총알 한 방에 개를 죽이다니! 게다가 총에 맞아죽은 것은 우르르 몰려와 그에게 치근대던 티베트 개들이 아니었다. 50보 밖에서 이 일에는 상관도 하지 않은 채 점잖고 고상하게 서 있던 짱아오였다. 그는 검은 등에 누런 다리, 눈 위쪽에 작은 태양 두 개가 반짝이는 례빠오진 짱아오였다. 그는 계략과 경험이 많고 신중했다. 앙라 설산 깡르썬거와의 대결에서 패한 후 원기를 회복하지 못해 휴식 중이던 그가 리니마의 총에 맞아죽었다. 리니마가 쏜 한 발의 총성은 시제구 평원의 상서로운 구름을 산산이 흩어놓았다.

이제 죽음을 맞이해야 할 자는 리니마였다. 짱아오 대왕은 용서할 수가 없었다. 다른 짱아오들도 마찬가지였다. 대왕 앞에서 과시하기 좋아하는 티베트 개들은 특히 분노해서 날뛰기 시작했다.

그러나 리니마는 죽지 않았다. 초원의 신이 그의 죽음을 아직 정하지 않았기 때문이다. 그는 죽을 명이 아니었던 것이다.

쭈르르 늘어선 말들의 모습이 초원 푸른 언덕이 치솟은 고지에서부터 다가오고 있었다. 그냥 다가오는 게 아니라 날아오고 있었다. 그 속도가 조금만 더 느렸더라도 리니마는 끝장났을 것이다. 짱아오 대왕이 사람을 죽일 때 그 속도는 얼마나 빠른가?

그들은 말을 타고 질풍같이 달려왔다. 말들은 하나 같이 초원을 날았다.

먼저 날아온 것은 짱짜시였다. 그는 쒀랑왕뛔이 두령의 마구간에서 말 한 마리를 훔쳤다. 국화 이파리처럼 짙은 녹색의 이 수놈은 주인을 태우고 자주 사원을 찾아왔었다. 그래서 과거 철봉라마였던 그를 알아보고는 기뻐서 반겼다.

말은 경쟁심과 승부욕이 강한 동물이다. 좋은 말들이 함께 있으면 항상 경쟁심리가 발동했다. 사람이 어느 말을 고르거나 탔다면, 이것은 그 말이 총애를 받는 반면 다른 말은 총애를 잃었다는 뜻과 같았다. 그러면 그 말은 다른 말들 앞에서 의기양양해진다. '나는 명마 중에서도 명마야.' 그리고 자신을 신뢰해준 사람에게 충성을 바친다.

짱짜시는 별 뜻 없이 이 말을 훔쳤지만 국화 이파리가 생각하기에 자신은 심사숙고 끝에 선택된 몸이었다. 영광을 얻은 국화 이파리는 기쁨을 감추지 못하며 아주 재빠르게 짱짜시의 의도를 읽어냈다. 그는 주인인 쒀랑왕뛔이의 이익 여부를 떠나 짱짜시가 여러 부락 기마사냥꾼의 추격을 벗어나도록 돕기로 결심했다.

그는 죽을힘을 다해 달렸다. 바람보다도, 추격자들의 함성보다도 빨랐다. 짱짜시를 태운 그는 예루허 부락 기마사냥꾼들의 포위를 뚫었고, 예뉴탄野牛灘 부락 기마사냥꾼들의 저지도 뚫었다. 이제 막 무마허 부락 기마사냥꾼들의 추격을 벗어나려는 찰나, 총소리가 들려왔다. 고삐가 바짝 당겨졌다. 말 위에 타고 있던 짱짜시는 말에게 당장 멈출 것을 거칠게 명령했다.

국화 이파리는 고개를 돌려 놀란 눈으로 짱짜시를 바라보고는 매우 못마땅한 듯 멈춰섰다. 감정이 풀리지 않은 그는 앞발을 높이 쳐들었다가 땅을 박찼다. 그제야 자신들이 거대한 영지견 무리 중간에 와 있다는 것을 알았다. 외지에서 온 한 한인 곁이었다. 한인은 곧 땅에 쓰러질 것만 같았다. 너나 할 것 없이 달려드는 영지견들이 점점 더 사납게 그를 물어뜯으려 했다.

짱짜시는 말 등에서 내려와 손을 휘저으며 사나운 목소리로 영지견들을 쫓아냈다. 개들은 그를 알아보았다. 또 그가 과거 시제 구사 호법금강의 화신이요, 초원의 법률과 사원 의지의 집행자라는 것도 알았다. 비록 지금 철봉라마의 신분을 상징하는 푸루를 벗고 있었지만 개들은 여전히 그가 신의 의지를 대표하며 영지견을 포함한 모든 생령을 임의로 처벌할 수 있다고 여겼다.

영지견들은 부르짖었지만 더 이상 앞으로 다가서지는 않았다. 번쩍거리는 이빨로 리니마를 물어뜯으려던 회색 늙은 짱아오도 속수무책 뒷걸음질쳐야 했다. 그는 다른 짱아오들을 불러 대왕의 곁으로 돌아갔다. 그들은 만감이 교차하는 표정으로 죽어가는 톄빠오진 짱아오와 짱짜시를 번갈아 바라보았다. 자신들이 반드시 복종해야 하는 이 사람이 쓸데없이 참견하지 말고 속히 이곳을 떠나주기를 간절히 소망하는 눈빛이었다.

짱짜시는 리니마를 향해 소리쳤다. "빨리 도망쳐요! 도망치지 않고 뭘 해요?"

이렇게 고함을 치고는 '휙' 소리와 함께 안장도 없는 국화 이파리의 등에 올라탔다.

하지만 늦었다. 무마허 부락의 강도 자마춰가 질풍처럼 달려와 그의 앞길을 가로막은 뒤 말 위에서 올가미를 던졌다.

"아이고." 한숨이 터져나왔다. 더 이상 도망칠 길이 없다는 사실을 깨달은 그는 아예 올가미 속으로 몸을 던졌다. 그리고 순식간에 말 아래로 굴러 떨어졌다. 국화 이파리는 "히히힝." 길게 울더는 앞발을 들어 강도 자마춰의 검은 말을 차버렸다. 하지만 자기 주인을 구할 수 없자 속이 상해 한 쪽으로 달려갔다.

말에서 내린 기마사냥꾼들이 짱짜시를 에워쌌다.

결박을 각오한 짱짜시는 일어나면서 장탄식을 했다. 자신과 전혀 상관도 없는 한인을 구하기 위해 무마허 부락의 강도 자마춰의 포로가 된 것이다.

영지견들은 소스라치게 놀랐다. 총명한 짱아오도, 더욱 총명한 짱아오 대왕 호랑이머리도 어찌된 영문인지 알지 못하기는 마찬가지였다. '짱짜시가 결박됐다. 무슨 일이 있는 걸까?'

# 24

리니마는 품속에 있던 옷가지를 버리고 걸음아 날 살려라, 도망을 쳤다. 다리는 여전히 힘이 풀려 여러 차례 넘어졌다. 하지만 그때마다 잽싸게 일어나 다시 달렸다. 그건 살아나기 위한 생명의 본능이었다.

이런 경황 속에서도 그는 생환 이후 자신에게 닥칠 책임을 의식했다. 짱아오를 쏴죽인 후환이 어떤 식으로 이어질지 가늠할 수 없었다. 이 일이 초원에서 매우 중대한 사건이라는 것만 알 따름이었다. 자신은 크나큰 잘못을 저질렀다. 한시라도 빨리 바이 주임 바이마우진을 만나고 싶었다. 자신이 시제구의 영지견들에게 물려죽는 대신 짱짜시에게 구원을 받았다는 사실을 알려주고 싶었다. 또 짱아오를 쏴죽인 이 사건이 과연 어떤 결과를 불러올지 듣고 싶었다. 초원 사람들이 아무리 개를 자기 자식처럼 사랑하고 개의 목숨을 사람 목숨과 같이 여긴다지만, 개를 죽였다고 해서 설마 사람 목숨으로 갚으라고 하지는 않겠지?

소똥 돌집에서 만난 바이 주임 바이마우진의 얼굴은 새파래졌다. 초원 사람들은 화가 나면 얼굴이 새파랗게 변한다. 이곳은 공기도 새파랗고, 땅의 기운도 새파랗고, 사람의 기운도 새파랗기 때문이다.

바이 주임은 종종걸음으로 돌집 안을 서성이다가 갑자기 걸음을 멈추며 호통을 쳤다. "총은 내가 가져가라고 했다 쳐도, 그걸 쏘라고 하지는 않았잖나? 내가 그렇게 말했나, 안 했나? 위협만 하면 되지, 정말로 총을 쏘지는 말라고 했지? 그래, 안 그래? 그렇게 말했는데 자네는 왜 내 말대로 하지 않았나?"

리니마는 우물거렸다. "너무 무서웠어요. 그렇게 많은 걸 생각할 틈이 없었다고요. 개들도 너무 심했고요. 그놈들은 마귀떼예요, 만일 제가 총을 쏘지 않았으면 전 물려죽었을 거라고요."

"그래도 총을 쏴서는 안 되지. 그럴 때는 먼저 개인과 전체 국면 간의 관계를 냉정하게 따져봐야 하는 거야. 초원에서는 개 한 마리를 죽인 일이 한바탕 전쟁으로 비화될 가능성이 농후하다는 걸 모르나? 만일 수습 불가능한 국면이 전개되면, 이 책임은 누가 질 텐가? 나는 그런 책임은 못 지네. 자네도 그런 책임은 못 져. 말해보게. 지금 도대체 어떻게 하란 말인가?"

리니마는 양탄자 위에 앉아 고개를 숙인 채 두 손으로 머리카락을 쥐어뜯었다. 후회막급이었다. 총을 쏜 것 자체는 후회되지 않았다. 개들에게 포위공격을 당하는 상황에서 그는 다른 선택을 할 수가 없었다. 개들한테 물려죽기를 원한다면 모를까 말이다.

그는 다만 메이둬라무와의 사건이 후회스러웠다. 그날 그녀에게 강요하지 않았더라면 자신의 옷을 잃어버릴 일도 없고, 치메이 청지기의 옷을 입을 일도 없고, 오늘의 권총 사건이 일어날 일도 없었다. 그러니까 영지견들이 자기만 보면 물려고 덤비는 상황은 없었을 것이다. '정말 귀신이 곡할 노릇이네. 이 개들, 이 짱아오들하고 나는 어쩌면 이렇게도 인연이 없을까? 나는 개들한테 잘못한 게 없는데 개들은 왜 항상 나만 보면 못 잡아먹어 안달이지?'

바이 주임이 말했다. "자, 자네도 대책이 없지? 사실 이런 일은 나도 방법이 없네. 이곳 사람들이 어떤 태도로 나올지 기다리는 수밖에. 가세. 내가 자네를 데리고 예루허 부락의 쒀랑왕뛔이 두령을 찾아가 예를 갖춰 사죄하고, 쒀랑왕뛔이 두령이 시제구 초원 다른 두령들도 설득해주기를 바랄 수밖에. 만일 자네를 용서하지 않는다고 하면 나도 그때는 상부에 보고하는 길밖에 없네. 무슨 일이 일어날지 모르니 자네는 만반의 준비를 해놓게나."

리니마는 고개를 들고 겁먹은 듯 그를 바라보다가 말까지 더듬거리며 물었다. "만일 두령들이 용서하지 않겠다고 하면, 저를 부락연맹회의에 넘겨 처리하게 하실 건가요? 저는 주임님하고 같이 돌아올 수 있는 건가요?"

바이 주임이 한숨을 내쉬었다. "가세. 우리 말을 타고 가자고. 일이 이렇게 된 이상, 이제는 죽기 아니면 살기네. 내 자네를 구할 수 있도록 최대한 노력할 걸세. 자, 우리 같이 맞서는 거야."

그러나 리니마는 이미 오도가도 못할 신세가 되어버렸다. 바이 주임을 따라 소똥 돌집의 돌계단을 막 내려가다가 그를 쫓아온 회색 늙은 짱아오와 정면으로 마주쳤다. 이놈은 일찍부터 그가 이쯤에 나올 거라고 계산한 듯했다. 단 1초의 오차도 없이 그는 계단 앞, 몇 마리 말이 배회하고 있는 풀밭에서 가로막혀버렸다.

역시 생강은 묵은 것이 맵다고, 경험이 풍부한 회색 늙은 짱아오는 리니마가 들판에 다시 모습을 드러낸다면 분명 말을 탈 것임을 알고 있었다. 리니마가 말을 타게 놔둘 수는 없었다. 말과 함께 달리면 짱아오는 화가 난다. 표범과 달리기 경주를 할 정도로 빠른 속도를 자랑하는 짱아오라 할지라도 말을 쫓는 것은 아주 힘든 일이기 때문이다. 만일 도망자의 말이 힘센 놈이라면 시제구 초원에서 도망쳐버릴 것이고, 제아무리 의리 있는 영지견이라도 보복의 기회를 놓칠 수 있었다.

그건 절대로 안 될 일이다. 호기롭고 노련한 회색 짱아오가 살아 있는 한 리니마는 절대 말을 탈 수 없게 만들 것이다. 그뿐 아니라 늙은 짱아오는 아주 지혜롭게 바이 주임과 리니마를 떼어놓았다. 그는 리니마를 보호하려는 바이 주임은 절대 물지 말아야 한다는 걸 알고 있었다. 바이 주임은 외지인의 우두머리였다. 그는 시제구 초원의 어떤 짱아오도 건드리지 않았으므로, 자신도 그를 물어뜯을 이유가 없다. 짱아오가 공격하기 위해서는 이유가 필요하다. 그들이 신봉하는 원칙은 눈에는 눈, 이에는 이였다.

회색 짱아오는 바이 주임과 리니마 사이에 서서, 아무 소리도 없이 이빨을 드러내고 위협했다. 리니마는 황급히 뒤로 물러나 다시 소똥 돌집 안으로 들어가야 했다. 문이 꽝하고 닫힐 때, 회색 늙은 짱아오는 굳게 결심했다. '나는 문간에서 널 지키고 있겠다. 네놈이 다시 나오나 안 나오나 두고보자. 네놈이 나오기만 하면

한 입에 물어죽일 테다.'

바로 그 순간, 바이 주임도 한 가지 결정을 내렸다. '예루허 부락의 쒀랑왕뛔이 두령은 나 혼자 찾아가 봐야겠군. 내가 시제구 공위를 대표해서 예의를 갖춰 사과하면 받아주지 않을까? 꼭 처벌을 해야 한다면 나를 처벌하라고 하지. 그 사람들도 나한테는 손대지 못할 거야. 죽은 생명이 아무리 중요하다기로서니 그건 개 아닌가? 사람을 죽인 것과는 차원이 다른 이야기야. 게다가 자기 방어적인 성격이었다고. 야수가 입을 벌리고 달려드는데 아무런 반항도 하지 않는다는 건 말이 안 되잖아? 쥐도 막다른 골목에 몰리면 고양이를 문다잖아. 이 거만한 영지견들이 이렇게 세도를 부리다니, 너무하는걸. 자기 맘에 안 들면 물어버리고 말야.'

바이 주임은 건장하고 험상궂은 영지견들이 속속 달려와 소똥 돌집을 둘러싸는 모습을 보고는 큰 소리로 외쳤다. "빗장을 단단히 걸어잠그게! 절대 밖으로 나오지 말고 내 소식을 기다려!"

바이 주임 바이마우진은 풀밭에서 대추색 말 한 필을 끌어내 안장 위에 올랐다. 그는 말을 타고 재빠르게 달렸다. 초원과 앙라 설산이 이어진 관목 숲으로 달려가 예루허 부락의 쒀랑왕뛔이 두령을 만나야 했다.

그런데 얼마 가지 않아 앞에서 달려오는 한 무리의 말 탄 사람들과 마주쳤다. 가까이 가서 바라보니 중간에 있는 우두머리는 바로 쒀랑왕뛔이였다.

쒀랑왕뛔이의 곁에는 청지기 치메이가, 그의 뒤에는 유목민 런친츠딴과 기마사냥꾼 몇이 따르고 있었다. 그들은 런친츠딴의 목장으로 가고 있었다. 용감무쌍하고 신비로운 설산사자 깡르썬거와, 그와 함께 온 정체불명의 한인들을 만나러 가는 길이었다.

쒀랑왕뛔이 두령과 치메이 청지기는 의아했다. '깡르썬거가 왜 거기로 갔지? 그 한인들은 또 누구야? 혹시 샹아마 초원에서 온 침범자는 아닐까? 그곳 고산 초장은 예루허 부락이 조상대대로 물려받은 영지의 남쪽 경계인데 말야. 경계라면 노략이 있게 마련이지. 노략이 많아지면 바로 전쟁이고. 비록 지금이야 전쟁이 없지만 말이야. 그 대추색 짱아오라면 과거 경계선 전쟁에서 큰 공을 세웠던 녀석인데⋯. 한 입에 황원 늑대 너댓 마리를 물어죽인 그 목양견이 이미 깡르썬거에게 물려서 황천길로 갔다니.'

쒀랑왕뛔이 두령은 손에 든 해골관을 쓴 보살상 금강궐 모양의 마니륜을 흔들며 잠시 생각에 빠졌다. 사납기 그지없는 대추색 짱아오가 물려죽었다는 사실이 무언가를 예시하는 것만 같았다. '도대체 무엇을 암시하는 걸까?' 당장은 알 수가 없었다. 그는 현장을 방문해 직접 알아보기로 했다.

쒀랑왕뛔이 두령은 바이 주임을 보자 황급히 말에서 내려와 허리를 굽히며 문안인사를 했다. 그의 인사말이 다 끝나기도 전, 바이 주임도 허리 숙여 경의를 표시했다.

쒀랑왕뛔이가 입을 열었다. "마침 바이 주임 선생을 찾아봬야 하는 게 아닌가 생각하고 있었소. 선생 생각을 하자마자 이리 눈앞에 나타나다니, 정말 사자는 사자끼리 놀고 짱아오는 짱아오끼리 노는 격이오. 초원의 신명께서 우리를 함께 묶어놓으셨구려."

치메이 청지기가 통역해준 말을 들은 바이 주임은 속이 뜨끔했다. '설마 리니마가 짱아오를 쏴죽인 일을 벌써 듣고 나한테 죄를 물으려는 건 아니겠지?' 그는 얼른 대답했다. "신명께서 묶어주셨다면 우리는 예전부터 친구요, 형제인 게로군요."

쉬랑왕뛔이가 맞장구를 쳤다. "지당하신 말씀. 친구 사이니까 저도 선생이 보고 싶은 게 아니겠소? 친구랑 같이 고산 초장에 있는 런친츠딴의 천막집에 가서 그곳의 나이차랑 셔우쫘手抓(식기를 사용하지 않고 손으로 집어먹는 음식의 통칭)를 먹고 싶군요."

바이 주임은 궁금했다. "고산 초장에서 차를 마시고 고기를 먹자고요? 그곳의 나이차하고 셔우쫘가 특별히 맛있나보죠?"

치메이 청지기는 쉬랑왕뛔이 두령이 자신을 향해 고개를 끄떡이는 것을 보고는 자신이 아는 대로 상황을 설명했다. 이야기를 듣던 바이 주임은 깡르썬거가 대추색 짱아오를 죽인 일에 대해 관심을 보이는 대신 그 한인들이 무엇을 하는 사람인지 물어보았다.

치메이 청지기가 대답했다. "저희도 그걸 모르겠습니다. 그래서 지금 가는 것 아닙니까?"

바이 주임이 다시 물었다. "차림새는요? 어떤 차림새던가요?"

치메이 청지기는 얼른 고개를 돌려 유목민 런친츠딴에게 물은 후, 바이 주임에게 알려주었다. 이야기를 듣자마자 그는 알았다. '분명 따미 총부에서 온 사람들이다. 따미 총부 사람이 시제구에 오다니, 왜 나를 찾지 않은 거지? 어째서 깡르썬거하고 같이 있는 걸까? 한짜시가 다시 돌아온 걸까? 한인 중에서 깡르썬거랑 친한 사람은 한짜시밖에 없는데.'

바이 주임이 얼른 나섰다. "그러면 저는 반드시 가야만 하겠습니다. 지금 가십니까? 그런데, 음…….”

그는 리니마의 일을 말하지 못한 채 속으로 생각했다. ‘리니마는 우선 돌집에서 기다리게 놔두자. 어차피 밖에 나오지만 않는다면 큰 위험은 없을 테니까. 영지견들도 계속 포위를 하고 있지는 못할 거야. 마냥 둘러싼다고 해서 뾰족한 수도 없고. 그럼 자연히 흩어지겠지. 관건은 사람인데. 초원의 사람들, 특히 두령만 리니마를 봐준다면, 걱정할 필요 없겠지.’ 곰곰이 생각을 거듭한 그는 가는 길에 말을 꺼내든지 아니면 따미 총부 사람을 만난 후 이야기하겠다고 생각했다. ‘적당한 기회를 찾아야 해. 말만 잘하면 큰 일이 작은 일 되고, 작은 일은 눈감아줄지 누가 알아?’

일행은 예루허를 떠나 고산 초장으로 향했다. 예루허 부락 조상 대대로 내려오는 영지의 남쪽 변경이었다.

짱아오 대왕 호랑이머리는 멀리서 그들을 바라보았다. 눈동자는 기세등등한 호박색을 띠고 있었다. 조금은 혼란스럽고 의심스러운 시선으로 쒀랑왕뛔이 두령 일행을 한 명 한 명 관찰했다. 그리고 예루허 강변의 풀언덕에 누웠다.

짱아오 대왕은 소퉁 돌집에서 진행되는 영지견들의 공격에 대해 전혀 신경 쓰지 않는 것 같았다. 톄빠오진 짱아오의 죽음에도 무관심한 듯했다. 그러나 짱아오 대왕의 동료와 사람들은 알고 있었다. 영지견들의 단체행동은 모두 대왕의 계획에 따른 것이었다.

제일 먼저 달려가 리니마를 돌집에 가둬버린 회색 늙은 짱아오 역시 대왕의 지시를 받았다. 만일 대왕이 죽은 동료를 위해 보복할 생각을 하지 않는다면 이는 책임 방기요, 대왕으로서 자격 미달이었다. 개와 사람 사이에서 그의 위상은 크게 떨어지고 머지않아 몰락하게 될 것이다. 그는 풀언덕 위에 누워 쒸랑왕뛰이 두령 일행이 지평선 저쪽으로 사라지는 것을 확인한 뒤 소똥 돌집으로 향했다.

소똥 돌집은 이미 영지견에게 사면이 봉쇄되었다. 문으로 향하는 돌계단과 지붕 위에까지 복수심에 불타는 짱아오들로 가득했다. 짱아오 대왕 호랑이머리는 개들 무리를 이리저리 헤치고 다니며 이놈 저놈의 냄새를 맡았다. 꼭 위문을 하거나 순찰을 하는 듯했다. 그는 돌집을 돌며 영지견들이 점령한 곳을 거의 다 확인했다. 그리고 돌계단을 올라가 문간에 자리잡고 있는 회색 늙은 짱아오의 곁으로 갔다. 회색 늙은 짱아오는 코와 꼬리로 공손하게 대왕을 영접했다. 그들은 아주 작은 음성을 냈다. 비밀리에 무엇인가를 의논하는 것 같았다.

직후의 상황으로 미루어볼 때, 이런 말을 주고받았으리라. '이곳 책임을 자네에게 맡기고 싶은데, 어떤가?' '걱정 마십쇼, 대왕님. 대왕이 어디로 가려고 하시는지 저도 알고 있습니다. 톄빠오진 짱아오의 복수는 저한테 맡겨주십쇼. 굶어죽는 한이 있더라도 돌집 안에 있는 사람이 나올 때까지 기다리겠습니다.'

대왕은 기뻐하며 그와 코를 마주친 뒤 얼른 돌계단을 내려갔다. 대왕이 오른쪽에 있는 개들에게 눈길을 주자 검은 짱아오 궈르가 금세 뛰어나와 그를 따랐다.

암수 한 쌍의 짱아오가 돌집을 떠나 들판으로 향했다. 그들 뒤로 요란한 개 짖는 소리가 울렸다. 그것은 개들이 대왕과 그의 약

혼자를 배웅하는 소리였다. 그들은 예루허를 지나 쒀랑왕뛔이 일행이 간 길을 따라서 예루허 부락 조상대대로 물려준 영지의 남쪽 변경으로 향했다.

이것이 바로 대왕이었다. 대왕은 탁월했다. 다른 개들이 아무것도 느낄 수 없을 때조차 그는 예리하게 냄새를 맡았다. 다른 개들이 아무것도 보지 못할 때조차 대왕은 무엇인가를 보고 있었다.

지금 그는 영지견과 전체 시제구 초원에 매우 중대한 일이 발생하고 있다는 것을 간파했다. 순리에 어긋나는 갖가지 징조들은 무엇인가를 예언하고 있었다. '각 부락의 기마사냥꾼들은 왜 온 초원을 휘젓고 다니는 거지? 쌍짜시는 왜 강도 자마춰에게 결박을 당한 것일까? 바이 주임 바이마우진은 왜 쌍아오를 죽인 부하를 내버려두고 쒀랑왕뛔이 두령과 함께 남쪽 변경으로 간 걸까?'

여러 가지 생각으로 머리가 복잡했다. 자신이 그곳을 찾아가 직접 알아보기로 했다. 톄빠오진 쌍아오의 복수가 중요하지만, 삶에는 때로 복수보다 더 중요한 일이 있다. '그게 뭘까?' 쌍아오 제일의 대왕으로서 반드시 그 문제를 풀어야만 했다.


소똥 돌집에 갇힌 리니마는 바이 주임이 돌아오기만을 초조하게 기다리고 있었다. 창밖으로 몇백 마리나 되는 크고작은 영지견들이 이미 한 겹 두 겹, 단단한 포위망을 구축하고 있었다. 그렇게 많은 수의 우람한 쌍아오들이 땅에 엎드려 미동도 하지 않은 채 소똥 돌집의 문만을 주시하고 있었다. 문을 열고 도망치는 살해자에게 언제든지 달려들 준비가 되어 있었다.

그는 몸서리를 쳤다. 사나운 짱아오들이 단단한 머리로 문짝을 들이받아 벌떼처럼 밀고 들어오지나 않을까 걱정이 되어 있는 힘껏 문짝을 밀고 있었다. 그런데 갑자기, 나무판 하나를 사이에 두고 회색 늙은 짱아오의 거친 호흡 소리가 전해져왔다. 그는 심장이 덜컹거려 후다닥 문간을 떠났다. 곧장 바이 주임의 베개 아래로 손을 뻗어 권총을 덥석 쥐었다. 하지만 뜨거운 뭔가에 데인 듯 얼른 손을 떼었다. 그는 문을 바라보며 기원했다. '너희들 설마 바로 쳐들어오지는 않겠지? 바이 주임, 빨리 와요! 더 늦게 오시면 저는 무서워서 죽을 거예요.'

그러나 바이 주임은 돌아오지 않았다. 리니마도 죽지 않았다. 회색 늙은 짱아오는 굳게 닫힌 문을 열 방법이 없었다. 돌집은 본래 침입자의 총과 대포를 방어하기 위해 지은 것이었다. 반 자(한 자는 10촌, 33.3센티미터)나 되는 두꺼운 떡갈나무로 만든 문은 튼튼하기가 철문 같았다. 회색 짱아오는 날카로운 이빨로 몇 번이나 물어 뜯어봤지만 나무 부스러기 하나 떨어지지 않았다.

'그래. 물어뜯을 수 없으면 안 물어뜯으면 되지 뭐. 달리 뾰족한 수가 있으면 한평생 나오지 말고 그 안에서 살아봐라.' 회색 짱아오는 그렇게 생각했다. 그는 드러누웠다. 심지어 잠을 좀 자고 싶었다. 이곳을 자기 집으로 삼은 모습이었다.

리니마는 점점 더 다급해졌다. '바이 주임은 왜 아직까지 돌아오지 않는 거지? 무서워서 오지 못하는 것 아니야? 아니면 짱아오한테 물려죽었나?'

두려움으로 목이 바짝바짝 타들어갔다. 창자까지 말라붙는 것 같았다. 하지만 주전자의 물은 때마침 다 마시고 없었다. 예루허로 가서 물을 떠와야만 했다.

참을 수가 없어 방 안을 오락가락 했다. 그러다 창문에 서서 눈이 빠져라 밖을 쳐다보았다. 날이 저물었다. 그는 아직도 바라보고 있었다. 하늘의 별들이 촘촘히 떠오를 때까지 바라보았다. 은하수가 하늘에서 내려와 그의 목마른 입과 메마른 몸을 적셔주었다. 시원하게 물을 들이키는 환상에서 깨어나자 물에 빠져버릴 것 같은 공포감이 엄습했다.

머리가 아파왔다. 가슴이 답답하고 숨이 쉬어지지 않았다. 온몸은 기운이 빠져 창문을 붙들 힘조차 없었다. 몇 차례 흔들거리던 그는 비칠거리며 양탄자에 쓰러졌다. 입에서는 간질병 환자처럼 하얀 게거품이 나오고 온몸은 경련을 일으켰다.

그 다음날 새벽이 되어서야 누군가 소똥 돌집의 문을 두드렸다.

# 25

친자식을 먹어치운 백사자 까바오썬거가 설산사자 깡르선거에게 달려들 때 그는 이미 예상했다. '이 대결은 내 생애 가장 잔혹한 싸움이 될 것이다. 속전속결이란 건 바랄 수 없다.'

한 번에 성공하는 전법, 한 입에 상대방의 목숨을 끊어놓는 전법은 깡르썬거를 상대하는 데 적합하지 않았다. 자신의 공격이 용솟음이나 호랑이의 뛰어오름에 비견된다 할지라도, 그 모든 건 이번 싸움에서 허장성세에 지나지 않을 것이다. 자신의 능력이 상대에게 조금이라도 위협을 가할 수 있다면 만족이라고 생각했다.

그건 깡르썬거도 마찬가지였다. 덤벼들어 싸우지만, 머리와 머리가 부딪히는 순간 그의 몸은 재빨리 상대의 어깨를 스치고 지나갔다. 그는 생각했다. '꼭 강공 대 강공으로 맞서야 하나? 둘 다 패하거나 상처뿐인 승리는 내가 원하는 방식이 아닌데. 내가 원하는 건 단 하나. 저놈이 지고 내가 이기는 것, 승리와 영광뿐이다. 제 자식을 먹는 늑대의 심장을 가진 저놈을 징벌하는 거라고.'

하지만 깡르썬거로서도 까바오썬거를 징벌하는 일은 결코 쉽지 않았다. 다른 싸움보다 수십배 조심해야 할 대상이었다. 아주 작은 부주의라도 그를 실패의 함정으로 몰아넣을 수 있었다.

깡르썬거는 뒤로 몇 걸음 물러나 까바오썬거를 자세히 관찰하더니, 갑자기 네 다리를 튕겨 벌떡 일어났다. 아주 편안해 보이는 공격이었다. 까바오썬거는 손쉽게 피했다. 깡르썬거는 어깨로 그를 밀며 힘을 가늠해보았다. 탄성이 절로 나왔다. '아! 얼마나 단단한 몸인가? 쇳덩어리가 따로 없군.'

그들은 서로 대치했다. 송곳 같은 눈빛으로 상대방의 목을 조준하고 있었다. 목은 가장 중요한 부분이다. 기세당당하고 늠름한 짱아오에게 필요한 모든 위엄과 존엄을 간직한 곳이 목이었다. 존엄의 배후에는 생사와 직결된 대혈관이 꿈틀거렸고, 물어뜯기만 하면 바로 저세상으로 보내줄 수 있는 목구멍이 숨겨져 있었다.

그들은 생각했다. '상대의 목을 무는 동시에 내 목을 보호한다.' 상대의 목을 물든 상대가 자기 목을 물지 못하게 하든, 전광석화와 같은 속도가 필요했다.

이 싸움을 구경하는 사람들은 싸움 당사자보다 더 긴장을 했다. 눈썹이 치켜오르고 눈이 부릅떠졌다. 그들의 싸움을 저지하려 했던 마이 정치위원과 그들을 싸우게 하려던 아버지, 모두 눈빛으로만 이야기할 뿐 감히 말을 하는 사람이 없었다. 지금은 말 한 마디로도 전혀 새로운 국면이 연출될 것 같았다.

'그렇다면 엉덩이는?' 깡르썬거는 문득 한 가지 생각이 떠올랐다. '내가 저놈의 목을 물어뜯는다면 녀석은 분명 내 목을 물어뜯겠지. 하지만 내가 녀석의 엉덩이를 물어뜯는다고 녀석이 내 엉덩이를 물어뜯지는 않을 거야. 치명상을 입힐 수 없는 엉덩이나 치명상을 입히는 목이나 사실 똑같이 피를 흘리는 부분이잖아? 가죽이 찢어지고 살이 터지고 붉은 피가 흘러나오면, 엉덩이 역시 상대방의 위신을 땅에 떨어뜨리는 좋은 부분이 되지 않을까? 짱아오에게 위풍이란 존엄과 같은 것이지. 존엄은 따질 수 없이 가치 있는 것이야. 존엄을 상실하고 나면 더 이상 짱아오라 할 수 없겠지. 더 이상 짱아오가 아닌 짱아오는 살았어도 죽은 거나 마찬가지고.'

깡르썬거는 달려들었다. 그는 상대의 목을 향해 쏜살같이 달려들었다. 상대도 당연히 준비가 되어 있었다. 몸을 숙이며 신속하게 피했다. 그러나 바로 이때, 까바오썬거와 아주 가까운 곳에서 깡르썬거는 다시금 뛰어올랐다. 마치 공격이 아니라 도망을 위한 뛰어오름 같았다. 그런데 그의 머리가 한쪽으로 기울더니 비수처럼 드러난 이빨이 상대의 엉덩이에 꽂혔다. 큰 머리가 맹렬히 흔들리고 온몸은 '휙' 소리와 함께 반원을 그려냈다.

사람들은 놀라 소리질렀다. 백사자 까바오썬거는 강렬한 통증에 온몸을 부르르 떨었다. 미친 듯이 짖으며 고개를 돌려 상대방을 물려고 했다. 깡르썬거는 신속하게 움직였다. 상대가 오른쪽으로 고개를 돌려 물려고 하면 왼쪽으로, 다시 상대가 왼쪽으로 고개를 돌려 물려고 하면 오른쪽으로 움직였다. 그는 시종일관 까바오썬거와 일직선상 위치를 유지했다. 상대의 엉덩이에 '사람 인人'자 모양의 큰 상처를 낼 때까지 송곳니는 점점 더 깊이 파고들었다.

선혈이 흘렀다. 엉덩이 반쪽이 붉게 물들었다. 고개를 돌려 물려는 공격이 실패로 돌아가자 까바오썬거는 세차게 앞으로 뛰었다. 그를 따라 뒤쪽의 깡르썬거도 뛰었다. 여러 차례 같은 동작을 반복한 후 상대의 공격에서 겨우 벗어난 백사자 까바오썬거는 몸을 돌려 깡르썬거의 목구멍을 향해 달려들었다.

까바오썬거는 좌우를 가리지 않고 공격을 했다. 하지만 깡르썬거는 마치 더 이상의 공격을 포기한 것처럼 팔짝팔짝 뛰어오르며 피하기만 했다. 지친 까바오썬거가 깡르썬거를 시큰둥하게 바라보고 있을 때, 휘파람과 함께 깡르썬거가 공격을 감행했다. 백사자 까바오썬거는 전력투구로 그를 행해 돌진했다.

그러나 헛수고였다. 깡르썬거가 방향을 돌려버린 것이다. 그는 곡예를 하듯 앞발로 상대방의 어깨를 짚더니 공중에서 '빙글' 방향을 회전하는 동작을 순조롭게 완성했다. 그리고 다시금 까바오썬거의 엉덩이를 향해 달려들어 한 입에 상대방의 꼬리를 물었다. 단단한 꼬리의 아랫부분이었다. 그의 전술은 조금 전과 같았다. 좌우로 몸을 돌리며 시종일관 까바오썬거와 일직선을 유지했다. 까바오썬거는 고개를 돌렸지만 그를 물 수 없었다. 그저 있는 힘을 다해 앞으로 펄쩍펄쩍 뛰는 수밖에 없었다. 뛰는 것은 별 문제가 아니었지만 그만 꼬리가 '쏙' 빠지고 말았다.

상대방을 놀릴 작정인 듯, 아니면 자기 솜씨를 뽐내려는 듯 깡르썬거는 피투성이가 된 백사자 까바오썬거의 꼬리를 물고 달렸다. 분노와 원한이 골수에 사무친 까바오썬거의 포효가 울려퍼지는 가운데, 깡르썬거는 고개를 들어 상대방이 볼 수는 있지만 한 번에 달려들 수 없는 거리에서 반원을 그리며 여러 차례 돌았다.

그리고 멈춰서서 상대방의 꼬리를 떨어뜨렸다. 깡르썬거는 자기 꼬리를 높이 치켜들어 조소를 하듯 흔들어댔다.

아버지는 기쁜 나머지 고함을 쳤다. "잘한다! 깡르썬거!"

마이 정치위원이 끌어당기며 만류했다. "자네, 격려는 하지 말게나! 이건 정책에 위배되는 행동이야! 우리는 최대한 공정하고 객관적인 태도를 유지해야 해. 저 개들의 싸움 습관을 존중해주지만 놈들이 선한 방향으로 가도록 유도하고, 무의미한 유혈사태를 피하도록 해야 한다고."

백사자 까바오썬거는 뒤죽박죽이 되었다. 무엇보다 마음이 뒤죽박죽이었다. 그는 생각을 거듭했다. '깡르썬거는 발정난 암캐도 아닌데, 왜 내 엉덩이만 물어뜯는 거지? 짱아오 간 정정당당한 대결에서는 상대방의 엉덩이를 물어뜯지 않는데. 엉덩이를 물어뜯는 것은 체면을 구기는 일이잖아. 그런데 깡르썬거는 체면이 구겨지는 것 따위는 안중에 없이 내 엉덩이만 물어뜯었어. 목은 보고도 외면했다고. 그렇다면 나도 저놈의 엉덩이를 물어뜯을까? 아니. 그럴 수 없어. 짱아오는 무슨 일이 있더라도 위엄을 지켜야 해. 초원의 짱아오들이 모두 3류 건달로 변한다 해도 나 백사자 까바오썬거만은 공명정대하게 결투에 응해야 해. 비열함은 비열한 자들의 통행증이고, 고상함은 고상한 자들의 묘지명이라잖아? 용맹스런 짱아오는 위풍당당하게 싸워야 한다. 상대의 엉덩이나 물어뜯는 게 무슨 개축에 들겠어? 부랑배 새끼일 뿐이지.'

깡르썬거가 두려워서 까바오썬거의 목을 외면하는 건 아니었다. 아직 상대방의 목을 물어뜯어줄 시기가 무르익지 않았을 뿐.

마침내, 그 시기가 왔다. 깡르썬거가 다시금 폭풍처럼 까바오썬거의 목을 향해 달려들었을 때 까바오썬거는 그가 또 엉뚱하게 자기 꼬리를 물 것으로 판단해 얼른 몸을 돌려 피했다. 깡르썬거는 조금도 방향을 바꾸지 않고 날카로운 이빨로 상대의 목을 찍었다.

날카로운 이빨이 목구멍에 닿는 순간 위험을 의식한 까바오썬거는 얼른 뒤로 목을 뺐다. 깡르썬거의 커다란 입에서 가까스로 빠져나온 것이다! 역시 대단한 백사자 까바오썬거였다. 그는 거의 불가능한 상황에서 자기 목을 지켜냈다. 하지만 목구멍 옆 굵고 큰 힘줄이 손상을 입었다. 깡르썬거의 날카로운 이빨이 인정사정없이 뚫고 지나간 자리에 마름모 모양의 큰 상처가 생겼다. 상대를 단번에 죽음으로 몰아넣는 공격은 아니었지만 승부를 결정할 만한 파괴력이었다.

피가 줄줄 흘러내리기 시작하자 백사자 까바오썬거는 문득 깨달았다. '알고 봤더니 깡르썬거는 상대의 엉덩이만 물어뜯을 줄 아는 부랑배가 아니었군. 놈은 상대방의 급소를 공격하는 것이 바로 자기 명예를 지키는 길임을 잘 알고 있었어. 다만 계략이 필요했던 거야. 놈하고 비교하자면 나는 얼마나 유치한가? 패기는 있었지만 근신이 부족했어. 위대해 보였지만 전혀 위대하지 못했어. 게다가 지혜도 부족했지. 충분히 교활하지 못했다는 이야기야. 실패는 당연한 거야.'

깡르썬거, 상아마 초원에서 온 이 위대한 짱아오는 이미 백사자 까바오썬거로 하여금 고향의 대지에 무한한 수치를 낙인찍게 했다. 시제구 초원에서 교만하여 스스로 천하무적이라고 여기던 까바오썬거. 한 세대의 짱아오 대왕이 되려는 야심만만한 꿈을 꾸었던 까바오썬거. 영웅적인 모습에 취해 의기양양하던 까바오썬거는 한순간 대수롭지 않은 존재로 전락해버리고 말았다. 인간의 말로 하자면 속빈 강정, 허풍선이, 요란한 빈 수레, 빛 좋은 개살구였다. 이렇게 오랫동안 싸운 결과, 엉덩이는 찢겨지고, 꼬리는 떨어지고, 목의 힘줄은 끊겨졌다. 하지만 상대는 조금도 다치지 않았으니, 이것이 그 증거가 아닌가 말이다.

아버지는 득의양양하게 소리쳤다. "깡르썬거는 하늘에서 내려온 신선입니다. 지금까지 깡르썬거랑 싸워서 이긴 놈이 하나도 없죠. 불곰, 호랑이, 사자, 표범, 거기에 짱아오까지…… . 전부 다 자리를 비켜줘야 해요."

마이 정치위원은 눈을 휘둥그레 뜨고 여전히 신중하게 말했다. "자네 그런 말투는 잘못되었다고. 우리의 다음 단계 공작 목표는 가장 많은 군중을 단결시켜 신정권 건설의 기초를 놓는 것일세. 칭궈아마 초원에서 짱아오는 그 군중의 일원일 뿐 아니라 가장 기초적인 군중이야. 그놈들이 우리에게 어떤 태도를 보이든, 우리는 놈들을 단결시켜야 하네."

아버지는 여전히 신이 나서 대꾸했다. "제가 건의드리죠, 위원님. 깡르썬거를 새로운 정권에 초빙하세요. 깡르썬거는 기지가 있고, 용감하고, 사심이 없고, 두려움 없고, 자비심 있고, 선량하고, 풍채가 당당하거든요. 게다가 깡르썬거는 전생에 아니마칭산의 설산사자로 신의 화신이었으니 유목민들이 다 따를 걸요?"

마이 정치위원은 곰곰이 생각하더니 이야기했다. "자네 말이 틀린 건 아니지. 짱아오가 정치에 참여할 수는 없지만 우리도 절대로 그들의 존재와 힘과 소망을 무시할 수는 없어. 짱아오도 자신에게 잘 대해주는 사람을 따르게 되어 있네. 그들을 가장 잘 지휘할 수 있는 사람을 선출하는 것도 반드시 심사숙고해야 할 인사지."

"그럼, 그건 저로군요. 제가 놈들에게 잘 하니까 놈들이 제 말을 듣거든요. 제가 짱아오들의 이익을 대변할 수 있습니다."

마이 정치위원은 근엄하게 말했다. "자네는 안 돼. 자네는 깡르썬거의 이익밖에는 대변하지 못하고 있어. 깡르썬거는 어제 이곳에 오자마자 거대한 대추색 짱아오를 처참하게 물어죽이고, 오늘은 또 저리도 위풍당당한 백사자까지 물어죽였네. 백정이 따로 없어. 너무 잔인하다고. 자네는 이곳의 유목민과 두령, 활불에게 뭐라고 말할 텐가? 만일 그들이 자네와 깡르썬거를 용서하지 않겠다고 나오면 자네는 큰 잘못을 저지른 거야. 자네와 깡르썬거는 반드시 목숨으로 죄과를 갚아야 하네."

아버지도 물러서지 않았다. "위원님도 보지 않으셨나요? 이건 저 개가 자기 자식을 먹었기 때문에 시작된 싸움이에요. 깡르썬거는 그걸 보아넘길 수 없어서 그놈을 징벌한 거라고요."

"그건 개 사정이지, 자네까지 참견할 필요는 없네. 인간의 도덕 기준으로 자네가 개들에게 이래라저래라 할 수 없어. 혹시 이 개들한테 그런 습관이 있는지도 모르잖나? 동물이니까 말이야. 여러 면에서 인간은 이해할 수 없는 일이 있을 거야." 이야기를 마친 마이 정치위원은 손을 흔들며 이곳을 떠나려고 했지만 백사자 까바오썬거가 다시금 공격 자세를 취하자 긴장하며 말했다. "저놈들

좀 말려보게, 좀 말려봐. 또 싸우면 안 되네.”

아버지는 다가가 그들을 말리고 싶었지만 까바오썬거는 그에게 시간을 주지 않았다. 그는 피를 철철 흘리면서도 여전히 ‘휙, 휙’ 바람소리를 내며 달려왔다.

깡르썬거는 이것이 백사자 까바오썬거의 마지막 공격이 되리라는 걸 아는 듯했다. 그는 피하지 않았다. 고개를 숙이고 야생 야크에게 배운 자세로 밀고 들어갔다. 세계에서 가장 단단한 머리를 꼽으라면 개의 머리를 꼽을 수 있다. 그 중에서도 짱아오의 머리는 가장 단단하다.

개의 머리와 머리가 맞부딪쳤을 때, 까바오썬거는 ‘펑’ 하며 땅에 쓰러졌다. 깡르썬거는 뒤로 휘청거리다 하마터면 쓰러질 뻔했다. 다행히 아무런 손상도 입지 않은 근육이 그를 살렸다. 그는 네 다리를 힘껏 뻗치고, 있는 힘을 다해 자신의 체중을 지탱해냈다. 마침내 진정한 승리자의 모습으로 그는 단단하게 섰다.

깡르썬거는 존경이 담긴 눈길로 백사자 까바오썬거를 바라보았다. 갈채를 보내지 않을 수 없었다. ‘정말이지 단단한 머리였다. 다시 한 번 부딪힌다면 분명 내 머리가 부서질 것이다. 이렇게 큰 상처를 입고, 이렇게 많은 피를 흘리고도, 이렇게 대단한 힘을 발휘할 수 있다니. 너는 시제구 초원의 수호신답구나!’

시제구 초원의 수호신 백사자 까바오썬거는 다시 일어났다. 아버지는 깡르썬거가 끝까지 쫓아가 상대를 잔인하게 물어죽이지나 않을까 겁이 나 얼른 뛰어가 그를 안았다. 하지만 아버지의 걱정은 기우였다. 두 짱아오의 눈동자에는 이미 차가운 석별의 빛이 가득했다. 그건 적수와의 석별이 아니었다. 장렬하고도 격렬했던 삶과의 석별이었다. '끝났다. 끝났어. 우리 마침내 끝냈어.'

깡르썬거는 온순한 표정으로 아버지의 품에 안겼다. 뛰쳐나가려는 몸부림도 전혀 없었다. 까바오썬거는 잠시 동안 조용히 서 있었다. 상대가 더 이상 자신을 공격할 뜻이 없다는 것을 깨달은 그는 더 이상 아무것도 기다리지 않았다. 그는 처음부터 끝까지 한쪽에서 조용히 싸움을 관전하고 있던 시제구 초원의 배반자 검은 짱아오 나르를 멸시하듯 쳐다보고는 뒤돌아 가버렸다.

검은 짱아오 나르는 흰 강아지 까까만을 생각하고 있었다. 가눌 수 없는 슬픔과 분노 속에서도 악당 까바오썬거가 낭패를 당해 떠나는 모습을 바라보자니 웃음이 터져나왔다. 깡르썬거가 자랑스러웠다. 자신이 시제구 초원에 철저히 등지고 떠났음을 그녀는 절감했다. 여전히 자기 몸에서 풍겨나는 시제구 초원의 냄새 외에 고향의 짱아오들이 자신을 가까이 할 어떤 이유도 이제 없었다.

많이 슬펐다. 하지만 후회하지는 않았다. 아마도 사랑이란 이런 것이리라. 하나의 행복을 다른 하나의 행복과 맞바꾸는 것. 하나의 슬픔을 다른 하나의 슬픔과 맞바꾸는 것. 그녀가 고향의 포근함과 친구들의 신뢰를 한순간에 팽개쳐버릴 때, 그녀의 생은 이미 가장 본질적인 형태의 상실감을 체득했다. 동시에 본능적인 성性과 색色이라는 측면에서 가장 찬란한 몸짓을 얻게 되었다.


백사자 까바오썬거는 치욕으로 물든 초원을 걸어갔다. 사람과 모든 개들의 시선을 한시 바삐 벗어나고 싶은 생각뿐이었다.

실패한 영웅에겐 돌아갈 집이 없다. 강동江東의 부모와 형제를 볼 낯이 없다는 의식은 선조 때부터 내려온 유전이며, 짱아오 사회의 보편적 기억이다. 처참하고 치열했던 싸움 후, 그들은 동료에게 도움을 구하지 않았다. 주인에게 하소연하거나 분노와 원한을 전파하지 않았고, 위안과 동정을 구하지도 않았다. 그저 조용히 아주 멀리 사라졌다. 사람에게 알려지지 않은 곳으로 가서 몸과 마음의 상처를 치유하며 여생을 보내는 것, 이것이 대다수 고독하고 오만한 영혼의 필연적인 종착역이다. 침착하고 의연하며 고귀한 짱아오들은 영혼의 요구에 충실했다. 구차하게 편안한 삶을 구걸하는 대신 고독하고 춥고 먼 여정을 택한다.

까바오썬거의 선택도 다르지 않았다. 그는 길이 없는 길로 접어들었다. 이 길은 예루허 부락의 고산 초장 및 니마 할아버지의 천막집과는 정반대 방향으로 뻗어 있었다. 그 길에서는 무마허 부락의 목초지인 롱바오 습지초원 위에서 은빛 찬란하게 빛나는 롱바오 설산이 바라다보였다. 그는 높이 치솟은 롱바오 설산이 두 다리를 길게 뻗은 곳까지 왔다. 목초가 희귀하고 전나무가 무성한 고지에 이르자 휴식을 취했다.

누웠던 그가 얼마 지나지 않아 일어났다. 공중에 코를 휘저어보았다. 존엄이 찌그러지고 체면마저 다 깎인 실패자의 민감함이 짱아오 대왕의 행적을 정확하게 탐지해냈다.

대왕이 왔다. 와서 뭘 하려는 거지? 남의 불행을 기뻐하며 상처투성이에 한없이 처량해진 내 꼬라지를 감상하러 온 걸까? 나의 비참한 몰락을 시제구 초원 모든 짱아오에게 전하려는 걸까?

백사자 까바오썬거는 분노로 부르짖으며 자신의 곁을 지나는 바람에게 말했다. '그건 절대 안 될 일이다! 대왕이 나의 실패를 목도하게 할 수 없다. 절대로 안 된다! 여전히 자신만만한 내 모습, 형편없이 살아가느니 차라리 멋있게 죽는 영웅의 기개를 대왕에게 보여줄 테다.'

짱아오 대왕 호랑이머리와 검은 짱아오 귀르 역시 백사자 까바오썬거의 행적을 탐지했다. 평소의 냄새가 아니라 피비린내 진동하는 냄새였다. 냄새는 말보다도 정확하게 그들에게 알려주었다. 까바오썬거는 위험에 처해 있으며 이미 중상을 입었다.

그들은 냄새를 따라왔다. 긴장과 근심 속에서. 남의 불행을 기뻐하는 마음일랑 눈곱만큼도 없었다. 까바오썬거를 찾아 도와야 한다는 생각뿐이었다. 이것은 짱아오 대왕의 책임이었다. 시제구 초원의 어떤 개라도 재난을 당하게 될 경우, 호랑이머리는 대왕으로서 그를 도와야 할 의무와 권리가 있었다.

짱아오 대왕과 검은 짱아오 귀르는 재빠르게 롱바오 설산이 다리를 편 곳으로 갔다. 고개를 들어 바라보니, 전나무가 빽빽한 고지가 앞을 가로막고 있었다. 바람은 높은 곳에서 불어왔다. 까바오썬거의 울부짖음도 높은 곳에서부터 전해져왔다. 짱아오 대왕은 멈춰선 채 고개를 들어 위를 바라보며 생각했다. '무슨 야수에게 당했기에 목소리까지 이렇게 쉬었지? 정말 많이 다쳤나보군.'

대왕은 포효로 그에게 응답했다. 그의 음성에는 털끝만큼의 적의도 없었다. 오직 위로와 걱정이 있었을 뿐이다. '어떻게 된 거냐? 어떤 적을 만난 거냐? 우리가 금방 갈 테니 기다려라.'

그러나 백사자 까바오썬거에게 가장 참을 수 없는 것이 바로 대왕의 이런 음성이었다. 저 높은 보좌에 앉아 다른 이에게 관심을 베풀 권력이 있음을 드러내는, 지도자연한 음성이었다. 자신을 연약하고 무능한 존재로 취급하면서 인의를 가장해 동정과 도움을 주려는 것이다. 까바오썬거의 생각을 사람의 말로 바꾼다면 이럴 것이다. '수치스럽다. 그의 도움이 필요한 존재가 되다니! 그는 연민으로 나를 해치고 있다. 적의 날카로운 이빨보다 100배는 더 잔인하게 나를 해치고 있다!'

수치심이 백사자 까바오썬거의 온몸에 있는 세포를 잠식했다. 지난날 으스대며 교만하던 마음은 지금 대왕을 물어죽이든 들이받아 죽여버리겠다는 결심으로 바뀌었다. 그는 크게 부르짖으며 전나무 빽빽한 고지의 절벽에서 뛰어내렸다. 짱아오 대왕 호랑이머리에게로 곧장 달려들었다.

그러나 그의 발은 대왕에게 닿지 못했다. 절벽이 너무 높았다. 그는 살아나지도 못했다. 사실상 절벽에서 뛰어내려 자살을 한 셈이었기 때문이다.

'쿵' 하며 떨어지는 소리와 함께 짱아오 대왕 호랑이머리와 검은 짱아오 쿼르의 몸도 붕 떠올랐다. 그들은 땅에 무겁게 내려앉았다. 침묵이 이어졌다. 둘은 놀라지 않았다. 충분히 이해할 수 있었기 때문이다. 초원에는 백사자 까바오썬거처럼 포부가 크고 자존심이 강해서, 모욕받는 것을 죽기보다 싫어하는 짱아오들이 아주 많다. 게다가 짱아오 세계에서는 자살 전통까지 있었다. 조상대대로 유전을 통해 그들의 머리와 가슴에 심어놓은 율령이었다. 존엄이 이미 허물어지고 아무리 휘저어도 수치가 공기처럼 사라지지 않을 때, 주인으로부터 심한 모욕을 받고도 변명을 할 수 없고 주인은 뉘우치려 하지 않을 때, 나르가 띠아오팡산 시제구사에서 그랬던 것처럼 애정과 가족의 정 사이에서 진퇴양난에 처할 때, 그들은 주저 없이 자살을 선택한다.

한동안의 침묵을 깨고 짱아오 대왕과 검은 짱아오 궈르가 갑자기 포효했다. 높고 낮게, 빠르고 느리게…, 그 음성은 숲을 울렸다. 까바오썬거를 애도하는, 최후의 작별을 고하는 부르짖음이었다.

그들은 백사자 까바오썬거가 조금 전까지 서 있던 전나무 빽빽한 고지에 올랐다. 잠시 발걸음을 멈춘 그들은 까바오썬거가 왔던 길을 되짚어 앞으로 나갔다. 앞길이 어디로 이어질지 자신들도 알 수 없었다. 그러나 그 길 끝에서 설산사자 깡르썬거를 만나게 되리라는 것은 예상하고 있었다. 까바오썬거는 그에게 물려 수치를 당한 후 자살했다. 그들은 이미 냄새로 알 수 있었다.

길을 걷는 대왕은 분노에 불타올랐다. 살해 동기는 이미 충분하다. 원수에게 보복하고 원한을 설욕해야 할 분위기는 무르익어가고 있었다. 짱아오 대왕 호랑이머리의 갈기가 하나씩 하나씩 일어났다. 여섯 날 송곳니는 흥분해서 '빠드득 빠드득' 소리를 냈다.

검은 짱아오 궈르는 감탄의 눈길로 그를 쳐다보며 입술을 뒤챘다. 마치 이런 말을 하는 듯했다. '당신은 분명 깡르썬거를 물어죽일 거예요. 분명히요.'

# 10장

# 호랑이머리와
# 설산사자의 결투

# 26

짱짜시를 만났다. 아버지와 깡르썬거는 놀라서 동시에 소리를 질렀다.

아버지의 소리는 '안녕하세요? 어떻게 여기에 계세요?'라는 의미였고, 깡르썬거의 소리는 '예전에 저를 도와주었던 라마 스님, 지금 재난을 만난 걸 알고 있습니다. 제가 꼭 도와드리겠습니다.' 라는 뜻이었다.

아버지는 급히 그의 등 뒤로 돌아가 두 손을 잡으며 다독였다. "됐어요. 됐어. 아직 손이 있네요. 제가 따미 총부의 마이 정치위원을 모시고 왔습니다. 그분이 분명 당신의 손을 보호해주실 거예요. 무슨 일이 있더라도. 우리를 믿고, 끝까지 견디셔야 합니다."

말 위에 태워진 짱짜시의 손은 소 끈으로 단단히 묶여 있었다. 검게 빛나는 초췌한 얼굴은 우울함으로 가득 차 늦가을 색을 띠었다. 어쩔 수 없이 말라비틀어진 모습이었다. 초원 사람들의 얼굴과 표정에는 계절이 깃들어 있다. 환경이 여름이면 얼굴도 여름이다.

그런데 지금, 아직 여름이 한창인 계절인데 짱짜시의 얼굴은 늦가을이 되어 있었다. 늦가을이 지나면 겨울이다. 겨울은 춥고 쇠잔한 계절, 죽음의 날들이었다.

그는 슬픔 가득한 얼굴로 아버지에게 말했다. "다만 내가 받들어오던 삼보三寶께서 나를 보호해주시기를 바랄 뿐이네. 당신들 한인의 선한 마음이 시제구 초원의 차디찬 돌덩이들을 따뜻하게 데워줄 수 있기를 바랄 뿐이고. 내가 두 손을 잃고 싶지 않다는 건 죽고 싶지 않다는 뜻이라네. 한짜시, 자네 들어보게. 난 죽고 싶지 않아. 나는 무마허 부락의 기마사냥꾼들에게 붙들렸어. 철탑처럼 건장한 몸을 가진 이 사람이 바로 무마허 부락의 강도 자마춰라네. 자네들은 반드시 이 사람을 설복시켜주게. 부탁하네."

아버지는 고개를 끄덕였다. 그리고 원망스런 눈길로 강도 자마춰를 바라보다가 짱짜시의 부탁을 마이 정치위원에게 전달했다. 마이 정치위원 역시 고개를 끄덕였다. 그러나 그들은 강도 자마춰와 기마사냥꾼들을 설복하는 게 아주 어려운 일이라는 걸 잘 알았다. 적어도 이곳에서는 절대로 불가능했다. 그들은 벌써 길을 떠나기 시작했기 때문이었다.

강도 자마춰와 기마사냥꾼들은 잠시 이곳에 들렀을 뿐이다. 이곳은 예루허 부락 조상대대로 내려온 영지의 남쪽 변경이었다. 말을 타고 남쪽으로 20분쯤만 더 가면 무마허 부락의 목초지인 롱바오 습지초원이었다.

강도 자마춰는 본래 런친츠딴의 천막집에서 참파와 나이차를 좀 얻어마실 생각이었다. 그런데 예상치 못하게 설산사자 깡르썬거와 한짜시 및 다른 한인을 만나게 되었다. 머리를 복잡하게 하는 어떤 느낌이 그에게 말했다. '짱짜시를 잡은 이 사건만 놓고 보더라도 이 한인들은 우리에게 매우 불리한 영향을 미칠 거야.' 그는 기마사냥꾼들을 호령해 얼른 길을 떠나게 하면서 속으로 중얼거렸다. '우리 무마허 부락에 도착하기만 하면 다른 사람 말을 따를 필요가 없다. 한인들의 말을 우리가 못 알아듣고, 한인의 뜻이 정확하게 전달되지 않을 테니, 우리는 초원의 규칙대로 하면 된다. 짱짜시의 두 손목을 자른 후에 다시 말하는 거지.'

그는 짱짜시를 압송하며 급히 말을 달려 아버지와 마이 정치위원의 시선을 피했다. 깡르썬거와 검은 짱아오 나르는 멍멍 짖으며 따라가다가 얼마 가지 않고 되돌아왔다.

아버지가 다급해져 물었다. "어떻게 하죠? 우리도 따라가야죠? 너무 늦으면 짱짜시의 손은 잘릴 거예요."

마이 정치위원도 동의했다. "짱짜시는 초원의 단결을 도모하다가 이런 처지가 된 것이니 그의 손은 반드시 구해야 하네. 우리 편 식구도 꼭 따라가야 하겠네. 이럴 때 뒤로 물러나 얼굴을 내밀지 않는다면 이 짱아오 두 마리도 우리를 무시할 걸세."

깡르썬거는 그 말을 다 이해했다는 듯 꼬리를 흔들었다. 그는 이미 마이 정치위원의 말을 알아듣게 되었다. 신뢰와 의지의 결과였다. 상대가 그를 신뢰하고 의지했는지 여부와 무관하게 말이다. 짱아오의 감각은 사람보다 정확하고도 재빠르다. 누가 착한 사람이고 나쁜 사람인지, 누구는 상대해도 되고 안 되는지, 사람이 미처 판단하지 못하고 우물거릴 때 그들은 정확하게 간파한다.

아버지가 서둘렀다. "그러면 우리 빨리 가죠."

마이 정치위원이 대답했다. "빨리 가세. 그런데 이 짱아오 두 마리하고는 같이 가면 안 되겠네. 이놈들은 사고만 일으킬 거야. 무마허 부락에서도 다른 사람의 개를 물어죽인다면 좋은 결과를 얻기 어려울 걸세."

"깡르썬거의 목적은 우리를 데리고 자기 주인, 그러니까 샹아마 아이들을 찾으려는 거예요. 우리가 무마허 부락으로 간다면 꼭 우리를 따라온다는 보장은 없을 겁니다."

아버지의 말에 마이 정치위원이 다소 누그러졌다. "그러면 제일 좋겠지. 그래도 놈들이 쫓아오지 못하도록 막는 게 낫겠네."

이때 런친츠딴의 아내가 다가와 차와 고기를 권했다. 그녀는 오전 내내 정신없이 일을 하고 있었다. 전부 다 이들에게 식사 한 끼를 잘 대접하기 위해서였다.

아버지가 마이 정치위원에게 물었다. "드시렵니까?"

"안 먹겠네." 그러고서 마이 정치위원은 "폐를 많이 끼쳤습니다. 접대해주셔서 감사합니다." 등등의 인사말을 런친츠딴의 아내에게 전했다.

런친츠딴의 아내는 한어를 한 마디도 못했다. 하지만 그녀는 짱아오처럼 기민한 감각으로 그 말의 의미를 알아챘다. 그녀도 답례를 했다. 손님들은 먼 길을 가야 했다. 쉬지 않고 여행길을 갈 것이다. 그녀는 얼른 천막집 안으로 들어갔다가 나왔다. 두 손에 말린 고기, 볶은 칭커가루, 쑤여우 등 음식이 가득했다.

그녀는 거의 모든 음식을 아버지에게 주고, 남은 두 덩이 커다란 상등육은 깡르썬거와 검은 쨩아오 나르의 입에 넣어주었다. 손님 대접을 받은 두 마리 쨩아오는 예의 바르게 꼬리를 흔들었다. 그들은 고기를 풀밭에 내려놓고 번갈아가며 그녀의 치맛자락을 핥아댔다. 여전히 천막집 앞에 묶여 있던 커다란 세 마리 쨩아오들은 주인이 샹아마 초원에서 온 사자머리 수쨩아오를 접대하는 것을 보고는 불만에 가득 차 짖기 시작했다. 런친츠딴의 아내는 그들의 마음을 읽고는 얼른 달려가 손을 휘저으며 몇 마디 훈계를 했다. 개들은 짖지 않았다. 하지만 여섯 개의 눈동자 속에는 여전히 불꽃같은 분노가 일렁였다.

깡르썬거는 자신이 그 세 마리 쨩아오 앞에서 쩝쩝 냠냠 고기를 먹는 게 상대방의 자존심을 건드리는 행동임을 잘 알기에 고기를 버리려고 했다. 하지만 이 집 주인의 정성을 저버리는 일이 될 것 같았다. 그는 고기를 물더니 나르를 데리고 아무도 보지 못하는 곳으로 갔다.

마이 정치위원이 재촉했다. "지금이네. 두 쨩아오가 우리를 보지 못하는 틈을 타서 떠나세."

아버지가 말했다. "그래봐야 소용없어요. 녀석들이 우리를 쫓아오려고 마음만 먹으면 코 한 번 들어 냄새 맡는 걸로 족해요. 눈은 상관이 없는 거라고요."

마이 정치위원이 반박했다. "꼭 그렇지만은 않아. 바람이 우리 앞쪽으로 불고 있네."

그는 서둘러 경호원이 끌고 온 말에 올라탔다. 일행은 총총히 강도 자마취가 사라진 방향을 따라갔다.

이곳은 무마허 부락의 목초지인 롱바오 습지초원. 롱바오 설산이 눈앞에 줄지어 서 있었다.

초원 사람들의 생각 속에 롱바오 설산의 산신은 검은목 두루미, 무마허牧馬鶴(말을 먹이는 학이란 뜻)라 불리는 새였다. 롱바오 습지초원의 전쟁신도 역시 검은목 두루미, 무마허牧馬鶴라 불리는 새였다. 이 두 선학仙鶴은 대영웅 거사얼格薩爾 왕의 목마신牧馬神이다. 거사얼 왕이 타는 말은 천마로서 나는 듯이 달리는데, 하루에 만리 길을 간다고 한다.

이 천마는 롱바오 습지초원에서 나는 감로초를 먹고, 롱바오 설산의 신목수神目水를 마셨다. 감로초를 먹으면 착한 마음에 두려움이 사라지게 되고, 신의 눈물인 신목수를 마시면 인격이 고상하고 완전무결해진다.

그러나 신계에서 온 이 희귀한 말을 과연 누가 먹인단 말인가?

천신은 검은목 두루미를 선택했다. 검은목 두루미는 자태가 아름답고 다채롭다. 목소리는 맑고 깨끗하며, 성격은 세심하고 꼼꼼하다. 그래서 만리까지 뻗친 설산에서 가장 달콤한 신목수를 찾아낼 수 있고, 한없이 광활한 초원에서 가장 부드럽고 신선한 감로초를 발견할 수 있다. 또 높고 푸른 하늘에서 아침저녁을 가리지 않고 지상세계를 감시하며 악한 짐승이 천마를 해치지 않도록 보호하고, 100리 밖에 있는 천마에게 출정의 외침을 전할 수 있다.

후에 거사얼 왕과 그의 천마는 함께 천상에 올라갔는데 천신은 검은목 두루미의 수고에 감사하기 위해 그들을 롱바오 설산의 산신과 롱바오 습지초원의 전쟁신으로 봉했다. 롱바오 습지초원에는 지금도 봄이면 왔다가 가을이면 떠나는 수만 마리 검은목 두루미가 서식하고 있다. 그들은 모두 산신이요, 전쟁신의 후예다. 몇 년 후, 무마허 부락의 목초지인 롱바오 습지초원은 중국 유일의 검은목 두루미 보호구역으로 지정되었다.

그러나 유감스럽게도 아버지는 롱바오 습지초원, 무마허 부락이 이렇게 아름다운 땅임을 알지 못했다. 먼 곳이든 가까운 곳이든 가리지 않고 곳곳에서 날개를 편 채 춤을 추고 있는 검은목 두루미를 보면서도, 그저 짱아오 생각뿐이었다. '깡르썬거하고 나르는 어디로 가서 샹아마의 일곱 아이들을 찾을까? 우리를 따라오지 않은 건 우리에게 실망했다는 뜻일까?'

하지만 머지않아 자신의 오판을 인정해야만 했다. 깡르썬거와 나르는 그들을 쫓아왔을 뿐 아니라 저만치 앞서서 걸어가고 있었다. 여행길 동안 물어물어 롱바오 습지초원 중심지대에 도착해서 두루미의 맑고 깨끗한 울음소리를 들으며 흰버섯 같은 천막집을 멀리서 바라보는 순간, 깡르썬거와 검은 짱아오 나르가 저 앞에서 그들의 기다리고 있었다.

깡르썬거와 나르 근처에 또 다른 검은색과 흰색 짱아오 한 쌍이 보였다. 아버지와 마이 정치위원은 그때까지 알아차리지 못했다. 그들은 살기등등한 짱아오 대왕 호랑이머리와 검은 짱아오 궈르였다. 런친츠딴의 천막집에 들렀지만 깡르썬거를 만나지 못하고 냄새를 따라 이곳까지 온 것이다.

마이 정치위원은 소스라쳤다. "깡르썬거랑 나르가 어떻게 우리가 이곳을 지나갈 줄 알고 있었을까? 너무나 쉽군. 저놈들이 우리 머릿속까지 꿰고 있는 게 분명해."

아버지가 웃었다. "이제 짱아오가 얼마나 총명한지 아시겠죠?"

다시 생각해봐도 사람은 정말 바보 같았다. 두 마리 짱아오의 생각을 어찌 그리 이해하지 못할까? 자신의 주인인 샹아마의 일곱 아이들을 찾으러 가는 것이 최종 목표이지만 깡르썬거는 분명 혼자서 찾으러 가지는 않을 것이다. 적어도 당분간은 그러기 원치 않을 것이다.

설령 아이들을 찾는다 해도 자기 혼자 구할 방도가 없다는 것을 깡르썬거는 잘 알고 있었다. 그와 나르의 힘만으로는 주인을 구할 수 없다. 주인을 구할 수 있는 사람은 마이 정치위원과 아버지뿐이었다. 그래서 그들은 아버지 일행을 끈질기게 따라왔고, 무슨 수를 써서라도 자신들과 함께 가도록 두 사람을 설득해야 했다.

그 무렵 아버지는 의심을 했었다. '이놈들이 정말 샹아마 아이들을 찾아낼 수 있을까? 전혀 다급한 것 같지도 않고 머릿속에 계획이 세워져 있는 듯 보이지만, 만일 이것이 나의 허상이라면?'

아버지와 마이 정치위원을 정말 놀라게 만든 사건은 따로 있었다. 깡르썬거와 나르의 인도에 따라 지름길로 무마허 부락 두령 따거리에의 마력도魔力圖가 수놓아진 큰 천막집에 도착했을 때 바이 주임 바이마우진을 만난 것이다. 그곳에는 예루허 부락의 쒜랑 왕뚸이 두령과 청지기 치메이, 예루허 부락의 기마사냥꾼들도 함께 있었다.

마이 정치위원을 본 바이 주임은 마치 짱아오가 헤어진 지 오래된 주인을 만난 듯 반갑게 달려왔다. 물론 그들은 코를 맞대 냄새를 맡지도, 혀를 내밀고 서로 핥아주지도 않았지만 말이다.

손을 내밀어 힘차게 악수를 나누며 바이 주임이 이야기했다.

"마이 정치위원님, 수고하셨습니다. 유목민의 보고를 듣고 아마도 따미 총부에서 사람이 왔을 거라고 추측은 했지만 위원님께서 친히 우리 시제구 초원에 오실 줄은 몰랐습니다. 우리는 런친츠딴의 천막집에 들렀다가 무마허 부락의 강도 자마취가 짱짜시를 잡아가고 한인 몇이 그들을 따라갔다는 안주인의 말을 듣고 부지런히 달려왔는데, 오히려 위원님 일행보다 앞서 오게 되었습니다."

마이 정치위원이 대답했다. "뭐 그거야, 자네는 이 지역 현지인들과 함께 지름길로 왔을 테니 우리보다 빨랐겠지."

바이 주임은 아버지에게도 다가와 악수를 청했다. 아버지가 웃으며 인사를 했다. "바이 주임, 이번에는 저를 시제구 초원에서 쫓아내시면 안 됩니다. 저는 제 뜻을 이루기 전까지는 절대로 포기할 수 없습니다."

바이 주임은 계면쩍은 듯 말했다. "너무 마음에 두지 말게. 나도 자네를 위해 그런 것 아닌가? 내 이번에는 마이 정치위원님의 말씀을 듣지. 위원님이 하라는 대로 함세."

말을 마친 바이 주임은 마이 정치위원을 예루허 부락의 두령 쒀랑왕뛰이와 무마허 부락의 두령 따거리에 및 청지기 치메이와 강도 자마취에게 소개시켰다.

두 두령은 바이 주임이 마이 정치위원 앞에서 아주 공손하게 구는 모습을 보고는 한인사회에서 아주 높은 관리가 왔음을 곧바로 눈치챘다. 그들은 얼른 허리 굽혀 인사하며 공손한 태도로 한바탕 인사말을 늘어놓았다. 치메이 청지기도 화려한 수식어로 통역을 했다. 마이 정치위원 역시 영향을 받아 어색하기 그지없는 '영웅' '존귀' '위대' 등의 미사여구로 답했다.

인사를 마친 마이 정치위원이 티베트어로 말했다. "저는 먼 곳에서 날아온 작은 새입니다. 여러분, 저를 믿어주십시오."

쒀랑왕뛔이 두령은 유쾌한 듯 눈을 크게 뜨며 말했다. "위원님께서 우리 티베트 민족의 언어로 마씀하셨으니, 저희들도 당연히 믿어야지요." 그러고는 사방을 둘러보며 덧붙였다. "이곳은 상서로운 곳이고, 지금은 상서로운 시각입니다. 제가 존귀하고 품위가 있으신 마이 정치위원님도 만나고, 용맹스럽고 신비로운 설산사자 깡르썬거도 만나고, 시제구 초원의 짱아오 대왕과 궈르도 만났는데, 우리 이제는 이놈들의 존재에 대해서 좀 생각해봐야 하지 않을까 싶군요. 앉아서 기쁘게 이야기를 좀 나누면 어떻겠습니까? 따거리에 두령, 차가 있소? 고기는요? 술은 있소? 낡은 카디엔卡墊(티베트의 소형 카펫)이라도 없소? 즐거운 노래 가락은요?"

따거리에 두령은 쒀랑왕뛔이가 모두 속히 앉아 반드시 해결해야 할 문제들을 논의하자고 말하는 줄 알아들었다. 마이 정치위원과 바이 주임, 깡르썬거와 검은 짱아오 나르, 짱아오 대왕과 검은 짱아오 궈르, 그리고 자신과 치메이 청지기는 아무런 이유 없이 이곳에 모인 게 아니었기 때문이다.

그는 웃으며 대답했다. "다 있습니다. 있고 말고요."

그 무렵 사람들은 마력도가 수놓인 큰 천막 앞에 이미 수많은 개들이 모여든 것을 확인할 수 있었다. 대립각이 형성되고 있었다.

한쪽은 깡르썬거와 검은 짱아오 나르엿고, 다른 한쪽은 무마허 부락의 짱아오들이었다. 무마허 부락 짱아오들 뒤에는 짱아오 대왕과 검은 짱아오 궈르가 있었다.

짱아오들은 깡르썬거를 바라보며 오만한 모습으로 결연히 맞서 대항하려는 자세를 취했다. 아직 아무 일도 일어나지 않았는데 어떤 개들은 벌써 있는 힘껏 눈을 흘겨 뜨고 있었다. 다만 그들은 조용했다. 누구도 함부로 소리를 내지 못하고 있었다. 이것은 그들이 사무치는 원한을 마음에 품고 있다는 의미였다. 이곳에 온 개들은 모두 순수한 혈통의 히말라야산 짱아오로 시끄럽게 떠들기 좋아하는 잡종 티베트 개들은 한 마리도 없었다.

아버지가 긴장해서 물었다. "어떻게 하죠?"

마이 정치위원이 아버지에게 당부했다. "내가 자네에게 임무를 하나 주겠네. 자네는 무슨 일이 있더라도 깡르썬거를 잘 지키게. 경솔한 행동을 하지 않도록 말이야." 그리고 바이 주임에게 말했다. "우리는 곧바로 저들과 의논할 것이네. 핵심사안은 짱짜시와 샹아마의 일곱 아이들 문제야. 자네가 이 토의를 주도해주게. 원칙은 손은 잘라서는 안 된다, 사람에게 상처를 입혀서는 안 된다, 한 명의 어른과 일곱 아이들 모두 안전해야 한다는 거야."

바이 주임은 한 발 물러섰다. "토의는 마이 정치위원님이 이끌어 나가시죠. 위원님이 저보다 말씀을 더 잘하시지 않습니까?"

그러자 마이 위원이 다그쳤다. "이곳은 자네 땅이야. 자네가 안 하면 누가 하겠나? 서로 의견을 양보하지 않을 때 내가 나서겠네. 이렇게 해야 우리한테 유리해."

오후의 햇살이 기울어가는 평안한 시간에 마력도가 수놓인 큰 천막 앞에서 연회가 시작되었다.

마력도는 티베트 문자 같이 추상적인 홍, 녹, 황, 남색 네 가지 도안이 그려진 그림으로, 150여 명은 수용할 수 있는 흰색 큰 천막의 벽보와 천막보에 수놓아져 있었다. 이 그림은 초원에 떠돌아 다니는 각종 정령과 요괴들을 항복시킬 수 있는 힘을 지닌다고 한다. 도안으로 쫓아낼 수 있는 악귀의 세력은 정해져 있다. 한 가지 도안은 어느 한 가지 마귀를 대처하는데 그 대처 대상에는 문둥병과 구제역을 일으키는 온귀瘟鬼, 전쟁으로 인한 살상을 일으키는 혈귀血鬼, 비와 강의 재앙을 일으키는 수귀水鬼, 지진의 재앙과 돌과 진흙의 재앙을 일으키는 토귀土鬼, 각종 괴이한 병을 일으키는 나찰귀羅刹鬼, 각종 불행을 일으키는 야차귀夜叉鬼, 비명횡사를 일으키는 독각귀獨脚鬼, 사악함을 일으키는 여귀女鬼, 기아를 유행하게 하는 아귀餓鬼가 있다.

전하는 말에 따르면 이런 천막에서 사는 사람은 만병에 걸리지 않으며 일평생 행복하게 살다가 평안하게 죽는다고 한다. 통상 이런 천막 앞에서 거행되는 연회(대개 연회는 회의를 열고 안건을 토의하기 위한 것이다)는 여러 가지 근심거리를 내려놓고, 유쾌한 마음으로 왕성한 식욕과 원활한 소통을 과시하며 기분 좋게 진행되게 마련이다.

연회는 풍성했다. 셔우쭤, 선지 순대, 고기 순대, 국수 순대, 양위羊胃, 꽌페이灌肺(양의 폐와 쑤여우, 밀가루로 만든 티베트의 유명 요리), 간, 나이피, 쑤여우, 취라, 요구르트, 참파, 나이차, 약보차藥

賓茶, 직접 담근 칭커주가 붉은 빛 도는 복숭아나무 판자에 얹어져 초장에 길게 놓였다. 금으로 상감테두리를 두른 검붉은 단향목 그릇은 차를 마시는 데 썼다. 또 은으로 상감 테두리를 두른 검은색 침향목 그릇은 술을 마시는 데 썼다.

초원에 온 이후 아버지가 처음 맛보는 풍성한 요리였다. 모든 요리를 조금씩 맛보면서 계속 "맛있다. 맛있어." 감탄을 연발했다. 아버지는 깡르썬거와 검은 짱아오 나르를 곁으로 데려와 놈들에게도 한 가지씩 요리를 맛보게 했다. 그들은 이미 먹어본 음식이었지만 아버지의 기분에 맞춰 꼬리를 흔들며 '맛있다. 맛있어.' 감탄을 했다. 그러자 아버지는 칭커주까지 따라주며 마시게 했다. 아버지의 속셈은 따로 있었다. '너희들이 술에 취하면 사고를 치지 못하겠지. 싸우고 죽이는 건 안 좋은 일이야. 알겠지? 개들아.'

이때 무마허 부락의 짱아오들은 대왕의 지시 아래 사방을 에워싸고 있었다. 그들은 침을 흘리면서도 깡르썬거와 외지에서 온 사람들에 대한 감시를 게을리하지 않았다. 검은 짱아오 나르에 대해서는 전혀 마음에 두지 않았다. '사랑에 넋이 빠진 배반자는 언젠가는 형벌을 받게 마련이지!'

나르의 동복 언니 궈르만은 몇 번이나 동생을 찾아 타일러보려고 생각했다. 얼른 마음을 돌려먹고, 언니랑 같이 대왕의 곁으로 돌아가는 게 상책이라고 말하고 싶었다.

하지만 짱아오 대왕에게 제지를 당했다. 대왕은 이빨로 그녀의 가죽을 찌르는 시늉을 하며 경고했다. '나르한테 아는 척하지 말아. 나르는 마음이 완전히 돌아섰어. 이제는 구제할 방법이 없다고. 나르를 어떻게 처리할지는 내가 깡르썬거를 해치운 다음에 다시 얘기하기로 하지."

연회의 끝은 토의였다. 무마허 부락의 두령 따거리에는 유창한 달변으로 지난번 부락연맹회의에서 결정한 세 가지 결의를 재천명했다. 첫째, 샹아마의 원수들은 절대 놓아줄 수 없다. 반드시 손목 자르기 형벌을 집행한 후 시제구 초원에서 몰아낸다. 둘째, 사원에서 파문당한 짱짜시의 두 손목을 자를 것이며, 어떤 부락에서도 받아주지 않는 유랑 천민으로 신분을 강등시킨다. 셋째, 깡르썬거는 상처가 다 나은 후 반드시 자신의 용맹과 지혜로써 스스로 진정 위대한 설산사자임을 증명해야 한다. 그렇지 않다면 시제구 초원에서 살아나갈 생각은 말아야 한다.

따거리에 두령은 목소리 높였다. "부락연맹회의의 결정은 신성한 것입니다. 깡르썬거는 시제구사 주지인 단쩡활불의 인정을 받았고 불존佛尊, 불모佛母와 각 호법금강 및 팔면흑적八面黑敵 염마덕가閻魔德迦의 인정도 받았소. 또 앙라 산신과 롱바오 산신 및 롱바오 습지 전쟁신과 예루허의 전쟁신 등 모든 부락 전쟁신의 인정을 받았습니다. 내생은 부처에게 기탁하고 금세는 산신에게 기탁한 우리 같은 사람들은 그저 신의 뜻대로 따를 수밖에 없습니다. 신의 뜻에 거스를 수 없는 일이지요. 외지에서 온 친구들, 당신들은 우리를 돕기 위해 왔으니 우리의 신들과 같이 부락회의의 결정을 인정해야 합니다. 신에게 반대하며 우리의 결정을 부정해서는 안 됩니다."

바이 주임 바이마우진은 치메이 청지기의 통역을 들은 후 이야기했다. "그렇습니다. 우리는 여러분을 돕기 위해 왔습니다. 그래서 여러분이 증오의 수렁에서 빠져나오도록 돕고 싶습니다. 여러분, 증오를 위해 살지 마십시오. 증오하는 사람의 마음은 어두울 수밖에 없습니다. 왜 빛을 우리 마음에 옮겨오지 않습니까?"

따거리에 두령이 낚아채듯 말을 받았다. "어두운 마음은 샹아마의 원수들이 우리에게 가져다준 겁니다. 신이 우리에게 주신 계시는 어두움은 어두움으로 덮으라는 것이죠. 우리는 신의 의지에 따라 살아갈 뿐입니다."

바이 주임은 말했다. "초원 사람들은 모두 한 가족입니다. 왜 어두움으로 서로를 갈라놓으려 하는 걸까요?"

따거리에는 벌컥 화를 냈다. "그렇다면 샹아마 사람들은 우리를 무참하게 죽일 때 우리 모두 한 가족이라고 생각했단 말이오?"

"과거 일은 따지지 말도록 하죠."

바임 주임의 말에 따거리에가 큰 소리로 물었다. "그 무슨 소리요? 죄로 얼룩진 이 세상에서 복수는 신이 주신 힘이란 말이오."

마이 정치위원은 다급해졌다. 거창한 명분만 들먹거릴 겨를이 없었다. 이런 이야기만 계속된다면 자신도 참을 수 없을 것 같았다.

그는 얼른 곁에 있는 아버지에게 속삭였다. "자네 말해보게, 자네는 어떤 생각을 가지고 있나?"

아버지가 머뭇거리며 말했다. "여기 계신 분들은 전부 한 자리씩 하시는 분들인데, 제가 어찌 말할 자격이나 있겠습니까?"

마이 정치위원이 거들었다. "자격 있네, 있어. 충분히 있고 말고. 자네도 한마디 해보게."

아버지는 목을 가다듬은 후, 더듬거리는 티베트 말로 이야기를 시작했다. "만일 깡르썬거가 자신이 전생에 아니마칭 설산의 설산사자였다는 걸 증명해낸다면, 그렇다면 깡르썬거는 우리 모두가 경배해야 할 신일 겁니다. 그리고 그 신의 주인은 샹아마의 일곱 아이들이며, 그 신은 위엄을 가진 철봉라마 짱짜시의 보호를 받기도 했습니다. 그런데 여러분은 아직도 집요하게 신의 주인 손과 신의 보호자 손을 자르기 원하신단 말입니까?"

따거리에가 다시 목소리를 높였다. "깡르썬거가 신인지 아닌지, 그건 아직 누구도 모르잖소. 내가 아까 얘기하지 않았소? 그놈은 반드시 용맹과 지혜로 자기 전생의 위엄과 인자함을 증명해야만 한다고. 그렇지 않으면 우리도 그가 뛰어난 신성을 가진 설산사자라는 걸 믿을 수 없소이다."

아버지가 천천히 설명을 했다. "깡르썬거는 벌써 증명했습니다. 어제부터 오늘까지 계속 피투성이가 되도록 싸웠습니다. 깡르썬거는 하늘을 떠받칠 만한 영웅의 기개를 지닌 승리자입니다."

따거리에는 오만하게 단언했다. "깡르썬거가 누구를 이겼든 전부 무효란 말이오. 짱아오 대왕 호랑이머리가 이 자리에 와 있소. 대왕은 깡르썬거를 처리하러 여기에 온 거요. 그놈의 깡르썬거인가 뭔가, 대왕을 만나자마자 신통력이 사라지는 건 아닐 테죠?"

마침내 쒀랑왕뛔이 두령이 끼어들었다. "그럼요, 그럼요. 깡르썬거가 우리들의 짱아오 대왕을 이길 수 있다면 부락연맹회의는 당연히 결정을 번복할 의사도 있습니다. 우리는 샹아마의 일곱 원수들이 깡르썬거의 주인이며, 짱짜시가 깡르썬거의 주인인 그 아이들뿐만 아니라 깡르썬거를 보호했었다는 사실도 죄다 기억하고 있답니다.”

이것은 타협의 말투였다. 쒀랑왕뛔이 두령은 이로써 따거리에 두령과 다른 자신의 견해를 은근히 암시했다. 그러니까 부락연맹 회의의 세 가지 결정을 교묘하게 인과관계를 가진 결정으로 바꿔 버렸다.

이제 깡르썬거는 반드시 자신을 증명해야만 했다. 더불어 샹아마의 일곱 원수들과 짱짜시를 징벌하느냐 마느냐는 문제 역시 깡르썬거가 패배하느냐 승리하느냐에 따른 필연적인 결과가 될 것이다.

바이 주임은 초조하게 맞섰다. “이 결정은 적절하지 않습니다. 일곱 아이들과 한 어른의 운명이 어떻게 짱아오 한 마리에게 달려 있습니까?”

반면 아버지는 곁에 있는 깡르썬거를 툭툭 치며 속삭였다. “들었지? 모든 건 너한테 달려 있어. 네가 지금 여덟 사람의 운명을 쥐고 있다고.”

깡르썬거는 의미심장하게 고개를 끄덕였다.

마이 정치위원은 쒀랑왕뛔이 두령을 바라보며 갑자기 물었다. “두령께서는 깡르썬거가 짱아오 대왕을 이기기만 하면, 샹아마의 아이들과 짱짜시가 사면되어 자유의 신분을 얻을 수 있다고 말씀하시는 겁니까?”

쒀랑왕뛔이는 고개를 끄덕였다. 그리고 따거리에 두령을 보며 대답을 했다. “그럼요. 그럼요.”

따거리에는 “흥!” 콧방귀를 뀌더니 둔탁한 목소리로 쏘아부쳤다. "그건 샹아마의 원수놈들하고 배신자 짱짜시의 마지막 희망쯤으로 해두죠. 하지만 나도 감히 말할 수 있소. 양털은 하늘로 날아갈 수 없듯이 깡르썬거도 우리의 짱아오 대왕을 이길 수 없어요. 놈은 신이 아니에요. 아니마칭 설산에서 온 설산사자도 아니고요. 놈을 믿었다가 당신네들만 후회하게 될 거요. 외지에서 오신 존경하는 손님 여러분, 시제구 초원에 와서 이곳의 고기를 먹고 이곳의 차는 마셔도 되지만 부락의 일에는 간섭하지 말아주시기 바랍니다. 복수는 하늘의 진리이자 초원의 전통입니다. 우리 조상님들도 말하지 않았던가요? '모든 것 위에 신이 있다. 모든 것 아래에는 사람이 있다. 사람과 신 사이에는 복수가 있다.'라고요."

그때 아버지가 나섰다. "그럼 저도 신입니다. 저는 설산사자의 목숨을 건졌고, 검은 짱아오 나르의 목숨도 구했습니다. 시제구사의 단쩡활불이 말씀하길, 설산사자의 화신을 시제구 초원에 데리고 온 한인은 상서로운 사람이기에 반드시 극진히 대접해야 한다고 하셨습니다. 초원의 사람들은 제가 먼 곳에서 온 한 보살로, 시제구 초원에 축복을 가져다주기 위해 이곳에 왔다고 했습니다. 이건 기적이라고요. 여러분 들어보셨나요?"

쒀랑왕뛔이 두령이 공손하게 몸까지 굽히며 거들었다. "들어봤죠. 물론 들어봤고 말고요. 제 마음속으로는 진작부터 당신을 위해 촛불을 켜고 향을 올리고 있습니다."

이 상황이 영 못마땅한 따거리에는 큭큭 웃으며 비아냥댔다. "저도 들었소이다. 하지만 이 몸은 부처의 책망도 무서워하지 않는 신도라서요. 제가 하려는 일이 바로 신에게 신통력을 나타내도록 위협하는 일입니다. 빨리 깡르썬거한테 일어나 싸우게 해보시죠. 진정 위대한 짱아오는 사람의 보호 아래서 구차하게 삶을 구걸하지 않으니까요. 우리 무마허 부락의 짱아오들을 보시죠. 또 먼 길을 달려온 짱아오 대왕 호랑이머리도 보시고요. 이놈들은 손바닥 안의 마노나 소똥 우리 안에 갇힌 양이 아닙니다. 그들은 들판에서 살아가죠. 또 우리의 마음속에서 살아가고요. 우리는 그들에게 비할 수 없는 존경을 보내지만 겉으로는 전혀 그들을 가까이하지 않았습니다. 심지어 그들에게 따뜻한 말 한 마디 건네지 않았죠. 이놈들은 자식도 아니고, 계집도 아니기 때문에 날마다 끼고 살 수는 없는 것이지요. 이놈들은 캄캄한 밤을 질주하며 소리치는 야수랍니다. 북풍한설 몰아치는 때에 빛을 번득이는 빙산이고요. 또 앞을 막아선 거대한 바위를 밀치면서 높은 파도를 일으키고 몰아치는 큰 물, 하늘의 천근만근 우레를 머리에 이고 있는 산림의 거목들, 드넓은 황야, 겨울의 광풍폭설, 대초원이 짜낸 자신의 형상입니다. 그들은 한인들의 개처럼 주인의 곁에서 떨어지지 않고 아양을 떨어 주인이 안아주고 보듬어주는 개가 아닙니다."

발언을 마친 따거리에 두령은 자신의 청산유수 같은 언변에 도취되었다. 치메이 청지기 역시 거침없이 통역을 했다. 사람들은 모두 홀린 듯이 그들을 바라보았다.

그러나 누구도 깡르썬거의 종적에는 주의하지 않았다. 따거리에 두령이 자신을 조소한 말을 전부 알아들은 깡르썬거는 화가 머리 끝까지 치밀어 기절할 뻔했다. 그는 조용히 아버지의 품을 빠져나왔다. 따거리에의 연설에 정신이 팔린 연회장의 인파를 벗어난 뒤

짱아오 대왕 호랑이머리에게 다가갔다.

짱아오 대왕은 혼자 생소고기 한 덩어리를 먹는 중이었다. 깡르 썬거는 대왕의 뒤편으로 바람처럼 달려들어 면전에서 고기를 빼앗았다. 짱아오 대왕은 하도 놀라 깡르썬거가 꿀떡꿀떡 고기를 삼키는 모습만 바라보았다. 달려들어 고기를 다시 뺏어오지도 않았다. 화를 내며 결투를 신청하지도 않았다. 심지어 감정이 드러나는 신음 소리 하나 없었다.

대왕은 이것이 상대방이 내민 도전장이요, 극도의 경멸을 담은 희롱이라는 것을 잘 알고 있었다. 상대는 대왕의 지존한 위엄에 아주 성공적으로 '철썩' 큰 따귀를 올렸다. '너는 짱아오 대왕이 아니더냐? 짱아오 대왕은 함부로 건드릴 수 없다는 건 나도 잘 알고 있다. 바로 그렇기 때문에 너의 고기를 빼앗은 것이다.'

대왕이 깡르썬거를 뚫어져라 바라본 것은 그의 대단한 실력이 자신의 상상을 훌쩍 넘어섰기 때문이었다. '깡르썬거가 뒤에서 살금살금 다가왔는데도 나는 아무것도 느끼지 못했다. 나는 이것을 용서할 수 없다. 놈이 내 입가까지 왔는데 아무것도 느끼지 못하고, 놈의 습격을 허용했다는 것은 이미 한 수 지고 들어갔다는 의미이다. 더 중요한 건 깡르썬거가 방금 내 목을 물어챌 수 있는 완벽한 기회를 얻었다는 점이다. 그런데 놈은 그렇게 하지 않았지. 이건 놈이 소인배가 아니라 군자라는 뜻이다. 그러니까 깡르썬거는 광명정대한 방법으로 나하고 겨뤄보겠다는 것이로군. 광명정대한 삶이나 죽음을 소망하는 짱아오라면 분명 출중한 능력과 자신감을 지녔다. 이런 놈은 죽여버려야 마땅하다. 그렇지 않고선 나

자신이 살아갈 체면도 용기도 잃게 될 테니까.'

짱아오 대왕 호랑이머리는 여전히 눈을 부릅뜨고 깡르썬거를 바라보았다. 검은 짱아오 나르가 성큼성큼 민첩한 걸음걸이로 깡르썬거 곁으로 다가오는 게 보였다. 대왕은 눈을 껌뻑거리다가 집광등마냥 강렬한 눈빛을 보내었다. 눈빛과 함께 그도 그녀의 앞에 도착했다. 그리고 나르가 전혀 방비하지 않은 상황에서 크게 한 입을 물었다. 나르는 시어머니 앞에 잘못을 한 며느리처럼 아무 말도 못하고 뒤로 물러났다.

대왕은 그녀의 목을 아주 예민하게 물었다. 뼈를 물어 부수지는 않았다. 그렇다고 아무런 상처도 입히지 않은 것은 아니었다. 그는 깡르썬거의 가슴에 상처를 입히고 싶었다. 피는 검은 짱아오 나르의 귀뿌리에서부터 흘러나왔다. 깡르썬거에게 본때를 좀 보여주고 싶었다. '네놈이 내 고기를 훔쳐갔으니 나는 네 아내를 못살게 굴겠다.'

존엄한 결전을 앞둔 쌍방은 같은 처지였다. 짱아오 대왕과 깡르썬거는 특히 사랑에 약한 남자들이었다. 존엄에 도전하는 가장 효과적인 방법은 상대의 여인을 공격하는 것임을 꿰뚫고 있었다.

깡르썬거는 아직 다 삼키지 못한 고깃덩어리를 급히 뱉어내고 달려가 가슴 아프게 나르의 귀에서 나는 피를 핥아주었다. 그리고 포효했다. 혀에 묻어 있던 혈액의 포말이 짱아오 대왕의 얼굴에 튀었다. '너 같은 놈이 무슨 왕이냐? 여인을 괴롭히다니? 게다가 왼쪽 눈마저 보이지 않는 불쌍한 여인을.'

짱아오 대왕은 갈기를 한 번 세웠다가 스르르 내려뜨렸다. 그는 차가운 웃음으로 답했다. '누가 너더러 내가 먹던 고기를 뺏어가라고 하더냐? 내가 먹는 고기가 너를 기분 나쁘게 한 것도 아니잖느냐?' 이렇게 말하며 앞으로 달려갔다. 하지만 깡르썬거 앞으로 다가가기 전에 다시 멈춰섰다. 짱아오 대왕은 끔찍한 전투가 시작될 것이니 신중에 신중을 기해야 한다는 사실을 다시 한 번 머리에 새겼다.

연회는 끝났다.

하루 중 롱바오 설산이 은빛과 옥빛을 발하는 마지막 순간이었다. 하늘을 까맣게 뒤덮은 검은목 두루미들이 "깍, 깍." 울어대며 집을 찾아가는 황혼이었다. 사람들은 짱아오 대왕 호랑이머리와 설산사자 깡르썬거가 대치하고 있는 곳으로 몰려왔다. 따거리에 두령, 쒀랑왕뛔이 두령, 치메이 청지기와 계속 어두운 얼굴로 아무 말도 하지 않는 강도 자마춰는 모두 자연스럽게 짱아오 대왕의 뒤에 섰다.

마이 정치위원은 나지막이 아버지에게 이야기했다. "정말 대왕답군. 저렇게 위풍당당하니, 저리 멋진 야수를 보기는 내 생전 처음이네. 그런데 저놈이 갑자기 나한테 달려와 물지는 않겠지?"

"왜 위원님을 물어요?"

아버지의 질문에 마이 정치위원은 아주 진지하게 대답했다. "그야 내가 여기서 제일 높은 사람이니까!"

아버지가 안심을 시켰다. "안 그럴 겁니다. 초원의 짱아오들은 위풍당당할수록 사람을 함부로 물지 않거든요. 사람을 함부로 무는 건 전부 티베트 개들 나부랭이예요."

마이 정치위원은 여전히 근심에 싸여 있었다. "그런데 따거리에 두령의 말이 맞는 듯하네. 양털은 하늘로 날아갈 수 없다고. 깡르썬거도 대왕을 이기지는 못할 것 같아."

"저도 그렇게 생각합니다."

아버지의 대답에 마이 정치위원은 깜짝 놀랐다. "아니, 자네까지 그렇게 생각하나?"

아버지가 대답이 없자 그는 재빨리 몸을 돌려 바이 주임에게 지시했다. "사람을 구하려면 우리도 깡르썬거에게만 희망을 걸어서는 안 되겠네. 자네 빨리 돌아가 시제구사의 단쩡활불을 모셔오게."

바이 주임이 주저하면서 대답했다. "시간이 너무 촉박할 것 같은데요."

마이 정치위원이 다시 재촉했다. "내가 손목 자르기 형벌 집행 시간을 내일까지 연기시켜 보겠네." 그리고 자신을 둘러싼 부하들에게 말했다. "한짜시가 썼던 방법을 오늘 우리가 써먹어야겠다. 조금 후에 만일 깡르썬거가 대왕을 이기지 못하고, 이 사람들도 꼭 짱짜시의 손을 잘라야만 하겠다고 고집을 피운다면, 이곳에 있는 우리 한인들은, 물론 나를 포함해서, 전부 일어나 자기 손을 자르는 거동으로 이 폭력현장을 저지하도록 한다."

아버지는 별 것 아니라는 듯 웃으며 동의했다. "좋습니다. 실은 저도 그렇게 생각하고 있었어요."

다른 사람들은 모두 시무룩하게 고개를 끄덕였다.

태양은 설산의 정상에 멈추었다. 온 땅 가득한 햇빛은 마치 설산에서 내려온 빛 같았다.

짱아오 대왕 호랑이머리는 석양 아래서 또 하나의 위대한 설산으로 변했다. 산이 주저앉았다가 뛰어올 때 깡르썬거의 몸도 뛰어올랐다.

깡르썬거는 본래 대왕의 공격을 피하려고 했다. 그러나 공중으로 뛰어오른 그 순간, 그는 피하지 않기로 마음먹었다. 그는 맞서나갔다. 대왕을 응원하는 시제구 사람들은 두렵지 않았다. 계란으로 바위를 치는 이 상황도 전혀 두렵지 않았다.

깡르썬거는 짱아오 대왕 호랑이머리를 맞아 힘차게 앞으로 달려나갔다.

# 27

새벽녘, 메이둬라무는 소똥 돌집의 문을 두드렸다.

사방은 온통 개떼로 새카맸다. 그녀의 바지에 쓸리는 놈도 개였다. 회색 늙은 짱아오는 그녀 곁에 바짝 다가서서, 아주 작은 틈만 열려도 문을 밀치고 뛰어 들어갈 준비를 하고 있었다. 그러나 그녀는 문을 열지 못했다. 아무리 문을 두드려도 쥐죽은 듯한 정적만이 들려왔다.

안에는 분명 사람이 있다. 빗장은 안에서 잠겨 있으니까. 까치발을 들어 창문으로 안을 살펴보고 싶었다. 그러나 창문이 너무 높았다. 주위를 둘러보며 밟고 올라설 만한 물건을 찾았지만 개외에는 아무것도 보이지 않았다.

그녀는 회색 늙은 짱아오의 머리를 톡톡 두드리며 말했다. "미안한데, 집 안을 좀 확인해보고 싶어서 그래. 네 등을 밟고 올라가면 안 될까?"

회색 늙은 짱아오 역시 왜 안에서 아무런 인기척도 나지 않는지를 연구하던 중이었다. '죽은 거 아니야?' 그는 메이뒤라무의 아름다운 얼굴을 바라보며 순하게 창문 아래에 섰다.

메이뒤라무는 그의 등을 밟고 흔들흔들 위로 올라섰다. 그리고 마음이 놓이지 않은 듯 말했다. "똑바로 서 있어야 해. 날 떨어뜨리면 안 돼." 안을 들여다보고는 깜짝 놀랐다. '리니마가 왜 카펫에 꼼짝도 안 하고 쓰러져 있는 거야?' 그녀는 소리를 쳤다. "리니마! 리니마!"

그녀의 몸이 순간 휘청하더니 회색 늙은 짱아오의 등 위로 엎어졌다. 회색 늙은 짱아오는 걱정스러운 듯 말했다. '조심해!'

메이뒤라무는 일어나 발로 문을 걷어차보다가 돌아서 쿵쾅쿵쾅 돌계단을 뛰어 내려갔다. 짱아오와 티베트 개들이 일제히 그녀에게 길을 열어주었다. 개들은 모두 그녀를 알고 있었다. 일찍부터 알고 있었다. 초원 사람들이 일찍부터 그녀를 알고 있었던 것처럼. 그녀는 아름다운 아가씨였다. 아름다운 아가씨가 초원에 오자마자 선녀가 되었는데, 어느 누군들 알고 싶지 않을까?

시제구 초원의 모든 영지견, 집지기 개와 양치기 개들 사이에는 소문이 파다했다. '선녀가 왔대. 그 선녀는 한인 아가씨인데 이름은 메이뒤라무래.' 그래서 개들은 그녀를 봤든 아니든 상관없이 물지 않았다. 그녀가 톄빠오진 짱아오를 총으로 쏘아죽인 리니마와 한 패라는 것을 알면서도 도와주었다.

메이뒤라무 역시 만나는 모든 개들과 친해졌다. 천성적으로 개를 무서워하지 않는 성격이었다. 아무리 무섭게 생긴 개라도 처음 만날 때부터 대담하게 머리를 만졌다. 그녀는 빽빽한 개들 사이를 시원스럽게 뚫고 가며 녀석들을 밀기도, 만지기도 했다.

검은 짱아오 한 마리가 넋이 나간 듯 그녀를 바라보며 길을 비킬 생각을 하지 않았다. 갈 길이 급했던 그녀는 개의 다리를 툭 걸어차며 얼른 말했다. "미안해." 오만하고 무서운 신들의 얼굴을 하고 있던 검은 짱아오는 꼬리를 주먹처럼 말아쥐며 이해한다는 듯 그녀를 향해 힘껏 꼬리를 흔들었다.

그녀는 이야기했다. "너희들 다른 데로 가. 이곳을 둘러싸고 뭐 하는 거니? 너희들 리니마를 먹어치우려고 그러는 거지? 그럼 안 돼. 리니마는 내 동료란 말이야."

마침내 겹겹이 둘러싼 영지견들의 포위망을 뚫고 나온 그녀는 젖 먹던 힘까지 다해 달려갔다. 리니마의 생사가 걸린 이 순간에 메이둬라무가 생각해낸 사람은 시제구사의 주지 단쩡활불과 티베트 의원 가위둬였다.

반 시진 후, 단쩡활불은 티베트 의원 가위둬와 두 명의 철봉라마를 대동하고 빠른 걸음으로 소똥 돌집 앞으로 왔다. 활불로서 그는 어느 누구보다도 한 사람의 존망에 신경을 곤두세웠다. 메이둬라무는 멀리 그들의 뒤로 처졌다. 단쩡활불은 철봉라마들에게 철봉으로 소똥 돌집의 문을 부수게 했다. 얼른 안으로 들어가보니, 혼절했던 리니마가 문 부수는 소리에 놀라 깨어나 있었다.

회색 늙은 짱아오는 이때를 놓치지 않고 안으로 잠입하는 데 성공했지만 곧바로 들어온 철봉라마에게 쫓겨났다. 회색 늙은 짱아오는 애처롭게 울어댔다. '끝이다. 모든 게 끝장났다!'

시제구사의 라마들이 나타난 이상 리니마는 죽지 않을 게 분명

했다. 그는 문간을 배회하면서 하늘을 바라보며 장탄식을 내뱉었다. '우리의 톄빠오진 짱아오를 이렇게 억울하게 보내야 한단 말인가? 짱아오 대왕이시여! 어디에 계십니까? 저는 원수에게 복수하고 원한을 갚는 신성한 사명을 완수하지 못했습니다. 대왕께 이 사실을 어찌 아뢴단 말입니까?'

티베트 의원 가위퉈는 리니마의 혀를 살피고 맥박을 짚어보았다. 그리고 표범가죽 약부대에서 자염화紫鹽花와 곰의 결석, 선인강仙人姜, 단향檀香, 유향乳香, 정향丁香 등 티베트의 약재로 만든 '십육지명十六持命'을 꺼냈다. 또 손수 담근 색화소혼色花消魂이라 불리는 티베트 쑥술이 든 작은 금색 병을 꺼내 리니마에게 약과 함께 마시게 했다. 단쩡활불은 리니마를 사원에 데리고 가 유리호법琉璃護法 바이하얼白哈爾(티베트 불교의 세간 호법신 중 주신)의 보살핌 아래 세심한 치료를 받아야 하지 않겠는가 물었다.

가위퉈가 말했다. "바이하얼의 분노의 광선에 비칠 필요는 없습니다. 이 사람은 놀랐을 뿐이니 걱정하실 것 없습니다. 숨을 좀 돌리면 곧 좋아질 겁니다."

단쩡활불은 자신의 자줏빛 승복을 벗어 리니마의 몸에 둘러주었다. 이것은 모든 공격을 엄히 막을 수 있는 지존한 갑옷을 둘러준 것과 마찬가지였다. 이제는 짱아오와 그 대왕을 포함한 어떤 개도 어떠한 이유에서든 리니마를 쫓거나 물 수 없다.

이때 메이둬라무가 숨을 헐떡거리며 들어왔다. 깊은 숨을 내쉬며 그녀가 말했다. "아직 살아 있네요. 죽지 않았어요. 스님들께 감사드립니다."

웃통 벗은 빠어추쭈도 유령처럼 문간에 나타났다. 그는 고개를 빠끔히 내밀고 안에 있는 사람을 바라보았다. 리니마가 단쩡활불의 승복을 몸에 감고 있는 걸 보자 기분이 나쁘다는 듯 침을 뱉었다. 메이둬라무가 뒤를 돌아보았다.

그녀는 빠어추쭈를 보자마자 얼른 손을 뻗쳐 귀를 잡아당기며 물었다. "이 개들, 전부 네가 불러온 거니?" 빠어추쭈가 아무 대답도 하지 않자 그녀가 또다시 이야기했다. "사실 개들은 전부 좋은 녀석들이야. 요 꼬마녀석이 나쁜 것만 가르쳐서 그렇지. 이제 난 너랑 이야기 안 할 거야."

말을 끝낸 메이둬라무가 그를 놓아주었다. 빠어추쭈는 고개를 들고 까만 눈동자를 반짝거리며 그녀를 쳐다보더니 갑자기 '쿵쿵' 소리가 울리도록 발을 동동 굴러댔다.

메이둬라무가 살짝 면박을 주었다. "네 장화 자랑은 그만 하렴. 장화 신은 게 뭐 그리 대단하다고 그러니?"

눈을 반짝반짝 빛내던 빠어추쭈는 그녀의 말뜻을 이해했다는 듯 입을 열었다. "장화를 신었으니까 나도 이제 남자예요. 남자는 호법신이 될 수 있어요."

단쩡활불과 티베트 의원 가위둬는 고개를 들어 놀란 얼굴로 그를 쳐다보았다.

가위둬가 물었다. "너, 호법신이 되고 싶니? 호법신이 되면 뭘 할 건데?"

"호법신이 되면 저도 메이둬라무를 보호할 수 있어요."

단쩡활불과 가위둬는 메이둬라무를 멀뚱멀뚱 쳐다보았다.

티베트 말을 모르는 메이둬라무가 그들 사이에 오간 이야기가
무엇인지 물었다. "지금 무슨 얘기들을 하고 계시나요?"

아무도 대답하지 않았다. 가위둬는 손을 휘휘 내저으며 빠어추
쭈를 밖으로 내보냈다.

영지견들은 여전히 집 밖을 어슬렁거렸다. 하지만 조금 전과 같
은 흥분과 경계는 이미 사라진 후였다. 한 놈 한 놈 모두 피곤해죽
을 지경이라는 듯 연신 하품을 하며 땅에 엎드렸다. 그들은 늙은 회
색 짱아오의 명령만 기다리고 있었다. 그의 명령에 따라 이곳을 떠
나든지, 먹을 것을 찾아가든지, 아니면 잠이나 실컷 자려고 했다.

회색 늙은 짱아오는 돌계단을 내려가 코를 치켜들고 전후좌우
공기를 힘껏 들이마셨다. 그는 지금 짱아오 대왕을 찾는 것이야말
로 자신이 반드시 해야 할 일임을 알고 있었다. 대왕에게 자신의
실패를 알리고, 매서운 처벌도 감수해야 했다. 그는 다 쉬어 나오
지도 않는 목소리로 몇 번을 울어댔다. 영지견들에게 알리는 소똥
돌집의 포위 공격 취소 명령이었다. 동료들이 하나 둘 예루허 강변
으로 떠나는 것을 보며 목구멍 가득 증오와 슬픔과 우울함을 안고
자신이 확신한 길을 향해 떠났다.

얼마 가지 않아 회색 늙은 짱아오는 멀리서부터 다가오는 말발
굽 소리를 들었다. 눈을 들어보니, 바이 주임 바이마우진이 바람
같이 달려오고 있었다. 의아했다. '돌아왔군. 그런데 어떻게 혼자
서 왔지? 저렇게 급히 달려가는 걸 보니 무슨 일이 생긴 건가?'

하지만 그는 걸음을 멈추지 않고, 앞으로 걸어갔다. 갑자기 두
려움으로 정신이 아득하고 가슴이 두근거렸다. 자기도 모르게 달

리기 시작했다. 빠르게 느리게 리듬을 타며 달렸다. 치켜든 네 발은 북채마냥 초원을 두들기고 그의 심장을 두들겨댔다.

'짱아오 대왕 호랑이머리를 만나야 해. 반드시, 당장 대왕을 만나야 해. 대왕님! 어디 계신 겁니까?'

소똥 돌집 안에서 바이 주임 바이마우진은 단쩡활불에게 무마허 부락에서 발생한 모든 일을 소상히 고했다. 그리고 속히 그와 함께 가서 짱짜시의 두 손을 구해주기를 청했다.

그러나 단쩡활불은 고개를 저으며 말했다. "짱짜시는 단마호법斷魔護法의 화신입니다. 소승이 간다 해서 뭘 어찌 하겠습니까? 찬귀贊鬼, 적귀敵鬼, 서귀誓鬼, 도귀刀鬼, 손모귀損耗鬼, 분노귀와 마마여마馬媽女魔가 전부 한 사람한테 달려들 때에도 저는 부처께서 길상천모의 법의法意 중에 그 얼어붙은 영혼들을 녹여주시기만을 기도할 것입니다. 조용히 변화를 기다립시다, 바이 주임. 제가 지금 해야 할 일은 향을 올리고 홀로 앉아 천하를 다니시는 무적 밀법의 비밀한 능력으로 시제구 초원에서 낭독狼毒(먹으면 짐승을 죽일 수 있는 풀)처럼 마구 자라나는 원한을 조금씩 없애나가는 것이오."

리니마가 힘겹게 통역을 했다. 바이 주임은 다급하게 청했다. "하지만 짱짜시는 활불의 제자가 아닙니까? 짱짜시는 초원의 단결을 위해 지금 이 지경이 된 거고요. 짱짜시에게 일말의 동정심도 없으십니까?"

단쩡활불은 선문답 같은 말로 거부했다. "물이 맑으면 강이 맑고, 산이 거룩하면 돌멩이도 거룩한 법이오. 부처의 선행은 곧 라마승의 선행이니 당신의 동정은 곧 저의 동정이나 마찬가지입니다. 저는 가야겠습니다. 신등神燈의 불빛이 지금 저를 이끌고 있습니다. 불단 앞의 청정무구야말로 제가 돌아가야 할 곳입니다."

바이 주임에게는 아직 하고 싶은 말이 더 남아 있었지만 단쩡활불은 그의 말을 듣지 않았다. 티베트 의원 가위튀와 철봉라마 둘을 데리고 총총히 문을 나섰다. 문 밖까지 따라나섰던 바이 주임은 자신을 상대도 않는 단쩡활불을 보고는 방 안으로 들어왔다. 그는 김이 빠진 듯 침대에 앉았지만 엉덩이가 데워지기도 전에 또다시 일어났다.

그러고는 승복을 두른 채 창백한 얼굴을 하고 있는 리니마와 한쪽에 서서 자신을 동정하듯 바라보고 있는 메이둬라무에게 당부했다. "이곳을 잘 지키고 있게. 안전에 유의하고. 아무 데도 가지 말고 여기 꼭 붙어 있어!"

리니마가 총을 가지고 다시 사고를 칠까 걱정이 되었는지, 바이 주임은 얼른 침대 밑을 더듬어 권총을 찾은 후 품에 넣었다. 그는 문밖으로 나와 말에 오르자마자 채찍질을 했다. 깡르썬거와 짱아오 대왕의 결투 결과가 마음에 걸렸다. 속히 마이 정치위원에게 달려가 보고를 해야 할 것 같았다. '단쩡활불이 이런 스님일 줄이야. 자기 제자가 병신이 될 판인데도 꿈쩍도 안 하는군. 정말 수련을 해도 엄청나게 하셨어.'

'삼매사주경三昧邪咒經'을 외며 띠아오팡산의 오솔길을 걷던 단쩡활불이 갑자기 물었다. "약왕라마는 지금 무엇을 생각하고 계시오? 왜 저와 함께 경을 외지 않소이까?"

가위퇴가 답했다. "저는 지금 깡르썬거를 생각하는 중입니다. 지금 어떻게 되었는지 모르겠군요."

단쩡활불이 다시 물었다. "깡르썬거가 걱정 되시오? 그럼 왜 직접 가보지 않으시오? 깡르썬거에게 지금 가장 필요한 건 아마도 약왕라마 당신일 것이오."

티베트 의원 가위퇴가 고개 숙여 인사를 했다. "활불은 선견지명을 가지고 계십니다. 저는 그럼 가보겠습니다."

이렇게 말하며 그는 멈춰섰다. 철봉라마 한 명이 날듯이 시제구사 곁 마구간으로 달려가 말 한 마리를 끌어다주었다.

단쩡활불은 시제구사의 가장 높은 곳에 위치한 밀종 찰창명왕전에 도착했다. 그는 벽에 붙은 경단經壇에서 '오마천녀 유희근본속鄔魔天女遊戲根本續'과 '마두명왕 유희근본속馬頭明王遊戲根本續'을 꺼내 품에 안았다. 이 책들은 시제구사에 전해오는 보전으로, 일설에 의하면 밀종조사 연화생이 친히 전수했다고 한다. 그는 대일여래와 길상천모, 집금강執金剛, 환희금강歡喜金剛, 승낙금강勝樂金剛, 대위덕 포위금강大威德布威金剛, 밀집금강密集金剛, 시륜금강時輪金剛, 음혈금강飲血金剛, 마두관음자재馬頭觀音自在, 금강해모金剛亥母, 대흑천, 묘장주 등등 티베트 밀종 천지신명의 법호를 칭송하며, 명왕전을 따라 일곱 개의 커다란 원을 그리며 돌았다. 그리고 만卍자가 씌어진 검은색 카디엔에 가부좌를 틀고 앉아 경을 외기 시작했다.

그는 본래 지난번 부락연맹회의가 끝났을 때처럼 암송하고 있는 '팔면흑적 염마덕가 조복제마경八面黑敵閻魔德迦調伏諸魔經'을 외고 싶었다. 하지만 생각만 하다 그만두었다. 설산사자 깡르썬거와 짱아오 대왕 호랑이머리와의 싸움, 사자와 호랑이의 전쟁은 이미 결과가 났을 것이다. 그를 두고 번민할 필요는 없다.

품안의 경전을 꺼내 펼쳐보았다. 단락을 선정해 오마천녀鄔魔天女와 마두명왕馬頭明王에 관련된 '유희근본속'을 돌아가며 읽기 시작했다. 예감 때문이었다. 그는 예감했다. 평화와 전쟁에 관한 예감이었다. 시제구 초원과 전체 칭궈아마 초원의 평화와 행복을 위해 경건한 기도를 올려야 했다.


깡르썬거는 산을 향해 나아갔다. 산은 순식간에 그를 덮쳤다. 짱아오 대왕 호랑이머리의 첫 번째 공격은 손쉽게 성공했다. 아버지와 마이 정치위원이 보기에 장난 같은 느낌마저 들었다. 마음속으로는 자신도 모르게 부르짖었다. '깡르썬거! 어떻게 된 거야!'

반면 그들 맞은편에 있는 무마허 부락의 강도 자마춰는 기쁜 듯 고함을 쳤다. "아오떠지! 아오떠지!"

그러나 깡르썬거만 아는 사실이 있었다. 짱아오 대왕은 사실 성공하지 못했다. 짱아오 대왕은 그의 목을 물어뜯지 못한 것이다. 깡르썬거는 땅에 넘어지면서 풀끝에 미끄러지듯 신속하게 한 바퀴를 돌았다. 짱아오 대왕은 깡르썬거의 엉덩이로밖에 달려들 수 없었다. 그러나 엉덩이는 점잖지 못한 곳이었다. 대왕의 송곳니와 그의 엉덩이는 아주 가까이 있었지만 대왕은 품위를 손상시켜가며 물어뜯고 싶지 않았다.

대왕에게는 신분에 걸맞은 체면이 있다. 그는 항상 자신은 무쇠로 만든 사나이요, 대가의 풍모를 지닌 지도자라고 여겼다. 정정당당한 삶을 살아야 했다. 그래서 함부로 싸우지도 않을 뿐 아니라 싸울 때에도 고상한 품격과 절개를 보여주어야 했다. 게다가 대왕이 다른 짱아오와 싸운다는 것은 언제나 상대에 대한 징벌을 의미했다. 지도자의 신분과 기질을 지닌 위치에서 침입자를 징벌하기 위해서는 더더욱 광명정대함이 필요하다. 용감하고도 사나이답게 달려들어 한 입에 상대의 목구멍을 물어뜯을 때에도 반드시 왕자다운 품격을 유지해야만 했다. 대왕의 목표는 상대를 이기는 것이 전부가 아니다. 자신의 높디높은 위엄을 세워 세세토록 잊히지 않을 영웅담을 남겨야만 했다.

그러나 깡르썬거에게는 그런 위엄이 필요 없었다. 짱아오의 대왕도 아니고, 지위나 신분이 주는 부담감은 더더욱 없었다. 정정당당한 싸움으로 큰 인물다운 장엄함과 위대함을 보여줄 필요도 없었다. 그는 한껏 무시당하는 침입자의 하나일 뿐이다. 그가 싸움을 하는 이유도 살아남기 위해서, 주인을 구하기 위해서일 뿐 결코 자신의 위용을 과시하기 위한 것이 아니었다.

그래서 그는 비열할 수 있었다. 교활할 수 있었다. 웃는 얼굴 뒤로 간사함을, 비단 옷자락 뒤로 칼을 숨길 수 있었다. 그의 좌우명은 '무지개를 뚫을 만큼 높은 기상도 필요 없다. 한 입에 상대의 목을 물기만 하면 충분하다.'였다.

위대한 짱아오 대왕이 넘어진 상대의 엉덩이를 물어뜯지 않고 품위를 유지할 때, 위대하지 않은 깡르썬거는 몸을 뒤로 움츠렸다가 네 발을 뻗는 동시에 짱아오 대왕의 부드러운 뱃가죽을 긁었다. 호랑이 발톱 같은 짱아오의 발톱이었다. 그 발에 응집된 괴력은 황소 한 마리도 넘어뜨릴 수 있으며, 발톱은 소가죽 두 장이라도 찢어버릴 만했다.

하지만 깡르썬거는 대왕의 뱃가죽을 찢지 못했다. 대왕은 아랫배에 단단히 힘을 주어 안으로 집어넣고, 상대방의 치명적인 공격을 피해 가볍게 옆으로 물러섰다. 대왕의 마음에는 이런 생각이 스쳤다. '깡르썬거 이 녀석의 마음 씀씀이가 아주 비열하구나. 감히 아래쪽에서 공격하려 들다니. 하마터면 녀석에게 당할 뻔했다.'

짱아오 대왕은 가슴을 쓸어내리며 고개를 흔들었다. 그러나 다시 깡르썬거를 발견했을 때 대왕은 놀라움을 금치 못했다. 깡르썬거는 이미 땅에 있지 않았다. 눈앞의 공중에 있었다.

조금 전의 발 휘두르기 공격이 효과를 거두리라고는 깡르썬거도 기대하지 않았다. 그것은 대왕이 다른 곳으로 물러서기를 바란 공격이었다. 대왕이 급히 몸을 피할 때 그는 공중으로 뛰어오를 수 있었다. 즉, 일어나서 달려드는 두 개의 동작을 합해 하나의 동작으로 변환시켰다. 그 속도가 어찌나 빠른지 그가 조금 전 땅에 넘어졌다고 도저히 믿기지 않을 정도였다.

짱아오 대왕은 달려들어 맞붙을 여유조차 없었다. 서둘러 다른 곳으로 피할 수밖에 없었다. 이것은 위험을 피하려는 동물적인 신체본능에서 나온 것일 뿐, 대뇌의 지령에 의한 게 아니었다. 대뇌의 지령은 일관되게 알렸다. '피하는 것은 대왕의 몫이 아니다. 짱아오 대왕의 또 다른 이름은 용감한 전진이다.'

본능적으로 몸을 피했지만 대뇌의 지령과 어긋나는 행동을 하고 만 대왕의 동작은 눈에 띄에 느려졌다.

깡르썬거의 이빨은 쨩아오 대왕의 눈동자를 향해 사납게 날아들었다. 더욱 낭패스러운 것은 깡르썬거의 교활함 속에 또 다른 교활함이 숨겨져 있었다는 사실이다. 눈 공격 전술은 여전히 성동격서식 위장전술이었다. 대왕은 순간 몸을 움츠리며 고개를 돌렸다.

목덜미가 드러났다. 깡르썬거가 한 입에 물어뜯어야 할 목표 지점이었다. 대왕의 목이 물렸다. 뜯긴 곳이 목구멍도 아니고 굵은 혈관도 아니고 피가 콸콸 솟지 않고 조금씩 스며나왔지만, 쨩아오 대왕 호랑이머리의 위상과 존엄은 이미 크게 손상을 입었다.

강도 자마춰는 다급하게 고함을 쳤다. "아오떠지! 아오떠지!"

뱃속에서부터 끓어오르는 분노와 패기로 인해 쨩아오 대왕의 눈매에 살기가 번졌다. 결코 이런 충격을 용인할 수 없었다. 유일한 방법은 반격이었다. 그는 뒤로 한 번 튀어오르더니 발이 땅에 닿기도 전에 앞으로 뛰쳐나갔다. 모든 동물 중 가장 빠른 속도의 공격이었다.

이런 공격은 깡르썬거도 경험해본 적이 없었다. 아직 도망칠 준비도 되지 않았는데 그의 목은 이미 대왕의 송곳니 아래 놓였다. 호랑이머리 대왕만이 가진 여섯 날 송곳니였다. 이제껏 대왕이 상대한 동물들 중에 이 송곳니 앞에서 피의 대가를 치르지 않은 자가 없었다. 설산사자 깡르썬거 역시 예외가 아니었다.

깡르썬거도 부상을 당했다. 싸움이 시작되기 전 그는 생각했었다. '대왕의 송곳니가 절대로 내 몸에 닿게 해서는 안 된다.'

대왕의 송곳니는 여섯 날이었다. 몸에 닿기라도 했다가는 큰일이었다. 하지만 깡르썬거는 물러서지 않았다. 특유의 기민함으로 대왕이 공격하는 방향을 타고 미끄러지듯 피했다. 그의 목도 미끄러지듯 빠져나왔다. 대신 어깨를 물렸다. 가죽이 찢기고 살이 터지는 소리가 그에게 알려주었다. '쨩아오 대왕은 확실히 대왕이다.'

그는 완벽하게 빠져나오지 못한 것이다. 비록 미끄러지듯 빠져나온 깡르썬거의 속도가 대왕의 예상을 넘어섰지만.

쨩아오 대왕 호랑이머리는 궁금했다. '분명 저놈의 목을 물어뜯었는데 왜 피가 어깨에서 나는 거지?' 대왕은 상대의 목이 자신의 공격을 피해 빠져나갔다는 사실을 믿을 수가 없었다. 하지만 아무리 봐도 상대의 목은 멀쩡했다. 쨩아오 대왕과 대립각을 세울 만한 설산사자다웠다.

깡르썬거의 피는 어깨로부터 흘러내렸다. 많은 양이었다. 여섯 날 송곳니의 파괴력은 두 날이나 네 날짜리 송곳니보다 압도적으로 컸다. 깡르썬거의 출혈은 대왕의 두 배는 될 듯했다.

그렇다 한들, 대왕으로서 깡르썬거에게 입은 수치를 결코 씻어낼 수 없었다. 대왕은 목덜미에서 피를 흘리고 있었다. 그의 목덜미는 어떤 날카로운 이빨에도 침범당한 적이 없는, 고귀하고도 위대한 신체였다. 새하얀 갈기털이 비단처럼 나부끼며 우뚝 솟은 빙산 같은 위용을 자랑하던 목덜미였다. 피에 물들어서는 안 될 자신의 목을 위해 대왕은 다시 한 번 공격을 감행했다.

깡르썬거는 다시 상처를 입었다. 그러나 이번에도 목은 아니었다. 다른 한 쪽 어깨였다. 깡르썬거는 지금 자신이 목구멍을 피해 다른 곳을 찢기는 것만 해도 다행이라는 것을 알고 있었다. 공격해 들어오는 송곳니를 말끔하게 피한다는 것은 불가능했다. 상대는 짱아오 대왕, 명실상부한 최고의 장수였다. 여섯 날 송곳니가 찢어놓은 상처는 매우 컸다. 피는 콸콸 쏟아져나와 깡르썬거의 굵은 두 다리를 붉게 물들였다.

"아오떠지! 아오뛰지!" 강도 자마춰의 응원 소리가 높고 우렁차게 울렸다.

짱아오 대왕 호랑이머리의 공격이 또다시 이어졌다. 깡르썬거도 힘차게 뛰어올랐다. 둘 다 전력을 쏟아부었다. 둘 다 전광석화 같았다. 짱아오 대왕은 공격을 하고, 깡르썬거는 후퇴를 하는 상황이었다. 하지만 후퇴가 공격보다 빨랐다. 깡르썬거는 안전하게 땅에 착륙했다.

아무것도 물어뜯지 못한 대왕의 큰 입은 공허하게 벌어졌다가 닫혔다. 그는 송곳니를 드러내며 멸시를 가득 담아 전했다. '실력이 있다면 나와서 나와 함께 싸우거라! 피하는 게 무슨 실력이라고 그래!'

깡르썬거는 피하기만 했다. 잠시 대왕을 피해 날카로운 화살처럼 펄쩍펄쩍 한쪽으로 피한 그는 고개를 돌려 묵묵히 자신의 상처를 핥았다. 검은 짱아오 나르가 쫓아와 가슴 아픈 듯 같이 핥아주었다. 피는 금방 멈추었다.

다른 한쪽에서는 검은 짱아오 궈르가 대왕을 도와 목의 상처를 핥아주려 했다. 하지만 대왕은 매섭게 거절했다. '내 일에 참견 안 해도 돼!'

그는 짱아오 대왕이었다. 오만한 천성으로 인해 다른 이의 도움과 동정을 견뎌내기 힘들어했다. 그는 한눈 팔지 않고 깡르썬거만을 바라보았다. 노기가 충천한 눈빛은 화살처럼 상대방의 목구멍에 꽂혔다. 예측이 불가한 신비한 모습이 보였다. 분노로 사나운 이를 드러내는 기개도 보였다. 그는 다음에는 어디에서부터 공격의 물꼬를 틀 것인가 궁리하고 있었다. 물론 깡르썬거도 심사숙고하는 문제였다.

하지만 깡르썬거는 아무리 궁리해도 지혜를 얻지 못하는 듯 보였다. 지혜는 대개 냉정을 통해 발휘되기 때문이다. 깡르썬거는 돌연 매우 초조하고 짜증이 나는 듯 뚜벅거리는가 싶더니 맹렬하게 뛰어올랐다. 대왕을 향해 미친 듯이 달려들던 그는 갑자기 멈춰섰다. 그러고는 사납게 짖어댔다. 마치 졸개들인 티베트 개처럼 목소리가 찢어지도록 사납게 짖어댔다.

이런 모습이란 그야말로 비정상적인 상태에서 보여주는 허장성세였다. 짱아오로서 경멸을 받을 만한 무능의 신호였다.

대왕은 의아했다. '짱아오라면 보통은 저렇지 않은데 어떻게 된 거지? 물려서 속이 탔나? 아니면 아파서 참을 수가 없었나? 혹시 미친 건가? 아니면, 아, 아니면 유인술?'

짱아오 대왕은 경계의 눈초리로 그를 보았다. 그러나 보면 볼수록 간계는 아닌 것 같았다. '아무리 교활한 놈이라 하더라도 자기를 무는 행동까지 할 리가 없잖은가?'

그랬다. 깡르썬거는 자해를 하고 있었다. 이리 비틀 저리 비틀, 왔다갔다하면서 미친 듯이 짖어대고 있었다. 갑자기 자신의 다리를 한 입 물더니 절뚝절뚝 다리를 절었다. 다리를 절면서도 짖어댔다.

그렇게 짖어대던 짱아오의 시선이 마침내 대왕에게서 떠났다. 코는 하늘을 향하고 안절부절 못하며 주저앉아 몸을 움츠렸다.

짱아오 대왕 호랑이머리는 더 이상 자신의 판단을 의심하지 않았다. 그는 잔인하게 웃으며 '휙' 하고 달려들었다. 아주 손쉽게 깡르썬거를 넘어뜨릴 수 있었다. 입을 크게 벌려 물어뜯었다. 비록 목구멍을 물어뜯지는 못했지만 상대의 목은 그의 큰 입에서 도망치지 못했다.

깡르썬거의 네 발에 다시 채이지 않기 위해 짱아오 대왕은 이번에는 몸 위로 올라타지 않았다. 회오리바람처럼 몸을 돌려 상대의 몸과 하나의 평면에서 연접했다. 연접한 지점은 그의 날카로운 송곳니였다. 송곳니는 깡르썬의 목덜미에 박혔다. 땅에 쓰러진 깡르썬거는 그저 공중을 향해 무의미한 발길질만을 해대고 있었다.

싸움을 지켜보던 사람들이 술렁이기 시작했다. 모두 깡르썬거의 패배를 기정사실로 받아들이고 있었다. 강도 자마춰 역시 다시는 고함을 지르며 응원할 필요조차 느끼지 못했다. 그는 이미 기쁨에 겨워 술을 마셨다.

아버지는 눈물을 흘리며 말했다. "깡르썬거를 믿은 게 잘못이었나봐요."

마이 정치위원도 한숨을 쉬었다. "그렇네. 이 국면이 바뀌려면 역시 우리 사람을 의지해야겠어. 하지만 개든 사람이든 간에 전부 피로 평화를 얻어내야 하네. 모두들 마음의 준비를 하게. 우리의 다음 공작은 아주 위대하고도 힘겨울 걸세."

대왕은 이제 깡르썬거가 가망이 없다고 여겼다. 지금 물고 있는 부분은 상대의 목덜미였다. 이제 한 입만 더 물어, 목 아래쪽 숨구멍을 찢어놓기만 한다면, 혹은 목 한 쪽의 대동맥을 물어 용솟음치는 피의 갑문을 열기만 한다면 끝이라고 생각했다.

그러나 깡르썬거는 결코 그렇게 생각하지 않았다. 그는 대왕의 마지막 한 입을 기다리고 있었다. 대왕은 분명 마지막 한 입을 물 것이다. 게다가 아주 손쉽게, 아주 부주의하게. 깡르썬거가 미쳤다고 생각한 대왕은 이미 그를 우습게 보고 있었으니까. 그가 생명을 담보로 얻어낸 것은 대왕의 경솔한 마지막 한 입이었다.

일은 과연 깡르썬거의 계획대로 전개되었다. 마지막 한 입을 물기 위해, 이 천하무적 대왕은 자신의 여섯 날 이빨을 깡르썬거의 가죽과 살 속에 박고 신중하게 전후좌우로 움직이지 않았다. 그는 얼른 송곳니를 뽑아 통쾌하게 한 입을 물어뜯는 방법을 택했다.

유감스러운 일은 그가 전혀 통쾌할 수 없었다는 사실이다. 크게 벌린 입을 다물기도 전에, 뽑아낸 송곳니를 다시 꽂기도 전에, 드러누워 있던 깡르썬거는 벌떡 일어나 잽싸게 대왕의 아래로 미끄러져 들어갔다. 오랫동안 기다려온 시간이었다.

이제부터 싸움은 대왕의 생각이 아니라 깡르썬거의 생각대로 진행되어야 한다. 깡르썬거의 척추에 있는 강건한 근육들은 마치 바퀴처럼 그를 움직여주었다. 온몸의 황금빛 털은 하늘을 나는 새들의 날개처럼 그를 전진하게 했다. 굵게 말린 꼬리는 쫙 펴져 땅을 받치는 막대기처럼 그를 밀어주었다. 이 모든 힘들이 모여 깡르썬거는 습격을 감행할 수 있었다.

지금 여전히 아래에 깔린 깡르썬거의 입은 짱아오 대왕의 아랫배를 향했다. 짱아오 대왕은 여전히 위에 있었다. 그의 입 역시 깡르썬거의 아랫배를 향했다. 다른 것이라면 깡르썬거의 튼튼한 네 다리는 위를 향해 힘 있는 발차기를 하고, 대왕의 튼튼한 네 다리는 힘차게 땅을 딛고 있다는 점이었다.

위에서 상대의 발차기를 주의해야 하는 대왕으로서는 단번에 아랫배를 물어뜯는 데 어려움을 겪었다. 게다가 아랫배를 물어뜯는 것은 광명정대하지 못하고, 부도덕하며, 왕자의 풍모에 적합하지 않았다. 생각이 필요했다.

반면 아래쪽에 누워 있는 깡르썬거로서는 거리낄 게 없었다. 마음에 걸리는 것도, 적수로 인해 걸리적거리는 것도 없었다. 그는 대왕의 사타구니 아래에서 아무 주저함도 없이 거대한 황금빛 머리를 들었다. 창자를 물어뜯을 수 있는 부드러운 뱃가죽에 하얀 이빨을 대고 번득였다. 하지만 상대의 배를 물지는 않았다. 이것이야말로 음험하고, 교활하고, 지혜와 용기까지 출중한 설산사자 깡르썬거의 면모였다. 대신 그가 한 입에 물어뜯은 것은 대왕의 남성적 상징이었다.

이것이야말로 짱아오 대왕을 격정에 휩싸이게 하는 도구이자 자손을 대대로 전하게 할 수 있는 보검이요, 대왕을 만들어낸 밑천이었다. 전기에 감전된 것처럼 짱아오 대왕은 끔찍한 비명을 질렀다. 그리고 벌떡 일어서서 깡르썬거를 떠났다.

검붉은 짱아오의 피가 흘러내렸다. 새파란 초원에 붉은 반점들이 생겨났다. 대왕은 네 다리를 벌리고 선 채 머리를 숙여 바라보았다. 아랫배 쪽은 피범벅이 되어 아무것도 보이지 않았다. 고개를 들어보니 깡르썬거의 입에 물린 자신의 성기가 뚝뚝 피를 흘리고 있었다.

분노가 극에 달했다. 포효하고 저주를 퍼부으며 그는 무서운 기세로 난동을 부렸다. 방금 전 깡르썬거가 제정신이 아니었던 것처럼. '이 더럽고 비열한 자식! 미치광이 변태놈! 교활하고 악독한 놈! 어떻게 이럴 수가!'

그는 욕을 퍼부으며 깡르썬거에게 달려들었다. 일찌감치 준비를 하고 있던 깡르썬거는 '휙' 하니 공격을 피했다. 깡르썬거는 대왕의 남근을 입에 물고 자랑을 하듯 동에 번쩍 서에 번쩍, 거듭되는 공격을 모두 피해버렸다. 공격은 대왕이 철저히 현실을 깨닫고 서서히 냉정을 되찾을 때까지 계속되었다.

"아오떠지! 아오떠지!" 강도 자마춰의 힘없는 고함이 들렸다.

짱아오 대왕은 아무것도 듣지 못한 듯, 깡르썬거의 입만 바라보았다. 자신이 몸과 마음을 의탁해 살아갈 보검이 그의 입에 물려 있었다. 피범벅이 된 짱아오 대왕이 거기 있었다.

'아니지, 깡르썬거의 입에 있는 건 짱아오 대왕이 아니지. 대왕은 바로 나라고.'

대왕은 포효하고 땅을 쿵쿵거리며 뛰어들었다. 자신만의 웅장하고 광명정대한 자태로 달려들었지만 깡르썬거를 물지는 못했다. 오히려 깡르썬거에게 물려버렸다.

깡르썬거는 의연하게 그를 맞았다. 공중에서 한 입에 대왕의 목구멍을 물어뜯었다. 짱아오 대왕은 거대한 산처럼 땅에 쓰러졌다. 힘껏 발버둥치며 반항을 했지만 그럴수록 상대에게 살인의 야성만 불러일으켰다.

깡르썬거는 속으로 중얼거렸다. '네가 자살을 하기 위해 달려들었다는 걸 다 알고 있다. 그래, 더 살 생각은 하지 마라. 죽고 싶다면 네 소원을 들어주마. 이 수치와 고통과 최대한 빨리 이별할 수 있도록, 최대한 빨리 물어뜯어주마.'

그는 있는 힘껏 대왕의 목구멍을 깨물었다. 따스한 피가 높이 솟은 호기와 함께 날아가버리고, 위대한 생명이 일세의 오만과 함께 날아가버렸다. 하늘로 날아간 것들은 이제 아무것도 아니었다.

태양이 서산에 졌다. 사실 오래 전에 졌어야 했다. 그러나 짱아오 대왕 호랑이머리와 설산사자 깡르썬거의 결투가 끝난 지금에야 서산으로 향했다. 태양이 지자 하늘은 어두워졌다. 사실 오래 전에 어두워져야 했다. 그런데 지금에야 어두워졌다. 하늘은 눈부신 노을빛으로 시제구 초원 불후의 짱아오였던 대왕이 죽음을 향해 떠나는 장렬한 여정을 비춰주었다. 하늘의 눈동자는 그 모든 것을 지켜보았다. 짱아오의 마음과 사람의 마음까지도. 하늘이 눈을 감자 세상이 캄캄해졌다.

아버지와 마이 정치위원은 얼어붙은 듯 꼿꼿이 서 있었다. 죽은 건 짱아오 대왕이 아니라 자신들 같았다. 검은목 두루미의 울음소리가 적막을 깨뜨리며 다가왔다.

울음소리가 그들을 일깨워주었다. '이러면 안 돼요. 이렇게 넋이 빠져 있어서는 안돼요.'

# 28

온 하늘을 하얗게 밝히는 달빛이 쏟아져내렸다. 하지만 담장처럼 둘러싼 먼 곳의 어둠을 뚫지는 못했다. 어둠속에서 빠른 속도로 이동하는 사람들이 있었다. 마력도가 수놓아진 큰 천막에서 여전히 어슬렁거리는 사람들도 있었다. 어슬렁거리던 무리는 풀밭에 다시 앉아 심각한 표정으로 이야기를 나눴다.

아버지는 온몸이 상처투성이가 된 깡르썬거와 그의 상처를 애처롭게 핥아주고 있는 나르 곁에서 무심결에 그들을 어루만지며 좌중에게 말했다. "짱아오 대왕은 자신의 죽음으로 초원에 화평의 복음을 가져다줬어요. 이 점만 생각하더라도 우리는 대왕에게 감사해야 하며 그의 죽음을 헛되이 하지 말아야 해요. 그리고, 이제 놓아주세요. 짱짜시를 놓아달라고요. 시제구사에서 그를 파문시키고 유랑천민으로 신분을 강등했던 결정도 취소해야지요. 샹아마의 일곱 아이들 손목도 자르지 말고, 시제구 초원을 왕래할 자유를 그들에게 줘야 해요."

마이 정치위원은 아버지를 쳐다보며 고개를 끄덕였다. "맞네. 그 일은 전부 한 번에 해결을 봐야 하네."

치메이 청지기가 통역을 끝내자마자 예루허 부락의 두령 쒀랑왕 뛔이가 나섰다. "당연하죠. 당연해. 초원 사람은 약속을 꼭 지킵니다. 따거리에 두령의 생각은 어떻습니까?"

따거리에는 한동안 침묵하더니 쓸쓸하게 입을 열었다. "대왕이 아직 살아 있을 때야 내가 말을 많이 했지만, 대왕마저 죽어버린 지금 무슨 할 말이 있겠습니까?"

그를 다독이며 아버지가 말했다. "짱아오 대왕은 하늘로 승천했을 겁니다. 대왕이 좋은 곳으로 갔다고 생각하고 말씀해보세요."

"보아하니 깡르썬거는 정말 전생에 아니마칭 설산의 설산사자였나봅니다. 제가 사나운 짱아오들을 많이 봐왔지만 이렇게 잘 싸우는 개는 처음입니다. 우리 부락 전쟁신 검은목 두루미마저 그의 편이 되었으니, 신의 뜻에 따르겠습니다." 말을 마친 따거리에는 달을 향해 고개를 돌려 고함쳤다. "자마춰, 자마춰! 자네 어디 있나? 우리의 강도 자마춰?"

강도 자마춰는 나타나지 않았다. 따거리에 두령의 음성이 먼 곳을 향해 울려퍼질 때 한 기마사냥꾼이 날듯이 달려왔다.

그는 말에서 뛰어내리며 아뢨다. "떠났습니다. 강도 자마춰는 이미 이곳을 떠났습니다."

따거리에 두령은 다시 물었다. "어디로 갔단 말인가? 짱아오 대왕의 죽음 때문에 마음이 아픈 건가? 롱바오 산신과 롱바오 연못 전쟁신에게 찾아가 한바탕 하소연이라고 하려는 겐가? 강도 자마취에게 가서 알리도록 하라. 그는 위대한 강도이며 만일 깡르썬거와 겨룰 재주를 익힌다면 더욱 위대해질 것이라고."

기수는 대답했다. "저는 강도가 어디로 갔는지 모르겠습니다. 이미 그를 쫓아갈 수 없습니다."

"그래? 그렇다면 그만두도록 하라. 대신 지금 당장 가서 짱짜시를 끌고 오라. 그에게 신비한 깡르썬거에게 감사하도록 하라. 이 신비를 몰고 외지에서 시제구 초원으로 온 한인에게도 감사를 표하도록 하라."

기수가 다시 대답했다. "그것도 안 될 것 같습니다. 강도 자마취가 기마사냥꾼 열 명을 데리고 이미 짱짜시를 납치해갔습니다."

따거리에 두령은 벌떡 일어났다. 그곳에 있던 모든 이가 벌떡 일어났다. 깡르썬거와 나르까지 일어났다.

따거리에 두령은 초조하게 손을 휘저으며 외쳤다. "빨리, 빨리 쫓아가라. 아니 모든 기마사냥꾼을 불러오라."

기마사냥꾼들은 금세 도착했다. 그들은 평소 엄격하게 훈련한 대로 두령의 앞에서 대오를 갖춰섰다.

걱정에 휩싸인 따거리에 두령이 명을 내렸다. "우리의 약속은 산과 같다. 이미 내뱉은 말은 쏜 화살과 같다. 어찌 마음이 변할 수 있단 말이냐? 신용을 지키지 않는 사람은 사람이 아니요, 늑대이다. 늑대의 마음을 가진 사람이 어찌 사람을 대할 수 있단 말이냐? 수치스럽다. 창피해죽겠어. 복수는 당연하나, 조상들도 말했다. '모든 것의 위에 신이 있고, 모든 것의 아래에 사람이 있다'고. 사람은 신의 노예요 반드시 신의 뜻에 복종해야만 한다. 신은 말씀하셨다. '원통함에는 머리가 있고, 부채에는 주인이 있다'고. 우리가 잘라야 할 건 짱짜시의 손이 아니다. 기마사냥꾼들이여, 여러분에게 부탁한다. 중요한 것과 중요하지 않은 것을 구분하지 못하는 강도 자마춰를 얼른 잡아서 내게 대령하라. 짱짜시를 얼른 내게로 모셔오라. 짱짜시는 본디 시제구사의 철봉라마로, 깡르썬거를 도운 적이 있다. 지금 깡르썬거가 승리했으니 그도 다시 철봉라마의 지위를 회복해야 할 것이다. 우리가 어떻게 철봉라마에게 밉보이는 죄를 짓겠는가? 가라! 어서 가라!"

요란한 말발굽 소리를 울리며 기마사냥꾼들은 떠났다.

밤새 한 숨도 자지 못했다. 무마허 부락 따거리에 두령의 마력도 천막 안에서 아버지와 마이 정치위원 및 그의 부하들은 깡르썬거를 지켰다. 마이 정치위원에게 갑자기 한 가지 걱정이 생겼기 때문이었다. '무마허 부락의 강도 자마춰가 결과에 승복하지 않는다면 몰래 어둠을 틈타 깡르썬거를 죽이지나 않을까?'

검은 짱아오 나르 역시 깡르썬거의 곁을 지키고 있었다. 그녀는 쉬지 않고 깡르썬거의 상처를 핥아주었다. 땅에 쓰러져 있던 깡르썬거는 그녀의 지극정성 덕에 아무런 고통 없이 스르르 잠이 들 수 있었다.

자정 무렵, 나르는 불현듯 어떤 냄새를 맡았다. 천막 밖으로 나간 나르는 한을 품고 보복하러 온 동복 언니 궈르와 싸우기 시작했다. 그들의 싸움은 좀처럼 승부가 나지 않았다. 어린 강아지 시절에도 그랬고, 지금도 마찬가지였다.

몇 차례 승부를 겨룬 그녀들은 서로 조금씩 상처를 입었다. 그러나 이런 싸움은 전혀 의미가 없었다. 그들은 단호하게 싸움을 그쳤다. 보복은 어림도 없는 생각임을 귀르도 잘 알고 있었다. 그저 한을 품은 채 돌아가는 수밖에 없었다. 짱아오 대왕 호랑이머리의 곁에 누워 조용히 눈물을 흘리며 눈처럼 하얀, 고귀하고도 탐스런 그의 체모를 핥으며 날이 밝을 때까지 기다렸다.

검은목 두루미의 울음소리가 맑고 시원스레 울려퍼졌다. 새로 태어난 태양은 오래된 대지를 비장하게 비추었다.

대지 위에 누운 짱아오 대왕 호랑이머리는 더 이상 씩씩하게 달려나가 태양을 맞이할 수 없었다. 그의 영혼은 이미 하늘로 올라갔다. 이제 그의 뼈와 살이 승천할 차례였다. 천사와 여신屬神이 혼연일체가 되어 이룬 독수리 무리가 무마허 부락 유목민들이 뽕나무 연기 지피는 것을 보고 이곳에 모여들었다. 곁에서 하룻밤을 지새운 검은 짱아오 귀르는 대왕의 코와 깡르썬거에게 물어뜯긴 목구멍을 마지막으로 핥아준 뒤 통곡을 하며 그곳을 떠났다. 그녀는 시제구로 돌아가야 했다. 그곳의 영지견들에게 알려주어야 했다. '대왕은 죽었다.'

독수리들은 짱아오 대왕을 곧바로 먹어치우지 않았다. 독수리 몇 마리가 지상에서 이곳을 향해 달려오는 늙은 수짱아오 한 마리를 발견했기 때문이다. 부모님의 상을 치르러 달려가듯 넋이 빠진 모습이, 한눈에도 슬픔에 빠진 조문객이라는 걸 알 수 있었다. 그들은 인내하며 기다렸다. 기다리고 또 기다렸다.

대략 정오 무렵, 마력도가 수놓아진 무마허 부락의 큰 천막 앞에 회색 늙은 짱아오가 나타났다. 쉬지 않고 달려오느라 지쳐서 몸은 덜덜 떨리고 금방이라도 땅에 쓰러져버릴 것 같았다.

그는 냄새를 따라 달려갔다. 독수리들이 비켜주는 통로를 뚫고 여전한 풍모를 자랑하는 호랑이머리 대왕의 사체 앞에 조용히 엎드렸다. 아무런 소리도 내지 않았다. 헐떡이는 작은 숨소리마저 아득한 시간의 저편으로 사라져버렸다. 그것은 심장을 관통하는 아픔이자 더할 수 없는 비통함의 표시였다.

시간이 한참 지나고 난 후 회색 짱아오가 입을 열었다. '대왕님, 이미 오래 전에 당신의 죽음을 알고 있었습니다. 그러나 믿을 수가 없었습니다. 도저히 믿을 수가 없어 이렇게 달려온 것입니다.'

말을 끝낸 그가 일어나 소리를 질렀다. 애통하게 짖고, 울고, 외치고, 떨리는 목소리로 흐느꼈다. 높아졌다 낮아지며 끊어질 듯 이어지는 곡성이 계속되었다. 눈물이 얼굴을 뒤덮었다. 얼마나 서럽게 우는지 멀리서 이 광경을 지켜보는 사람들마저 눈물을 흘릴 지경이었다.

아버지는 눈물을 훔치며 나직이 말했다. "짱아오가 이렇게까지 사람하고 똑같을 줄은 정말 몰랐어요."

마이 정치위원 역시 울먹이는 목소리로 말했다. "아니, 달라. 이놈들은 사람들보다 더 진실해. 사람이 이렇게 울 수 있겠나? 사람의 울음에는 가짜가 많지. 특히 상을 당했을 때는 말이야."

울음을 진정시킨 회색 늙은 짱아오는 아버지와 마이 정치위원에게 다가오더니 번민에 찬 시선으로 바라보았다. 그러고는 마력도가 수놓인 뒤편의 큰 천막을 바라보았다. 짱아오 대왕을 물어죽인 원수 깡르썬거가 바로 저 천막 안에 있다는 걸 그는 알았다.

마음 같아서는 안으로 뛰어 들어가 놈과 죽기살기로 싸움을 벌이고 싶었다. 하지만 자신의 앞을 가로막은 이 외지인들, 원수의 친구들이 보호자 신분으로 큰 천막 출입구를 굳게 지키고 있었다. 회색 짱아오는 그들이 미웠다. 너무 미워서 이가 갈렸다.

하지만 뾰족한 수가 없었다. 원수에게는 친구가 곁에 있었다. 게다가 수많은 무마허 부락의 사람들도 지키고 있었다. 시제구 초원의 영지견인 자신은 무마허 부락의 영지에서는 그 부락민의 명령 없이는 함부로 외지인을 공격할 수 없다.

무력하게 발길을 옮긴 회색 짱아오는 마지막으로 대왕의 사체를 바라보았다. 배고픔을 참으며 오랫동안 기다리던 독수리들이 이미 시체를 처리하고 있었다. 그는 강아지처럼 "우우우!!" 울며 그곳을 떠나갔다.


바이 주임 바이마우진은 질주하던 말의 발굽이 두더지가 파놓은 굴에 걸리게 될 거라고 예상치 못했다. 말은 땅에 고꾸라졌고, 그는 하늘 높이 솟아 내팽개쳐졌다. 다행히도 초원은 부드러웠다. 얼굴과 손의 피부만 살짝 벗겨졌을 뿐 뼈는 다치지 않았다. 말의 부상은 비교적 심각했다. 다리는 부러지지 않았지만 두 앞다리의 무릎 뼈가 밖으로 드러났다. 이래서는 끌고 가야지 탈 수는 없었다.

바이 주임은 속을 태우며 말을 끌고 앞으로 나갔다. 조금 걸어가던 말이 발걸음을 멈추었다. 아무리 끌어당겨도 따라오지 않았다. 그는 있는 힘을 다해 고삐를 당겨보았다. 그러나 말은 갑자기 눈을 부릅뜨더니 고개를 쳐들었다가 다시 힘껏 뒤챘다. 오히려 그가 뒤로 끌려갔다.

그는 말의 목을 두드리며 물었다. "못 걸어가겠니?"

말은 대답 대신 두려움에 가득 찬 긴 울음소리를 남기고는 뒤돌아 도망쳤다. 그제야 바이 주임은 뒤에서부터 들려오는 헐떡이는 숨소리를 들을 수 있었다.

고개를 돌린 그가 비명을 질렀다. "어이쿠! 사람 살려!"

티베트 불곰 한 마리가 조용히 다가오고 있었다. 그와의 거리는 불과 열 걸음 남짓. 말은 이미 비틀거리며 자기 살 길을 찾아 내뺐다. 바이 주임은 잔뜩 얼어붙은 채 그 자리에 꼿꼿이 서 있었다. 머리는 백지장이 되어 아무 생각도 들지 않았다.

티베트 불곰은 "훅! 훅!" 거친 숨소리를 내며 다가오고 있었다. 인육을 눈앞에 둔 거대한 동물의 두 눈동자는 식욕으로 이글거렸다. 입은 점점 더 크게 벌어지고 혀는 길게 나왔다. 안으로 굽은 이빨은 강철로 만든 칼처럼 하나하나 단단히 박혀 있었다. 바이 주임은 본능적으로 뒤로 물러섰다. 하지만 두더지가 파놓은 흙무더기에 발이 걸려 엉덩방아를 찧고 땅에 주저앉았다. 그는 엉금엉금 기어 일어난 뒤 다시 달렸다. 그러나 앞으로 내달릴 수도 없었다. 티베트 불곰보다 그리 작지 않은 회색 짱아오가 그의 앞길을 떡하니 막아선 것이다.

회색 늙은 짱아오는 티베트 불곰의 주의력을 흐려놓았다. 앞으로 달려들어 먹잇감을 물려던 순간, 곰은 멈춰섰다. 사람과 짱아오를 번갈아 쳐다보는 곰의 눈동자에 호기심이 가득 어려 있었다. 나이 어린 암곰으로서 비록 경험은 많지 않지만 개가 사람을 돕는 존재라는 것만은 알고 있었다. 특히 짱아오는 위험에 처한 사람을 위해 목숨을 걸고 싸운다는 사실도 알고 있었다.

그러나 눈앞에 벌어진 상황은 조금 달랐다. 짱아오의 사나운 눈동자가 곰 대신 사람을 향했다. 마치 사람이야말로 짱아오의 진정한 적수라는 표정으로. 그 회색 개에게 티베트 불곰인 자신은 아무것도 아닌 듯했다. 곰은 가늘게 실눈을 뜨고 이 둘의 관계를 연구했다. 짱아오는 이미 사람을 위협하며 다가서고 있었다.

이 광경을 바라보던 곰은 자신도 모르게 소리를 질렀다. '그러면 안 돼! 내가 발견한 먹이를 짱아오가 가로채려고 하다니!' 티베트 불곰은 빠른 걸음으로 사람을 향해 다가갔다.

뒤쪽에서는 티베트 불곰이, 앞쪽에서는 회색 짱아오가 다가오고 있었다. 바이 주임은 제정신이 아니었다. "그만, 그만, 그만. 제발 이러지 마. 너 날 모르겠니? 나는 시제구의 소똥 돌집에 살았던 사람이야. 시제구 공작위원회의 주임이고, 티베트족의 이름도 가지고 있어. 바이마우진이라고 부른다고."

말을 하며 바이 주임은 허리춤으로 손을 뻗쳤다. 총을 꺼내려고 했으나 자칫 짱아오를 더 자극할 것 같아 곧 손을 멈추었다.

회색 늙은 짱아오는 "우! 우!" 낮은 울음을 울었다. 눈동자에 어린 차갑고 어두운 원한의 빛은 상대방에게 말하고 있었다. '잘 알지. 그러니까 너를 절대 놓아줄 수 없는 거야. 난 널 물어죽여야만 하겠어. 이곳은 인적이 없는 곳이니, 너 외에는 아무도 내가 널 물어죽였다는 걸 모르거든.'

회색 늙은 짱아오는 대왕을 조문하고 시제구로 돌아오는 길에 티베트 불곰을 만났다. 또 바이 주임을 만났다. 그는 승냥이나 늑대처럼 사나운 깡르썬거를 시제구 초원에 데리고 온 주범이 외지인이라고 믿었다. '짱아오 대왕의 죽음의 피값은 깡르썬거의 머리뿐 아니라 외지인의 머리 위에도 돌려야 한다. 깡르썬거는 샹아마 초원에서 온 원수다. 샹아마의 원수들을 비호하고 도와주는 사람들도 당연히 원수다. 원수를 물어죽이지 않으면 과연 누구를 물어죽인단 말인가? 하지만 서두르지 말고 기다리자. 앞에는 티베트 불곰이 서 있지 않은가? 이놈은 뭘 하려는 거지? 설마 이 사람을 먹어치우려는 건 아니겠지? 그래! 곰은 분명 이 사람을 먹어치울 거야. 그는 이미 가까이 왔다. 이 사람과 아주 가까운 곳에 있다. 두 발로 일어나 앞 다리 한 방을 날리기만 하면 이 사람은 산산조각이 날 것이다. 그럼 나는? 내가 죽이지는 말자. 이 미식은 티베트 불곰에게 양보하자. 어차피 사람을 먹을 건 아니니까. 나는 복수를 하고 싶을 뿐. 남의 칼을 빌려 해치울 수 있다면, 그게 더 낫다.'

회색 늙은 짱아오는 더 이상 다가가지 않았다. 잔인한 미소를 띤 그의 눈빛 속에는 예측하기 어려운 적의가 적나라하게 담겨 있었다. 그는 지금 사람을 도와 야수를 죽일 수도 있고, 야수를 도와 사람을 먹어치우게 할 수도 있다. 득의양양한 기분으로 그는 후자를 선택했다.

머릿속에는 짱아오 대왕의 비참한 죽음과 대왕을 위해 복수해야 한다는 생각만이 가득했다. 티베트 불곰이 외지인을 먹어치우도록 방관하는 방법을 통해 힘들이지 않고 보복을 가할 수 있다.

그는 자리에 앉아서 자신이 일생 동안 목숨을 걸고 싸워왔던,

조상대대로 적의를 불태워온 티베트 불곰을 조용히 바라보았다. 그는 흔쾌히 양보를 하겠다는 듯 고개를 흔들었다. 그래도 분명한 의사 전달이 되지 않은 것 같아 꼬리를 흔들어 찬성을 표시했다. 그는 재촉하며 말했다. '빨리 손을 써! 지금 총을 꺼내려고 하잖아! 왜 아직도 그렇게 멍청히 서 있는 거야?'

일종의 묵계가 성립된 듯했다. 티베트 불곰은 커다란 몸집을 자랑이라도 하듯 곧바로 일어나 사납게 포효하며 사람을 향해 달려들었다. 거대한 곰발바닥이 바이 주임의 몸 위로 떨어질 찰나였다. 바이 주임은 비명을 지르며 총을 꺼내들었다. 하지만 총알을 장전하기도 전에 티베트 불곰의 거대한 그늘 아래로 무너져내렸다.

그런데 불현듯 회색 늙은 짱아오가 불곰을 향해 뛰어올랐다. 그의 날카로운 이빨이 바람을 가르는 칼처럼 날아들어 티베트 불곰의 배에 꽂혔다. 무방비 상태이던 곰의 배는 속절없이 찢겨져 피와 창자가 삽시간에 튀어나왔다. 회색 늙은 짱아오는 이 한 번의 공격에 자신의 모든 분노와 원한과 슬픔을 쏟아부었다. 다만 그가 달려든 대상은 짱아오 대왕을 물어죽인 깡르썬거와 하등 관계도 없는 티베트 불곰이었다.

티베트 불곰은 소리를 지르며 앞발로 회색 짱아오를 철썩 내리쳤다. 거대한 몸이 기울어지며 상대의 몸을 덮어버렸다. 불곰이 최후까지 한 입 한 입 물어뜯는 바람에 회색 늙은 짱아오의 온몸은 피가 용솟음치는 상처들로 뒤덮였다.

고통은 이미 참을 수 없는 지경이었다. 죽음이 목전에 다가왔다. 그러나 죽음을 두려워하지 않는 회색 짱아오는 뒤로 물러서지 않았다. 여전히 날카로운 이빨로 티베트 불곰의 배를 물어뜯었다. 미친 듯이 뜯고 파헤쳐 곰의 창자를 죄다 밖으로 *끄*집어냈다.

이제 힘을 다 썼다. 곰과 짱아오 둘 다 기력이 소진했다. 마지막 한 가닥 힘까지 쏟아낸 회색 늙은 짱아오는 티베트 불곰과 함께 땅에 쓰러졌다. 더 이상의 공격은 불가능했다.

결투는 매우 격렬하고 신속하게 끝났다. 사방이 고요해졌다.

티베트 불곰은 고통스럽게 몸을 웅크린 채 거친 숨을 몰아쉬었다. 몸을 부들부들 떠는 모양이 곧 죽을 것 같았다. 온몸에 피를 뒤집어쓴 회색 늙은 짱아오는 버둥거리며 간신히 일어났다. 죽어가는 티베트 불곰을 바라보며 앞으로 몇 걸음 걸어보았지만 더 이상 버티지 못하고 천천히 쓰러졌다. 그리고 일어나지 못했다.

바이 주임 바이마우진은 회색 짱아오의 곁으로 뛰어가 꿇어앉았다. 회색 늙은 짱아오가 그를 바라보았다. 흐릿해진 눈동자 속에는 어떤 원한도 담겨 있지 않았다.

바이 주임은 꿇어앉아 더듬거렸다. "죽으면 안 돼. 내 생명을 구했는데 네가 이렇게 죽으면 절대로 안 돼."

회색 늙은 짱아오는 그의 말을 듣지 않았다. 얼마 후 눈을 감으며 회색 짱아오는 나지막이 중얼거렸다. '대왕님, 대왕을 위해 복수하지 못한 저를 용서해주십시오. 야수를 돕지 못하고 사람을 도울 수밖에 없었던 저를 용서해주십시오. 저는 개입니다.'

바이 주임은 놀란 마음을 진정시키지 못하고 있는 말을 간신히 찾아냈다. 사면을 바라보니 시제구에 가까웠다. 그도 알지 못하는 사이에 시제구로 돌아온 것이다. 그는 말을 갈아타고 가고 싶어 띠아오팡산으로 발걸음을 돌렸다.

그가 돌아오리라고 예상하지 못했다. 적어도 리니마와 메이뒈라무는 그러했다. 그래서 바이 주임이 소퉁 돌집의 창문으로 그 둘을 바라보았을 때에도 두 남녀는 여전히 꼭 끌어안고 있었다. 그것도 옷을 벗은 채.

자신이 이런 장면을 목격하게 될 줄은 바이 주임 역시 상상조차 못했다. 처음에 그는 문을 두드렸다. 문이 열리지 않자 창문으로 안을 들여다본 것이다. 키가 컸던 터라 창문의 아래쪽 창틀이 그의 코 아래에 왔다.

한편 안에 있는 남녀는 문을 두드리는 사람이 빠어추쭈일 것이라고 생각하고 있었다. 빠어추쭈는 아무 때나 문을 두드리는 방법으로 리니마가 메이뒈라무를 괴롭히지 못하도록 방해했다. 리니마는 문을 열어주지 않기로 단단히 결심한 터였다. 그래서 메이뒈라무에게 옷을 입지 못하도록 했다. 빠어추쭈는 아이일 뿐이었다.

도리대로라면 메이뒈라무는 이곳에서 옷을 벗고 있어서는 안 되었다. 그녀가 마음속으로 혐오했던 일 아닌가? 하지만 영지견의 공포로부터 이제 막 벗어나 형편없이 구겨져버린 자신의 체면과 맞닥뜨린 리니마라는 마치 영지견에게 보복해 자신의 체면을 만회하려는 듯, 평소보다 몇 배는 더 맹렬하게 그녀를 껴안고 강요했다.

반항하고 몸부림도 쳐보았지만 메이뒈라무의 힘으로는 필사적인 그의 힘을 이길 수가 없었다. 그렇다고 고함을 쳐서 다른 사람을 부르고 싶지도 않았다. 그렇게 하면 리니마의 체면은 완전히 땅바닥에 패대기쳐질 테니까. 자신의 흠도 지워질 리 없었다. 더 근본적으로, 착한 동정심을 지닌 선녀는 애원에 약했다.

그녀 마음속의 부드러운 방어선은 리니마의 간절한 애원에 마침내 무너졌다. 그녀의 동정심은 절체절명의 순간에 리니마라는 악당의 앞잡이로 변했다. 처음이 아니었기에 가능했는지도 모른다. 그러니까 메이뒤라무와 리니마의 상황을 적나라하게 표현해주는 중국 속담이 있었으니, '첫 번째가 있으면 두 번째도 있다.'

바이 주임은 충격을 받았다. 몰래 숨어 남녀를 지켜보던 그는 도대체 어찌해야 좋을지 알 수가 없었다. 그들이 이럴 줄은 꿈에도 몰랐다. 그들 사이를 간섭하는 것도, 그렇다고 간섭하지 않는 것도 옳지 않은 것 같았다. 그는 심지어 빠어추쭈만큼도 과감하지 못했다. 빠어추쭈는 이미 바이 주임이 왜 창문 앞에서 이렇게 얼이 빠져 있는지 짐작했다.

아름다운 선녀 메이뒤라무가 리니마에게 수치를 당한다는 사실을 간파한 빠어추쭈는 큰 소리로 고함을 쳤다. "다츠가 온다! 다츠가 온다! 송귀인 다츠가 온다! 음혈왕 당샹나찰은 사람을 물지 않는다! 십팔노호허공환十八老虎虛空丸을 먹었다!"

이 음성은 아래에서 불쑥 튀어나왔다. 귀청을 찢는 듯한 소리에 어찌나 놀랐는지 바이 주임은 몸이 떨리기까지 했다. 고개를 숙여 바라보니 이 아이가 자기 발아래 있는 것이 아닌가?

그는 매섭게 야단을 쳤다. "너 여기서 뭘 하고 있는 게냐?"

빠어추쭈는 다시 목소리를 높였다. "송귀인 다츠가 온다! 음혈왕 당샹나찰은 사람을 물지 않는다! 십팔노호허공환을 먹었다!"

이것은 그가 방금 알게 된 비밀이었지만 메이둬라무를 보호하기 위해 갑자기 발설해버리고 말았다. 다만 이렇게 해서 안에 있는 리니마에게 겁을 줄 수 있기를 바랄 뿐이었다. 유감스럽게도 안에 있는 사람들과 밖에 있는 바이 주임 모두 그의 말을 알아듣지 못했다. 이 안에 담긴 샹아마 일곱 아이들의 종적에 대해서는 더욱 알지 못했다. 다만 이 아이의 입에서 튀어나오는 어떤 말들은 털까지 솟게 만드는 듯한 힘을 지닌다고 느꼈다.

바이 주임은 아이를 쫓아내며 말했다. "가라! 가! 어서 여기서 썩 떠나거라!"

빠어추쭈는 몸을 돌려 돌계단을 내려가 예루허로 내달렸다. 바이 주임은 기이한 듯 그를 바라보며 소똥 돌집 앞 풀밭으로 돌아왔다. 상처 입은 자신의 말에게 채워졌던 안장을 풀어 풀을 뜯고 있는 리니마의 말 위로 옮겼다. 그리고 말을 타고 얼른 떠났다.

길을 가면서도 혼란스러웠다. '두 사람이 언제부터 그런 사이가 되었지? 나는 어떻게 조금도 알아차리지 못했을까? 나도 독신인데 왜 동료를 여자친구로 삼을 생각을 못했지? 아, 이미 늦었어. 다 그르친 일이라고. 다른 사람이 먼저 고지를 선점해버렸어. 리니마 실력이 대단한걸. 이런 쪽에서는 나보다 월등해.'

# 11장

# 깡르썬거,
# 당샹 대설산으로
# 향하다

# 29

다시 저녁이 찾아왔다.

검은목 두루미들은 한 떼씩 자기 둥지로 돌아갔다. 사방은 목
초지에 갔다가 돌아오는 소와 양떼들로 가득했다. 밥 짓는 연기가
모락모락 솟아올랐다.

강도 자마춰와 짱짜시를 찾지 못한 기마사냥꾼들은 속속 돌아
왔다. 초조한 사람은 여전히 초조하고, 실망한 사람은 더욱 실망
했다. 무마허 부락의 영지 안, 마력도가 수놓아진 큰 천막 앞에서
따거리에 두령과 쒀랑왕뛔이 두령은 미간에 주름을 가득 모은 채
서성이고 있었다.

막 도착한 바이 주임 바이마우진은 단찡활불이 초청을 거절한
일에 대해 아주 불만스러운 언사로 마이 정치위원에게 보고했다.

마이 정치위원은 그를 다독였다. "단찡활불을 원망하지 말게나.
그분 본인은 오지 못했지만 티베트 의원을 보냈으니, 이건 그분에
게 선견지명이 있다는 이야기야. 깡르썬거가 죽지 않을 걸 진작부

터 알고 있었다는 말이지. 활불은 정말 활불일세."

바이 주임은 그제야 풀밭에 앉아 눈을 감고 명상 중인 티베트 의원 가위튀를 보았다. 깡르썬거와 검은 짱아오 나르도 기분이 좋은지 잠이 들 듯 말 듯한 모습으로 곁에 누워 있었다.

아버지는 바이 주임에게 깡르썬거가 이미 약도 바르고 음식도 먹었다고 알려주었다. 또 상처가 지난번보다 심각하지 않고 뼈도 다치지 않아 며칠만 잘 조리하면 될 것이라는 가위튀의 말을 전했다.

바이 주임은 시제구 소똥 돌집 안에 있을 리니마와 메이둬라무를 생각하면서 말했다. "마이 정치위원님, 앞으로 어떻게 하면 좋겠습니까? 우리는 그냥 여기서 기다리고 있으면 되는 건가요?"

"자네는 어떻게 생각하나?"

"제 생각에는 기다리고만 있어서는 안 될 것 같습니다. 중요한 일들은 아직 시제구에 남아 있습니다. 각 부락 두령들의 권한으로 기수들을 파견하도록 하고, 그들이 시제구 초원 내에 사람이 갈 만한 곳을 전부 수색하도록 해야 합니다"

마이 정치위원도 동의했다. "나도 같은 생각이네."

그때 아버지가 끼어들었다. "저는, 당장은 못 갈 것 같습니다. 깡르썬거의 상처가 낫기를 기다렸다가 그때 시제구로 가겠습니다."

아버지는 무마허 부락에서 시제구까지 먼 여정이므로 다친 깡르썬거가 중간에 지쳐 쓰러지지 않을까 걱정스러웠다. 깡르썬거가 너무 무거운데다 길도 멀어 말에 태워갈 수도 없을 듯했다. 더 중요한 것은, 시제구를 점거하고 있는 영지견들이 분명 깡르썬거를 용서하지 않을 텐데 몸도 제대로 추스르지 못한 상태에서 갈 경우 제대로 싸울 수가 없었다.

마이 정치위원이 선선히 응했다. "그럼 자네는 남아 있게. 하지만 몸조심해야 하네. 깡르썬거의 몸이 좋아지면 바로 시제구로 돌아오게."

또 하룻밤을 보냈다. 다음날 새벽, 사람들은 급히 '저마'<sup>糌麻</sup>(밥그릇 중 반은 볶은 칭커가루와 취라를 넣고, 반은 쑤여우와 나이차를 넣어 마시면서 핥아먹는 음식)를 먹었다. 마이 정치위원과 바이 주임 일행 및 쒀랑왕뛔이 두령과 치메이 청지기는 따거리에 두령에게 작별을 고했다. 검은목 두루미의 울음소리와 함께 모두 '마음으로 원하는 바를 이루라'는 인사말을 나누었다.

마이 정치위원은 말했다. "지금 가장 시급하게 마음으로 원하는 바를 이뤄야 할 사람은 짱짜시입니다. 따거리에 두령님, 부탁드립니다. 계속 짱짜시를 찾아주십시오."

치메이 청지기가 통역을 하자 따거리에 두령은 대답했다. "짱짜시를 보호하는 것, 이것이 신의 뜻입니다. 누구도 신의 뜻을 거역할 수 없습니다. 기마사냥꾼들은 오늘 또 한 차례 수색을 떠납니다. 우리는 자마춰를 찾을 때까지, 짱자시를 구할 때까지 절대로 멈추지 않을 겁니다."

쒀랑왕뛔이 두령 역시 말을 보탰다. "존귀한 한인 여러분, 마음을 놓으십시오. 저희 마음과 여러분의 마음은 똑같습니다. 만일 우리의 마음이 선량하지 못하다면 우리 후세에 고난만을 받으며 재난이 끊이지 않을 것입니다. 시제구에 도착하면 저와 치메이 청지기는 기마사냥꾼을 데리고 직접 수색에 나설 겁니다."

마이 정치위원이 고마움을 전하면서 거듭 부탁했다. "좋습니다. 쒀랑왕뛔이 두령님께서는 다른 부락의 두령들도 설득하셔서 그들도 수색대를 파견하도록 도와주십시오. 시제구 초원의 모든 지방을 샅샅이 찾아보도록 합시다."

쒀랑왕뛔이 두령이 이야기했다. "그건 당연한 일이죠. 마음 푹 놓으시죠. 마이 정치위원님, 당신의 선한 마음은 반드시 시제구 초원의 모든 부락 두령들을 감동시킬 겁니다."

티베트 의원 가위뛔도 돌아가야 했다. 그는 '저마'를 핥아먹을 새도 없이 짬을 이용해 깡르썬거에게 약을 발라주고 먹였다. 또 아버지에게 내일과 모레 쓸 약을 남겨주고, 몸소 시범을 보이며 손으로 약을 발라주고 먹이는 법을 알려주었다. 아버지는 남겨준 약이 너무 적다고 여겨 가위뛔에게 손짓발짓을 하며 약을 좀더 주도록 성화를 부렸다. 그러나 가위뛔는 표범가죽 약부대를 단단히 묶으며 단호한 태도로 조금도 더 주지 않았다.

아버지는 계속 따졌다. "왜요? 왜 안주시냐고요? 겨우 조금 더 달라는 건데요."

"충분합니다. 충분해요. 감로도 너무 많으면 감로가 아니라 독약이 됩니다."

말을 마친 가위뛔는 약을 빼앗길까봐 두려웠는지 얼른 말에 올라 앞장서 길을 나섰다.

아버지도 훗날에야 알게 된 사실이다. 생명에 대한 크나큰 애정으로 죽어가는 자를 구하며 상한 자를 고치는 티베트 의원 가위뛔는 매우 대범하고 호탕한 인물이지만 약 보기를 금과 같이 했다.

깡르썬거의 상처에 뿌려주는 흰색, 검은색, 파란색 가루들은 빠옌커라巴顔喀拉산 정상에 있는 보석, 야라다저雅拉達澤산의 금강뢰석金剛雷石, 빠스캉껀巴斯康根산의 온천석, 거기다 사향과 진주, 오영지五靈脂, 변연빙철邊緣氷鐵, 설랑수정화雪朗水晶花, 인도 코끼리의 피, 토보수吐寶獸(족제비)의 정강이뼈 등등을 갈아서 만든 약재였다. 상처에 바르는 죽 같은 액체는 눈개구리의 암수컷과 백순록의 눈물, 티베트 영양의 뿔 아교질로 만든 것이었다. 시커먼 약초탕으로 말할 것 같으면 서향낭독瑞香狼毒과 티베트 홍화, 남수백합(藍水百合), 네팔 보라 제비꽃, 탕구라唐古拉산(서장과 칭하이성의 변경에 있는 신산)의 검은 알로에, 녠바오산年保山의 눈연꽃, 꺼즈꺼야各麥各雅 산록의 홍전근紅靛根 등 일곱 가지 약재를 달여 만든 약탕이었다. 모두 매우 구하기 어려운 약재들로 수십 년에 걸친 그의 노력으로 알아낸 비방과 약재들을 집적해 제조해낸 것들이었다. 약을 다 써버리면 다시 제조해야 하는데 그러려면 다음 세대까지 기다려야만 했다.

가위뤄는 얼마 가지 않아 바로 한 사람에게 붙들렸다. 그 사람의 머리에는 굵게 땋은 머리가 올려졌고, 땋은 머리에는 독약이 묻은 붉은색 끈과 커다란 호박 하나가 매달려 있었다. 호박에는 개구리 머리에 핏발이 선 나찰여신의 반신상을 새겼고, 몸에는 선홍색 푸루 두루마기를 걸쳤다. 허리에는 곰가죽으로 만든 염라띠를 매었다. 염라 허리띠에는 시커멓게 연기를 씌운, 100여 개에 달하는 소뼈 해골귀신의 머리가 달려 있었다. 더욱 눈길을 끄는 것은 그의 앞가슴이었다. 앞가슴에 삼세의 모든 사건을 비춰준다는 은

제 거울, '영현삼세소유사건경映現三世所有事件鏡'이 걸려 있었다. 거울의 표면에는 묘장주가 피를 담은 해골 잔을 손에 받쳐들고 마시는 전신상이 부조되어 있었다.

가위퇴는 그를 보자마자 얼른 말에서 내려 반은 두려움으로 반은 공경심으로 문안인사를 한 뒤, 말을 끌고 곧 뒤를 돌아갔다. 가위퇴의 뒤를 따르던 쒀랑왕뙈이 두령과 치메이 청지기 및 몇몇 기마사냥꾼들 역시 두려움에 휩싸인 모습으로 분분히 말에서 내려 쒀랑왕뙈이 두령의 인도를 받아 역신을 피하듯 그를 피해 갔다.

마이 정치위원과 바이 주임은 서로를 쳐다보며 의아해할 뿐이었다. '뭐지? 이건?'

마력도가 수놓아진 큰 천막 앞 풀밭에 누워 떠나는 사람들의 뒷모습을 바라보던 깡르썬거는 갑자기 일어나 원인 모를 이유로 짖기 시작했다. 초조하고 불안한 듯 고개를 흔들더니 앞발로 땅을 파헤쳤다. 사람보다 더 민감하고 정확한 예감으로, 그는 별안간 나타난 이 사람이 반드시 경계해야 할 대상임을 알아챘다.

깡르썬거가 경계해야 할 것은 미래에 대한 염려였다. 깡르썬거는 미워해야만 할 모든 것에 대해 시공을 초월하는 예감을 가졌다. 이번 역시 예외가 아니었다. 그러나 검은 쨩아오 나르는 이상스럽게 흥분된 모습이었다. 거침없이 뛰어가더니 그 사람의 몸에서 냄새를 맡고는 다시 돌아왔다. 깡르썬거와 코를 비비며 몰래 무엇인가를 말하는 것 같았다.

나르의 이야기를 들은 깡르썬거는 잠시 흥분하는 듯했다. 그러더니 아무 일 없는 듯 아버지 주위를 돌며 왔다갔다 했다.

아버지는 이상한 듯 물었다. "저 사람은 누구니?"

아무도 대답하지 않았다. 고개를 돌려보니 방금 자기와 함께 서 있던 따거리에 두령이 마력도 천막으로 들어가려고 했다.

아버지는 큰 소리로 다시 물었다. "저 사람, 도대체 누구예요?"

호탕한 기운이 철철 넘치던 따거리에 두령도 이번에는 목을 움 츠리며 대답했다. "저 사람의 몸에 닿은 사람은 전 재산을 잃게 되 지요. 그 숨결에 닿은 사람은 온 가족이 문둥병을 앓게 되고요. 그 그림자에 덮인 사람은 죽게 됩니다. 저 사람의 몸에는 귀기, 사기, 불길함, 피비린내, 목숨을 빼앗는 검은 기운이 가득합니다. 저 사 람이 바로 송귀인 다츠입니다. 설마 그에 대해 전혀 들어보지 못하 셨습니까?" 말을 마치자마자 그는 천막 안으로 금세 사라졌다.

아버지는 따거리에 두령의 말을 알아들은 듯, 의심스런 말투로 되물었다. "저 사람이 바로 송귀인 다츠라고?"

송귀인 다츠는 티베트 의원 가위튀를 쫓아와 손을 내밀어 무언 가를 구했다. 가위튀는 주지 않았다. 표범가죽 약부대를 꼭 끌어 안고는 빠른 걸음으로 걸어갔다. 그리고 금방 말에 올라탔다. 송 귀인 다츠는 말을 잡아세우고 싶었지만 자신의 손은 상대방을 잡 을 수 없다는 걸 깨닫고 말의 앞을 왔다갔다 하며 있는 힘을 다해 무엇인가를 사정했다. 말은 줄행랑을 놓았다. 다츠는 힘껏 소리치 며 그 뒤를 따라갔다. 지평선이 있는 그곳까지.

아버지는 후에야 소식을 들었다. 송귀인 다츠는 어제 당샹 대설 산에서 시제구로 돌아온 것이다. 그는 사원으로 티베트 의원 가위 튀를 찾아가 '십팔노호허공환'이라는 약을 얻으려 했다고 한다. 그런데 가위퇴가 무마허 부락으로 갔다는 이야기를 전해듣고는 여기까지 쫓아온 것이었다. 두 발로 걸어서. 그는 이미 말을 탄 생활과는 작별했다. 그도 여러 번 말을 타보려고 시도했지만 그가 탄 말들은 족족, 얼마를 못 넘겨 병에 걸려 죽어버렸다. 차라리 말을 타지 말아야지, 더 많은 생명을 죽게 만들고 싶지는 않았다.

다츠는 어렵사리 만난 약왕라마 가위퇴에게 '십팔노호허공환'을 조금 나눠주기를 부탁했다. 아주아주 중요하고도 아주아주 긴급한 용도를 말했다. 그래도 가위퇴는 주지 않았다.

'사람들마다 무서워하는 송귀인 다츠가 이 약을 도대체 어디에 쓰려 할까?' 곰곰이 생각해보았다. '십팔노호허공환'은 열여덟 가지 동물 약재와 광물 약재, 약초 약재를 혼합하여 제조한 약으로 죽어가는 사람의 108가지 번뇌를 다 없애준다는 고급 환약이었다. 이 약재는 보통 사람에게는 쓸 수 없었다. 수련을 훌륭하게 마치고, 고매한 정신세계를 구축한 밀종의 고승들에게만 복용할 자격이 주어졌다. 보통 사람이 이 약재를 먹으면 기억을 잃게 되지만, 고승들이 복용할 경우 모든 번뇌는 잊어버리면서도 기억들은 잃지 않을 수 있었다.

송귀인 다츠는 티베트 의원 가위퇴를 시제구사까지 쫓아왔다. 하지만 약을 얻지 못했다. 화가 머리끝까지 난 그는 갑자기 이런 말을 내뱉었다. "마하커라뻰썬바오, 마하커라 뻰썬바오! 이 주문을 들으면 음혈왕 당샹나찰이 사람을 물지 않는단 말이요. 놈은 이게 조상들, 천신들의 이름을 부르는 주문인 줄 기억하고 있소. 이 주문을 들으면 두려워서 사람을 물지를 않아. 나는 놈한테 그걸 잊어버리게 하고 싶단 말이오. 아예 잊어버리게. 하루 속히 잊어버리게 할 거요!"

티베트 의원 가위퉈는 흠칫 놀랐다. '알고 봤더니 다츠는 음혈왕 당샹나찰에게 십팔노호허공환을 먹여 조상과 천신의 유훈을 잊어버리게 하고 다시는 '마하커라뻔썬바오'라는 주문을 무서워하지 않도록 하려는 속셈이군. 음혈왕 당샹나찰은 도대체 뭐지? 놈이 '마허커라뻔썬바오'를 두려워한다고?'

가위터는 긴장했다. 송귀인 다츠가 궁시렁거리며 돌아간 이후 얼른 사원 가장 높은 곳에 위치한 밀종 찰창명왕전에 올랐다. 그는 줄곧 그곳에 앉아 참선을 하며 염불을 외던 단쩡활불에게 다츠의 말을 아뢰었다.

단쩡활불은 그의 말을 듣더니 황급히 자리를 털고 일어나 연화생 대사가 친히 전해준 '오마천녀유희근본속'과 '마두명왕유희근본속'을 아주 조심스레 경함에 집어넣었다. 그리고 오마천녀와 마두명왕의 분노형상을 향해 무릎 꿇어 절을 하며 불법을 빌어 총총히 하산했다.

반시진 후, 단쩡활불은 시제구 공작위원회 소똥 돌집에서 마이 정치위원과 바이 주임을 만났다.

바이 주임이 말했다. "저희는 방금 무마허 부락에서 돌아왔습니다. 마이 정치위원님께서는 내일 날이 밝자마자 활불을 만나뵙겠다고 하셨습니다. 그런데 활불께서 직접 오시다니, 게다가 이렇게 빨리 만나게 될 줄은 정말 몰랐습니다."

단쩡활불은 열 손가락을 모아 합장하며 마이 정치위원에게 고개를 끄덕였다. 마이 정치위원도 얼른 답례했다.

단쩡활불은 이야기를 꺼냈다. "소승이 정식으로 방문을 온 건 아니외다. 존귀한 손님을 정식으로 방문하려면 예물을 가지고 와야 하는데, 소승이 오늘은 아무것도 가지고 오지 않았소. 한 가지 소식만 가져왔을 뿐이오. 길과 흉이 아주 분명한 소식이지요. 아마도, 아마 추측밖에 할 수 없지만, 샹아마의 일곱 아이들은 당샹 대설산의 송귀인 다츠가 머무는 곳에 있을 것이오."

승복을 걸치고 한 쪽에 서 있던 리니마가 얼른 이 말을 통역했다. 마이 정치위원은 물었다. "존경하는 활불 스님, 그걸 어찌 아셨습니까?"

단쩡활불이 대답했다. "마하커라뻔썬바오, 10만 사자의 왕 어오대흑호법의 이름을 부르는 주문이 나타났소이다. 이것은 입적하신 밀법대사 펑춰라마가 어오대흑호법을 본존으로 수련하시며 전수하신 것으로 샹아마의 일곱 아이들이 시제구 초원에 가지고 들어왔소. 송귀인 다츠가 말하길, 마하커라뻔썬바오 주문 때문에 음혈왕 당샹나찰이 사람을 물지 않는다 하오."

마이 정치위원이 물었다. "음혈왕 당샹나찰은 누구를 말하는 거지요?"

단쩡활불이 대답했다. "우리 초원 여신屬神들의 주인이자 분노의 왕이오. 하지만 여신의 주인은 복을 주는 신이오. 신은 사람을 물지 않지요. 사람을 무는 것은 야수들뿐입니다."

"송귀인 다츠가 사는 그곳에 사람을 먹는 야수가 있다는 말씀입니까?"

마이 정치위원의 물음에 단쩡활불이 고개를 끄덕였다. "그렇소이다. 샹아마의 일곱 아이들은 그 야수로부터 생명의 위협을 당하고 있을 가능성이 농후하오."

마이 정치의원은 앞에 있는 활불처럼 열 손가락을 모으고, 신도들이나 할 법한 경건한 말투로 고마움을 전했다. "고난에서 구해 주시는 대활불님, 감사합니다." 그리고 바이 주임을 바라보며 일렀다. "당샹 대설산으로 얼른 출발하게."

단쩡활불이 다급하게 말했다. "빨리 가야 하오. 나도 가겠소. 우리의 약왕라마 가위뭐는 물론이거니와 사원과 초원을 보호하는 철봉라마들도 모두 가야 할 것이요."

마이 정치위원은 바이 주임을 돌아보며 물었다. "우리 시제구 공위 의사는 어쩌지? 데리고 가야지. 만일을 대비해서 말이야."

메이둬라무는 마이 정치위원과 바이 주임을 따라 당샹 대설산으로 떠나야 했다. 그녀로 인해 두 사람이 더 따라나서게 되었다. 하나는 리니마이고, 다른 하나는 빠어추쮜였다.

리니마는 처음부터 함께 가고 싶은 마음이 굴뚝같았다. 그러나 바이 주임은 함께 가자는 소리를 하지 않았다. 길을 떠날 때가 되어서야 마이 정치위원이 뒤를 돌아보며 물었다. "티베트어를 하는 저 동지는 왜 안 가나? 함께 가야지."

바이 주임은 그제야 다가와 정색을 하며 작은 소리로 책망했다. "자네 참 좋은 일을 했더군. 내 정말 자네를 다시 보고 싶지도 않네. 쨩아오를 쐬죽인 일도 아직 해결 못했는데, 그 사이를 못 참고

연애질인가? 자네한테 말하는데, 그런 일은 결혼 전에는 해서는 안 되는 거야."

리니마의 얼굴은 홍당무가 되었다.

한편 장화를 신은 빠어추쭈는 자신이 이제 진정한 남자가 되었으며 선녀 메이뒤라무를 보호할 호법신이 되었다고 여기고 있었다. 그러니 전혀 급할 것 없이 느긋하게 뒤를 따라오는 참이었다. 그만 따라오는 게 아니라 영지견들도 다 같이 쫓아왔다. 그는 늠름하고 씩씩한 군사들을 거느린 장군 같았다.

그는 불시로 "아오떠지!" 소리치며 개들 무리에서 짱아오 대왕의 모습을 찾았다. 그러나 몇 번을 찾아도 보이지 않았다. 결국 검은 짱아오 궈르를 자기 곁으로 불러 그녀에게 말했다. "네가 구령을 해라. 영지견들더러 다 따라오라고 말이야. 뒤처지는 놈이 있으면 안 돼. 하나도 남김없이 따라오게 해."

빠어추쭈는 앞에 있는 사람이 무엇을 하려는지 알지 못했다. 그저 아주 중요한 일이라는 정도만 눈치챘을 뿐. 시제구사의 주지 단쩡활불과 티베트 의원 가위튀, 흡사 짱아오처럼 위용도 당당한 철봉라마들까지 모두 길을 떠나고 있었기 때문이다.

강아지 시절 빠어추쭈에게 길러진 검은 짱아오 궈르는 고분고분히 구령을 했다. 하지만 궈르의 호령 소리에는 예전 같은 흥분과 감격이 없었다. 끊어질 듯 간신히 이어지는 모양이 꼭 내키지 않는 일을 하고 있는 것 같았다.

영지견들도 느릿느릿 따라왔다. 그들은 궈르처럼, 대왕을 잃은 슬픔과 원한에 빠져 헤어나올 수가 없었다. 다른 점이 있다면 그들은 궈르에 비해 더 잘 알고 있는 일과 더 혼란스러운 일로 씨름하는 중이었다. '짱아오 대왕이 죽었으니, 누가 우리의 새로운 대왕이 되는 거지? 설마 샹아마 초원에서 온 그 설산사자 깡르썬거? 하늘이 두 쪽 나도 변치 않을 우리의 법에 따르면 대왕을 이긴 개는 대왕이 될 수 있다. 영지견들이 해야 할 일은 주저함 없이 그를 경외하고 대왕으로 추대하는 것이다. 하지만 깡르썬거는 샹아마 초원에서 왔는걸. 그곳은 시제구 사람들의 모든 원한의 근원이야. 아무리 영지견들이 원한다고 해도 시제구 사람들과 초원이 원하지 않을지도 모르는데?'

짱아오는 사람의 뜻에 복종해야 했다. 짱아오에게 있어 복종은 영광스런 지침이요, 생존의 필요였다. 그러나 조상대대로 이 규율, 특히 짱아오 왕위계승에 대한 규율 역시 매우 엄격하게 지켜졌다. 그들의 뼛속 깊은 곳에는 용맹과 힘, 승리와 영광에 대한 숭배와 경모가 새겨져 있었다. 사람이 천지신명을 숭배하고 경모하듯이. 언제까지나 홍수처럼 맹렬한 이 충동과 원시의 소박함은 짱아오의 역사와 본능을 만년설처럼 뒤덮고 있었다.

그래서 혼란스러웠다. 시제구 초원의 영지견들은 지금 혼란스러웠다. 짱아오 대왕의 죽음 이후 새로운 짱아오 대왕이 탄생해야 할 시기에, 전에 없이 심각한 대혼란을 겪고 있었다.

마이 정치위원 일행이 떠난 다음날이었다. 무마허 부락의 마력도 천막에서 상처 치료를 받으며 쉬어야 할 깡르썬거가 예상 밖의 행동을 했다.

아침 일찍 약을 바르고 먹은 깡르썬거는 이빨로 아버지의 옷을 물어 천막 밖으로 나갔다. 검은 짱아오 나르를 데리고 그는 다짜고짜 어딘가를 향해 가기 시작했다. 몇 걸음을 걷던 깡르썬거는 아버지가 따라오지 않자 멈춰섰다. 그리고 짱아오들에게서는 거의 들을 수 없는 소리로 "멍멍!" 아버지를 불렀다.

아버지는 다가가 말했다. "네가 한가하게 여기 머물며 쉬기 힘든 마음이란 거 잘 안다. 네 주인, 샹아마의 아이들을 찾으러 가야 하니까. 하지만 상처도 아직 다 낫지 않았는데, 괜찮겠니?"

깡르썬거는 장난을 치듯 가까이에 서 있는 검은목 두루미에게 달려들었다. 꼭 대답인양 말이다.

검은 짱아오 나르 역시 옆에서 고개를 치켜들고 큰 걸음을 걷는 자세로 졸라댔다. '가요, 가, 네?'

머리 위의 검은목 두루미 역시 "깍-깍-." 울어대며 재촉했다. '가요, 가.'

떠날 수밖에 없었다. 하지만 아버지는 사람이었다. 사람은 깡르썬거나 검은 짱아오 나르에 비해 절차가 번거로웠다. 따거리에 두령에게 감사인사를 전한 뒤 작별을 고했다.

따거리에 두령은 말했다. "저도 강도 자마춰와 짱짜시를 찾으러 출발해야겠습니다. 하늘의 검은목 두루미도 우리에게 알려주고 있습니다. 좋은 소식이 지금 우리를 기다리고 있다고요. 상서로운 한인이시여, 식량을 충분히 챙겨가시기 바랍니다. 잘 가세요."

아버지는 사람이 먹을 식량과 개들이 먹을 음식을 충분히 챙긴 후, 안장을 놓고 말에 올랐다. 그리고 전후좌우에서 어지럽게 춤

추는 검은목 두루미의 호위 아래 두 마리 짱아오와 함께 길을 떠났다.

한참을 간 후에야 나르가 줄곧 앞장을 서고 있다는 사실을 발견했다. 검은 짱아오 나르는 깡르썬거와 그를 데리고 멀리 우뚝 솟은 낯선 설산을 향해 낯선 초원을 지나가고 있었다.

왼쪽 눈이 다쳐 안 보이게 된 후로 나르의 후각이 매우 발달하여 깡르썬거의 두 배쯤 된다는 사실을 아버지는 아직 몰랐다. 그리고 어제 나르가 송귀인 다츠를 만났을 때 그의 몸에서 샹아마 일곱 아이들의 냄새를 맡았고, 노린내가 코를 찌르는 어느 낯선 짱아오의 냄새까지 맡았다는 사실도 모르고 있었다.

그들은 본래 어제 떠날 계획이었다. 하지만 깡르썬거의 상처 때문에 하룻밤을 더 쉬기로 한 것이다. 하룻밤 휴식은 과연 효과가 있었다. 히말라야산 짱아오는 본래 탁월한 회복 능력을 가졌다. 여기에 티베트 의원 가위튀가 준 신비한 약재 덕분에 깡르썬거는 새벽에 떠오르는 태양을 볼 때 자신도 모르게 떠나고 싶은 충동에 사로잡혔다.

깡르썬거와 나르는 오늘 떠나야만 했다. 설령 아버지가 동행하지 않는다고 해도 반드시 떠나야 했다. 그들이 가려는 곳은 바로 태양이 뜨는 동쪽, 송귀인 다츠가 사는 당샹 대설산이었다.

# 30

　나중에 알게 된 이야기에 따르면 송귀인 다츠가 당샹 대설산에
사는 이유는 과거 당샹인黨項人들의 고향이었던 높고 드넓고 황량
한 당샹 대설산의 샨루山麓 들판 때문이었다.

　당샹인은 고대 티베트족 중에 가장 사납고 용맹이 뛰어나며 싸
움에 능숙한 족속이었다. 또한 최초로 맹견군대를 조직해 남정과
북벌을 했던 티베트 부족이기도 하다. 칭기즈칸은 세계를 제패하
던 무렵, 당샹인과 당샹인의 맹견군대를 북로선봉으로 삼아 유럽
을 공격하도록 친히 징집 명령을 내렸었다.

　맹견군대에는 약 5만여의 군사가 소속되었으며, 한 마리도 빠짐
없이 짱아오로만 구성되었다. 그들은 적군의 시체를 먹이로 삼아
하늘과 땅을 덮는 기세로 전장을 누볐다. 이 덕에 칭기즈칸은 후
대가 경탄과 흠모를 아끼지 않는 '천하제일의 전공'을 세울 수 있
었다.

　칭기즈칸은 평소 이런 말로 감개무량함을 표현했다고 한다. "짱

아오들은 수많은 전쟁에 참전했으며 그 기백은 만인에 견줄 만하니, 그들로부터 큰 도움을 받았다. 이는 하늘의 전쟁신이 나를 도운 것이다.”

유럽 공략이 끝난 후 맹견군대의 일부는 당샹인을 따라 일찌감치 당샹 대설산으로 돌아왔으나 몽고인들에게 맡겨져 유럽에서 관리되던 일부는 죽을 때까지 귀향하지 못했다. 히말라야산 짱아오에 속하는 용맹스럽고 위풍당당한 순종 당샹 짱아오는 멀리 타향에서 교잡을 통해 여러 대형견들을 탄생시켰다. 그 중에는 유명한 마스티프Mastiff, 로트바일러Rottweiler와 독일의 그레이트 덴Great Dane, 프랑스의 세인트 버나드Saint Bernard, 캐나다의 뉴펀들랜드 독Newfoundland Dog 등이 있다.

이들 견종은 훗날 세계 정상급의 대형 사역견으로 발돋움했다. 즉, 당샹 대설산의 샨루 초원은 원시 짱아오 종이 살던 땅이다. 당샹인들은 비록 이곳을 떠났지만 원시의 야성을 지닌 당샹 짱아오는 의연히 이 땅을 지키고 있었다.

송귀인 나츠는 조상의 이러한 역사를 알았다. 또 거사얼의 전설 속에서 견고한 진지를 무너뜨리며 칼과 도끼도 무서워하지 않는 전쟁신은 거의 모두 당샹 대설산 출신 짱아오라는 사실도 알았다. 게다가 당샹 짱아오는 금강구력 호법신의 제일 반신이요, 거대한 해골귀졸 백범천의 변체, 여신의 주신인 대자재천과 그의 왕후인 오마 여신의 호위신, 세계 여왕 반다라무와 폭풍신인 금강거마의 애기라는 것도 알았다. 이랑신을 도와 제천대성 손오공을 무찌른 효천견 역시 용감하고 힘센 당샹 짱아오였다.

그러므로 다츠는 당샹 대설산 샨루 벌판에 살며 순수 혈통을 자랑하는 당샹 짱아오를 키우고 있었다. 개의 이름은 그가 날마다 경배드리는 여신의 왕, 분노왕의 이름이었다. '음혈왕 당샹나찰.'

사흘 동안 쉬지 않고 길을 걸었다. 마침내 멈춰섰을 때 아버지는 당샹 대설산과 마주하고 있었다. 석양은 먹구름 속으로 빨려 들어갔다. 대설산은 미친 듯이 타오르고 있었다.

잔설이 남아 있는 여름의 초원 위로 돌연 돌집 하나와 천막집 몇 개가 나타났다. 천막집 앞에 사람들이 모여 있었다.

가까이 다가간 아버지는 놀라움과 기쁨에 들떠 소리쳤다. "마이 정치위원님, 위원님도 오셨습니까? 언제 오셨습니까?"

마이 정치위원이 웃으며 인사했다. "우리는 어제 도착했네. 한데 자네는 우리가 여기 있는 줄 어떻게 알았나?"

"제가 어떻게 위원님 일행을 찾으러 왔겠습니까? 저는 깡르썬거하고 같이 녀석의 주인을 찾으러 온 거죠. 혹시 샹아마에서 온 일곱 아이들을 보셨나요?"

아버지의 물음에 마이 정치위원이 대답했다. "아직 못 봤는걸. 송귀인 다츠가 아이들을 붙잡아뒀네."

아버지는 정색을 했다. "어떻게 그런 짓을 할 수 있나요? 다츠에게 풀어달라고 해요."

마이 정치위원이 신중하게 설명했다. "아직은 그렇게 하면 안 되네. 우리는 활불의 힘을 빌려야 해. 활불이라면 다츠를 설득할 수 있을 걸세."

아버지는 바이 주임과 리니마, 메이둬라무를 지나쳐 단쩡활불과 티베트 의원 가위튀에게 다가간 뒤 두 손을 모으고 허리를 90도 각도로 구부려 문안했다.

단쩡활불 역시 문안으로 답하며 말했다. "상서로운 한짜시, 우리 또 만났구려."

아버지가 그 사이 배운 티베트어로 인사를 전했다. "활불께서 직접 여기까지 오셨으니 분명 샹아마 아이들을 구출할 수 있을 겁니다. 송귀인 다츠가 아무리 여러 핑계를 댄다 한들 활불님의 말씀은 들어야 할 겁니다."

"다츠는 대설산으로 들어갔소이다. 다만 그가 샹아마의 아이들을 데리고 이곳으로 오기만을 바랄 뿐이지요. 허나 그는 부처를 무시하는 자로서, 마음에는 마귀가 살고 있지요. 그를 설복하기란 쉽지 않은 일입니다." 단쩡활불이 걱정스러운 듯 말했다.

티베트 의원 가위튀는 깡르썬거의 곁으로 가 그의 상처를 살펴보았다. 그리고 애처롭다는 듯이 나무랐다. "너, 너무 많이 걸었구나. 예전 상처에서 피가 흐르고 있어. 내가 약을 발라줄 테니 오늘밤에는 함부로 움직이지 말고 가만히 있어야 한다."

깡르썬거는 얼른 앉았다. 정말 피곤했다. 목과 어깨의 상처가 찌릿찌릿 아파왔다. 가위튀의 말을 듣자 더 피곤하고 더 아픈 것 같았다. 가위튀가 약을 발라주자 깡르썬거는 아버지 곁으로 오더니 땅에 푹 퍼져 힘없이 눈을 감았다. 여기까지 힘들게 온 목적이 자신의 주인인 샹아마의 일곱 아이들을 찾기 위해서라는 것도 잊은 듯했다. 앞에 있는 모든 것들, 맹렬히 짖으며 다가오는 영지견

무리까지 그의 관심 밖인 듯했다. 그는 자신이 몸을 의탁하고 있는 얼음처럼 차가운 대지에서 최대한 빨리 기력을 회복하는 데만 온 신경을 집중했다.

영지견들 역시 어제 마이 정치위원 및 단정활불의 뒤를 밟아 이곳에 도착했다. 그러나 벌판에 들어서자마자 사방에 자욱한 낯선 쌍아오의 노린내에 시끌벅적 난리를 피웠다. 그 쌍아오에게서 왜 이런 냄새가 나는지 알 수가 없었던 것이다. 다만 그 쌍아오의 냄새가 자신들에게 익숙한 시제구 쌍아오의 냄새와 많이 다르다는 것만 알 수 있었다.

냄새가 다르다면 그 개는 외지에서 온 쌍아오일 가능성이 높았다. 하지만 여기 당상 대설산의 샨루 벌판은 시제구 초원에 속한 절대 영지였다. 당연히 다른 종족의 침입은 허락불가였다. 그들은 노린내를 풀풀 풍기는 외지의 쌍아오를 찾고 싶었다. 그러나 아무리 찾아도 찾을 수가 없었다. 코를 찌르는 냄새는 풀잎 하나, 돌덩이 하나에서도 풍겨났다. 사방에서 짙은 노린내가 풍겨나고 있었다. 자욱한 노린내 때문에 머리가 어지러워지고 탐색 능력을 잃어버렸다. 그들은 광활한 샨루 초원에서 이곳저곳을 헤맬 수밖에 없었다. 길을 잃고 헤매다 신기하게도 깡르썬거를 발견한 것이다.

영지견들은 맹렬히 짖으며 달려왔다. 마치 처음 깡르썬거를 발견했던 그때처럼 달려오는 험악한 기세는 깡르썬거를 가루로 만들어놓을 듯했다. 하지만 불가능한 일이었다. 능력 때문이 아니라 심력이 없었기 때문이다.

심력이란 원한의 힘을 말한다. 이런 힘은 자신도 모르는 사이 조금씩 사라져버렸다. 짱아오 대왕 호랑이머리가 죽었다는 사실이 갑자기 떠올랐기 때문이다. 그런데 눈앞에 보이는, 땅에 엎드려 있는 이 황금빛 사자머리 짱아오는 대왕을 물어죽인 바로 그 짱아오였다. '대왕까지 물어죽인 판에 우리 영지견들이 왜 아직도 깡르썬거를 두고 소란을 피워야 하지? 그의 용맹함이 세상을 덮었는데. 그는 만 사람도 당해낼 수 없는 용기를 가졌다고. 훌륭한 영웅이란 말이지.' 짱아오들의 두런거림 속에 이런 대화가 빠지지 않았다. 이런 말들은 조상대대로 핏줄 속에 흘러온 그들의 유산에서 나온 것으로, 뼛속 깊이 새겨진 본능이 피할 수 없는 견고한 숭배의 힘을 만들어냈다.

숭배의 힘은 영지견들이 깡르썬거에게 막 다가왔을 때 힘을 발휘해 그들을 멈추어서게 했다. 그들은 여전히 짖어댔지만 이미 분노에 찬 저주는 아니었다. 그저 관성적인 짖음이자 흉악함이었다.

깡르썬거는 짖는 소리만으로도 영지견들의 마음 상태를 읽었다. 그래서 돌덩이처럼 평화롭게 엎드린 자세 그대로 드러누워 있었다.

영지견 가운데 가장 고민스러운 개는 검은 짱아오 궈르였다. 그녀는 짱아오 대왕 호랑이머리를 잃은 비통함을 아직 추스르지 못하고 있었다. 그 비통함이 원한을 만들어냈다. 그녀는 자신도 모르게 깡르썬거에게 사정없이 달려들었다.

깡르썬거는 그녀를 상대하지 않았다. 대신 그녀의 동생 나르가 언니를 맞았다. 두 자매 짱아오는 머리를 부딪쳤다. 상반신을 치세워 서로 부둥켜안고 얽혀 싸움을 하다가 상대방의 털만 물어뜯고는 씩씩거리며 물러났다.

하늘빛이 갑자기 어두워졌다. 설산은 붉은색에서 푸른색으로 변했다. 검은 밤이 샨루 초원에 드리웠다. 아버지는 무마허 부락에서 가져온 말린 고기를 꺼내 깡르썬거와 나르에게 조금씩 먹였다. 나르는 들짐승을 잡아먹고 싶었지만 깡르썬거의 안전을 위해 참기로 했다. 정신없이 말린 고기를 먹고 난 나르는 영지견들은 설득하러 갔다. '너희들 좀 멀리 떨어져라, 떨어져. 깡르썬거가 자는 걸 방해하지 말라고. 깡르썬거는 잠 좀 자야 해. 며칠 동안 잠도 제대로 못 잤다고.'

영지견들은 이런 권유에는 익숙하지 않았지만 몸을 배배 꼬며 뒤로 물러났다. 궈르는 화가 나 소리쳤지만 소용이 없었다. 그녀는 짱아오 대왕이 아니었다. 그저 과거 대왕과 사이가 좋았을 뿐이다. 영지견들이 그녀의 말을 들어야 할 이유가 없었다. 몇 차례 화를 내던 그녀는 어쩔 수 없이 뒤로 10여 미터 물러났다.

나르는 깡르썬거의 곁을 한시도 떠나지 않고 지켰다. 경계의 눈동자에는 졸린 기색이 조금도 없었다.

아버지는 나르에게 다가가 나긋나긋하게 말했다. "너도 좀 자야지. 내가 깡르썬거를 지킬게."

그렇게 말하며 아버지는 두 마리 짱아오 옆에 털썩 주저앉았다. 나르는 그제야 누웠다. 하지만 자지는 않았다. 눈빛은 시종일관 영지견들과 궈르 사이를 오가고 있었다.

이 밤 내내 아버지는 깡르썬거와 검은 짱아오 나르와 함께 노숙을 했다. 마이 정치위원이 그에게 돌집 안에 들어가 잠을 자라고 권했지만 듣지 않았다. 단정활불도 천막집 안 자기 곁에서 자라고 권했지만 그곳으로도 가지 않았다. 그리하여 마이 정치위원은 아버지에게 자신의 가죽 겉옷을 가져다 덮어주고, 단정활불은 양가죽 이불을 덮어주었다. 당상 대설산의 샨루 벌판, 얼음처럼 차가운 기운이 감도는 그 여름밤에 아버지는 진짜 짱아오처럼 온 세계에 대한 경계를 늦추지 않고 뜬눈으로 보내고 있었다.

밤이 깊어갈 무렵, 영지견들이 갑자기 소동을 일으켰다. 짖는 소리가 폭발했다. 꼭 하늘에서 무수히 많은 천둥이 치는 듯했다. 그리고 달리기 시작했다. 개들은 이리로 몰려왔다가 저리로 몰려갔다. 짱아오들의 검은색 물결이 달빛도 없는 밤하늘 아래 시끌벅적하게 빙글빙글 돌고 있었다. 달리고 떠들고, 달려들고 물어뜯는 이 소동은 격렬하게 지속되었다.

돌집과 천막집 안에서 자던 사람들이 뛰어나왔다. 눈을 휘둥그렇게 뜨고, 전방의 상황을 살폈다. 검은색 배경에 더 검은 그림자가 동에 번쩍 서에 번쩍 하는 모습이 희미하게 나타났다. 검은 그림자가 번쩍이는 곳마다 광분한 공격과 싸움이 벌어졌다.

사람들도 추측할 수 있었다. '아주 흉악하고 잔혹한 야수가 영지견 무리로 뛰어들어나보군. 놈의 힘과 용기는 짱아오와 막상막하일 것이다. 그래서 싸움이 더 격렬하고 험악하게 진행되는군.'

리니마가 큰 소리로 외쳤다. "위험해! 메이뒤라무, 위험해!"

아주 새까만 검은 그림자가 돌집에서 약 50걸음 떨어진 흰 천막으로 총탄처럼 달려왔다. 그 천막은 메이뒤라무의 숙소였다. 그녀는 이곳에 온 유일한 여인으로 일행은 그녀가 전용으로 사용할 수 있는 간단한 천막을 쳐주었다. "푹." 소리와 함께 천막은 땅에 쓰러졌다. 새까만 그 검은 그림자가 천막집 꼭대기에서 뛰어 내려와 쫙쫙 소리를 내며 튼튼하지 않은 여름철 천막을 사정없이 뜯었다. 영지견들이 물결처럼 그곳을 향해 달려갔다.

바이 주임은 무의식중에 권총을 꺼내 공중을 향해 흔들어댔다. 그러나 앞으로 몇 걸음을 걸어간 그는 갑자기 권총을 땅바닥에 내던졌다. 그 순간 리니마가 신경질적으로 몸을 부들부들 떨며 총을 주워 앞으로 달려나갔다.

바이 주임 바이마우진이 얼른 그를 붙들어세우며 외쳤다. "뭐 하려는 거야? 총을 버려!"

말을 마친 바이 주임은 천막집을 향해 뛰었다. 총을 버린 리니마도 그 뒤를 쫓아갔다. 그는 제복 위에 단쩡활불의 자줏빛 승복을 입고 있었다. 달려가는 모양새가 꼭 한 마리 거대한 박쥐같았다. 그런데 갑자기 박쥐가 땅에 떨어졌다. 리니마의 두 다리가 힘을 잃은 것이다. 그는 앞으로 구르며 땅에 나가떨어졌다.

마이 정치위원은 외쳤다. "큰일 났다!"

그는 자신이 개를 무서워한다는 사실도 잊은 채 부리나케 달려 갔다. 경호원 하나가 빠른 걸음으로 다가와 그를 안으며 제지했다. "위원님, 제가 가겠습니다."

마이 정치위원은 고개를 돌려 자신을 따르는 수행원들을 향해 말했다. "모두 갑시다. 모두 가요!"

마이 정치위원 일행이 일제히 천막집을 향해 달려갔다. 단쩡활불이 데려온 철봉라마와 웃통을 벗은 빠어추쭈 역시 천막집을 향해 뛰었다. 하지만 소용없는 일이었다.

그들이 도착하기 전 제일 먼저 그곳에 도착한 한 사람이 있었다. 바로 아버지였다. 아버지가 달려왔을 때는 검은 그림자가 이미 사라진 후였다. 날카로운 이빨에 갈가리 찢겨진 천막집 안에는 공격 대상을 찾는 영지견들로 가득했다.

메이둬라무는 다 찢어진 천막 사이에서 일어나더니 이상하다는 듯 물었다. "이게 무슨 야수예요? 왜 천막만 찢어놓고 사람은 안 물죠?"

아버지가 되물었다. "놈이 물지 않았어요?"

"네. 제 주위로 뛰어다니기만 하고는 전혀 안 물었어요."

아버지는 그제야 안심했다. "살짝이라도 물었다가는 끝장났을 겁니다."

영지견들이 우르르 달려나갔다. 검은 그림자가 또 다른 곳에 출몰한 것이다. 아버지는 얼른 깡르썬거 곁으로 달려갔다.

하지만 정말 놀랍게도, 하늘과 땅이 다 울리는 듯한 그 소란 속에서 깡르썬거는 쿨쿨 잠을 자고 있었다. 눈도 뜨지 않는 것을 보니 많이 아픈 듯했다. 얼마나 지치고 피곤했으면 개들 사이의 그 난리조차 그의 흥미를 끌지 못했을까. 반면 검은 짱아오 나르는 아주 흥분해 있었다. 몇 번이고 달려 나갔지만 깡르썬거가 마음에 걸려 되돌아왔다.

강과 바다를 뒤집는 것 같은 소란을 떨며 영지견 무리가 개 한 마리를 토벌하려 나섰지만 결국 아무런 성과도 없이 조용해졌다. 영지견들은 어둠속을 포복했다. 어찌나 조용한지 물을 끼얹은 듯

한 고요만이 감돌았다. 단쩡활불은 자신의 천막집을 메이둬라무에게 양보하고 들어가 쉬도록 했다.

메이둬라부가 뭐라고 대답하기도 전에 마이 정치위원이 외쳤다. "저희가 어찌 그럴 수 있습니까? 당신은 신이시고, 우리는 사람인데. 사람이 신을 섬겨야지, 신이 사람을 섬길 수는 없습니다."

리니마가 통역하자 단쩡활불이 대답했다. "마찬가지입니다. 괜찮아요. 신이 사람을 섬겨야 사람도 신을 섬길 수 있으니까요."

마이 정치위원은 그대로 물러서지 않았다. "그럼 나이 순서대로 하지요. 활불과 가위튀 의원의 나이가 제일 많으시니까 도리대로 하자면 이분들이 천막집에서 쉬셔야 합니다. 저희들은 두 분보다 젊으니 하늘을 이불 삼아 땅을 요 삼아 잘 수 있습니다. 메이둬라무, 자네는 돌집에 들어가 자도록 하지. 송귀인 다츠의 집은 사방 벽에 귀신이 그려져 있으니까 집에 들어가거들랑 눈을 꼭 감고 아무것도 보지 말게."

"저는 안 무서워요. 저는 아무것도 안 무서워요." 메이둬라무는 이렇게 대답하며 돌집 안으로 들어갔다.

웃통 벗은 빠어추쭈는 안으로 따라 들어갔다. 어둠속에서 잠시 서 있다가 조용히 땅바닥에 앉았다. 송귀인 다츠의 집에는 사방에 귀신이 있다. 그는 자기 마음속의 선녀 메이둬라무가 편안히 잠을 잘 수 있도록 지켜줘야만 했다.

빠어추쭈를 발견한 메이둬라무가 물었다. "너 맞지? 빠어추쭈? 너도 구들에 와서 자렴. 구들이 따뜻해." 빠어추쭈가 꼼짝도 않자 그녀가 다시 권했다. "와라, 아이야."

빠어추쭈는 가까이 다가갔다. 그녀의 곁 구들 위에 눕자 메이둬라무가 겉옷으로 덮어주었다. 그리고 얼굴을 만지며 이야기했다. "눈을 감고 자. 내가 네 곁에 있으니까 좋은 꿈을 꿀 거야."

그녀가 시키는 대로 눈을 감았지만 잠들지는 않았다. 그저 곁에 있는 선녀 메이둬라무의 따뜻하고 고른 숨소리를 들었다. 그녀를 잃을까 두렵기라도 한 듯, 조용히 곁을 지켰다.

마이 정치위원을 비롯한 많은 사람은 다 함께 노숙을 했다. 잠들기 전 마이 정치위원은 어린아이처럼 말했다. "나는 중간에서 자야겠어요! 저는 개를 무서워합니다!"

아버지는 깡르썬거의 곁에 누웠다. 정적 속에서 깊고 느리게 옮겨오는 밤의 발자국 소리에 귀기울이며 잠에 빠져들었다.

하늘은 천천히 밝아왔다. "깍, 깍." 울음소리와 함께 독수리 한 마리가 샨루 벌판에 내려앉을 때 아버지는 바짝 긴장해서 덮었던 겉옷을 젖히고 일어나 앉았다. 깡르썬거는 여전히 땅에 누워 미동도 없었다. 아버지는 걱정스러운 듯 깡르썬거의 코를 만져보았다. 호흡이 느껴지지 않는 것 같았다. "악." 놀라 소리쳤지만 얼른 다시 만져보니 호흡은 있었다. 게다가 아주 원활했다. 그제야 마음이 놓인 아버지는 일어나 앉았다.

아버지는 땅에 내려앉아 날개를 퍼덕이고 있는 독수리에게 다가갔다. 독수리 주위로 간밤에 난리법석을 피우느라 고단했던 영지 견들이 정신 못 차리며 자고 있었다. 아버지는 개들 사이를 뚫고 지나갔다. 초원에는 달음박질하는 개들의 발자국 때문에 구멍이 패여 있었다. 이곳저곳 가느다란 우모초牛毛草들이 뽑히고, 풀뿌리가 지면에 드러나기도 했다. 그 풀들 위로 핏빛 반점들이 어지럽게 흩뿌려져 있었다. 마치 천둥번개가 치고 소나기가 지나간 듯했다.

아버지는 의아했다. '이건 누구 피지? 영지견들 사이로 뛰어들었던 야수라면 상처가 깊을 텐데. 벌써 죽은 건 아닌가? 짱아오의 큰 입에 여기저기 뜯겼으면 분명 죽었을 거야.' 아버지는 침입자의 시체를 찾아보고 싶었다.

고개를 들어보니 시체가 바로 앞에 있었다. 한 마리, 그리고 또 한 마리가 있었다. 그는 계속 찾았다. 전부 다섯 마리, 선혈이 낭자한 시체를 찾아냈다. 하지만 그건 야수가 아니었다. 영지견이었다. 죽은 영지견 중 네 마리는 티베트 개였다. 그리고 한 마리는 몸집이 크고 위풍당당한 짱아오였다. 죽은 놈 외에 상처를 입은 놈도 있었다. 짱아오 중에서도 여러 마리가 상처를 입었다. 그 중에는 검은 짱아오 궈르도 있었다. 궈르의 귀는 이미 한 쪽이 찢겨지고 오른쪽 어깨는 큰 살점이 떨어져나갔다.

아버지는 경악하며 계속 찾았다. 그 침입자를 찾고 싶었다. 시체 혹은 영지견들이 뼈와 살을 먹어버린 뼈다귀라도. 헛수고였다. 영지견 무리를 샅샅이 뒤져봤지만, 발자국이 남긴 구멍들과 풀뿌리가 뽑힌 곳까지 다 찾아보았지만, 침입자의 털 한 가닥도 찾아낼 수 없었다.

놀라울 뿐이었다. 목소리로는 놀라움을 표현할 길이 없어 아버지는 멍하니 있었다. '이놈은 대체 어떤 놈이지? 누구와 싸워도 백전백승하는 영지견에게 달려들어 그 소란을 피우더니 이렇게 많은 영지견들을 물어죽였어. 게다가 자신은 여전히 팔팔하게 생명을 보존하고 여유만만하게 떠나버리다니, 정말 귀신이 곡할 노릇이네.' 아버지는 생각에 잠겼다.

그때 어디선가 곡소리가 들려왔다. 고개를 돌려보니 웃통 벗은 빠어추쭈였다. 그는 장화를 신고 영지견 사이를 돌아다니며 죽은 개를 한 마리 한 마리 발견할 때만다 엎드려 통곡을 했다.

아버지는 덜덜 떨며 깡르썬거에게 달려갔다. 놈에게 달려들지 말라고 깡르썬거에게 충고해줘야 했다. 절대로 달려들어서는 안 된다고. 아버지는 겉옷을 벗어 깡르썬거의 몸에 덮어줘야겠다고 생각했다.

잠시 후 이곳에 온 사람들은 영지견 무리 속에서 사상자들은 발견하고는 놀라움과 의아함으로 쑥덕거렸다.

마이 정치위원이 물었다. "도대체 무슨 야수인데 이렇게 대단합니까?"

티베트 의원 가위튀가 메이둬라무와 함께 다친 개들에게 약을 발라주며 말했다. "다츠, 다츠."

바이 주임이 놀라서 물었다. "송귀인 다츠가 이렇게 했단 말입니까?"

가위튀는 대답을 미룬 채 단쩡활불을 쳐다보았다.

단쩡활불이 길게 탄식하며 설명했다. "흑풍마黑風魔가 이미 사람들을 해칠 대리인을 찾았소이다. 놈이 여신도 여귀厲鬼도 아니라면 송귀인 다츠도 소승의 말을 듣지 않을 것이오. 어제저녁 이곳에 왔던 것은 분명 음혈왕 당상나찰입니다. 놈은 다츠가 길러낸 시제구 소망의 화신이지요. 모든 원한을 그 몸에 축적했기 때문에 만나는 누구든 물어뜯는 것이라오. 하지만 놈의 가장 근본적인 목적은 샹아마 초원의 사람들이 다른 사람들을 해친 대가를 치르게 하는 것입니다. 세세대대로 전해 내려오는 송귀인의 운명에 따르면 다츠는 아내를 맞을 수 없었습니다. 송귀인의 후대, 즉 계승자는 입양되는 것이지 낳아서 기르는 것이 아닙니다. 하지만 몇 년 전 한 여인이 다츠에게 이렇게 말한 적이 있었지요. 만일 자기 대신 복수를 해줄 수만 있다면 다츠에게 시집을 가겠노라고 말이오. 전 남편 둘을 샹아마 초원 사람들에 의해 잃은 여인이었소. 만일 자기 아들이 복수를 하러 나서기라도 했다가는 결국 아들마저 죽게 되리라는 걸 잘 알기 때문에, 사람들이 다 피하고 두려워하는 송귀인 다츠를 선택한 것이지요. 다츠는 이 여인과 결혼하면서 팔수흉신 중 반다라무, 대흑천신, 백범천신과 염라적의 이름을 걸고 모진 맹세를 했소이다. 만일 전 남편들을 잃은 여인의 복수를 하지 못한다면 이생 이후, 억겁의 윤회 속에서 아귀, 역귀, 병앙귀로만 환생할 것이며, 스퉈린주의 무자비한 학대를 감수하고, 화형과 빙형의 고통 속에서 살아가겠노라는 맹세였지요. 송귀인 다츠는 경박스럽게 말을 뒤집는 사람이 아닙니다. 그는 이 활불에게 밉보이는 한이 있더라도 자신의 맹세를 지키려는 겁니다. 왜냐하면 활불은 현세만을 주관하지만 자신의 맹세는 그 이후의 삶, 모든 윤회 이후의 생을 결정하기 때문이지요. 초원의 사람들이라면 내일이 오늘보다 더 중요하고, 다음 생애가 지금 생애보다 더 중요하다는 것을 알고 있소. 그리고 그들에게 가장 중요한 것은 매번의 윤회를 통해 나선

식으로 상승을 해야지, 절대 나선식으로 내려가서는 안 된다는 것이라오."

리니마가 통역을 하자 마이 정치위원이 질문을 하고 나섰다. "활불께선 이미 다른 해결방안이 없다고 말하고 싶으신 겁니까? 우리는 그저 여기서 송귀인 다츠의 망나니짓을 구경만 해야 한다는 건가요?"

단쩡활불이 대답했다. "만일 그의 행동이 망나니짓에 불과하다면 오히려 낫겠지요. 부락연맹회의에서 그를 제제할 수 있으니까요. 하지만 지금 그의 행동은 시제구 초원의 규칙을 위반하기는커녕 완전히 부합하고 있다는 게 문제이지요. 두령들은 다츠를 지지할 터이지 저지하지는 않을 겁니다."

마이 정치위원은 반문했다. "하지만 활불님, 우리는 샹아마에서 온 아이들을 구하기 위해 여기까지 왔습니다. 아이들을 구하지 못한다면, 지금 여기서 우리가 하는 일은 대체 무어라는 겁니까?"

단쩡활불이 차분하게 설명을 했다. "당샹 대설산의 샨루 벌판에서 현재 가장 위태로운 생명은 샹아마의 아이들이 아니오. 송귀인 다츠가 우리 약왕라마 가위퉈에게서 십팔노호허공환을 얻지 못했기 때문에 '마하커라쁜썬바오'라는 주문은 잠시 동안 아이들을 보호해줄 수 있을 거요. 하지만 샹아마 초원에서 온 깡르썬거는 사정이 다르지요. 아마 송귀인 다츠가 내뿜는 원한의 독화살을 피하기 어려울 것 같습니다. 깡르썬거는 극한으로 미쳐 날뛰는 야수 음혈왕 당샹나찰을 맞이하고 있기 때문이지요. 현재 상황으로 볼 때, 당샹나찰은 다츠가 원수를 갚겠다는 목표를 실현시켜줄 희망입니다. 오래도록 원한의 독만을 주입시키며 키워온, 전무후한 야수지요. 이렇게 오랫동안 심혈을 기울여 놈을 키워온 것도 바로 이 날을 기다렸기 때문입니다."

놀란 아버지가 물었다. "음혈왕 당샹나찰, 이름이 무시무시한데, 이게 귀신은 아닌가요?"

단쩡활불은 알려주었다. "놈은 쌍아오임에 틀림없소. '마하커라 뻔썬빠오'라는 주문은 다른 야수들에게는 효력이 없으니까요."

"깡르썬거! 깡르썬거!" 마이 정치위원은 불쌍한 마음으로 그를 불렀다. 깡르썬거는 아무런 느낌이 없는 듯했다.

태양이 떠올랐다. 메이둬라무는 돌집 안에 있는 송귀인 다츠의 진흙구들에서 나이차를 끓여 사람들에게 한 잔씩 따라주었다. 가위뤄는 마시지 않았다. 철봉라마들도 마시지 않았다. 단쩡활불은 귀신이 달라붙는 것은 두려워하지 않았지만 한 입 마실 때마다 귀신을 위협하는 주문을 한 마디씩 외웠다.

마이 정치위원을 수장으로 하는 외지인들은 전혀 신경 쓰지 않았다. 한 잔을 다 마시고 한 잔씩을 더 마셨다. 아버지는 나이차를 불어 식힌 후, 자신만 눈이 빠져라 쳐다보고 있는 나르에게 가져다주었다.

하지만 단쩡활불이 아버지를 제지하며 말했다. "절대로 안 됩니다. 귀신이 붙은 쌍아오는 광견병에 걸릴 수 있습니다. 개들 중의 미치광이가 되어 육친六親을 분간하지 못합니다."

아버지는 그저 자기가 마실 수밖에 없었다. 그리고 나르에게 다가가 속삭였다. "네가 물을 찾아서 마셔라. 아니면 사냥한 짐승 피를 마시든지. 깡르썬거는 내가 보고 있을게. 괜찮아."

검은 짱아오 나르가 떠났다. 하지만 100미터도 가기 전에 뛰어 돌아왔다. 그리고 한 눈으로 먼 곳을 주시하며 우레가 치듯 맹렬히 짖어댔다. 짖다가 코로 깡르썬거를 건드렸다. 깡르썬거는 살짝 움직이는 기색이 보였다. 하지만 눈은 뜨지 않았다.

아버지는 마이 정치위원에게 이 상황을 알렸다. "제가 나르를 알게 된 후로 이렇게 미친 듯이 짖어대는 건 처음 봤습니다. 분명히 무언가를 발견한 것 같은데요?"

나르는 쉬지 않고 짖었다. 멀지 않은 곳에 있는 영지견들도 다 같이 짖어댔다. 하늘 한쪽이 갈라질 듯 그 소리가 울렸다.

단쩡활불은 이미 무슨 일이 일어났는지 알고 있는 듯, 가부좌를 틀고 '부동금강 분노왕 맹여화 장엄대주역경不動金剛忿怒王猛厲火莊嚴大咒力經'을 외기 시작했다. 티베트 의원 가위튀는 활불의 소리를 듣자마자 곧 옆자리에 앉았다. 철봉라마들도 그 뒤에 열을 지어 서서 순식간에 이상하리만치 엄숙한 분위기를 자아냈다.

그리고 깡르썬거가 일어났다. 네 다리로 우뚝 선 깡르썬거가 모든 피곤과 아픔을 털어내듯 온몸을 감싼 황금빛 털을 털었다. 순식간에 정신이 또렷해지고 기상이 뻗쳐나는 모습이 마치 부동금강이 된 것 같았다. 지금 당장이라도 맹렬한 분노의 불꽃을 뿜어낼 듯한 위용으로, 검은 짱아오 나르가 미칠 듯 짖어대던 방향을 지그시 바라보더니 묵묵히 전진했다.

바로 그때 마치 돌덩이가 변해서 생겨난 것 같은, 온몸이 새카맣게 빛나고 네 다리와 앞가슴은 불꽃처럼 타오르는 짱아오가 눈앞에 나타났다. 타오르는 거대한 쇳덩어리처럼 사람의 시야 가운데로 굴러 들어오고 있었다. 영지견들은 그 개의 오른쪽을 향해 우르르 몰려갔다. 하지만 그 개는 보기도 귀찮다는 듯, 고개 한 번 돌리지 않고 눈길 한 번 주지 않은 채 곧장 깡르썬거를 향해 달려 갔다.

사람들이 놀라 외쳤다. "음혈왕 당샹나찰?"

송귀인 다츠도 유령처럼 나타났다. 그는 땅을 기어와 여러 무더기로 쌓여 있는 나사부대 뒤편에 몸을 숨겼다. 잔인한 미소를 띠며 앞에서 벌어지는 모든 광경을 몰래 살펴보고 있었다.

그리고 한 무리의 기마대도 이쪽을 향해 달려왔다. 그들은 예루허 부락의 두령 쒀랑왕뚸이와 치메이 청지기가 데리고 온 기마사냥꾼과 무마허 부락의 두령 따거리에가 데리고 온 기마사냥꾼들이었다. 강도 자마춰와 짱짜시를 쫓던 그들이 우연히 이곳에서 마주친 것이다. 그 모든 사람들이 모인 이 벌판에서 인간의 복수를 위한 짱아오와 짱아오 간 대리전, 초원의 왕자를 가리는 결투가 막 시작되고 있었다.

그들은 한 목소리로 외쳤다. "어이쿠!"

# 31

깡르썬거는 멈춰섰다.

그는 고대하던 헤이톄휘黑鐵火 짱아오, 음혈왕 당샹나찰이 자신을 향해 달려오는 것을 물끄러미 바라보았다. 이윽고 몸의 털을 틸고 갈기를 곧추세우면서 큰 머리를 치켜들었나. 내서운 두 눈을 치켜뜨고 위풍당당하게 우뚝 선 자세로 상대방을 맞았다.

'바로 네놈이로구나. 드디어 만나게 됐다.'

깡르썬거는 며칠 전부터 음혈왕 당샹나찰을 만나게 될 것이라 예감하고 있었다. 당샹나찰이 시제구 초원의 흉악하고 포악한 원한의 절정이라는 것도 예감했다. 자신의 일생에서 가장 잔혹한 결투가 곧 시작되리라는 예감이 들었다.

그래서 휴식을 취했다. 밤새도록 한 번도 깨지 않고 잠에 빠져 여행의 노독과 상처의 고통을 몰아냈다.

이제 상처는 많이 아물어 약간의 아픔이 느껴지는 정도였다. 노독은 말끔히 없어졌다. 그렇지 않다면 이렇듯 당당하게 우뚝 선 자세를 유지할 수 없었다.

그는 관례에 따라 자신이 자세를 취하고 있기만 하면 사납게 달려오던 음혈왕 당샹나찰도 그 앞에서 멈춰서고, 그렇게 서로 자세를 취하면서 탐색전을 벌일 것이라고 생각했다. 사나운 짱아오일수록 결투 전 자세에서 완벽한 아름다움과 독창성을 추구한다. 위협적인 자세를 통해 사전에 상대의 기를 꺾기를 열망한다.

깡르썬거가 노리는 것은 이 관례를 통해 상대의 허점을 찌르는 것이었다. 상대가 자세를 취하려 애쓰면서 방심하는 틈을 타 순식간에 공격을 감행할 예정이었다.

그러나 깡르썬거도 계산하지 못한 사실이 있었다. 음혈왕 당샹나찰은 보통 짱아오가 아니었다. 그는 짱아오의 일반적인 성장규율과는 무관하게 키워졌다. 그는 사람이 사용하지 않는 수단으로 사람에 의해 길러진 짱아오의 마왕, 야수들의 귀신이었다.

짱아오는 본래 군거생활(사람과의 군거, 그리고 같은 동료와의 군거)을 통해서만 자신의 능력을 발휘하며 그 과정 속에서 인류생활에 영입될 수 있는 동물이다. 군거생활을 통해 그들은 올바른 심리와 지능을 구비하고, 수많은 짱아오가 반드시 준수해야 할 규칙들을 부지불식간에 배운다. 그로 말미암아 그들의 행동방식은 대대로 전해져 내려오는 관습들에 부합하는 것이다. 이러한 규칙과 관습이야말로 그들 자신의 생존과 인류생활의 필요조건이었다.

그러나 음혈왕 당샹나찰은 사물을 분별하기 시작한 이래 다른 짱아오와는 함께 생활해본 적이 없었다. 설령 있다 하더라도 강인한 유전인자를 통해 그의 피와 뼛속에 완강하게 자리잡은 조상의 정보 외에, 동료나 사람들에게서 소위 관례라는 것은 배운 적이 없었다. 마음과 육체 모두 절대 고독에 처해 있었기에, 사람과 짱아오에게 통용되는 견식과 이해에서 철저히 분리되었다. 그의 이름 음혈왕 당샹나찰이 명시하는 특징은 두 가지였다. 첫째, 다른 어떤 야수와도 비교할 수 없는 악랄한 성격이고 둘째, 질서와 도덕에 대한 강력한 반발 혹은 극단의 무지였다.

음혈왕 당샹나찰은 깡르썬거를 향해 날듯이 달려들었다. 전혀 멈춰서지 않은 것은 물론, 깡르썬거를 직접 공격한 것도 아니었다. 갑자기 몸을 돌려 우측 배후에서 공격해 들어온 영지견 무리 중 가장 용감하고 매섭게 생긴 검은색 금강 짱아오를 향해 달려들었다. 검은 금강 짱아오는 눈앞에 난데없는 변화가 일어난 것만 느꼈을 뿐, 그 정체에 대해서는 세대로 깨닫지조차 못했다. 서내한 몸이 하늘을 덮으며 밀려왔고 커다란 입이 벌려지자마자 그의 목구멍을 물고 늘어졌다. 그저 "빠각" 하는 소리만으로 당샹나찰의 날카로운 송곳니는 반자 길이나 되는 상처를 만들어냈다. 일반적인 규칙을 따르자면 당샹나찰은 이어서 한 입을 물어 상대방이 죽을 때까지 놓지 않을 것이다.

그러나 그는 여기서도 달랐다. 이빨을 빼내고 몸을 일으키더니 질풍과 같은 힘으로 깡르썬거에게 달려들었다. 그 속도가 너무 빨라 깡르썬거처럼 지혜와 용맹을 모두 갖춘 짱아오마저 적절하게 대처할 수 없을 정도였다.

깡르썬거는 여전히 뻐딱하게 서서 갈기를 세우고 큰 머리를 치켜든 채 상대 역시 자세를 보여주기를 기다리고 있었다.

음혈왕 당샹나찰은 큰 소리로 포효하며 물었다. '이 무슨 뜬금 없는 짓이냐?'

당샹나찰의 이빨이 포효하는 목소리보다도 더 빠르게 깡르썬거 앞에 나타났다. 깡르썬거는 깜짝 놀랐다. 도망은 불가능했다. 그대로 넘어지는 것도 불가능했다. 그저 몸을 뒤로 빼며, 여전히 돌부처처럼 서 있는 수밖에.

깡르썬거는 과연 설산사자다웠다. 돌부처 같은 자세를 유지할 수 있다는 것은 아주 냉정하고 침착한 심리상태의 반영이었다. 동시에 그것은 본능적인 방어이기도 했다. 모든 용감한 짱아오들은 공격을 할 때에도 상대방이 도망치거나 피하는 길을 정확하게 예측한다. 방향과 거리, 모두 매우 정확히 예측할 수 있다. 그러니까 돌부처 같은 자세를 유지한다는 것은 공격자의 예측을 피했다는 뜻이기도 하다.

피동적 방어 측면에서 말하면 이 전술은 매우 효과적이었다. 음혈왕 당샹나찰은 한 입에 상대의 목구멍을 물어뜯을 수 없었다. 억세게 휘두를 경우 바위에 구멍이라도 낼 만한 두 앞다리 중 한 발은 허공을 가르고, 한 발은 깡르썬거의 머리 위로 떨어졌다.

깡르썬거의 머리에서 '윙' 하는 소리가 들렸다. 머리는 개의 몸 중에서 제일 단단하다. 게다가 깡르썬거의 머리는 바윗덩어리보다도 더 단단했다. 머리에 난 황금빛 털이 분분히 떨어질 때, 깡르썬거는 맹렬한 공격을 있는 힘껏 버티며 쓰러지지 않았다. 더욱 찬탄할 일은 버티는 것에 그치지 않고 곧바로 반격을 가했다는 것이다. 음혈왕 당샹나찰은 네 다리로 땅을 짚자마자 깡르썬거의 이빨을 보았다. 눈 깜짝할 속도였다. 과연 깡르썬거의 이빨은 초원의 전쟁신이나 가질 수 있는 날카로운 이빨이었다. 이런 이빨은 인간들이 사용하는 살수간殺手鐗이나 마찬가지로, 적수를 상대할 때 한 입에 절명시킬 수 있었다.

그러나 이렇듯 위대한 이빨도 음혈왕 당샹나찰을 상대할 때는 제대로 위력을 발휘하지 못했다. 음혈왕 당샹나찰은 상대의 반격이 얼마나 매서운지 순식간에 알아차렸다. 그러나 그에게 행동은 감각 그 자체였다. 심지어 감각보다 빠르기까지 했다. 그는 숨지 않았다. 자신이 서 있던 그 자리에서 튀어오르며 고개를 획 돌려 상대를 물었다.

이빨과 이빨이 서로 부딪히는 순간 깡르썬거는 상대가 얼마나 거대한 힘의 소유자인지 다시금 실감했다. 그는 얼른 뛰어올라 피했다. 하지만 늦었다. 음혈왕 당샹나찰의 날카로운 이빨이 "푹" 소리와 함께 깡르썬거의 두꺼운 입술에 박혔다. 깡르썬거의 이빨은 상대방의 입술을 꿰뚫지 못했는데 말이다. 튀어오르는 선혈이 공격을 피하는 움직임을 따라 공중에 흩뿌려졌다.

시제구 초원에 극도로 잔인하고 포악한 당샹나찰이 나타날 것이며, 자신이 그 개와 전례 없이 잔혹한 싸움을 벌이게 될 것임을 예감한 깡르썬거였다. 하지만 상대방의 공격 속도, 살육의 야만성, 뻗쳐나는 기세 모두 자신보다 훨씬 뛰어났다. 지금 자신이 할 수 있는 유일한 일이란, 수단을 총동원해 상대에게 상해를 가하는 것이 아니라 도망치는 길밖에 없는 듯 보였다.

그렇다면 상대의 도주 능력은 어떤가? 당샹나찰의 도주 능력이 자기보다 한 수 위라면 싸움은 이미 끝났다고 볼 수 있다. 그는 죽을 것이다. 지금이 아니라 조금 후에. 도주 능력이 뛰어난 짱아오는 대개 어떻게 해야 상대방의 도주를 막을 것인지 잘 안다. 짱아오의 도주 능력과 기술은 공격 능력과 기술을 드러낸다고 할 수 있다.

깡르썬거는 한번 시험해보고 싶었다. 상대가 얼마나 잘 도망치는지. 그는 음혈왕 당샹나찰이 또다시 자신에게 달려오는 것을 보고 신속하게 피하는 동시에 달려들었다. 음혈왕 당샹나찰은 전혀 피하지 않았다. 도주라는 것을 아예 모르거나 도주할 가치도 없다고 여기는 것처럼. 깡르썬거가 그에게 이빨을 들이대고 살을 물어뜯으려는 순간에도 그는 여전히 제자리에서 뛰어오르며 큰 입을 벌려 물려고만 했다.

모든 과정은 전광석화같았다. 당샹나찰의 이빨은 또다시 깡르썬거의 살을 파고들었다. 결코 그 반대가 아니었다.

상처 입은 깡르썬거는 다시금 한쪽으로 물러섰다. 자신이 바보같이 여겨졌다. 이렇게 강한 속전속결 공격을 펼칠 수 있는데 상대가 도망칠 필요가 있단 말인가? 도망칠 필요가 있다면 오히려 자기 쪽이었다.

도망 외에는 정말이지 다른 수가 없는 듯했다. 사람과 개들의 능력을 뛰어넘는 자신의 지혜와 계략, 승산을 불러오는 온갖 살상능력, 모든 상대를 압도하던 호기로운 기세들은 하늘에서 내려온 음혈왕 당샹나찰 앞에서 죄다 무용지물이었다.

깡르썬거는 절망했다. 그러나 마냥 절망할 틈도 없었다. 음혈왕 당샹나찰의 공격이 다시 시작된 것이다. 속도와 힘이 엄청난 공격이었다. 한 번에 물어뜯지 못하자 두 번째 세 번째, 공격이 계속되었다. 공격 사이에는 앉았다 일어서는 위치 전환만 있을 뿐 다른 공백이 없었다. 세차게 흐르는 강물이 자연스럽고 줄기찬 것처럼.

깡르썬거는 필사적으로 도망을 쳤다. 피동적으로 당하기만 하는 그로서는 아무런 체면도 생각할 수 없고 심지어 조금은 낭패스럽기까지 했지만 어쩔 수 없었다. 반면 주위를 둘러싼 사람과 개들은 눈이 휘둥그레졌다. '피하기는 하지만 물리지 않고, 퇴각하지만 속도의 변화가 없다. 약자의 기지가 찬미받을 만한 행동이 아니라고 그 누가 말했던가?'

그는 쉬지 않고 몰려오는 번개의 공격을 피해내고 있었다. 휘몰아치는 광풍을 피해내고 있었다. 비록 사람이 탄복할 만한 영웅지인 기개는 없었지만, 사람이 탄복할 만한 영웅적인 기개를 뽐내던 음혈왕 당샹나찰도 깡르썬거 앞에서 쩔쩔매고 있었다.

사람들 무리 속에서 갈채의 목소리가 들려왔다. 아버지의 격려였다. 영지견들이 짖는 소리도 이곳저곳에서 들려왔다. 그들은 자신도 모르게 깡르썬거를 위해 응원하고 있었다. 염불을 외는 소리도 있었다. 단쩡활불은 또 한 번 '부동금강 분노왕 맹려화 장엄대주력경'을 외기 시작했다. 이 소리는 큰 종소리처럼 긴장한 분위기 사이를 파고들며 장엄함과 엄숙함을 한껏 더했다.

동에 번쩍 서에 번쩍, 피하기만 하던 깡르썬거도 점차 희망을 갖기 시작했다. 자신이 지금 사용하는 도주법은 일상적 도망과는 차원이 다른 것임을 알고 있었기 때문이다. '도망은 상해를 피하는 생존의 예술이다. 나아가 사망을 피하는 생명의 예술이다. 네가 나를 죽이고 싶은 마음이 강렬할수록 나는 더 악착같이 살아남는 모습을 보여줄 것이다. 내가 죽지 않고 살아 있기만 하면, 이것은 나의 승리가 된다. 다른 말로 하자면 너의 승리는 나를 물어죽이는 것이고, 나의 승리는 너의 시도가 매번 무위로 돌아가게 하는 것. 죽음을 피하며 악착같이 살기 위해 버티는 생존의 예술을 유감없이 발휘하는 것이다. 네 공격이 무위로 돌아간다면 나는 위대한 승리를 거둘 것이다.'

위대한 깡르썬거는 수십수백 번 뛰어올랐다가 떨어져내렸다. 음혈왕 당샹나찰 역시 수십수백 번 뛰어오르며 달려들었다. 회를 거듭할수록 그는 분노에 가득 차 울부짖었다. '네놈은 짱아오가 아니라 파렴치한 늑대놈이다. 늑대야말로 날 보면 이렇게 피하는걸! 늑대의 잡종 새끼, 오너라! 나한테 달려들어보라고! 귀신처럼 요리조리 피하기만 하는 게 무슨 실력이냐?'

당샹나찰은 몇 번이고 그만두고 싶었다. 싸울 맛이 나지 않았다. 영원히 피하기만 하는 적수는 절대 적수라고 할 수 없었다. 하지만 오랫동안 고대하며 기다리던 사자머리 짱아오를 드디어 만나게 되었는데, 여기서 물어죽이지 않는다면 그건 음혈왕 당샹나찰답지 않은 행동이었다. 그건 음혈왕이 죽은 거나 진배없었다. 살았어도 죽은 것과 마찬가지다.

음혈왕 당샹나찰은 갑자기 멈춰섰다. 더 효과적인 공격을 하기 위해서였다. 그는 땅에 몸을 찰싹 붙이고 엎드렸다. 마치 피곤해

죽겠다는 듯이. 깡르썬거의 가슴을 뚫어져라 바라보며 숨을 길게 내쉬고 다시 길게 들이마셨다. 그리고 뒷다리를 배 아래에 숨긴 채 두 앞다리로 땅을 딛고 섰다. 이어서 앞다리를 쭉 펴고 발톱으로 땅을 파냈다. 어깨는 있는 대로 오므렸다.

깡르썬거는 경계의 눈빛으로 그를 관찰하면서 도대체 무슨 수작인지 곰곰이 생각해보았다. '힘이 다한 걸까? 아니면 심리적으로 극한 피로를 느낀 것일까?'

한참 고민을 하고 있는데 갑자기 지면이 흔들리는 게 느껴졌다. 얼른 피해 도망치려는 순간 음혈왕 당샹나찰의 날카로운 이빨이 이미 깡르썬거의 가슴 앞까지 와 있었다. 크고 넓은 깡르썬거의 가슴팍을 뚫고 날카로운 당샹나찰의 이빨이 심장에 박혀 들어갔다. 깡르썬거는 땅으로 고꾸라졌다.

이번만은 성공적인 공격이었다. 음혈왕 당샹나찰이 사용한 진술은 저공으로 뱀을 잡는 법이었다. 즉 그는 곡선을 그리며 달려든 것이 아니라 직선으로 날아갔다. 몸 전체가 지면에서 5센티미터도 떨어지지 않았다. 지금껏 깡르썬거의 도피술이 성공할 수 있었던 이유 역시 상대방의 뛰어오르는 곡선 노선을 이용했기 때문이었다. 같은 거리를 놓고 볼 때 곡선은 직선보다 시간이 조금 더 걸리게 마련이다. 그 시간차 덕에 매번 상대방의 공격을 피할 수 있었다. 그러나 이번에는 그 여분의 시간이 사라져버렸다.

사람들은 놀라 소리쳤다. 아버지는 달려가 깡르썬거를 도와주려고까지 했다. 그러나 마이 정치위원이 아버지를 말렸다. "냉정을 찾게. 냉정을."

말을 하며 그는 단쩡활불을 살펴보았다. 활불의 염불 소리는 조금도 달라지지 않았다. 티베트 의원 가위뛰는 살며시 눈을 감았다. 철봉라마들은 여전히 평화로우며 위엄에 넘쳤다. 쒀랑왕뛔이 두령 및 치메이 청지기와 따거리에 두령이 마이 정치위원과 바이 주임의 뒤편으로 살며시 다가왔다.

치메이 청지기는 낮은 목소리로 마이 정치위원과 바이 주임에게 알렸다. 시제구 초원 거의 모든 부락에 기마사냥꾼을 파견해 강도 자마춰를 찾고 짱짜시를 구출해내려 했지만 지금까지 행방이 묘연하다는 내용이었다. 엊저녁 그들이 고산 초장을 수색할 때 니마 할아버지의 아들 유목민 빤주에로부터 포박당한 짱짜시를 태운 기마사냥꾼들과 강도 자마춰가 당샹 대설산 쪽으로 갔다는 이야기를 들었다는 것이다. 그들이 여기까지 따라온 이유였다. 그는 마이 정치위원에게 이곳에서 강도 자마춰와 짱짜시의 행적을 발견했는지 물었다.

마이 정치위원은 고개를 가로저었다. "강도 자마춰가 이곳에 와서 뭘 하려고요? 숨기 좋은 으슥한 장소도 아닌데 말입니다."

"아오떠지! 아오떠지!" 빠어추쭈가 갑자기 고함을 쳤다. 영지견들이 달려들어 깡르썬거와 음혈왕 당샹나찰을 물어죽이길 그는 바랐다. 그러나 영지견들은 말을 듣지 않았다. 행동을 하지 않는 것은 물론 짖지도 않았다. 이 정도 재능을 지닌 짱아오 사이의 '왕중왕전'은 반드시 일대일 결전이어야 하기 때문이다.

그들은 이제 곧 죽음을 맞이할 깡르썬거가 시제구 초원에 적대적인 샹아마 초원에서 왔다는 사실도 잊지 않았다. 만일 그가 싸움에서 천하무적 영웅의 면모를 발휘하지 못한다면 영지견들도 그를 받들 이유가 없다. 영지견들은 지금 한 가지 생각에 골몰하고 있었다. '짱아오 대왕 호랑이머리를 굴복시킨 설산사자 깡르썬거마저 음혈왕 당샹나찰을 이기지 못한다면 우리는 과연 어떻게 해야 하나?'

두 가지 선택지가 있었다. 첫 번째, 모든 것을 희생할 때까지 어떤 고난과 어려움과 악에도 굴하지 않고 앞으로 나아간다. 두 번째, 음혈왕 당샹나찰을 왕으로 삼아 관습과 규율을 짓밟은 음험한 폭군에게 고개를 숙인 채 그의 신민임을 자처한다. 구차하지만 배제할 수 없는 가능성이었다. 만약 시제구 사람들의 뜻이 두 번째에 부합한다면 기꺼이 따라야 하기 때문이었다.

깡르썬거는 땅에 쓰러졌다. 무력하고 비참한 모습으로 몸부림쳤다. 가슴에서는 피가 샘물처럼 흘러나고 온몸은 피로 짖어들었다. 음혈왕 당샹나찰은 그 피를 마시기 시작했다. "콸콸." 피 솟는 소리가 들렸다. 시냇물이 깊은 계곡으로 떨어지는 소리 같았다.

검은 짱아오 나르는 그 주위를 다급히 뛰어다니다 하마터면 당샹나찰에게 달려들 뻔했다. 하지만 참았다. 짱아오의 규칙상 그녀는 구경만 할 수 있을 뿐 싸움에 끼어들 수는 없었다. 대신 나르는 짖기 시작했다. 소리는 높지도 낮지도 않았다. 아주 부드럽고 사랑스러웠다.

어쩌면 이 부드러운 사랑의 음성이 깡르썬거에게 용기와 영감을 회복시켜주었는지 모르겠다.

불가사의한 일이 벌어졌다. 깡르썬거가 높았다 낮아지는 파도

타기식 울음소리로 울었다. 분명 암짱아오의 울음이었다. 암컷은
발정기가 최고조에 달하면 지극히 고통스럽고도 부드러운, 갈망에
가득 찬 소리를 내게 된다.

비록 조상대대로 내려온 수많은 유산을 잃어버린 음혈왕 당샹
나찰이었지만 어머니 뱃속에서부터 형성된 생리적 특성까지 잃은
건 아니었다. 그는 수컷이었다. 수짱아오의 성별과 신경은 조물주
의 계획에 따라서 창조된다. 자연계에서 발생하는 모든 일이 그렇
듯이, 당샹나찰의 수컷 본능 역시 지극히 정상적으로 존재하고 있
었다. 그의 원한과 분노 저 뒤편에는 암짱아오에 대한 사랑과 수
컷 충동이 깊숙이 감춰져 있었다.

음혈왕 당샹나찰은 당혹스러웠다. 그 표정은 꼭 이렇게 말하는
것 같았다. '너는 수컷의 탈을 쓴 잡종 개란 말이냐? 어떻게 암컷
의 소리를 낼 수 있단 말이야?'

혼란스러운 당샹나찰의 이빨은 느슨하게 흔들렸다. 상대방의
가슴팍에 깊이 꽂혀 있던 송곳니는 강력한 반발심으로 인해 밀려
나왔다. 이 순간은 깡르썬거에게 있어서 자신의 생명을 결정짓는
가장 중요한 순간이었다. 그는 죽음에서 벗어날 시간을 얻어냈다.
동시에 적에게서 자기 몸을 빼내 적의 생명을 입에 물 공간을 얻어
냈다.

깡르썬거는 0.001초의 속도로 고개를 들었다. 0.002초의 속도
로 이빨을 드러내고, 0.003초의 속도로 상대방의 목구멍을 물어뜯
었다. 치명적인 공격이었다. 물어뜯은 위치는 정확했다.

음혈왕 당샹나찰은 도저히 믿을 수가 없었다. '발정난 암캐의 목

소리로 짖어대던 녀석이 이렇게 악랄하게 날 물어뜯다니?'

분노가 폭발한 당샹나찰은 이러저리 날뛰며 상대방을 떼어내려고 몸부림쳤다. 그러나 더 믿기지 않게도 아무리 몸부림을 쳐봐야 상대를 떼어내지 못했을 뿐더러 여러 차례의 공격 시도가 다 무위로 돌아갔다는 점이다. 깡르썬거를 떼어내기 위한 당샹나찰의 투혼은 계속되었다. 그의 무거운 몽뚱어리는 그때마다 이곳저곳으로 허망하게 흔들렸다.

깡르썬거에게 이 공격은 설산사자로서의 명예와 자신의 생명을 모두 건 공격이었다. 젖 먹던 힘과 평생의 전투 경험까지 다 쏟아부었다. 모든 야수가 생사존망의 끝에서 발휘하는 가장 강인하고 굳건한 능력을 동원해 생명의 장엄함을 펼쳐내는 최후의 반격 기회를 만들어냈다.

깡르썬거는 성공했다. 곧 패배할 수밖에 없던, 곧 죽을 수밖에 없던 싸움에서 기적처럼 주도권을 쥐었다.

음혈왕 당샹나찰은 상대방을 흔들어 떨어뜨리지 못하자 이제 앞발로 힘껏 차기 시작했다. 그의 앞발은 힘껏 내려치기만 해도 바위를 산산조각낼 만한 위력을 지녔다. 공포의 주인이 오랜 세월을 두고 날카롭게 연마해온 손이었다. 단 한 번의 공격으로도 깡르썬거의 근육과 뼈를 부러뜨릴 수 있으며, 거대한 몸을 저 멀리 날려보낼 수도 있었다.

그러나, 그럼에도 불구하고 깡르썬거를 날려버릴 수는 없었다. 이 빌어먹을 자신의 목과 배에서 깡르썬거를 떼어낼 수가 없었다. 깡르썬거는 집념을 불태우고 있었다. '내 뼈가 부서지고 몸이 가루

가 된다 할지라도 내 이빨만은 네놈의 목구멍에 남겨놓겠다.'

당샹나찰의 목구멍에서 피가 흘러나왔다. 아주 빠르게 많이.

깡르썬거의 몸이 빙하의 수원처럼 굵고 거대한 피기둥이 되었다. 많은 피가 음혈왕 당샹나찰의 목구멍에서 쏟아져나왔다. 그건 음혈왕 당샹나찰의 피가 아니었다. 그동안 통쾌하게 마셔온 수많은 동물들의 피였다. 그는 대형 혈액저장고였다. 저장고 안의 피는 무궁무진한 듯했다. 그 피를 마셔온 음혈왕의 생명 역시 무궁무진한 듯했다.

깡르썬거는 음혈왕 당샹나찰에게 단호하게 말했다. '아무리 많은 생명의 피를 마셨더라도, 네놈의 생명은 무궁무진하지 않아. 이제 네놈은 죽음을 향해 가는 거야.'

음혈왕 당샹나찰은 지치지도 않고 미친 듯이 몸부림치며 발길질을 해댔다. 하지만 깡르썬거는 자신이 상대 몸의 일부인양 끝까지 물어뜯은 목을 놓지 않았다.

시간이 얼마나 흘렀을까. 음혈왕 당샹나찰의 몸부림과 발길질이 마침내 사라졌다. "헉! 헉!" 거친 숨소리가 끊어질 듯 이어졌다.

깡르썬거의 힘도 다했다. 이빨은 상대에게서 떨어지고, 기운을 완전히 소진해 땅에 쓰러져버렸다. 그때까지 음혈왕 당샹나찰은 여전히 꼿꼿하게 서 있었다. 용처럼 머리를 치켜들고 호랑이처럼 당당하게 걸었다. 피는 더이상 흐르지 않았다. 몸속의 피를 다 흘린 것 같았다.

마침내 "쿵!" 하는 소리가 들렸다. 꼿꼿하게 서 있던 당샹나찰의 몸이 땅으로 넘어가는 순간, 모든 영지견들은 큰 소리로 환호했다. 샨루 벌판에 우레가 몰아치면서 낮게 깔려 있던 먹구름을 절벽으로 급히 몰아냈다.

단쩡활불의 염불 소리도 돌연 사라졌다. 아버지와 검은 짱아오 나르는 누가 먼저랄 것도 없이 깡르썬거를 향해 달려갔다. 티베트 의원 가위뛰와 메이둬라무가 그 뒤를 따랐다.

깡르썬거는 눈을 뜨고 아버지를 바라보았다. 아버지가 쓰다듬 어주자 깡르썬거는 눈을 깜빡여 친절하게 대답했다. '걱정 마세요. 저는 괜찮아요.' 가위뛰는 그의 온몸에 난 상처를 살펴본 후 표범 가죽 약부대를 열며 '광휘무구유리경光輝無垢琉璃經'을 외웠다. 나르는 마음이 아파 상처를 핥았다. 그녀는 황급히 깡르썬거의 몸 곳곳에 난 상처를 핥아주었다.


우르르 몰려오던 영지견들이 돌연 멈춰섰다. 특별히 지혜롭고 용감한 짱아오들이 깡르썬거의 곁을 둘러쌌다. 그들은 땅에 앉아 고개를 치켜들고 애절한 소리로 울어댔다. 이것은 엄숙한 경건을 표하는 행위였다. 짱아오 대왕을 배알할 때만 보여주는 자발적이고 진실한 복종, 참새처럼 깡충거리는 즐거움의 행동이었다. 땅에 엎드린 깡르썬거는 정중한 표정으로 가볍게 꼬리를 흔들었다. 영지견들의 울음소리는 점점 더 의미심장해졌다.

그 무렵 나사부대 뒤쪽에 숨어 있던 송귀인 다츠가 사납게 얼굴을 찡그리며 일어나더니 달아났다.

"아오떠지! 아오떠지!"

영지견들의 뒤편에서 빠어추쭈의 소리가 울려왔다. 점점 급박해지는 목소리였다. 전쟁을 재촉하는 목소리요, 영지견들이 깡르썬거에게 복종하지 못하게 하는 간섭이었다.

그러나 영지견들은 한 마리도 빠어추쭈의 음성에 반응하지 않았다. 그의 목소리는 효력을 상실했다. 인간의 원한은 태곳적부터 내려온 짱아오의 영웅 숭배심 앞에서 연기처럼 힘을 잃었다.

사람들도 깡르썬거의 곁으로 몰려와 그를 둘러쌌다. 단쩡활불은 몸을 숙여 그의 머리를 쓰다듬었다.

기쁨에 겨운 마이 정치위원의 목소리가 들렸다. "이게 바로 부처의 축복이겠지? 좋구나, 좋아. 활불께서 이놈을 위해 염불을 해주셔서 이렇게 용감하게 싸울 수 있었습니다."

예루허 부락의 두령 쒀랑왕뛔이가 거들었다. "깡르썬거는 정말 신성한 아니마칭에서 내려온 설산사자답습니다. 말 그대로 신성한 짱아오예요. 우리 시제구 초원에 새로운 대왕이 탄생했습니다. 이것은 초원의 상서로운 징조입니다. 따거리에 두령님 당신 생각은 어떻소이까?"

무마허 부락의 두령 따거리에도 거친 목소리로 말했다. "영지견들이 다 대왕으로 추대를 한 마당에 제가 무슨 말을 하겠습니까? 깡르썬거! 듣거라. 다음번 우리 무마허 부락을 방문할 때는 가장 좋은 음식으로 너를 대접하마!"

사람들의 말을 다 알아들은 깡르썬거는 크게 감동한 듯 고개를 들었다. 그리고 혀를 내밀어 상처 입은 자신의 입술을 핥았다.

이때 메이둬라무가 들판에서 흐르는 설산의 맑은 물 한 잔을 떠가지고 왔다. 가위뛔는 그 안에 샤향가루와 보석가루, 티베트 홍

화가루를 뿌렸다. 아버지는 사발을 받아 조금씩 깡르썬거의 입에 약물을 흘려주었다.

나르는 여전히 다급한 심정으로 깡르썬거의 상처를 핥아주었다. 한 번 핥는 것으로 상처를 낫게 할 수만 있다면 소원이 없을 것 같았다.

영지견들은 음혈왕 당샹나찰에게 한 쪽 귀를 물어뜯긴 검은 짱아오 궈르의 인도를 받아 몰려왔다. 그들도 나르처럼 깡르썬거의 상처를 핥았다. 서로 다투고 부대끼며 핥기 시작했다.

가위퉤는 웃음을 참지 못하며 말했다. "좋다. 좋아. 혀 100개면 한 사람 목숨을 구한다더니 이게 딱 그 꼴이구나."

훗날 알게 된 일이지만 티베트 개, 특히 순종 짱아오의 혀는 개마다 다른 살균력과 소염 능력을 지닌다고 한다. 수많은 짱아오들이 서로 다른 혀로 상처를 핥았다면 치료효과는 분명 한 마리의 혀로 핥은 것보다 몇십 배 뛰어날 것이다. 영지견들은 족히 한 시진 동안이나 상처를 핥았다.

티베트 의원 가위퉤가 이렇게 말할 정도였다. "됐다. 됐어. 오늘은 이만하면 됐다. 나도 약을 발라야 할 때가 됐다. 너희들의 혀에다가 내 약까지 더하면 상처는 내일이면 아물고 새 살이 올라올 게다. 깡르썬거도 내일이면 일어날 거야."

아버지는 음혈왕 당샹나찰에게로 다가갔다. 그 곁에 꿇어앉아 위용이 넘치던 몸을 쓰다듬었다. 또 호흡이 있는지도 살펴보았다.

"어떻게 하죠? 놈이 아직 살아 있어요!"

아버지의 물음에 바이 주임과 따거리에 두령은 각각 한어와 티베트 말로 대답했다. "영지견들이 물어죽이게 하지!"

아버지는 본능적으로 몸을 부들부들 떨며 말했다. "안 됩니다."

말을 마치자 아버지는 의견을 구하듯 단쩡활불을 바라보았다. 단쩡활불은 의미심장하게 고개를 끄덕였지만 어떤 말도 하지 않았다.

아버지는 티베트 말로 소리쳤다. "약왕님! 당신은 존경받는 약왕라마가 아니십니까? 왜 와서 도와주지 않으세요?"

깡르썬거에게 약을 다 발라준 티베트 의원 가위퉈가 다가와 살펴보았다. "이놈은 마귀의 화신이에요. 신경 쓰지 마십시오. 그냥 죽게 내버려둬요."

아버지는 떼를 쓰듯 말했다. "마귀를 치료한 약왕이야말로 진정한 약왕이십니다. 인색하게 굴지 마시고 제발 약을 조금만 주세요."

가위퉈는 사방을 휘휘 둘러보며 중얼거렸다. "놈은 원한을 날카로운 화살 삼아 사람들의 마음에 쏘아댔소. 이곳에 있는 모든 사람과 동물들이 이 개가 죽기를 바라는걸요. 소승은 약은 드릴 수 있지만 보호해줄 수는 없습니다."

"그럼 제가 보호하겠습니다."

고집불통인 아버지를 가위퉈가 만류했다. "왜 이러시는 겁니까? 당신은 외지에서 온 한인입니다. 이런 행동은 허용되지 않아요."

아버지는 끈질겼다. "약왕라마께서도 제가 한인이든 티베트인이든 상관하지 말아주십시오. 저는 이렇게 할 수밖에 없습니다."

사실 아버지도 자신이 왜 그리 고집스럽게 음혈왕 당샹나찰을 구하려고 하는지 잘 몰랐다. 모든 것은 천성에서 비롯되었다. 아버지의 천성 속에는 모든 개가 다 착한 개요, 자신의 친구이기를 바라는 마음이 깃들어 있었다. 말하자면 아버지는 개의 성모였다. 죽어가는 어떤 개든, 모르는 척 외면하기가 힘들었다. 게다가 이 개는 보통 개가 아니었다. 더할 나위 없이 늠름하고 용맹한 짱아오였다.

아버지의 간청으로 음혈왕 당샹나찰은 티베트 의원 가위튀의 치료를 받을 수 있었다.

# 12장

# 새로운 대왕이
# 탄생하다

# 32

가위튀의 예상은 빗나갔다. 깡르썬거는 다음날 아침에 일어나지 못했다. 물론 빠르게 회복되기는 했다. 메이뒤라무가 떠온 설산 맑은 물에 쑤여우를 탄 물을 한 사발 들이켠 후 네 다리로 선 그는 곧바로 걸어다니기까지 했다. 비록 더딘 걸음이지만 안정된 모습이었다.

검은 짱아오 나르는 그림자처럼 그를 따랐다. 영지견들도 그를 따랐다. 그곳에 있던 모든 사람이 탄성을 지르며 그를 따랐다.

아버지는 얼른 뛰어가 물었다. "너 정말 괜찮니?"

깡르썬거는 매우 침착한 걸음걸이로 아버지에게 물었다. '제가 건강해 보이지 않으세요?'

개들과 사람들은 깡르썬거가 자신의 주인인 샹아마의 일곱 아이들에게 가고 있다는 것을 알았다. 아이들은 송귀인 다츠에게 붙들려 비밀스런 곳에 갇혀 있었다. 이곳은 사람은 알지 못하고 오직 깡르썬거와 그 곁의 검은 짱아오 나르만 알고 있었다. 그리고 그들을 쫓아가본 적 있는 영지견들만 알고 있었다. 짱아오들은 영민한 후각으로 썅아마의 아이들이 지금 멀지 않은 앞쪽에 있음을 알아냈다. 당샹 대설산의 지하 얼음창고 안이었다.

아버지는 깡르썬거를 따라 몇 걸음을 옮겼지만 음혈왕 당샹나찰이 사람들에게 맞아죽거나 개들에게 물려죽을까봐 걱정이 되어 그 곁으로 돌아왔다.

마이 정치위원은 아버지에게 다가가 말했다. "자네는 여기서 놈을 지키고 있게. 내 자네의 행동이 정말 가상하네, 우리가 싸움을 할 적에 부상당한 적을 포로로 잡더라도 놈들을 잘 치료해줘야 하는 것 아니겠나?"

아버지는 조바심을 쳤다. "하지만 깡르썬거의 곁에도 사람이 있어야 합니다. 만일 쓰러지기라도 하면 어떻게 합니까?"

"안심하게. 내가 직접 깡르썬거를 따라갈 테니. 깡르썬거는 나한테도 아주 착하다네. 이제는 나도 깡르썬거가 무섭지 않아. 아니, 아주 좋아하지."

말을 하면서 마이 정치위원은 성큼성큼 깡르썬거의 곁으로 걸어갔다. 경호원은 말 두 필을 끌고 마이 정치위원의 뒤를 바짝 수행했다. 바이 주임 바이마우진은 잠시 망설였다. 하지만 시제구 공작위원회의 지도자로서 직속상관과 동행하기로 했다.

당샹 대설산에 가까워질수록 산세의 위엄이 몸으로 느껴졌다. 머리 위의 하늘은 금방이라도 무너져내릴 것만 같았다. 더욱 대단한 위용을 뽐내는 것은 얼음 빛이었다. 얼음 빛은 한 차례 또 한 차례 강렬하게 뿜어져 나왔다. 자신을 향해 다가오는 모든 육체들을 꿰뚫어 혼탁한 생명을 깨끗하게 정화하기라도 하려는 듯했다. 산자락이 펼쳐진 넓은 경계는 작은 풀 하나 나지 않는 눈 덮인 동토였다. 한쪽에 펼쳐진 얼음언덕들은 숲을 이룬 얼음탑과 이어져 있었다. 그 얼음탑 속에 자연적으로 생겨난 지하 얼음창고들이 있다. 그 중 한 얼음창고 속에 샹아마의 아이들이 갇힌 것이다.

송귀인 다츠는 숨막히는 긴장감을 안고 이곳에 도착했다. 얼음창고 입구로 미끄러져 들어가는 동안 숨도 제대로 쉬지 못했다. 그리고 그가 울었다. 처음에 소리 없이 눈물만 흘리다가 나중에는 대성통곡을 했다.

다츠는 생의 열정을 쏟아부어 복수의 마왕을 길러냈다. 그러나 음혈왕 당샹나찰은 허무하게 죽어버렸다(그는 '당샹나찰은 이미 죽었다. 복수는 실패로 끝나버렸다. 모든 게 죽어버렸다.'라고 생각했다). 그가 여인에게 한 맹세, 바위처럼 굳고 설산처럼 매서웠던 복수의 맹세는 하루아침에 무너져내렸다. 그의 마음은 천당에서 지옥으로 추락했다. 원망스러웠다. 자신이 더 음험하고 악독한 천성을 가지지 못한 게 원망스럽고, 샹아마 원수의 초원에서 온 천하무적 짱아오 깡르썬거가 원망스러웠다. 또 무적 짱아오의 주인이며 이 얼음창고 안에 갇혀 있는 샹아마의 원수놈들이 원망스러웠다.

깡르썬거를 목 베어 죽이고, 아이들의 손을 잘라버려야 한다. 불현듯 떠오른 초원의 규칙은 그에게 용기를 주었다. 부락연맹회의의 결정은 그에게 권력을 주었다. 자신은 왜 지금까지 이 규칙을 행동으로 옮기지 못했던 것일까? 놈들을 형틀 위로 압송해 수많은 구경꾼 앞에서 피 튀기는 형을 집행해야만 초원의 규칙에 맞는 것인가? 그렇다. 반드시 그래야 했다. 물론 음혈왕 당샹나찰이 사람도 귀신도 모르게 놈들의 손을 물어버리는 것만 빼고. 본래 음혈왕 당샹나찰도 그렇게 하려 했었다. 송귀인 다츠 역시 당샹나찰에게 아이들의 손을 물라는 명령을 내렸다. 당샹나찰에게 다츠의 명령은 하늘의 뜻처럼 중요했고, 자신의 의지이기도 했다. 당샹나찰의 자아는 이미 다츠의 복수의지와 하나가 된 것이다.

그러나 음혈왕 당샹나찰에게는 이러한 저주에 대한 선천적 공포감과 주저함이 있었다. 더욱 안타깝게도 한 세대를 풍미할 깡르썬거가 시제구 초원을 넘어 당샹 대설산에 나타났다. 그리하여 죽지 말아야 할 놈은 허무하게 죽어버리고, 죽어야 할 놈은 죽지 않았다.

송귀인 다츠는 울었다. 그 개가 미웠다. 다츠에게 깡르썬거는 이제 모든 원한의 초점이 되었다. '놈을 죽이자. 놈을 죽여야지. 못 죽일 게 뭐야?'

그는 일어났다. 깡르썬거를 죽이러 가기로 결심했다. 하지만 자신에게는 깡르썬거를 죽일 능력이 없다는 걸 잘 알았다. 깡르썬거는 음혈왕 당샹나찰도 죽이지 않았는가? 자신이 무슨 재주로 깡르썬거의 적수가 될 수 있을까?

그렇더라도 개의 주인인 샹아마 아이들은 자기 손으로 죽일 수 있었다. 이것도 복수다. 더 간편하고 더 손쉬운, 아주 결연하고 철저한 복수이다. '그래, 손을 자르는 게 아니라 바로 죽여버리는 거야. 깡르썬거가 구할 수 없게. 절대로 구할 수 없게!'

마음은 흥분으로 쿵쾅거렸다. 몸도 흥분으로 쿵쾅거렸다. 다츠는 아주 무거운 얼음 덩어리를 한 아름 안고 다가갔다. 얼음창고 입구로 얼음 덩어리를 계속 던져넣기만 한다면 안에 있는 아이들을 죄다 압사시킬 수 있었다.

그때 사람들의 목소리가 들려왔다.

송귀인 다츠는 자신도 모르게 몸을 흠칫 떨며 얼음 덩어리를 땅에 떨어뜨렸다. 고개를 들고 보니 무마허 부락의 강도 자마춰와 몇 사람이 몇 필의 말을 끌고 얼음탑 숲에서 걸어나오고 있었다.

송귀인 다츠는 정신을 가다듬으며 물었다. "용감하신 강도 나리, 여기에는 어인 일로 오셨습니까? 설마 제 몸의 귀신이 들러붙는 게 무섭지 않다는 의미는 아니겠지요?"

강도 자마춰는 멈추며 말했다. "물론 무섭지. 무서워 죽을 지경이야. 하지만 자네의 기신은 한계가 있다는 걸 나노 살 알거든. 다른 사람에게 귀신이 붙으면 나한테는 붙지 않으니까. 듣자하니 자네는 샹아마의 원수놈들을 감쪽같이 숨겨서 아무도 찾아낼 수 없다던데. 내 오늘 자네를 찾아온 목적은 한 사람만 더 숨겨달라고 부탁하려는 걸세."

송귀인 다츠는 그제야 그들 중간에 결박당한 채 서 있는 한 사람을 보았다. 자세히 살펴보니 단쩡활불에게 파문을 당해 시제구사에서 쫓겨난 짱짜시였다.

다츠는 얼른 물었다. "짱짜시는 이미 초원의 신성한 복수를 반대하는 반역자가 되었다던데, 숨겨서 뭘 하시려는 거죠? 그냥 두 손목을 잘라버리기만 하면 되는 것 아닌가요?"

강도 자마춰가 대답했다. "그게 초원의 규칙에 부합되지 않으니 하는 말이지. 초원의 규칙 중 반역자 처벌은 반드시 일벌백계로 삼아야 한다고. 난 외지에서 온 한인이 시제구 초원을 떠날 때까지 기다렸다가 놈을 시제구의 형장으로 끌고 가 초원에 있는 모든 사람과 모든 개들, 모든 생명체에게 똑똑히 보여줄 걸세. 반역자가 결국 어떻게 비참한 최후를 맞는지 말이야. 모두에게 알게 할 거라고. 시제구 초원에서 타오르는 맹렬한 복수의 불길은 점점 더 거세질 뿐, 타다가 사라질 수 없다는 걸 말이야."

송귀인 다츠가 잽사게 대꾸했다. "영명하신 강도 나리, 백번천번 지당한 말씀입니다. 그렇지만 말입니다, 그렇지만 이곳에는 이미 사람을 숨길 수 없게 되었습니다. 샹아마 초원에서 온 깡르썬거라는 사자머리 짱아오가 당샹 대설산에 들어와 저의 신성하고도 정의로운 복수마주復讐魔主 음혈왕 당샹나찰을 죽여버렸습니다. 그리고 사람과 영지견들 큰 무리를 데리고 이곳으로 오는 중입니다."

강도 자마춰는 놀라 되물었다. "뭐라고? 깡르썬거가 영지견 무리를 이끌고 이곳으로 오는 중이라고?"

"네, 맞습니다. 영지견들은 모두 깡르썬거를 따르고 있습니다. 깡르썬거는 이미 시제구 초원의 짱아오 대왕이 되었습니다."

"그게 어떻게 가능한 일이야? 우리 시제구 초원이 어떻게 샹아마 초원의 원수 개에게 짱아오 대왕 자리를 내줄 수 있느냐고?"

송귀인 다츠가 다시 설명했다. "그건 제가 정한 게 아닙니다. 제 눈으로 직접 본 바로는 영지견들이 하나도 예외 없이 놈을 대왕으로 추대했습니다."

강도 자마춰는 침통하게 고개를 가로저었다. "깡르썬거가 용감하며 사사로운 감정에 치우치지 않는 짱아오라는 건 나도 알고 있어. 아니마칭 설산사자의 영광스런 화신이지. 하지만 놈은 지금 지고지상한 우리의 복수에 정면으로 대립하고 있는걸. 우리 시제구의 영지견 사이에서 이런 왕이 탄생했다는 걸 용인할 수가 없군. 송귀인 자네 생각은 어떤가? 내가 깡르썬거를 쏴죽인다면, 사람들도 샹아마의 원수놈들과 반역자 짱짜시를 더 이상은 안 찾겠지? 그렇지?"

송귀인 다츠가 분위기를 띄웠다. "그럼요, 그럼요. 하지만 어떻게 놈을 쏴죽이려고 하십니까? 놈은 신기하고도 영묘한 능력을 가진데다 싸우는 족족 승리를 거두는데요."

강도 자마춰가 결연하게 대꾸했다. "나도 놈이 대단한 건 알고 있어. 하지만 초원의 강도 자마춰 역시 대단하다고. 시금 당장 놈을 쏴죽이러 가야겠어. 무슨 일이 있더라도 놈을 쏴죽이고 말거라고. 만일 시제구 초원 스스로 짱아오 대왕을 찾아낼 수 없다면 내가 대왕이 되는 거야. 날마다 생고기를 뜯고 끼니마다 냉수를 마시면 몸에서는 털이 나 들에서 잠을 자는 거야."

그렇게 말하며 강도 자마춰는 품에서 칼 달린 총을 꺼냈다. 자신의 검은 말을 곁에 있던 기마사냥꾼에게 넘겨주고 얼음탑 숲 밖으로 성큼성큼 걸어나갔다. 그러면서 고개를 돌려 큰 소리로 말했다. "송귀인 다츠, 부탁하지! 반역자 짱짜시를 좀 숨겨놓으라고."

송귀인 다츠는 오라에 묶인 짱짜시에게 다가갔다. 그를 압송하던 기마사냥꾼들은 두려운 얼굴로 얼른 뒤로 물러섰다.

짱짜시도 공포에 질린 듯 눈을 부릅뜨며 외쳤다. "저리 가! 저리 가! 날 만지지 마! 날 만지지 말라고!"

송귀인 다츠는 키득키득 웃으며 고개를 흔들었다. 굵다랗게 땋은 머리 위에 묶인 독 묻은 실과 개구리 머리에 충혈된 눈을 한 나찰여신이 조각된 거대한 호박 구슬을 자랑하며, 두 손으로는 곰 가죽 염라 허리띠에 달린 소뼈 해골바가지 한 묶음을 만졌다. 또 가슴 앞에 걸린 삼세의 모든 사건을 반영하는 거울과 그 거울에 새겨진 해골바가지 속 피를 마시는 묘장주의 도드라진 요철을 만졌다. 그리고 두 팔을 활짝 벌리더니 단번에 짱짜시를 안았다.

"으악!" 짱짜시의 비명 소리가 울려퍼졌다. 꼭 날카로운 칼에 심장을 찔린 듯한 비명이었다.

샹아마의 일곱 아이들은 자연적으로 생성된 지하 얼음창고 안에 머물고 있었다. 하지만 그 시각이 자신들의 생사를 다투는 중요한 순간임은 전혀 의식하지 못했다. 이곳에서 지내온 하루하루가 그랬듯이 자신들이 죽음과 관계가 있으리라고는 상상조차 하지 않았다.

그들은 유랑이 몸에 밴 고아들이었다. 해골귀신이 많고, 심장을 먹는 마귀가 많고, 혼을 빼앗아가는 처녀귀신이 많은 샹아마 초원을 떠나 사방에서 천국의 과일이 자라나는 하이셩 대설산 깡진춰 지를 찾기 위해 시제구 초원에 온 이후로도 자신들이 많은 고생을 하고 여러 두려운 일을 겪었다고 생각하지 않았다. 이런 생활이 아주 재미있다고 생각하기까지 했다. 송귀인 다츠에게 속아 하늘이 만든 무덤, 지하 얼음창고에 들어오긴 했지만 죽음의 신이 목전에 다가왔다는 생각은 전혀 없었다.

송귀인 다츠는 말했었다. "당샹 대설산의 모든 얼음창고는 전부 하이성 대설산 깡진춰지로 통한단다. 강을 따라 하루 밤낮을 가면 태양이 떠오르는 그때에 하이성 대설산이 바로 너희들 눈앞에 나타날 거야."

아이들은 다츠의 말을 믿었다. 송귀인 다츠의 마귀같은 술수에 아이들은 완전히 속아 넘어갔다. 게다가 선지가 섞인 셔우좌 양고기까지 한 끼 먹어주자 배도 부르고 기분까지 좋아졌다. 흥에 겨워, 신이 나서 한 명씩 밧줄을 붙잡고 얼음창고에 들어가서야 비로소 속았다는 것을 알았다. 다츠는 신이 보낸 밝은 등이 아니었다. 마귀가 보낸 사기꾼이었다.

다행히 얼음창고 안은 차지도 덥지도 않았다. 먹을 것과 마실 것도 있었다. 아이들은 그저 큰 소리로 한바탕 외치다가 그만두곤 했다. 살며 놀며 기다리다보면 어느 날엔가 송귀인 다츠도 아이들에게 먹을 것과 마실 것을 넣어주기 귀찮아질 날이 오지 않을까? 그러면 얼음창고에서 풀어주지 않을까?

아이들은 송귀인 다츠가 어제 소의 위장에 한 가득 넣어준 말린 고기와 우유를 먹고 있었다. 그리고 깔깔거리며 수수께끼 놀이를 했다.

얼굴에 칼자국이 있는 아이가 물었다. "밖에서 보면 하얀 큰 우산 같은데, 안에서 보면 불경 천 권이 쌓여 있는 게 뭐게?" 아이들은 너도 나도 대답을 했다. 결국 이마가 넓은 아이가 답을 맞혔다.

"버섯!" 칼자국은 또 물었다. "파란 새 한 마리가 동굴에 들어왔는데 꼬리는 동굴 문 밖에 남겨둔 걸 뭐라고 하게?" 아무도 답을 몰랐다. 그러자 칼자국이 말해주었다. "칼이 칼집에 들어 있는 거."

넓은 이마가 뒤질세라 말했다. "내가 수수께끼 하나 낼 테니까 너희가 맞혀봐! 바위 절벽 위에서 어린 양이 뛰면 바위 절벽 아래에서는 눈꽃이 피는 걸 뭐라고 하게?" 아이들은 모두 "아!" 소리치더니 한 목소리로 대답했다. "참파 갈기!" 넓은 이마는 다시 말했다. "내가 또 하나 낼게. 네모난 검은 물건인데 입은 사람을 먹고 뱃속에서는 말을 한다." 모두 대답했다. "소가죽 천막"

칼자국이 말했다. "네가 내는 문제는 다 아는 거잖아. 내가 수수께끼 하나 만들었어. 맞춰볼래? 색깔은 금빛이고, 생긴 건 사자고, 힘은 야크 같은데, 곰도 두려워하지 않는다. 그게 뭐게?" 아이들은 이심전심 목소리를 모아 대답했다. "깡르썬거!"

깡르썬거의 이름을 말하고 나자 일곱 아이들은 찬물을 끼얹은 듯 조용해져 생각에 잠겼다. '깡르썬거는 어디에 있지? 우리를 찾아헤매고 있는 건 아닐까? 우리가 먼저 깡르썬거를 찾아야 하는데. 하지만 우리는 얼음창고에 갇혀서 나갈 수가 없는걸. 깡르썬거를 찾으러 갈 수가 없어!'

그리하여 아이들은 울기 시작했다. "엉엉엉!" 울음소리가 얼음창고를 가득 채웠다. 채우고도 남은 울음소리는 밖으로 흘러나가 공기에 희석된 미약한 구조신호로 변했다. 소리는 바람을 따라 가버렸다. .

깡르썬거는 새로운 짱아오 대왕의 신분으로 영지견들을 데리고 얼음처럼 맑고 옥처럼 깨끗한 산자락을 올라왔다. 당샹 대설산에서 발원한 강 및 호수에서 끊임없이 이어지는 얼음언덕과 얼음탑이 순식간에 시야에 들어왔다.

깡르썬거는 멈춰섰다. 계속 그의 곁을 따르던 마이 정치위원과 나르 역시 멈춰섰다. 깡르썬거와 나르는 코로 있는 힘껏 냄새를 맡았다. 주변 공기 속에 이상하고 위험한 냄새가 가득했다. 위험의 냄새는 점점 더 강해졌다. 그들이 앞으로 가면 갈수록 샹아마 아이들의 냄새와 은근하게 전해지는 울음소리가 어떤 냄새보다도 더 강렬하게 그들을 끌어당겼다.

다시 길을 떠났을 때 깡르썬거와 나르는 조금도 돌아가지 않았다. 얼음탑 숲속 샹아마의 일곱 아이들이 갇힌 지하 얼음창고로 향하는 가장 빠른 길을 택했다. 아이들의 울음소리에 마음이 다급하고 절박해진 그들은 옆쪽 거대한 얼음언덕 뒤에 숨어 있는 강도 자마칩의 모습과 화려한 장식의 총을 지나쳐버렸다.

사실 이상함과 위험을 감지한 사람 중에는 마이 정치위원도 있었다. 물론 코를 이용해 알아낸 것은 아니었다. 눈을 이용한 결과였다. 얼음 빛이 사방으로 비추는 이곳에서는 어떤 그림자도 찾아볼 수 없었다. 그런데 있어서는 안 될 곳에서 갑자기 나타난 그림자 하나를 보았다. 그들과 가까운 거대한 얼음언덕 뒤편이었다. 그림자의 길이는 사람 키와 비슷했다. 그는 그곳에 사람이 있다고 단정했다. 위험인물임에 틀림없었다. 위험한 사람이 아니라면 매복공격을 할 수 있는 곳에 숨어 있을 리 없기 때문이다.

그는 큰 소리로 "경호원!" 하고 불렀다. 앞쪽을 주의하라고 지시를 하려는 찰나, 얼음언덕 뒤편에서 튀어나온 영양 뿔 같은 칼날을 보았다. 칼날은 수평이 아니라 아래쪽을 향하고 있었다. 수평으로 들렸다면 사람을 향한 공격이지만 아래쪽이라면 개를 향한 공격이었다. 그는 깡르썬거를 한 번 바라보더니 다른 생각을 할 겨를도 없이 달려가 깡르썬거를 꼭 껴안았다.

그의 뒤를 따라 동행하던 바이 주임 바이마우진이 큰 소리로 물었다. "마이 정치위원님! 지금 뭘 하시는 겁니까?"

바이 주임이 고개를 들어보니 칼이 달린 총이 바로 앞에 버티고 있었다. 그는 놀라 펄쩍뛰며 "악당이다!" 하고 외쳤다. 바이 주임은 용감한 깡르썬거처럼 펄쩍 뛰더니 깡르썬거를 꼭 감싸안은 마이 정치위원에게로 달려들었다.

"탕!" 총소리가 울렸다.

모두가 놀랐다. 제일 먼저 놀라움에서 깨어난 건 마이 정치위원과 바이 주임과 함께 깡르썬거를 따르던 검은 쌍아오 나르였다. 그녀는 펄쩍 뛰어올라 음모를 숨긴 거대한 얼음언덕으로 돌진했다.

얼음언덕 뒤에서 강도 자마춰가 보니 자신이 맞춘 것은 깡르썬거가 아니었다. 사람이었다. 외지인 중에서도 가장 높은 관직을 가진 마이 정치위원이거나 시제구 공작위원회의 바이 주임이었다.

머리가 백지장이 된 느낌이었다. 자마춰는 용맹스럽고 무시무시한 부락의 강도이자 무마허 부락의 군사대장이었다. 아무것도 상관하지 않는 산도적이 아니었다. 사람을 쏴죽이기도 하지만 초원의 보복 규칙과 복수 동기를 떠나 무고한 사람을 쏴죽이는 건 결코 아니었다. 영원히 변치 않는 도리를 따라 원수와 배반자를 징벌하는 것이야말로 그의 직분이었다.

그런 그가 어떻게 마이 정치위원 혹은 바이마우진을 쏠 수 있단 말인가? 그들은 원수도 배반자도 아니었다. 그들이 시제구의 복수 신념에 찬성하지는 않지만 초원의 행복과 평안을 축복한다는 것만은 의심의 여지가 없었다. 그들은 이렇게 말한 적이 있었다. "나는 먼 곳에서 날아온 작은 새입니다. 저를 믿어주십시오."

칼 달린 총을 떨어뜨린 강도 자마춰는 어찌할 바를 모른 채 망연히 서 있었다. 검은 짱아오 한 마리가 자신을 향해 달려오는 것이 보였다. 놀라 비명을 지르며 도망치려 했지만 도망갈 수 없었다.

검은 짱아오 나르는 시제구 초원의 영지견이다. 그녀는 한 번도 시제구 초원 사람에게 달려든 적이 없었다. 그러니까 이번이 처음인 셈이었다.

검은 짱아오 나르가 처음으로 공격한 이 시제구 사람은 과거 사람과 개들의 존경을 한몸에 받던 무마허 부락의 강도 자마춰였다. 하지만 지금은 그가 누구인지 따지지 않았다. 시제구 초원에 새로 탄생한 짱아오 대왕 깡르썬거를 해하려는 자라면 물불을 가리지 않고 뛰어들 작정이었다.

나르는 정말 뛰어들었다. 자신의 입이 조금이라도 상대를 봐주길 바라지도 않았다. 그러나 이 사람의 목구멍과 뒤로 숨긴 손목 사이에서 그녀는 무의식중에 선택을 했다. 그 결과는 치명상을 입히는 목구멍 대신 손을 물어뜯는 것이었다. 아무리 뭐라 해도 그는 시제구 사람이었다. 그를 물어죽이는 것은 관례에 어긋났다. 나르는 그의 오른손을 물어 잘라버리고는 왼손마저 물어 잘라버렸다.

강도 자마취는 끔찍한 비명을 지르며 땅에 쓰러졌다. 그는 도 망치지 않았다. 반항하지도 않았다. 초원의 규율에 의하면 죽이지 말아야 할 사람을 죽였을 경우 목숨으로 갚아야 했다. 즉, 다른 사람의 목숨에 빚졌으면 반드시 원한을 불러일으키게 된다는 뜻이었다. 특히 외지인의 원한이라면 상상할 수 없이 크나클 터였다.

그러나 반격의 총탄은 외지인에게서 날아온 것이 아니었다. 예상치 않게도 시제구의 영지견 나르가 대신 날아왔다. 더욱 예상치 못한 것은 검은 짱아오 나르가 쭉 늘여 눈앞에 대준 자신의 목구멍이 아니라 뒤로 숨긴 손을 물어뜯었다는 것이다. 그의 손은 눈 깜짝할 사이에 눈밭에 떨어졌다. 하나가 아니라 두 쪽이었다.

그는 밤낮으로 뛰어다니며 어떻게 하면 짱짜시의 두 손을 자를 수 있을까? 어떻게 하면 샹아마 아이들의 한 손을 자를 수 있을까? 골몰했었다. 그러나 결국 두 손을 잃은 것은 그들이 아니라 자신이었다. 자마취는 데굴데굴 구르며 비명을 질렀다. 하얗던 눈밭은 순식간에 붉은 빛으로 물들었다.

무마허 부락의 두령 따거리에는 "쿵" 하고 딱딱한 눈밭에 무릎을 꿇으며 쓰러졌다. 그는 당샹 대설산을 향해 두려움에 가득 찬 목소리로 외쳤다. "신이시여! 당신 주위에는 일억의 식육마食肉魔가 있습니다. 또한 일억의 혈호귀血湖鬼가 동행하며, 일억의 까마귀머리 여신이 이끌고 있습니다. 제발 검은 짱아오 나르가 강도를 물어죽이도록 하여 주옵소서. 그래서 강도가 자기 목숨으로 빚을 갚고 이곳에서 평안을 유지하게 해주십시오. 외지에서 온 이 귀인을 쏴죽인 사람은 강도입니다. 초원도 아니고 부락도 아닙니다!"

만년 동안의 적막에 쌓여 있던 당샹 대설산으로 말하자면, 강도 자마취의 총소리는 지진이나 마찬가지였다. 험준하게 솟은 얼음 봉우리와 눈 덮인 산도 잠시 놀라 정신을 잃었고 갑자기 터져 갈라졌다. 그것은 정신까지 흔들어놓는 붕괴였다. 하늘이 뒤집어지고 땅이 덮이는 충격이었다. 초원과 설산은 마침내 오랫동안 억눌러왔던 목소리를 높이기 시작했다.

아버지는 훗날 말했다. 그것은 바이 주임 바이마우진의 장례식이었다고. 만일 아버지가 음혈왕 당샹나찰 때문에 샨루 벌판에 남아 있지 않았다면 아마도 당신의 장례식이 되었을 터였다.

바이 주임은 마이 정치위원의 몸에 쓰러졌고, 마이 정치위원은 깡르썬거의 몸에 쓰러졌다. 마이 정치위원은 금방 일어날 수 있었다. 그러나 바이 주임은 일어나지 못했다. 다시는 일어나지 못했다.

깡르썬거는 울었다. "우우우!" 울었다. 짱아오가 인간에게서 배운 폐부를 울리는 울음소리였다. 그는 엉엉 울면서, 샘물처럼 피가 솟아나는 바이 주임의 상처를 핥았다. 두 앞다리는 사람처럼 꿇어앉은 모습이었다.

많은 사람들이 모여들어 외쳤다. "바이 주임! 바이 주임!"

티베트 의원 가위춰는 상처를 살펴보고는 안타깝게 고개를 저었다. 마이 정치위원과 리니마는 매서운 눈초리로 앞쪽을 바라보았다. 두 손을 잃은 강도 자마취는 벌떡 일어나더니 다시 꿇어엎드려 비통하게 부르짖었다. "절 쏴죽이세요! 쏴죽이세요!"

깡르썬거는 일어나 다가갔다. 원수를 갚을 것이다. 바이 주임 바이마우진을 위해서, 총을 사용한 강도 자마춰를 반드시 물어죽일 것이다.

그러나 눈사태가 그를 제지시켰다. 그는 커다랗게 무너져내린 얼음 덩어리들과 사방에 휘날리는 눈가루를 쳐다보다가 갑자기 생각을 바꿔 앞으로 달려갔다. 그의 온몸은 상처투성이였다. 달릴 수 있는 힘이 전혀 없는 상태에서 달리기 시작했다. 눈사태의 위협, 주인 앞에 닥친 위험이 사라져가던 그의 질주 능력을 돌연 회복시켰다. 모든 영지견들도 그를 따랐다. 그들은 얼음탑 숲속 샹아마 아이들이 갇힌 지하 얼음창고를 향해 달려갔다.

웃통 벗은 빠어추쭈는 영지견 무리에 섞여 함께 달리며 비통하게 외쳐댔다. "아오떠지! 아오떠지!"

메이뒤라무가 그를 쫓아갔다. "뭐하는 거니? 돌아와!"

빠어추쭈는 그녀의 말을 듣지 않았다. 여전히 원한의 독수에 빠져, 영지견들이 달려들어 깡르썬거를 물어죽이기만을 간절히 바랐다. "아오떠지! 아오떠지!"

메이뒤라무는 큰 소리로 외쳤다. "지금 전부 다 사람을 구하려고 노력하고 있는데 어떻게 너 혼자만 사람을 해치려고 드는 거니? 나 이제 너랑 상대 안 하기로 결정했어. 이제는 정말 너랑 만나지 않을 거야."

빠어추쭈는 그녀의 말을 알아들은 듯 입속으로 몇 마디를 중얼거리더니 또다시 외쳤다. "아오떠지! 아오떠지!" 하지만 영지견들이 그를 상대하지 않았다. 듣고도 무시했다. 눈사태 소리가 너무 컸으니 어쩌면 정말로 못 들었는지도 모르겠다. 웃통 벗은 아이의 분노는 극에 달했다. 그는 달리면서 짱아오들을 발로 차고 손으로 때렸다. 그리고 미친 듯이 외쳐댔다. "아오떠지! 아오떠지!"

메이뒈라무 역시 끝까지 그를 좇아가며 외쳤다. "너는 가지 마! 위험해! 빨리 돌아와! 눈사태가 덮칠 수 있다고!"

빠어추쭈는 그녀가 하는 모든 말을 알아들었다. 고개를 돌려 감사와 감격의 눈빛으로 마음속의 선녀 메이뒈라무를 바라보았다. 그러나 발걸음을 멈추지는 않았다. 영지견 무리를 넘어서, 깡르썬거 곁으로 다가갔다. 원한을 다 갚기 어려운 듯 발로 한 번 힘껏 차주었다. 깡르썬거는 참았다. 참으며 상대하지 않았다. 상대하지 않고 앞으로 전진했다.

기도가 올려졌다. 단쩡활불은 눈사태 앞에 무릎을 꿇고 기도했다. 철봉라마들도 눈사태 앞에 무릎을 꿇고 기도했다. 쒀랑왕뛔이 두령과 따거리에 두령 및 치메이 청지기도 눈사태 앞에 무릎을 꿇고 기도했다. 기도하는 목소리는 종소리나 편경의 소리 같았다. 높이높이 날아올랐다. 시제구 초원 사람이라면 모두 다 몇 마디는 외울 수 있는 대비주大悲咒였다.


결박한 짱짜시를 막 얼음창고로 밀어넣은 송귀인 다츠는 세차게 몰려오는 눈사태를 망연히 바라보고만 있었다. 그러다 비명을 지르며 달리기 시작했으나 얼마 안 가 멈추고 말았다. 앞에서 달려오는 깡르썬거와 영지견 무리들이 보였기 때문이었다. 그는 깜짝 놀라 바라보다가 몸을 돌려 진작부터 얼음창고로 던져버리고 싶었던 그 무거운 얼음 덩어리를 안아올렸다. 복수의 희망은 점점 사라지고 있었다. 최후의 승부수를 띄워야 했다. 얼음 덩어리를 창고 안으로 던져 하나씩 하나씩 죽일 셈이었다. 얼음 덩어리를 창고 입구에 조준하고 이제 막 두 손을 놓을 찰나였다.

메이둬라무는 빠어추쭈를 쫓아가 한 손으로 붙들며 달랬다. "눈 사태가 나는 곳으로 가서 뭘 하려고 해? 죽으려고 하니? 우리 바이 주임님도 돌아가셨어. 사람이 또 죽으면 안 된다고. 네가 죽으면 내 마음이 얼마나 아플지 넌 알고 있니, 꼬마야?"

빠어추쭈의 발걸음이 우뚝 멈추었다. 맑고 큰 눈동자를 반짝이며 자기 마음속의 선녀 메이둬라무를 바라보았다.

메이둬라무는 간절하게 말했다. "말 좀 들어라. 꼬마야. 내 말을 들어야 해."

이렇게 말하면서 메이둬라무는 빠어추쭈를 꼭 끌어안았다. 그녀는 선녀의 자태로, 선녀의 부드러움으로, 선녀의 사랑으로 그를 꼭 끌어안았다. 그녀 때문에 이미 조금씩 흔들리고 요동치고 약해지던 빠어추쭈의 원한은 메이둬라무가 자신을 끌어안는 순간 마음속 깊은 곳 증오의 조각들까지 다 녹아버리는 것 같았다. 난생처음 맛보는 먹먹한 감동이었다. 너무 감동한 나머지 메이둬라무의 말을 안 들었다가는 사람도 아닌 존재가 될 것 같았다.

온몸이 덜덜 떨렸다. 메이둬라무의 팔을 뿌리치며 몸을 돌려 앞쪽을 바라보았다. 그곳에 얼음창고 입구에서 얼음 덩어리를 안고 선 채 증오에 떠는 송귀인 다츠가 있었다.

빠어추쭈는 한 마리 짱아오처럼 달렸다. 쏜살같이 달려가 큰 소리로 외쳤다. "아빠!"

'아빠? 누가 누구를 부르는 소리지? 대체 여기에 누구의 아빠가 있다는 말이야?' 송귀인 다츠는 급히 고개를 돌렸다. 한눈에 빠어추쭈가 들어왔다. '빠어추쭈가 나를 아빠라고 불렀나? 내가 빠어추쭈의 아빠라고?'

빠어추쭈는 지금까지 단 한 번도 그를 아빠라고 부르지 않았다. 다츠는 과거 빠어추쭈에게 애원했었다. "나랑 같이 가자. 가서 시제구 초원의 돈 많은 송귀인의 후계자가 되는 거야. 나한테 아빠라고 한 번만 부르면 소 한 마리를 줄게. 열 번을 부르면 열 마리를 주고, 백 번을 부르면 소떼를 다 줄게."

하지만 빠어추쭈는 입도 벙긋하지 않았다. 절대로 아빠로 부르지 않았다. 그런데 오늘 빠이추쭈가 나츠를 '아빠'라고 불렀다. 그것도 아주 다정하게. '왜 그런 걸까?'

송귀인 다츠는 도저히 믿을 수가 없었다. "이빠? 네가 지금 날 아빠라고 불렀니?"

빠아추쭈는 큰 소리로 그를 불렀다. "아빠, 전 사람을 구하려고 해요!"

말을 하며 빠어추쭈는 머리로 힘껏 다츠를 들이받았다. 그 결에 송귀인 다츠는 저 멀리로 물러났다. 무거운 얼음 덩어리는 얼음 창고 입구를 벗어나고 그의 품에서도 벗어났다. "쿵!" 소리와 함께 얼음 덩어리는 땅 위로 굴러떨어졌다.

이때 깡르썬거가 달려왔다. 송귀인 다츠에게 몇 차례 큰 소리로 포효를 한 그는 기쁘게 얼음창고 입구에 엎드렸다. 뜨거운 사랑을 담아 아이들을 불렀다. 영지견들도 속속 도착했다. 얼음창고를 한 겹, 또 한 겹 둘러싸고 깡르썬거처럼 뜨거운 사랑을 담아 아이들을 불렀다.

적막하기만 하던 얼음창고 입구가 갑자기 떠들썩해졌다. 놀랍게도 샹아마 일곱 아이들과 짱짜시의 목소리가 함께 전해졌다.

"깡르썬거!"

아버지는 훗날 말했다. 커다란 눈사태가 났지만 샹아마 아이들과 짱짜시를 숨겨두었던 지하 얼음창고는 뒤덮지 않았다고. 거대한 높이로 우뚝 쌓여 쏟아지던 얼음 덩어리들, 하늘과 땅을 뒤엎을 듯 날리던 그 많은 눈들이 얼음창고에서 스무 걸음쯤 떨어진 거리에서 갑자기 멈추었다.

이 모든 것이 하늘의 뜻이었다. 당샹 대설산의 인자한 산신 야다샹뽀雅拉香波의 보호하심이었다. 그리고 단쩡활불과 이곳에 온 초원 주민들이 다 함께 한 마음으로 '대비경'을 왼 덕이었다.

# 33

원수의 초원 샹아마에서 온 사자머리 짱아오는 앙라 산신, 롱바오 산신과 당샹 산신의 보호 아래 천신만고의 시험을 통과하며 시제구 초원 새로운 짱아오 대왕으로 탄생했다.

이 아름다운 이야기는 시제구 초원 곳곳으로 퍼져나갔고, 시제구 초원보다 열 배는 더 큰 칭궈아마 초원 전체로 퍼져나갔다. 그리고 또 다른 이야기도 퍼져나갔다. 그것은 바이 주임 바이마우진이 원한의 총탄을 자신의 몸으로 가로막아, 자기 생명으로 마이 정치위원과 짱아오 대왕 깡르썬거를 구한 이야기였다.

이 이야기들은 사람의 입에서 입으로 전해지면서 더 아름답고 놀라운 신화가 되었다.

아니마칭 설산은 거사얼 왕이 영혼을 기탁한 산이다. 바이 주임 바이마우진은 전생에 거사얼 왕의 영혼을 보호하던 대장이었다. 또한 전생에 아니마칭의 설산사자였던 깡르썬거는 바이마우진의 도움으로 거사얼의 영혼을 빌려 설산에서 수행하던 모든 수도승들을 보호할 수 있었다. 바이마우진과 깡르썬거는 본래 아는 사이였다. 그들은 모두 아니마칭 설산 백옥경루白玉瓊樓의 만 송이 연화궁에서 함께 살았다.

이런 전설은 바이 주임 바이마우진의 사체를 융숭한 천장으로 장례지낸 후, 일종의 신앙으로 바뀌었다. 초원 주민들이 설산을 향해 기도할 때 "바이마우진께서 평안을 주시길 기원하나이다."라는 기도문을 외기 시작한 것이다. 거사얼 왕의 노래를 전하는 예인들 또한 바이마우진의 이야기에 끼어들었다. 사원의 화가 라마 역시 사계신녀四季神女와 보장호법의 반신들 가운데 바이마우진을 그려넣었다. 회색의 천견天犬 짱아오를 탄 모습으로, 순식간에 분노하다가 온기 넘치는 표정으로 변하는 흰색 신령 모습이었다.

아버지는 훗날 말씀하셨다. 짱아오, 즉 회색 늙은 짱아오가 바이 주임의 목숨을 구한 걸 보면 그는 죽어서는 안 될 사람이었던 게 분명하다고. 그런데도 그가 죽은 건 당샹 대설산의 야다샹뽀 산신이 특별히 그를 도왔기 때문이라고. 그를 속히 죽게 해서 속히 신이 되게 하려고, 속히 인간세상 번뇌를 벗어나 모든 고난과 윤회의 여정을 끝내도록 도와준 것이라고.

신으로 변한 바이 주임은 사람과 짱아오들이 나누었던 우정에 대해 기억하려는지? 회색 늙은 짱아오가 생명을 던져 자신을 구했던 장렬한 행동을 기억할 수 있을는지? 궁금할 따름이다.

바이 주임 바이마우진의 천장의식은 시제구사의 단쩡활불이 직접 주관했다. 천장이 끝나고 얼마 후, 시제구 초원은 또 하나의 의식을 맞이했다. 역사책에 기록되어야 할 의식이었으므로 이 의식 역시 불심 돈독한 단쩡활불이 직접 주관했다.

의식의 연설은 당연히 칭궈아마 초원 공작위원회의 일인자인 마이 정치위원이 했다. 하지만 마이 정치위원은 티베트어를 못했으므로 리니마가 통역을 맡았다. 리니마는 자기의 의견은 덧붙이지 않은 채 성실히 통역했지만 의식에 참가한 두령과 유목민들은 마이 정치위원이 아니라 리니마가 연설을 하고 있다고 여겼다. 그래서 절대 박수를 치지 않았다. 그들 기억 속에 각인된 리니마는 총으로 톄빠오진 짱아오를 쏴죽인 사람이었기 때문이다.

마이 정치위원의 연설 후, 시제구 초원 최초의 천막 기숙학교 탄생이 선포되었다. 학교는 띠아오팡산 아래 예루허 강변의 아름다운 초원에 자리잡았다. 천막집 두 채는 예루허 부락의 쒀랑왕뛔이 두령이 기증했고, 안에 있는 카펫과 앉은뱅이 탁자 및 솥, 밥그릇, 표주박, 대야 등 생활용품은 무마허 부락의 싸거리에 두령이 기증했다. 다른 부락 두령들도 짐승들을 기증함으로써 장막 기숙학교는 고정자산을 갖추게 되었다.

학교 교장은 누가 맡을까? 아버지였다. 이는 마이 정치위원의 뜻이었다. 또한 단쩡활불과 두령, 유목민들의 뜻이기도 했다. 여기에 아버지의 뜻도 더해졌다. 나아가 거역할 수 없는 하늘과 땅의 뜻이었다.

그럼 학교 선생님은? 역시 아버지였다. 아버지는 메이둬라무를 겸임교사로 초빙하고 싶었다. 그러나 마이 정치위원이 동의하지 않았다. 그렇다면 리니마라도 교사로 초빙하고 싶었으나 마이 정치위원은 역시 동의하지 않았다. 아버지는 이유를 물었다.

마이 정치위원은 이렇게 대답했다. "그 사람들에게는 각자 맡은 일이 있으니 학교 일은 우선 자네 혼자 맡아 처리하게."

학교의 학생은 누굴까? 샹아마의 일곱 아이들이었다. 또 웃통 벗은 빠어추쭈 및 이곳 기숙학교에 와서 공부하기 원하는 시제구 초원의 아이들 열댓 명이었다.

아름다운 전설이 또 하나 생겨났다. 샹아마 초원에서 유랑하던 고아 일곱 명이 시제구 초원에서 집을 찾았다. 그곳에는 그들이 무서워하는 해골귀신, 심장을 먹는 귀신, 혼을 빼앗는 처녀귀신도 없었다. 먹어도 먹어도 다 먹을 수 없는 천국의 과일이 사방에서 자라나고, 아름답고 상서로운 하이셩 대설산 깡진춰지도 볼 수 있는 곳이었다.

시제구 초원 밖의 사람들은 이런 전설을 들으면서 아련한 그리움으로 마음이 설렜다.

짱아오 대왕 깡르썬거는 시제구 초원에 남아 상처를 치료했다. 티베트 의원 가위튀와 사원에 돌아와 철봉라마 지위를 회복한 짱짜시가 그를 세심하게 보살펴주었다. 그가 보낸 건지, 한번은 검은 짱아오 나르가 영지견들을 데리고 학교에 와서 샹아마 일곱 아이들과 아버지를 만났다.

아버지는 검은 짱아오 나르와 아주 많은 이야기를 했다. 그리고 그녀의 배를 만지며 물었다. "정말 아기를 가진 거니?"

나르가 다녀가던 날, 나르와 영지견들은 두 천막집 사이 한 지점을 향해 오랫동안 미친 듯이 짖어댔다. 일종의 경고인 셈이었다. '얌전히 있어! 이곳에 있는 사람들을 해치지 말라고!'

두 천막집 사이 공터에는 이제 아버지의 또 다른 그림자가 된 개가 기운 없이 엎드려 있었다. 바로 음혈왕 당샹나찰이었다.

아버지는 말 세 필에 음혈왕 당샹나찰을 교대로 싣고 당샹 대설산에서부터 시제구 초원까지 데려왔다. 그 당시 놈은 혼수상태였다. 이곳으로 데려온 지 사흘째 되어서야 겨우 깨어났다.

깨어나자마자 그가 본 첫 사람이 아버지였다. 아버지는 놈의 털을 매만져주는 중이었다. 그는 포효했다. 목구멍이 거의 끊어져 소리가 나지 않는 상태였지만, 언제 그런 일이 있었냐는 듯 허세를 부리며 짖어댔다. 마음에, 온몸에, 여전히 힘차게 살아 있는 세포 속에, 천둥과도 같은 분노의 울부짖음이 남아 있었다.

아버지는 음혈왕 당샹나찰의 마음을 이해했다. 그래서 조용한 목소리로 위로의 말을 건네면서 손으로는 쉬지 않고 갈기를 쓰다듬어주었다. 등의 털도 쓰다듬어주고, 배의 털까지 계속 쓰다듬어주었다. 거의 한 시진 동안 털을 쓰다듬어준 뒤, 여전히 분노와 의심의 눈빛으로 쏘아보는 그에게 약을 갈아주었다. 약은 티베트 의원 가위튀에게서 얻어온 것으로 날마다 갈아주어야 했다.

약을 간 후에는 우유를 먹였다. 쒀랑왕뛔이 두령이 아버지를 위해 치메이 청지기 편에 전해준 것이었다. 쒀랑왕뛔이는 날마다 신선한 우유를 보내왔다. 아버지는 혼자 먹기가 아까워 당샹나찰에게도 남겨주었다. 당샹나찰이 아직은 음식을 먹을 수 없는 상태이며 우유만 조금씩 넘길 수 있다는 사실을 아버지는 잘 알았다.

우유를 보자 당샹나찰은 온몸을 떨었다. 정말 목이 말랐던 것이다. 갈증이 너무 심해 자기 혓바닥의 피라도 마시고 싶을 지경이었다. 하지만 아버지가 긴 나무국자로 나무그릇에 담긴 우유를 골고루 저어 자기 입으로 가져다주는 것을 보고는, 음모가 도사리고 있는 게 분명하다고 생각했다. 사람은 이렇듯 자상하게 먹이를 줄 리가 없었다.

게다가 지금 저 사람이 주는 우유를 먹어본 적이 없었다. 송귀인 다츠가 우유를 마시는 모습만 보았을 뿐이다. 냄새를 맡아보기는 했다. 아주 고소하고 달콤한 향을 풍기는 액체였다.

나무국자를 매섭게 쏘아보던 그는 국자를 든 아버지의 손을 물어버리고 싶은 충동에 시달렸다. 그러나 움직일 수가 없었다. 피를 너무 많이 흘린 탓에 눈을 뜨고 사람을 쳐다보는 것조차 힘이 들었다. 참았다. 마음속 원한을 텅 비고 말라붙은 혈관을 통해 온몸으로 흘려보냈다. 그리고 어금니를 꽉 물었다. '안 마시겠다. 목이 말라 죽는 한이 더라도 절대 마시지 않겠다.'

아버지는 당샹나찰의 마음을 이해할 것 같았다. 아버지의 최고 장점은 개들, 특히 쌍아오에 대해 선천적으로 탁월한 이해능력을 타고났다는 점이었다.

"이 안에는 독이 안 들었어. 내가 마셔볼 테니까 한번 볼래?"

아버지는 상냥하게 말하면서 자기가 먼저 한 입을 마셨다. 긴 나무국자를 다시 당샹나찰의 입가로 가져갔다. 여전히 안 먹었다.

아버지가 다시 말했다. "그래. 너 혼자 먹을 재간이 있으면 혼자서 먹어라."

아버지는 우유 담은 나무그릇을 당샹나찰의 앞에 놓아주고는 다가가 큰 머리를 안아올렸다. 나무그릇 속에 입을 대주려 했지만 머리가 너무 무거웠다. 두꺼운 개의 입술이 그릇 가에 닿자마자 나무그릇은 홀라당 뒤집어졌다. 그 바람에 당샹나찰은 얼굴과 머리에 우유를 뒤집어썼다. 당샹나찰은 깜짝 놀랐다. '설마 이게 놈의 음모란 말인가? 우유를 가지고 나를 희롱하려고 해?' 씰룩거리는 그의 입가로 우유가 스며들었다. 달콤하고 상쾌한 느낌이었다. 어디서 힘이 났는지 자신도 모르게 혀를 내밀어 코에서부터 흘러내려오는 우유를 쉴새없이 핥아먹었다.

이후로도 며칠 동안 음혈왕 당샹나찰은 여전히 경계를 풀지 않았다. 아버지의 긴 나무국자를 계속 거절했다. 아버지는 할 수 없이 우유를 한 방울씩 입가에 떨어뜨려주었다.

우유를 한 방울씩 떨어뜨려주는 일은 많은 시간이 걸렸다. 생명을 유지시키기에 충분한 양을 먹어야만 했기 때문이다. 게다가 우유 속에는 치료약이 녹아 있었다. 반드시 먹어야만 했다.

아버지는 말했다. "너는 정말 헛살았어. 나쁜 사람하고 좋은 사람, 나쁜 마음하고 좋은 마음도 분간을 못하니 말이야. 내가 널 해치겠니? 너 정말 나한테 계속 이렇게 굴래?"

음혈왕 당샹나찰은 이렇게 온순한 사람의 말은 알아들을 수 없었다. 지금 자신을 돌보아주는 이 사람은 송귀인 다츠와 많이 다르다는 것만 느낄 뿐이었다. 하지만 이런 다름이 낯설고 싫었다. 심지어 이 사람이 자신에게 너무 살갑게 대하는 것조차 싫었다. 사람은 아주 나쁜 족속이라는 생각이 머릿속을 떠나지 않았다. 상대에게 재난을 가져다주고도 얼굴에 환한 미소를 짓는 인간들이 매우 불쾌했다. '거짓과 간사함' '웃음 속에 감춘 칼'이야말로 자신이 본 인간의 대명사였다.

일주일이 지나갔다. 그가 예상한 재난은 발생하지 않았다. 이 사람은 시간만 나면 자기 주위를 얼쩡거렸다. 털을 쓰다듬어주고, 약을 갈아주고, 우유를 먹여주고, 땅에 앉아 도란도란 말을 걸었다. 약을 갈아줄 때는 아팠다. 새 약가루를 뿌리면 상처 입은 목구멍이 너무 아파서 아무리 자기 목이라도 물어뜯고 싶을 지경이었다. 다행히 이런 아픔은 금세 사라졌다. 아픔이 사라지면 한결 편안해졌다.

한번은 아버지가 미끄럽고 기름진 무언가를 강제로 그의 입속에 집어넣었다. 그는 화가 머리끝까지 올라 '드디어 재난이 왔구나. 잔혹한 학대가 시작되었다.' 생각했다. 그러나 입속의 물건은 순식간에 녹아버렸다. 입맛이 쩝쩝 다셔졌다. '아, 쑤여우.' 이건 냄새도 맡고 보기도 했지만 생전 처음 맛보는 쑤여우였다.

어느 날 아버지가 놀라 소리쳤다. "이놈이 입을 벌렸어. 내가 쑤여우를 먹이니까 입을 벌렸다고!" 샹아마의 일곱 아이들과 웃통 벗은 빠어추쭈 및 다른 학생들이 멀리서 구경을 했다.

빠어추쭈는 소리를 쳤다. "입을 벌린 건 아저씨를 잡아먹으려는 거예요!"

아버지는 자랑스레 이야기했다. "나를 먹을 수 있는 짱아오는 이 세상에 없어!"

바로 그날 이후 음혈왕 당샹나찰은 긴 나무국자에 대한 경계심을 풀어버렸다. 아버지는 우유를 한 방울씩 떨어뜨리지 않고 사발로 먹여주었다. 이렇게 우유를 먹인지 이틀이 되자, 음혈왕 당샹나찰은 기력을 조금 회복했다. 자기 입을 나무그릇에 대고 혼자 우유를 먹기 시작했다. 그런데 우유를 마시다가 나무그릇을 물어뜯는 바람에 구멍이 났다.

"너 왜 그러니? 나무그릇에 무슨 원한이라도 있니?"

말을 하면서 아버지는 놈이 아무 힘이 없을 때 그랬던 것처럼 손을 들어 머리를 쓰다듬어주려고 했다. 놈은 코에서 '훅' 하고 거친 숨을 내뿜더니 고개를 들어 입을 벌렸다. 한 입에 아버지 손등의 살이 물렸다. 아버지는 너무 아파 입으로 찬바람만 들이켰다. 계속 손을 흔들며 솟아나는 피를 놈의 입가에 털어냈다. 놈은 혀를 내밀어 맛있게 핥아먹었다.

아버지는 땅에 앉아 손을 감싸쥐며 말했다. "아이쿠야! 우리 음혈왕아, 설마 너 정말 아무리 먹이를 줘도 나랑 안 친해지는 건 아니겠지?"

웃통 벗은 빠어추쭈는 얼른 아버지에게 천막을 받치던 나무몽둥이를 가져다주었다.

아버지가 물었다. "뭘 하려는 거니? 나보고 개를 때리라고?"

그때 얼굴에 칼자국이 있는 아이가 외쳤다. "때리지 마세요! 개도 원한을 기억해요."

아버지는 뒤를 돌아 칼자국에게 말했다. "그건 나도 알고 있어!"

아버지는 몽둥이를 들고 일어났다. 음혈왕 당샹나찰은 온 정신을 집중하며 몽둥이를 쳐다보았다. 일어나려고 몸부림을 쳤지만 헛수고였다. 그러자 이빨을 드러내고 입을 삐죽이며 포효했다. 다

쉬고 바람이 새는 목소리였지만 여전히 그의 용맹과 폭풍 같은 분노의 위력이 느껴졌다.

당샹나찰은 사람을 미워했다. 개들도 미워했다. 몽둥이는 더 미워했다. 몽둥이를 미워했기 때문에 원한에 사무친 마견魔犬이 되었다. 몽둥이는 그의 일생을 언제 어느 때든 한 가지 일로 흥분하고 조급하게 만들었다. 바로 원한을 갚는 일이었다. 아버지는 그 점에 대해서는 전혀 아는 바가 없었다. 다만 분노에 빠진 쨩아오에게 어떤 이유에서든 분노를 발설할 기회를 주어서는 안 된다는 것만은 알고 있었다. 몽둥이를 땅에 던졌다. 한 발로 몽둥이를 걷어차 빠어추쭈의 곁으로 날려버렸다.

그리고 고개를 돌려 당샹나찰에게 말했다. "내가 너를 때릴 줄 알았니? 움직이지도 못하는 개를 때리는 게 무슨 대단한 일이라고." 말을 하며 다친 손을 고집스럽게 내밀어 당샹나찰의 머리에 얹고 쓰다듬어주었다.

음혈왕 당샹나찰은 아버지가 자신을 죽일 거라고 짐작했다. '내가 이 사람을 물었으니 나한테 복수를 하지 않으면 이 사람은 사람이 아니다.' 아버지가 자신을 이리저리 쓰다듬어주자 칼을 꽂을 정확한 지점을 찾는 것이라고 오해했다. 다시 '훅' 커다란 콧김을 내쉬고, 고개 들어 물려고 했다. 이때는 아버지도 얼른 피했다. 그러고는 또다시 손을 당샹나찰의 머리 위에 얹었다. 이렇게 놈은 물고, 아버지는 피하기를 수차례 반복했다. 놈이 피곤해서 더 이상 정신을 못 차릴 때까지 계속했다. 아버지는 당샹나찰의 머리를 계속 쓰다듬어주었다. 간질간질 편안한 느낌이 들 때까지 쓰다듬어주자 의심도 조금씩 허물어지기 시작했다. 눈까지 감고 편안함을 즐겼다.

아버지는 부상당한 손을 싸매고 나서 상이라도 주듯 그 손으로 쑤여우를 더 먹여주었다. 음혈왕 당샹나찰은 도통 이해가 가지 않았다. '이 사람은 지금 뭘 하는 거지? 어떻게 나한테 이렇게 할 수가 있어?'

하루는 티베트 의원 가위튀가 찾아왔다. 음혈왕 당샹나찰을 보고, 또 놈에게 물어뜯겨 이빨 자국이 난 그릇을 보더니 아버지에게 일렀다. 이건 놈의 몸이 급속하게 회복되어간다는 증거다, 이제는 배가 고플 것이다, 유동식은 이미 놈의 식욕을 만족시켜줄 수 없으니 볶은 칭커가루 반죽과 으깬 소 내장을 주는 게 제일 좋다, 그러면 놈이 금방 일어서게 될 것이다,라고.

아버지가 가위튀에게 부탁을 했다. "좋습니다. 약왕라마. 그런데 죄송하지만 저 대신 으깬 소 내장 좀 구해주시겠습니까?"

티베트 의원 가위튀가 대답했다. "그거야 쉽지요. 빠어추쭈에게 시켜 쒀랑왕뛔이 두령에게 부탁하면 돼요. 쒀랑왕뛔이 두령은 당신 부탁이라면 두 말 않고 들어줄 거요. 정작 지금 가장 걱정스러운 건 당샹나찰이 일어나게 된 다음 한짜시가 놈을 어떻게 지키느냐 하는 거요. 사람도 개도 물지 않아야 하는데 말이오."

아버지는 장담을 했다. "그건 제가 책임질 수 있습니다. 제가 날마다 먹이를 먹여주는데 제 말을 듣지 않는다는 건 말도 안 됩니다."

또 하루는 여전히 단쩡활불의 자줏빛 승복을 몸에 두른 리니마가 찾아왔다. 샹아마 초원의 일곱 아이들이 대대손손 원수로만 여기던 시제구 초원에서 안식을 찾았다는 사실은 매우 중대한 사건이었다. 성省 시내에 사는 사람들도 다 알고 있었다. 그들은 이를 공작위원회가 초원에 진주한 이후 생긴 새로운 기상도라 여기고 시제구 공위를 표창하겠다는 통보를 해왔다. 시제구 공위의 주임 대리직을 맡고 있는 리니마는 뛸 듯이 기뻐했다. 샹아마의 일곱 아이들을 만나려고 일부러 학교까지 찾아온 것이다. 막 돌아가려는 순간, 그는 무시무시한 표정으로 자신을 노려보고 있는 음혈왕 당 샹나찰과 마주쳤다.

리니마는 엄숙한 표정으로 물었다. "놈의 몸은 좋아졌어? 이게 도대체 말이 돼? 놈이 만일 샹아마의 아이들을 물어죽이거나 다치게라도 하면 난 상부에 뭐라고 보고하란 말이야?"

아버지가 그를 안심시켰다. "그럴 리 없어요. 지금은 뛰지도 못하는걸요. 달려들지도 못하고. 그저 일어나서 몇 발짝 걸어다니는 정도예요. 그리고 이제는 학교에 다니는 아이들하고 낯이 익어서 원한에 찬 눈빛으로 바라보지도 않아요."

그래도 리니마는 불안해했다. "안 돼! 내가 이놈을 묶어놔야만 하겠어. 가서 쇠사슬 좀 찾아오지!"

"쇠사슬을 찾아와도 소용없어요. 목구멍의 상처가 아직 낫지 않아서 묶어놓을 수 없는걸요."

"그럼 쇠사슬을 허리에다 둘러."

"허리에 쇠사슬을 매는 개가 어디 있어요?"

아버지의 반문에 리니마는 한참 동안 생각을 하더니 이렇게 말했다. "그럼 이렇게 하지. 깊은 구덩이를 하나 파고, 놈을 구덩이에 가둬두면 못 올라오겠지."

아버지는 어이가 없었다. "그건 감옥살이랑 다를 게 없잖아요. 개한테 감옥살이를 시키면 개가 당신을 미워하지 않겠어요? 그냥 땅에 있도록 하는 게 좋아요. 항상 사람들을 보고, 사람들을 만나고, 그러면 습관이 돼서 좋아질 거라고요."

리니마는 고집을 꺾지 않았다. "그 습관이 언제 드는데? 사고가 터진 다음에는 후회해도 늦는 법이야. 빨리 방법을 생각해야 해. 만일 자네한테도 좋은 방법이 떠오르지 않으면 며칠 있다가 내가 유목민들을 데리고 와서 처리하도록 하지."

이렇게 말하고 떠나려는데, 아버지가 리니마를 붙들며 물었다. "뭘 하려는 거예요? 처리한다는 게 무슨 뜻이냐고요."

"이곳에서 다시는 놈을 못 보게 할 셈이야."

아버지가 발끈해서 소리쳤다. "그건 안 돼요!"

"뭐가 안 돼? 내가 자네 말을 들어야 하나, 아니면 자네가 내 말을 들을 건가?"

아버지가 대답했다. "당신이 주임 대리니까 물론 당신 말을 들어야겠죠. 하지만 일은 사리에 맞게 처리해야 하잖아요. 그럼, 이렇게 해요. 내가 이야기 하나를 들려드릴게요. 이 이야기를 들으면 내가 왜 이러는지 이해할 거예요."

아버지의 이야기는 이러했다.

한 부인이 길가에 앉아 있었다. 자기 곁에 놓인 풍성한 음식들을 먹으며 아기를 안고 젖을 먹이는 중이었다. 그때 굶주린 늙은 개 한 마리가 다가오더니 부인의 앞에 앉아 침을 흘리며 먹고 싶은 듯 음식을 바라보았다. 부인은 이 늙은 개가 더럽고 못생긴 걸 보고는 얼른 돌을 던져 쫓아냈다. 늙은 개는 눈물을 흘리며 부인을 떠났다. 이때 한 유목민이 다가와 말했다. "아주머니, 어떻게 그 개한테 그리 매정하실 수 있으세요? 설마 모르신단 말씀인가요? 아주머니의 전생에 당신 아버지는 당신 목숨을 구하기 위해 강도에게 죽임을 당했습니다. 이 개는 강도에게 죽임당한 당신 아버지예요. 그리고 당신 품에 있는 그 아기는 당신 아버지를 죽인 강도라고요."

이 이야기는 아버지가 시제구사에서 상처를 치료할 때 짱짜시가 들려준 것이다. 칭궈아마 초원 사람이라면 누구나 알고 있는 이야기였다. 이 이야기 속에는 원시 형태의 애견주의가 나타나 있다. 또 생명의 숭고성뿐 아니라 인간과 개의 관계에 대한 통찰한 해석을 담고 있다.

하지만 리니마는 여전히 이해하지 못했다. 그는 눈을 휘둥그렇게 뜨고 아버지에게 말했다. "그게 도대체 무슨 뜻이지? 음혈왕 당샹나찰이 자네 아버지란 뜻인가?"

아버지는 진지하게 고개를 끄떡이며 대답했다. "어쩌면 저의 아버지일 수도 있고, 당신의 아버지일 수도 있다는 거죠."

리니마는 콧방귀를 뀌었다. "말도 안 되는 소리 그만해. 깡르썬거가 전생에 자네 아버지라고 하면 또 모를까, 음혈왕 당샹나찰이 자네 아버지라니? 그럼 자네가 책임을 지라고. 놈은 온 초원이 증오하는 짱아오야. 놈이 죽기를 바라지 않는 사람은 아무도 없어. 자네가 지금 이렇게 놈을 두둔하면 초원의 두령과 유목민들이 싫어하지 않을까?”

아버지가 반문했다. “초원 사람들이 모두 다 놈이 죽기를 바란다니 저야말로 안 믿겨지는데요. 적어도 티베트 의원 가위퉈하고 쒀랑왕뛔이 두령은 놈이 죽기를 바라지 않을 거라고요. 쒀랑왕뛔이 두령이 으깬 소 내장을 그렇게 많이 보내왔는데 설마 그분은 음혈왕 당샹나찰이 그걸 먹고 다시 건강해질 줄 몰랐단 말인가요?”

아버지는 리니마의 생트집일랑 개의치 않고 예전처럼 음혈왕 당샹나찰의 털을 쓰다듬고, 약을 갈아주고, 볶은 칭커가루 반죽과 으깬 소 내장을 먹여주었다. 가끔씩 이곳저곳을 두들겨주고 만져주기도 하면서 함께 있는 시간을 최대한 늘렸다.

음혈왕 당샹나찰은 이 모든 상황이 익숙하지는 않았지만 이를 악물고 참았다. 여러 번 입을 벌려 아버지를 물어버리고 싶은 충동이 일었지만 그럴 때마다 드러낸 이빨을 디시 거둬들였다.

자신의 몸속에서 어떤 법칙이 서서히 형성되는 게 느껴졌다. 보는 사람마다 물어서는 안 된다는 법칙이었다. 세상에서 송귀인 다츠를 제외하고 이빨을 드러내고 달려들어서는 안 될 사람이 또 하나 생긴 것 같았다. ‘이 사람은 도대체 누구지? 설마 나한테 털을 쓰다듬어주고, 약을 갈아주고, 먹이를 주려고 나타난 사람이란 말인가? 불순한 목적이라고는 눈곱만치도 없단 말인가?’

질문이 깊어졌다. 동시에 과거의 삶이 불쑥불쑥 떠올랐다. 캄캄한 집, 깊은 구덩이, 얼음창고, 절망 가운데 먹이를 향해 뛰어오르던 일, 죽기살기로 벽을 들이받은 일, 배고파 죽을 뻔한 순간, 광분한 싸움. 세계와 생령과 생명체에 대한 그의 원한은 비참했던 시절의 잔혹한 사건들을 통해 하나하나 강화된 것이었다. 그게 자기 생명의 필수조건이 되고, 자신의 모든 것이 되었다.

그는 짱아오의 감정과 사람의 감정은 똑같다는 것, 미움 저편에 사랑이 있다는 것을 알지 못했다. 아니, 사랑이 무엇인지를 알지 못했다는 게 정확한 말이다. 만일 자신의 감정 중에서 사랑이라는 것을 끄집어내라고 한다면, 상대방을 물어죽인 후 그의 피를 핥는 게 다였다.

당샹나찰의 감정 시소에는 한쪽에 사랑이, 다른 한쪽에 미움이 자리잡은 게 아니었다. 한쪽에 광분이, 다른 한쪽에 잔혹과 폭력과 원한과 증오가 자리잡고 있었다. 어느 쪽이 우세하든지 유일한 반응은 공격이었다. 공격해서 상대를 물어죽여야 했다.

그런데 지금 다른 세상이 출현했다. 다른 사람이 나타난 것이다. 이 사람은 지난날 송귀인 다츠가 몽둥이와 배고픔, 추위로 번갈아 협박하면서 반드시 한 입에 물어죽여야 한다고 가르친 인간이었다.

이 사람을 물어죽일 수는 없었다. 아픈 자기를 돌보며 털을 쓰다듬어주고, 약을 갈아주고, 먹이를 주고, 말을 걸어주는 등 갖가지 불가사의한 행동으로 자신을 새롭게 일깨워준 사람이었다. '짱아오의 생활은 결코 너 죽고 나 살자는 식의 피비린내 나는 삶이 아니다. 원한이 다가 아니다. 내가 알던 것들이 틀렸을 수도 있다.'

송귀인 다츠가 그의 마음에 주조해낸 원한이라는 철칙은 전혀 예상치 못한 어떤 부드러운 감정에 의해 조금씩 녹아내리고 있었다. 알다가도 모를 일이었다. 흔쾌히 받아들일 수도, 거부할 수도 없는 감정이었다. 고통스러웠다. 마치 거대한 힘이 자신의 습성에도, 상식에도, 원칙에도 부합하지 않는 무언가를 받아들이도록 요구하는 것 같았다. 자기 마음의 주재主宰를 상실하는 것처럼 고통스러웠다.

'왜 이럴까?' 마음의 주재를 상실한 짱아오는 무엇이 진짜 자기의 소망인지 알 수 없었다. 원한의 대상이 무엇이며, 공격의 방향이 어디인지도 알 수 없었다. 그러나 자신은 알지 못하는 이 모든 숙제를 자기 앞에 선 사람은 전부 다 알고 있는 것 같았다.

아버지는 음혈왕 당샹나찰이 의문과 분노와 원한에 사로잡혀 있으며, 무엇보다 공포스러워한다는 것을 잘 이해했다. 뿌리 깊은 원한의 기저에는 공포가 자리잡고 있었다. 송귀인 다츠가 뼛속 깊이 심어놓은 절대적인 공포였다. 그런데 아버지가 그에게 준 것은 절대적인 안정과 자상함이었다. 지금까지 그가 경험했던 공포와는 상극의 표정이었다.

음혈왕 당샹나찰의 의식 속에는 '선택'의 필요성이 산봉우리처럼 솟구치고 있었다. '송귀인 다츠냐? 아니면 이 사람이냐?' 고통스러운 생각이 계속되었다. 다츠에게 마음이 가다가도 어느새 아버지에게 마음이 기울었다.

마지막에 우위를 차지한 것은 공포였다. 만일 과거처럼 송귀인 다츠의 뜻에 따라 자신의 생활을 영위한다면 그렇게 큰 공포는 없으리라는 공포스러운 생각에 미쳤다. 그에게 송귀인 다츠라는 존재는 어느 곳에나 존재하는 대설산과 같았다. 이어진 산봉우리이며 끊임없는 산맥 같았다. 그에 비하면 아버지의 존재는 바람이나 안개, 비와 같았다. 언제나 부드럽기 그지없어 어디로 향할지 알수가 없었다.

부드러운 아버지는 자신을 받아들이지 않고 계속 미워하기만 하는 짱아오를 세심한 관심과 사랑으로 돌봐주었다. 얼핏 사리분별을 제대로 못하는 사람처럼 보이기도 했다. 바보 같았다.

훗날 아버지는 말했다. "사실, 나는 바보가 아니었단다. 개 심리학자였지. 난 놈이 지금 어떻게 생각하고 있는지, 이후에는 어떻게 생각할지 알고 있었지. 절대 바뀌지 않는 생각이란 없단다. 풀지 못할 원한도 없고. 사람이나 짱아오나 다 똑같은 거야."

짱아오 대왕 깡르썬거가 검은 짱아오 나르와 함께 이곳에 왕림했다. 그의 몸은 완전히 회복된 상태였다. 부러진 늑골, 찢겨진 가슴, 입가, 어느 것 할 것 없이 예전처럼 회복되었다.

깡르썬거가 나타나자 아버지는 초긴장을 했다.

음혈왕 당샹나찰의 앞을 얼른 가로막으며 깡르썬거에게 말했다. "빨리 네 주인 샹아마의 아이들한테 가보렴. 여기로 오지 마. 오지 말라고."

음혈왕 당샹나찰은 원한과 분노로 포효했다. 그도 이미 예전처럼 포효할 수는 있었다. '하마터면 내 목숨을 빼앗을 뻔한 저 사자 머리 짱아오! 반드시 네놈을 먹어치우겠다. 먹어치워 주겠어!'

하지만 예상치 못한 상황이 전개되었다. 음혈왕 당샹나찰을 만난 깡르썬거는 매우 평안해 보였다. 조금의 원한도 없는 듯했다. 당당하게 맞은편에 앉아 상대가 소리를 치든 욕을 하든, 그대로 놔두었다. 그저 호의 어린 눈빛으로 상대를 바라볼 뿐이었다. 하지만 검은 짱아오 나르는 경계의 눈빛으로 음혈왕 당샹나찰을 바라보았다. 네가 달려들면 나도 달려들겠다는 자세였다.

아버지는 안심하며 말했다. "깡르썬거! 잘 한다. 네가 날 도와주려고 왔구나? 넌 정말 사람보다 더 똑똑해. 적어도 리니마보다 열 배는 더 똑똑해."

이때 샹아마의 아이들이 달려왔다. 학교의 다른 아이들도 전부 달려왔다. 깡르썬거와 검은 짱아오 나르도 달려가 그들과 어울려 놀았다. 깡르썬거는 일어나 샹아마 일곱 아이들의 얼굴을 하나하나 핥아주고 다른 아이들의 얼굴도 핥아주었다. 마지막으로 웃통 벗은 빠어추쭈의 얼굴까지 핥아주었다.

빠어추쭈는 깔깔 웃다가 갑자기 깡르썬거를 힘껏 밀어젖혔다. 아직은 이런 친밀함이 익숙하지 않았다. 그의 생각은 음혈왕 당샹 나찰과 조금 닮은 데가 있었다. 이랬다가 저랬다가, 좋았다가 나빴다가. 깡르썬거가 자기 얼굴을 핥아주는 순간, 깡르썬거는 과거 시제구 초원의 짱아오 대왕이 떠올랐다. 그리고 다음 순간, 깡르썬거가 원수의 샹아마 초원에서 왔다는 사실이 떠올랐다.

자신이 깡르썬거와 친해질까봐 두려웠다. 빠어추쭈는 얼른 몸을 피해 도망을 쳤다. 음혈왕 당샹나찰과 아주 가까운 곳까지. 음혈왕 당샹나찰이 포효하자 무서워진 그는 얼른 다시 달려 검은 짱아오 나르 곁으로 갔다. 검은 짱아오 나르는 음혈왕 당샹나찰을 노려보며 머리로 빠어추쭈의 다리를 비벼댔다. 마치 이렇게 말하는 것 같았다. '내가 있잖아. 무서워하지 마.'

하지만 검은 짱아오 나르는 금방 떠나야 했다. 깡르썬거가 바빴기 때문이다. 깡르썬거는 자신이 현재 짱아오의 대왕이라는 사실을 알고 있었다. 대왕의 책임은 막중하다. 대부분의 시간은 영지견들과 같이 보내야 했다. 아버지와 아이들은 아쉬운 마음으로 그들을 배웅하며 다시 한 번 끌어안고, 입을 맞춰주었다.

이 모습을 지켜보는 음혈왕 당샹나찰은 어리둥절하기만 했다. 잠시 원한까지 잊어버릴 정도였다. '알고봤더니 사람하고 개 사이는 이런 관계도 가능하구나. 왜 나는 한 번도 들어본 적이 없지?' 포효를 그쳤다. 자신의 동료 개들이 멀어지는 걸 보고도 포효하지 않은 건 이번이 처음이었다.

사실 당샹나찰은 자신에게 발생한 가장 큰 변화가 무엇인지 스스로도 전혀 알아차리지 못하고 있었다. 그건 바로 깡르썬거와 검은 짱아오 나르를 공격하지 않았다는 것이다. 그는 악을 쓰며 달려들 수 있었다. 속도나 힘은 과거에 훨씬 못 미치겠지만 그의 현재 상태는 아버지가 짐작하는 그런 정도가 아니었다. 일어나서 몇 발자국 뗄 수 있을 정도, 제자리에서 짖기만 할 수 있는 정도가 아니었다. 마음만 먹는다면 공격도 할 수 있었다. 하지만 공격하지 않았다. 완전한 무의식 속에서 당샹나찰은 야수의 본성에서 개의 본성으로 비약을 한 것이다.

무슨 법칙이 작용한 것일까? 무엇이 스스로도 자각하지 못하는 상태에서 이같이 중요한 전진을 하도록 만든 것일까?

아버지는 훗날 말했다. "음혈왕 당샹나찰도 짱아오이고, 개였단다. 개라면 반드시 개의 본능에 따라 개가 되어야 한다. 야수의 본능에 따라 개가 되는 것이 아니란다."

다음날, 깡르썬거는 또 찾아왔다. 이번에는 혼자 왔다. 그는 먼저 아버지에게 알렸다. '무슨 일이 생긴 것 같아요. 준비하고 계셔요.'

그는 먼 곳을 향해 몇 번 짖어대더니 음혈왕 당샹나찰을 향해 몇 번을 더 짖었다. 그리고 바쁘게 돌아갔다. 아버지는 그가 무슨 일인가를 알려주려고 왔다는 걸 간파했다. 그러나 그것이 구체적으로 무엇인지는 알 수 없었다. 잠시 생각에 잠겨 있던 아버지는 음혈왕 당샹나찰에게 먹이를 주러 갔다.

이날 아버지는 소뼈 곰탕을 끓였다. 곰탕 안에 고기 몇 덩어리를 집어넣었다. 몸을 튼튼하게 하려면 볶은 칭커가루 반죽이나 으깬 소 내장보다 이런 음식이 훨씬 더 좋을 것 같았다. 음혈왕 당샹나찰은 허겁지겁 먹어치웠다.

아버지가 보니 곰탕 속 고깃덩어리가 좀 큰 듯싶었다. 혹여 상처 입은 목구멍에 걸려 넘어가지 않을까봐 걱정이 되었다. 밥그릇에서 고기 한 덩이를 꺼내 잘게 찢어주고 싶었다. 그런데 놈이 이빨을 휘둘러 손을 물고는 먹이를 빼앗길세라 고기를 물어가버릴 줄을 꿈에도 몰랐다. 이건 송귀인 다츠가 길러준 야수의 습성이었다. 음식을 먹을 때는 절대 어떤 간섭도 허용하지 않는다. 그 간섭 중, 특히 입가로 다가오는 손은 그의 눈에 먹이를 뺏으러 오는 것으로밖에 보이지 않았다.

아버지의 손등이, 이미 한 번 물렸던 손이 다시 그 날카로운 이빨에 물려뜯겼다. 피가 곰탕 안으로 뚝뚝 떨어졌다. 하지만 아버지는 포기하지 않았다.

타협하지 않는 태도로 아버지는 다시 손을 뻗었다. 당샹나찰이 뺏어간 그 밥그릇 안의 고깃덩이를 꺼냈다. 당샹나찰의 반응은 역시 입을 벌려 물려는 것이었다. 하지만 물지 않았다. 아버지도 손을 피하지 않았다. 그래도 놈은 물지 않았다.

'놈의 공격능력이 저하된 것일까? 아니면 일부러 물지 않은 것일까?' 아버지는 골똘히 생각하면서 피로 물든 그 손으로 고기를 조금씩 찢었다. 그리고 조금씩 먹여주었다. 당샹나찰은 체면 차리지 않고 열심히 받아먹었다. 다 받아먹은 후, 기적이 일어났다. 당샹나찰이 혀를 내밀어 아버지의 상처를 핥은 것이다!

처음에 아버지는 놈이 아버지 손의 피를 먹고 싶어하는 줄 알고 말했다. "피가 많이 나지 않았으니까 그만 핥아라."

하지만 그는 계속 핥았다. 피 흘린 자국까지 다 핥고 나서도 계속 핥았다. 아버지는 갑자기 눈앞이 환해지는 것 같았다. '지금 놈은 내 상처를 치료해주려는 거야. 참회를 하는 거라고.'

너무 기뻐 머리통을 와락 끌어안으며 말했다. "그래! 맞았어. 넌 감동을 배워야 해. 사람들을 감동시키는 법을 배워야 한다고. 넌 배워야 할 게 태산같이 많다고!"


단쩡활불, 쒜랑왕뛔이 두령과 치메이 청지기 그리고 리니마가 찾아왔다. 시제구 초원 중요인물 4인방이 방문하자 깡르썬거가 급히 찾아와 말하려던 게 무엇이었는지 아버지도 비로소 알게 되었다.

리니마가 긴장한 표정으로 알렸다. "송귀인 다츠가 돌아왔어. 어떤 사람이 그를 시제구 초원에서 봤다는군."

아버지는 시큰둥했다. "올 테면 오라죠. 헌데 뭐 때문에 그리 긴장하세요?"

리니마가 본론을 꺼냈다. "우리가 걱정하는 건 음혈왕 당샹나찰이야. 다시는 놈을 송귀인 다츠의 손아귀에 떨어지게 해서는 안 돼. 단쩡활불과 쒀랑왕뛔이 두령과 함께 의논을 해봤는데, 당샹나찰을 처치해 화근을 없애버리는 게 낫겠다고 결론을 냈어."

아버지는 그들을 하나하나 번갈아 쳐다본 후 티베트 말로 물었다. "두 분들도 놈을 죽이는 게 낫다고 생각하세요?"

단쩡활불과 쒀랑왕뛔이 두령이 동시에 고개를 끄덕였다.

아버지는 잘라 말했다. "그건 안 돼요. 정 죽이고 싶으시면 저를 먼저 죽이세요."

리니마가 얼굴까지 붉히며 아버지를 설득하기 시작했다. "자네도 알아야 해. 당샹나찰이 송귀인 다츠의 손에 들어가면 깡르썬거도 무사할 수 없어. 시제구의 영지견들도 평화로울 수 없고. 복수의 불꽃이 타올라 샹아마의 아이들은 또 이곳저곳으로 도망치는 신세가 될 거라고. 그러면 부락 간 전쟁을 막고, 초원의 갈등을 종식시키며, 원한을 풀어 역사적 과제들을 해결한다는 우리의 공작도 전개하기 힘들어질 거야."

아버지는 여전히 단호했다. "그런 허울 좋은 대의명분들, 저는 모릅니다. 활불님, 당신은 제가 존경하는 부처이십니다. 당신 같은 분이 어떻게 이 짱아오를 죽이는 데 동의하셨습니까?"

그때 치메이 청지기가 나섰다. "놈은 짱아오가 아닙니다. 음혈왕이요, 나찰이고, 귀신이에요. 송귀인 다츠의 독검이자 마귀에게 영혼을 기탁한 존재라고요. 송귀인 다츠는 놈을 데리고 갈 겁니다. 데리고 가면 모든 건 끝장이에요. 얼마나 많은 개들이 죽을지, 얼마나 많은 사람들이 죽을지, 장담할 수 없습니다."

아버지가 다시 물었다. "단찡활불님, 이것 역시 당신의 의견이십니까?" 단찡활불이 무표정한 얼굴로 고개를 끄덕이자 아버지가 말했다. "다츠가 데려가지 못하도록 제가 막으면 되잖아요? 제가 잘 지키고 있을게요."

리니마가 다시 나섰다. "자네는 놈을 지킬 수 없어. 놈이 제일 먼저 물어죽일 사람은 바로 자네일걸."

아버지는 소리 높여 외쳤다. "절대 그럴 리 없어요. 절대로!"

아버지의 고함 소리가 음혈왕 당샹나찰을 이끌었다. 그는 천천히 다가와 리니마를 노려보았다. 음험하고 사악한 눈동자는 금덩이처럼 빛나고 있었다. 리니마는 자기도 모르게 오한이 나 뒤로 몇 걸음 물러섰다.

일순간 모임은 긴장이 감도는 분위기로 돌변했다. 아버지는 얼른 달려가 당샹나찰을 막아섰다. 단찡활불과 쒀랑왕뛔이 두령, 치메이 청지기는 묵묵히 당샹나찰을 지켜보았다. 이렇게 지켜보는 가운데 놈을 죽이려는 자신들의 결심을 굳히는 듯했다.

단찡활불이 갑자기 몸을 돌려 자리를 떴다. 가타부타 한 마디 말도 없이 떠나버렸다. 그가 여기 온 이유는 아버지를 설복시키기 위해서가 아닌 듯했다. 쒀랑왕뛔이 두령과 치메이 청지기도 그 뒤를 따라나섰다.

리니마는 한 걸음 뒤처져 따라가며 아버지에게 일렀다. "우리는 자네의 의견을 구하러온 게 아니야. 통지를 하러 온 것이라고. 부락의 기마사냥꾼들이 여기 와서 놈을 쏴죽이든지, 영지견들이 와서 물어죽일 테니 그리 알라고. 그리고 제발 부탁이니 그때는 가족들을 괴롭히고 원수들을 즐겁게 할 일은 삼가게."

아버지는 아무 대꾸도 없었다. 하지만 마음속으로 중얼거렸다. '누가 가족이고 누가 원수라는 거죠? 단결이 영광이고 분열은 수치라고 하지 않으셨나요? 왜 아직도 네편 내편을 가리는 거죠?'

그들이 떠나자 근심은 찌무룩한 황혼마냥 아버지의 마음속에 찾아들었다. 점점 더 어두워지고 무거워졌다. 아버지는 학생들을 일찍 천막집으로 불러들여 잠자리에 들도록 재촉했다. 그런 후 자신은 이불과 요를 들고 음혈왕 당샹나찰 곁으로 왔다.

오늘저녁부터 음혈왕 당샹나찰과 함께 자기로 결정했다. 첫째는 놈을 지키기 위해서였다. 송귀인 다츠가 다시 데려가게 놔둘 수는 없었다. 둘째는 리니마에게 당샹나찰이 자신을 물지 않는다는 사실을 증명해 보이기 위해서였다. 자신이 당샹나찰의 곁에 시체처럼 누워 있어도 자기 목은 물어뜯지 않을 것이다. 아버지는 양가죽 요를 깔고 양가죽 외투를 덮고 누웠다.

음혈왕 당샹나찰의 첫 번째 느낌은 아주 이상하다는 것이었다. 그 다음에는 아주 화가 났다. 지금까지 누구도 감히 자신의 곁에서 잠을 자려 하지 않았다. 그런데 이 사람은 아무런 두려움도 없이 잠을 청했다. 자신을 멸시하는 게 아니라면 이건 분명 자신을 오해하는 처사였다. 이 사람은 자기의 뜻을 오해하고 있다. 이 사람과 이렇게까지 가까워지고 싶은 생각은 추호도 없었다.

그 밤, 음혈왕 당샹나찰이 가장 많이 한 생각은 '언제쯤 이 사람에게 달려들어 이 품을 벗어나려나?' 하는 것이었다. 벗어난다는 말은 떠나는 것이 될 수도 있고, 자신의 시야에서 이 사람을 완전히 없어지게 한다는 뜻이 될 수도 있었다. 그러니까 먹어치우는 것 말이다. 자신의 모든 인내심은 마치 그를 먹어치울 가장 적절한 시기를 기다리기 위해 존재하는 것 같았다. '기회는 지금 눈앞에 오지 않았나?'

해가 졌다. 이 사람은 눈까지 감고 잠이 들었다. 음혈왕 당샹나찰은 긴장하고 불안한 걸음으로 남자의 주위를 이리저리 배회했다. 어디서부터 손을 대야 할지 찾는 모습 같았다. '바보! 어디서부터 손을 대야할지 꼭 찾아야 하는 건가? 목구멍이 바로 눈앞에 있는데.'

목구멍은 달빛 아래서 피를 마시고 싶은 그의 식욕을 사정없이 건드렸다. '왜 배회를 하는 거지? 결정하지 못하고 주저하면서?' 그는 멈춰섰다. 더 이상 배회하지 않았다. 코를 들이대고 냄새를 맡았다. 입은 크게 벌어지고 날카로운 이빨이 날아들었다.

아버지는 조용히 누워 있었다. 사실 잠든 건 아니었다. 음혈왕 당샹나찰의 눈동자가 이미 일격도 견디지 못할 자신의 연약한 목구멍에 꽂혀 있다는 것도 알고 있었다. 코로 냄새를 맡고 큰 입을 벌려 날카로운 이빨을 드러낸 채 다가오는 것을 잘 알고 있었다.

그러나 여전히 조용히 누워 있었다. 눈꺼풀조차 떨리지 않았다. 이것이 바로 아버지의 선천적인 능력이었다. 이 순간 벌떡 일어나 도망을 친다면 혹은 조금이라도 반항의 행동을 보인다면 끝장이었다. 당샹나찰은 주저 없이 아버지의 목구멍을 물어뜯을 것이다. 하지만 아버지는 당샹나찰에게 생각할 시간을 주었다. 큰 입을 벌리는 속도는 조금 늦춰졌고, 이빨이 날아오는 속도도 조금 늦춰졌다. 이 두 개의 '늦춰진 시간'은 한 가지 빠름으로 바뀌었다. 놈이 재빨리 뛰어오른 것이다.

아버지는 성공했다. 아버지는 음혈왕 당샹나찰을 감화시키는 데 성공했다.

놈의 도약은 찬란하고 영원했다. 사랑과 인간성의 힘은 어지러운 생명의 안개를 뚫어냈다. 적자생존의 법칙 앞에서 덕행과 도의라는 모범을 보인 것이다. 크게 벌린 입은 달을 향했다. 날아오른 이빨 역시 달을 향했다.

달 아래에, 몰래 다가온 한 사람이 서 있었다. 음혈왕 당샹나찰을 몰래 데려가고 싶었던 사람.

그러나 자신의 손에 의해 복수의 병기로 제조된 이 개가 자신을 향해 달려들어 목 줄기 양쪽에 이빨을 들이댈 줄은 꿈에도 생각지 못했다. 그 속도는 지금까지 당샹나찰이 행한 공격 중 가장 빠른 것이었다. 몰래 왔던 그 사람은 비명을 지를 틈도 없이 땅에 쓰러졌다. 음혈왕 당샹나찰은 그 생명의 호흡을 끊어놓았다.

아버지는 놀라 자리에서 벌떡 일어나 앉았다. 눈앞에 벌어진 광경에 놀라움을 금지 못하며 "아!" 하는 탄성으로 자신의 감정을 표현할 뿐이었다.

아버지는 훗날 말했다. 그것은 세상 모든 시인들의 감동을 다 합해야 낼 수 있는 경이로운 감정의 표현이었다고. 기록을 한다면 바로 "아! 짱아오!" 라고 할 수 있을 터였다.

음혈왕 당샹나찰은 계속 물어뜯었다. 그의 목이 완전히 끊어질 때까지. 이 순간 당샹나찰은 분명 과거에 받았던 비인간적 학대를 기억했을 것이다. 그 모든 학대의 기억들이 모여 공포스런 형상으로 바뀌었다. 바로 송귀인 다츠였다. 다츠라는 존재는 당샹 대설산처럼 무겁고도 실재적이었지만 음혈왕 당샹나찰은 배반자가 되기로 선택했다. 사랑과 우정의 힘은 이미 점점 강해져서 이제 그는 더 이상 원망과 분노의 화신으로 남을 수 없었다. 과거처럼 아무 선택도 하지 않고 모든 것을 미워할 수가 없게 되었다.

아버지는 조용히 일어나 고개를 들었다. 그리고 기쁨에 찬 목소리로 크게 외쳤다. "깡르썬거!"

깡르썬거가 영지견들을 데리고 먼 곳에서부터 달려오고 있었다. 이상한 냄새를 감지한 그들이 아버지를 보호하기 위해 급히 달려온 것이다.

그러나 조금 늦었다. 아버지에게는 이미 그들의 보호가 필요 없었다. 그들이 생각하기에 분명 옛주인 송귀인 다츠의 말에 따라 아버지를 해칠 것 같았던 음혈왕 당샹나찰은 자기 이름과 반대되는 행동을 하고 있었다.

이제 그는 음혈왕이 아니었다. 당샹나찰도 아니었다.

그렇다, 아니었다. 그는 정상적인 짱아오였다. 미움이 무엇인지 알고, 사랑이 무엇인지 알고, 싸움은 어떤 것인지 알며, 은혜를 갚는다는 게 어떤 의미인지 아는 짱아오가 되었다.

깡르썬거는 영지견들을 데리고 밤새 단쩡활불과 쒀랑왕뛔이 두령, 치메이 청지기 및 리니마를 불러 아버지의 학교로 데리고 왔다.

사람들은 음혈왕 당샹나찰이 물어죽인 송귀인 다츠의 사체를 보고는 개가 사람으로 변한 기적이라도 본 양 놀라워했다. 단쩡활불을 제외하고는 말이다. 그는 일찍이 이런 날이 오리라고 예감을 한 듯했다. 그가 보기 드문 찬란한 미소로 아버지를 바라보고는 대담하게 손을 뻗어 음혈왕 당샹나찰의 머리를 쓰다듬어주었다.

음혈왕 당샹나찰은 단쩡활불의 손길을 거절하지 않았다. 어쩌면 거절할 여유가 없었다고 할 수도 있겠다.

당샹나찰은 경계심 어린 눈빛으로 깡르썬거를 우두머리로 하는 앞쪽의 거대한 영지견 무리를 바라보았다. 달려들 태세를 하고 포효를 할 듯한 모양이었다. 그러나 결국 달려들지도 포효하지도 않았다. 오히려 믿을 사람을 찾듯 아버지의 다리에 기대섰다.

아버지는 주저앉아 음혈왕 당샹나찰의 머리를 꼭 감싸안았다. 그리고 깡르썬거에게 말했다. "깡르썬거! 너도 이리 와. 이리 와서 이놈을 좀 핥아줘. 이놈도 이제는 네 친구잖아."

깡르썬거는 당샹나찰의 반응을 살피며 조심스레 다가왔다.

# 13장

# 영원한 꿈,
# 영원한 그리움

# 34

두 달 후, 톄빠오진 짱아오를 쏴죽여 시제구 초원 짱아오들에게 두고두고 원한을 샀던 리니마, 단쩡활불의 자주색 승복을 벗기만 하면 영지견들의 습격을 받던 리니마는 발령을 받아 시닝으로 돌아갔다. 떠날 때 메이뒤라무에게 함께 가자는 제의를 했지만 그녀는 거절했다. 그들의 애정이 이미 식었다는 의미였다.

메이뒤라무는 시제구 초원의 자랑이었다. 그녀는 타고난 아름다움과 짱아오에 대한 사랑, 대담하고도 억척스러운 성격으로 만나는 사람과 개들 모두를 자신의 숭배자로 만들어버렸다. 그리고 초원 주민과 짱아오의 열렬한 환호를 받으며 시제구 공작위원회의 주임으로 임명되었다.

얼마 후, 따미 총부의 마이 정치위원이 샹아마 초원 공작위원회의 주임직을 겸임하게 되었다. 그의 노력 덕택에 그해, 그러니까 1952년 겨울에 초원에 새로운 규칙이 마련되었다. 이 규칙에 따라 샹아마 초원 부락의 두령들은 민국 27년에 발발했던 짱아오 전쟁에 참가한 기마사냥꾼 30여 명을 대동하고 시제구 초원으로 와 생명의 대가를 배상하기로 했다. 생명의 대가로 정해진 기준은 다음과 같았다. '유목민 한 사람의 목숨은 20위안바오(1위안바오는 70위안), 짱아오 한 마리의 목숨은 15위안바오로 정한다.'

하지만 죽은 유목민과 짱아오의 수가 너무 많아 막대한 배상금을 한꺼번에 모으는 게 불가능한 상황이었다. 그러자 시제구 공작위원회 주임 메이둬라무가 팔을 걷어붙이고 나섰다. 그녀의 설득에 따라 시제구 초원의 두령과 유목민들은 '유목민은 6위안바오, 짱아오는 5위안바오'로 생명의 대가를 낮추는 데 합의했다.

해묵은 원한을 풀어낸 지 얼마 지나지 않아 광활한 칭궈아마 초원에는 부락민이 세우지 않은 최초의 정권이 들어섰다. 바로 오늘날의 제구아마結古阿媽 티베트족 자치현이다. 새정부는 샹아마 초원에 설치되었다. 단쩡활불, 쒀랑왕뛰이 두령과 따거리에 두령은 모두 제구아마 자치현에서 새정부 위원으로 일했다.

제구아마 티베트족 자치현을 건립한 직후 메이둬라무는 부녀연합회 주임으로 임명되었다. 그녀가 곧 시제구 초원을 떠날 것이라는 소문이 떠돌던 시절, 웃통 벗은 빠어추쭈는 가슴이 아파 며칠 동안 학교에도 나오지 못했다.

메이둬라무는 그의 마음속 선녀였다. 백도모白度母와 녹도모綠度母가 인간으로 화한 모습이었다. 그녀는 아름다운 자태로 그의 마음에 들어와 마음 가득 범람하던 미움의 식양息壤(스스로 자라나 영원히 줄어들지 않는다는 전설속의 흙)을 말끔히 몰아내버렸다. 그러나 이제는 날마다 그녀를 볼 수 없게 되었다. 날마다 "꼬마야! 꼬마야!" 부르던 아름다운 목소리도 들을 수 없게 되었다. 그는 아쉬움과 그리움으로 그녀를 따라 현에까지 갔었다. 하지만 그녀가 갑자기 고개를 돌려 자신을 바라보자 얼굴이 홍당무가 되어 뒤돌아 도망을 쳐버렸다.

그 이후에도 빠어추쭈는 거의 매주 양모 허쯔와 빨간 나사로 장화통을 만든 소가죽 장화를 신고 현으로 갔다. 메이뒤라무를 보기 위한 발걸음이었지만 어느 때는 그저 멀리서 그녀의 뒷모습만 한 번 바라보고 돌아와야 했다. 그렇게 그 장화가 닳을 때까지, 발가락 열 개가 장화 밖으로 가지런히 드러날 때까지 그녀를 보러 현으로 달려갔다. 그러나 이제 신고 갈 장화가 없어졌고, 걱정 넘치던 방문도 중단해야 했다.

그러던 어느 날, 메이뒤라무가 시제구 초원에 왔다.

그녀는 빠어추쭈에게 새 장화를 선물하며 말했다. "오랫동안 날 보러 못 왔구나. 이제 새 장화를 신고 날 만나러 와주겠니?"

그리하여 초원과 현 사이를 오가는 빠어추쭈의 여행은 다시 시작되었다. 새 장화가 다시 닳아버릴 즈음, 빠어추쭈는 현에서 아예 돌아오지 않았다. 그러니까 과거 자신이 그토록 미워하던 샹아마 초원에 남아 다시는 돌아오지 않게 된 것이다.

전하는 말에 따르면 그는 메이뒤라무와 결혼을 했다고 한다. 마이 정치위원이 결혼의 증인이 되었다. 마이 정치위원도 이제는 더 이상 칭궈아마 초원 공작위원회의 정치위원이 아니었다. 그는 막 건립된 칭궈아마 주의 주州위원회 서기로 취임했다.

메이뒤라무와 빠어추쭈의 결혼은 한 쌍의 연상연하 커플이었

다. 나이가 많기로 따지자면 족히 일고여덟 살은 더 많았지만 누구
도 나쁘다고 생각하지 않았다. 메이뒈라무는 하늘에서 내려온 선
녀였기 때문이다. 선녀에게는 나이가 없다. 우리가 자주 하는 말처
럼. '관음보살은 항상 열여덟 살이다.'

아버지는 여전히 시제구 초원 최초의 천막 기숙학교에 남아 교
장 겸 교사로 즐겁게 봉사했다.
어느 여름날, 그는 시닝으로 잠시 돌아가게 되었다. 신문사 기
자부 주임인 김 선생의 중매로 그분의 딸과 결혼해 가정을 꾸린
후, 중국 내지에 있는 자신과 아내의 고향 마을을 방문했다.
한 달 후 시닝의 처와 이별을 고한 아버지는 수많은 천국의 과
일(땅콩)을 가지고 자신의 초원, 자신의 학교로 돌아왔다.
깡르썬거와 검은 쨩아오 나르는 랑도협 입구에서 아버지를 맞
았다. 아버지가 너무나도 보고 싶었던 뛰지라이바는 우는 듯한 목
소리로 맞아주었다. 뛰지라이바는 아버지가 음혈왕 당샹나찰에게
지어준 새 이름으로 '선금강'이란 뜻이었다.
아버지는 학교와 아이들을 돌보던 뛰지라이바와 모든 학생들에
게 땅콩을 나눠주고, 깡르썬거에게 영지견들을 전부 불러오게 한
뒤 그들에게도 조금씩 먹여주었다. 개들은 아이들만큼 땅콩을 좋
아하지 않았다. 아이들은 기뻐 팔짝거리며 "너무 맛있다."고 했지
만 개들은 무표정하게 땅콩을 씹는 표정이 별로 신기할 것도 없다
는 모습이었다. 개들은 꼬리를 몇 번 흔들어 감사의 인사를 전하
고는 가버렸다.

하지만 검은 짱아오 나르는 달랐다. 그녀는 땅콩에 특별히 관심을 보였다. 자기에게 나눠준 것을 다 먹고는 아버지를 졸졸 따라다니며 더 달라고 성화였다. 아버지가 땅콩을 조금 더 먹여주자 나르는 좋아서 코로 흥흥거렸다. 감사하고 만족한다는 뜻이었다.

나르는 이미 엄마가 되었다. 아마 땅콩을 먹으면 모유가 잘 나온다지? 그녀의 두 아기는 엄마의 뒤를 따랐다. 검은 등과 누런 다리, 사자머리, 네모난 입, 치켜뜬 눈, 눈썹 사이에 둥글게 빛나는 금빛 태양. 이 두 마리 강아지는 옛날 옛적 히말라야산 짱아오를 완벽하게 복원해낸 톄빠오진 수짱아오였다. 놈들은 생후 열흘이 지날 무렵부터 아빠 깡르썬거와 똑같은 위엄과 기개를 보였다.

익히지 않은 땅콩도 조금 가지고 갔던 아버지는 후에 땅 한귀퉁이를 골라 그 땅콩을 심었다. 하지만 싹이 나지 않았다. 두 달 후 흙을 파내고 살펴보니 여전히 처음 모습 그대로였다. 아버지는 땅콩을 다시 주워 볶은 뒤 아이들에게 나눠주었다.

아버지는 훗날 말했다. "그때 땅콩 재배가 실패했기에 망정이지, 만일 성공했더라면 초원의 넓은 땅을 죄다 땅콩 밭으로 만들었을 거야. 그럼 땅콩 때문에 초원의 지표를 파괴하고 생태 평형을 무너뜨렸다는 역사의 질책을 받았을 테지."

뛰지라이바, 즉 음혈왕 당샹나찰은 아버지의 학교에 남았다. 그러나 1958년 칭궈아마 지역군대 군인의 눈에 띄어 쇠창살에 갇힌 채 따미 진으로 옮겨졌고, 전범들을 가두는 감옥을 지켰다. 두 달 후 그는 두꺼운 쇠사슬을 끊고 자기를 지키던 군인에게 상처를 입힌 뒤 아버지의 학교로 돌아왔다.

얼마 후 뛰지라이바는 영지견 중 가장 뛰어난 암캐인 검은 짱아오 귀르를 학교로 데려왔다. 아버지에게로 데려온 것이다.

아버지는 기뻐서 물었다. "너희들 언제부터 좋아하게 되었니? 내가 왜 그걸 몰랐지?" 그리고 검은 짱아오 귀르의 머리를 만지며 말했다. "잊지 마라. 네 한쪽 귀는 저놈이 물어뜯은 거야."

검은 짱아오 귀르는 고개를 흔들었다. 자기는 상관하지 않는다는 뜻이었다. 뛰지라이바는 아버지를 향해 큰 소리로 "컹컹!" 짖었다. 꼭 이렇게 말하는 것 같았다. '그런 이야기는 하지 마세요! 과거는 벌써 지나갔잖아요!'

귀르는 금세 임신을 했다. 첫 배에 암컷 한 마리 수컷 한 마리, 두 마리 강아지를 낳았다. 둘은 뛰지라이바의 붕어빵이었다. 전신은 검게 빛나고, 네 다리와 앞가슴은 불처럼 타오르는 것이 꼭 불타오르는 쇳덩어리 두 조각 같았다. 그들은 진정한 톄빠오진 짱아오였다.

그들의 할아버지의 할아버지의 할아버지와 할머니의 할머니의 할머니는 유럽을 호령하던 맹견군단의 일원, 당상 짱아오였다. 그 기개는 만 명의 군사에 버금가고 하늘의 전신처럼 늠름한, 칭기스칸이 놀라움을 금치 못하며 '무공의 으뜸'이라고 칭찬을 아끼지 않던 대형 짱아오의 적손들이었다.

뛰지라이바와 검은 짱아오 귀르는 전부 세 배에서 일곱 마리 강아지를 낳았다. 네 번째 배를 배기 전, 뛰지라이바는 또다시 시제구 초원을 떠났다. 지은 지 얼마 안 되는 시닝 동물원에서 시제구 초원의 동물을 찾으러온 사람이 뛰지라이바를 보고는 한눈에 맘에 들어 2,000위안의 돈을 지불하고 사간 것이다. 그때 돈 2,000위안이면 엄청나게 비싼 값이었다. 기숙학교의 천막집들을 흙과 나무를 사용한 단층집 두 동으로 바꿔줄 수 있을 만큼 큰돈이었다.

아버지는 마음이 흔들렸다. 당시 아버지가 제일 심혈을 기울인 사업은 학교 확장과 건축이었다. 눈물을 흘리며 뛰지라이바와 검은 짱아오 궈르에게 허리 숙여 인사하고 "미안하다."는 사죄의 말을 수 없이 되뇐 후에야 아버지는 이 거래에 동의했다.

뛰지라이바가 아버지와 마찬가지로 눈물을 쏟으며 철창에 갇혀 실려가던 그날, 학교의 학생들은 전부 울었다. 이미 학교를 떠나 생산대에서 방목을 하던 샹아마 일곱 아이들과 학교를 졸업한 수많은 아이들도 그에게 작별하러 왔다가 모두 울었다. 검은 짱아오 궈르는 남편을 실은 기차를 따라 랑도협까지 갔다.

그러나 일년 후 뛰지라이바는 또다시 돌아왔다. 시닝에서부터 달려온 것이다. 시닝에서 칭궈아마의 시제구 초원이라면 적어도 1,200킬로미터는 되는 여정이었다. 그런데 어떻게 돌아왔을까? 얼마나 많은 고생을 했을까? 자신의 도주를 막는 사람을 또 물어야만 하지는 않았을까?

이 모든 질문에 대해 아버지도 답을 할 수 없었다. 뛰지라이바가 돌아온 후, 아버지는 시닝 동물원 사람이 쫓아와 환불을 요구할까봐 겁이 났다. 그래서 당샹 대설산 샨루 별판 송귀인 다츠의 돌집 안에 숨겨두고 사나흘에 한 번씩 먹을 것을 가지고 검은 짱아오 궈르와 함께 그를 보러갔다.

그 돌집은 뛰지라이바가 강아지 시절 수난을 당하던 곳이었다.

기억이 얼마나 생생했던지 뭐지라이바는 매주 초조해 보였다. 마치 사악함이 자신의 영혼을 다시 잠식할까봐 걱정하는 듯했다.

그런 극도의 불안과 초조 속에서 간신히 일년을 버텼다. 그리고 어느 겨울 새벽, 먹이를 주던 아버지의 품에서 감사의 눈물을 흘리며 생을 마감했다.

아버지는 뭐지라이바를 안고 다급하게, 점점 울음에 잠기는 목소리로 그의 이름을 불렀다. "뭐지라이바! 뭐지라이바!"

검은 짱아오 궈르는 울지도 짖지도 않았다. 조용히 뭐지라이바의 사체 곁에서 4개월을 지켰다. 겨울이 가고 봄이 올 때까지, 사체가 완전히 썩을 때까지 그 곁을 떠나지 않았다. 아버지의 간섭이 있고 나서야 궈르는 뭐지라이바의 사체를 겨울 내내 노리고 있던 독수리들에게 넘겨주었다.

뭐지라이바는 돌집에서 자라고, 돌집에서 죽었다. 그게 그의 운명이었나보다. 그는 마음의 상처 때문에 죽었고, 또 육체의 상처 때문에 죽었다. 아버지는 그가 죽은 후에야 그 몸에서 총탄에 맞은 흔적을 발견했다. 총탄 하나가 엉덩이에 박힌 채 죽을 때까지 그를 괴롭힌 것이다.

검은 짱아오 나르는 비교적 일찍 죽었다. 1957년 겨울, 시제구 초원이 폭설로 인해 전례 없는 재해를 맞았을 때 추위와 기아가 소와 양들 대부분의 목숨을 앗아갔다. 많은 유목민이 폭설로 인해 생사가 묘연한 채 갇혀 있었다.

짱아오 대왕 깡르썬거는 영지견들을 데리고 곳곳을 다니며 생존자를 수색했다. 그들이 고산초장에서 니마 할아버지 일가를 발견했을 때 가축이라고는 이미 한 마리도 남아 있지 않았다. 가축들은 이미 천막에서 멀리 떨어진 풀밭에서 얼어죽었다. 목양견 신사자 사제썬거와 독수리사자 충바오썬거는 며칠 동안 돌아오지 않고 있었다. 죽은 가축의 곁을 아직도 지키고 있거나 이미 죽었다는 이야기였다.

쌓인 눈 때문에 내려앉은 천막집 한켠에 웅크리고 있던 니마 할아버지, 니마 할아버지의 아들 빠주에, 빠주에의 아내 라쩐과 그들의 아들 뤄뿌는 이미 사나흘 동안 굶은 상태였다. 그리고 집지기 개 네 마리가 있었다. 절름발이 엄마개와 절름발이 엄마개의 좋은 자매 쓰마오 이모, 그리고 이미 다 큰 짱아오가 된 거쌍과 푸무도 배가 고파 움직일 수 없었다.

짱아오 대왕 깡르썬거는 영지견들을 데리고 신속하게 그곳을 떠나 구원의 손길을 찾았다. 다섯 배째 강아지를 먹이고 있던 검은 짱아오 나르가 그곳에 남았다.

나르는 자신 역시 아무것도 먹지 못하는 상황에서 자기 젖을 니마 할아버지 일가 네 명과 네 마리 개들, 그리고 자기 강아지 둘에게 닷새 동안이나 나눠주었다. 깡르썬거가 영지견들을 데리고 눈을 밟아 길을 내고, 정부가 공중에서 투하한 재난 구호물자(군용건빵과 외투)를 입에 물고 올 때까지.

그 즈음 검은 짱아오 나르는 이미 일어나기 힘든 상태였다. 하지만 그녀의 젖은 여전히 사람들과 개들에게 나누어졌다. 젖은 이미 맹탕이 되고, 피도 섞여나오고 있었지만 말이다. 그녀는 자신의 살과 피를 젖으로 바꿔 그 앙상하고 연약한 몸으로, 사람과 개들에게 구조의 희망을 끊임없이 물려주었다.

재난은 그쳤으나 검은 짱아오 나르의 건강은 회복되지 않았다. 원기가 너무 상해 몸은 반이나 쪼그라들었다. 그 몸으로 일년을 살아낸 나르가 마침내 세상을 떴다.

니마 할아버지는 죽어가는 나르를 품에 안고 통곡하다가 정신을 잃었다. 일가족 모두 나르 앞에 무릎을 꿇었다. 시제구 초원에서 짱아오의 혼을 제도하는 불경 소리는 겨울 내내 연무처럼 가득했다.

검은 짱아오 나르가 죽은 후 짱아오 대왕 깡르썬거는 다른 어떤 암캐와도 부부의 연을 맺지 않았다. 심지어 해마다 두 차례씩 따르는 정상적인 발정도 없었다. 그는 수컷으로서의 욕망을 철저히 거세해버렸다.

짱아오 대왕 깡르썬거는 '문화대혁명'이 있던 1967년에 죽었다. 옛적 초원의 분쟁과 부락의 전쟁이 1967년 칭궈아마 초원에서 유령처럼 부활했다. 새로운 방식의 원한, 새로운 파벌의 원한으로 급속하게 발화했다. 제구아마현의 양대 파벌 민중들은 '초원 독수리 전투대'와 '초원 폭풍 보위대'를 결성해 정권과 거점 쟁탈전을 벌였고, 수많은 짱아오를 전쟁 속으로 몰아넣었다. 이는 칭궈아마 초원의 가장 악랄한 마귀와 무법한 악독이 만든 전쟁이었다.

그 누구도 저지할 힘이 없었다. 이 광란에서 홀로 자유로울 수도 없었다. 노년이 되어서도 여전히 용감무쌍했던 깡르썬거는 '초원 독수리 전투대'에서 혁혁한 공을 세운 후, '초원 폭풍 보위대' 사람들의 총에 맞아 시제구 띠아오팡산 아래에서 죽었다.

이미 오래 전 어른이 된 샹아마 아이들과 아버지가 깡르썬거를 천장으로 보냈다. 깡르썬거의 영혼과 육신이 하늘로 승천하던 그 날, 아버지와 샹아마 일곱 아이들은 목 놓아 울었다.

아버지는 말했다. "깡르썬거! 정말이지 너와 함께 가고 싶구나! 이번 생에서 허락이 안 된다면 다음 생에서 기다리마. 다음 생에서는 나도 한 마리 짱아오가 되련다. 짱아오!'"

기록해야 할 일이 하나 더 있다.

깡르썬거가 총에 맞은 그날은 당시 주위원회의 서기로 재직하던 마이 정치위원이 칭궈아마 초원에서 순회 공개비판을 받기 시작한 날이기도 했다. 그날 그는 띠아오팡산의 형장에 끌려가 난생 처음 비판자들의 입에서 열거되는 죄상을 들어야 했다.

'칭궈아마 초원에서 제멋대로 계급투쟁 조화론을 퍼뜨리고 다니며 평화만을 원하고 투쟁은 하지 않는, 부르주아 계급 인도주의의 추악한 대리자.'

그날 그는 '초원 폭풍 보위대' 대원에게 맞아 다리가 부러졌다. 마이 정치위원은 눈물을 흘렸다. 비판자들은 눈물조차 흘리지 말라고 그를 다그쳤다. 마이 정치위원은 의연하고 비장하게 반문했다. "내가 지금 울지 않으면 언제 울란 말이오? 나는 나를 위해 우는 게 아니라 깡르썬거를 위해 우는 겁니다."

시제구 초원의 처지에서 말하자면, 가장 큰 손실은 깡르썬거를 잃은 것이 아니라 그의 죽음 이후 다시는 새로운 짱아오 대왕이 탄생하지 않았다는 사실이다. 깡르썬거는 시제구 초원 최후의 짱아오 대왕으로 남았다.

짱아오 대왕을 잃은 영지견들은 1969년에 학살당했다. 샹아마 초원 사람들이 주체가 된 '초원 폭풍 보위대'가 혁명위원회의 실권을 장악한 후, 과거 '초원 독수리 전투대'를 도운 적 있는 시제구 초원 영지견들을 대대적으로 청소해버린 것이다. 수많은 영지견이 이 청소작업 당시 기간민병의 사격 연습용 표적이 되었다.

그 중에는 사납고 몸집이 크고 사람보다 더 지혜로운 순종 짱아오, 짱아오 대왕 깡르썬거와 검은 짱아오 나르의 후예들도 일부분 포함되었다. 검은 등과 누런 다리, 사자머리, 네모진 입, 치켜뜬 눈, 눈썹 사이에 둥글게 빛나는 금빛 태양을 가진 개, 히말라야 순종 짱아오를 복원시킨 암수 톄빠오진 짱아오들까지 짱아오 역사의 마지막 황혼 속으로 사라졌다.

곧이어 개 전염병이 만연했다. 다른 개와 사람들에게 병을 옮기지 않도록, 죽은 후에는 늑대의 양식이 되어 늑대도 전염병에 걸려 죽으라고, 늑대가 양들을 잡아먹을 때 지킬 짱아오가 없는 상황을 만들지 않기 위해, 병에 걸린 짱아오와 영지견과 사원견과 목양견과 집지기 개들 모두 자신의 조상들처럼 그렇게 시제구 초원을 떠나 앙라 설산의 밀령곡으로 들어갔다.

밀령동에 숨어 지내며 몰래 수도를 하던 단쩡활불은 또다시 짱아오의 시체로 온 들판이 새카매지는 장면을 목도했다. 그는 자신과 함께 이곳에 온 충성스런 철봉라마 짱짜시와 함께 거의 보름 동안 얼어붙고 눈 덮인 산중에서 탐욕스럽게 시체를 뜯는 늑대 무리를 지켜보았다. 이후 그들은 짱아오의 영혼을 위해 제사를 올렸다.

영지견 대청소와 전염병 발생은 곧 영지견들의 멸종을 의미했다. 시제구 초원에서 뛰어놀던 충성스런 영지견 무리가, 그토록 위대하고 아름다웠던 생명들이 한순간에 피와 눈물의 바람에 휩쓸려 역사의 거대한 수렁 속으로 빨려 들어갔다.

아버지는 샹아마 일곱 아이들과 함께 대청소로 목숨을 잃은 영지견들의 천장을 치러주었다.

그때 영지견들과 함께 천장을 치러준 시신 중에는 시제구사에서 영지견에게 음식을 나눠주던 노 라마승 둔까도 있었다. 수많은 영지견이 총에 맞아죽는 상황을 목도하면서도 자신이 그들을 보호해주지 못하는 상황에 절망하던 둔까는 어느 날 죽은 채로 발견되었다. 그가 늙어 명을 다한 것인지, 아니면 자살을 한 것인지 그 누구도 단언할 수 없었다. 분명한 건, 자신이 사랑하던 수많은 영지견과 함께 세상을 떠났다는 사실뿐이었다.

히말라야 짱아오종에 속하는 짱아오의 수명은 보통 16년에서 20년이다. 시제구의 짱아오 중에는 23년을 산 놈도 있었는데, 그게 바로 궈르였다.

영지견들이 대대적으로 청소되고 있을 때, 아버지는 학교 대문을 지키고 가축들을 방목해야 한다는 핑계로 깡르썬거와 뛰지라이바의 혈통을 계승한 짱아오 몇 마리와 궈르를 학교로 데려왔다. 검은 짱아오 궈르는 정정한 장수 노인의 자태를 유지하며 1972년까지 살았다. 그는 아버지가 알고 있는 짱아오 중 유일하게 제 명에 죽은 개였다.

검은 짱아오 궈르가 죽은 후, 아버지는 학교를 떠났다.

시제구 초원을 떠나 암수짱아오 강아지 한 쌍을 데리고 시닝으로 돌아왔다. 정부는 초창기 소수민족 교육 보급에 앞장선 아버지를 주목하며 '문혁'의 와중에서도 칭하이성에서 가장 먼저 회복된 민족사무위원회 교육처에서 일하도록 했다.

아버지가 깡르썬거와 뛰지라이바라고 이름 붙여준 그 한 쌍의 짱아오는 결코 변화하지 않은 도시의 한 자락에서 아버지와 함께 새로운 생을 보냈다. 아버지의 암캐 뛰지라이바는 첫 출산이 난산이었던 탓에 뱃속 강아지와 함께 죽고 말았다. 바위보다 강인하고 사자나 호랑이보다 더 용맹스러운 짱아오 음혈왕 당샹나찰의 후대였지만 설산초원을 떠난 후 이렇게 허약하게 죽어버렸다.

아버지는 울고 싶었지만 눈물이 나지 않았다.

이 일을 두고 아버지는 가족들에게 이야기하곤 하셨다. "너무 안타깝구나. 내 깡르썬거하고 뛰지라이바가 후대를 남기지 못하다니. 놈들은 가장 순수한 히말라야 짱아오였어. 놈들의 몸에는 설산사자 깡르썬거와 검은 짱아오 나르의 피가 흐르고, 음혈왕 당샹나찰과 검은 짱아오 궈르의 피가 흐르고 있었다고. 그런데 이렇게 후사가 끊겨버리다니…, 세상에! 이렇듯 훌륭한 짱아오를 어디서 다시 찾을 수 있을까. 불가능한 일이야! 시제구 초원을 모두 뒤져도 다시는 없을 거야. 시제구 초원에 없다면 다른 곳은 두말할 필요도 없는 거고."

아버지의 걱정은 결코 쓸데없는 기우가 아니었다. 이쪽 사정을 잘 알고 있는 손님(그분의 명함에는 '미국 짱아오협회 아시아지부 총이 사'라는 직함이 적혀 있었다)은 뛰지라이바의 사진을 들고 아버지에게 말했었다. 아버지의 수짱아오 깡르썬거와 암짱아오 뛰지라이바처럼 혈통이 순수하고, 종의 역사가 깊고, 몸은 나귀처럼 크고 호랑이처럼 빠르며 사자같이 우렁찬 목소리를 가진, 산처럼 위세당당한 짱아오는 자기도 처음 본다고, 아마 다른 곳에서도 볼 수 없을 거라고.

아버지의 암짱아오 뛰지라이바가 죽은 후 어느 해부터인가, 낯선 사람들이 우리 집에 계속 찾아왔다. 얘기를 듣고 아버지의 수짱아오 깡르썬거를 구경하기 위해 온 사람이었다. 우리 고장 사람도 있었고, 외지인이나 대만의 영화배우, 시닝의 뛰빠 체육훈련기지에서 세계 정상급 운동선수들을 훈련하는 코치, 그리고 네덜란드인 독일인 미국인들도 있었다. 그들이 내게 준 인상은 하나같이 아버지의 깡르썬거를 본 후 놀라 감탄하고, 침이 마르도록 칭찬을 한다는 것이었다. 어떤 베이징사람은 이렇게 말하기도 했다. "아이고 세상에. 이렇게 멋지다니? 이런 놈은 처음인데요. 어디서 얻으셨어요? 저한테 파시죠?"

많은 사람들이 찾아오는 최종 목적은 아버지의 깡르썬거를 사가기 위해서였다. 아버지는 항상 고개를 흔드시며 웃기만 할 뿐 응낙은 하지 않으셨다.

한번은 일본인이 왔는데 통역까지 대동하고 아버지와 가격흥정을 했던 게 기억난다. 제일 처음 그들은 3,000에서 시작했다. 아버지는 고개를 흔들었다. 1만까지 가격이 올랐지만 아버지는 여전히 고개를 흔드셨다. 가격은 3만, 6만, 10만, 20만까지 올랐지만 아버지는 도리질만 하셨다.

가격이 30만까지 치솟자 아버지는 갑자기 도리질을 멈추시더니 물으셨다. "우리 깡르썬거가 그렇게 비싼 개입니까? 여러분 저를 놀리시는 건 아니겠죠?"

그들은 아버지에게 팔려는 마음만 있으면 30만도 상관없다고 했다. 당시 30만 런민삐人民幣(중국의 화폐단위)라면 아버지는 물론 절대다수의 중국인에게 천문학적 숫자였다. 지금의 3,000만 위안과 비슷한 가치라고 할 수 있었다.

아버지는 말씀하셨다. "정말 30만을 주시겠습니까? 그렇다면 저는 더 못 팔겠습니다. 제가 돈이 무슨 필요가 있겠습니까? 돈은 많으면 많을수록 더 위험해질 뿐입니다. 역시 깡르썬거가 낫지요. 깡르썬거는 날마다 저를 지켜주고 있습니다. 저는 꼭 시제구 초원으로 돌아간 기분입니다."

아버지는 끝까지 깡르썬거를 팔지 않았다. 깡르썬거는 아버지의 생명이었다.

아버지의 깡르썬거는 10년 후에 죽었다. 아버지가 63세를 맞던 생신날, 놈은 조용히 우리 곁을 떠났다. 병들어 죽음을 맞이하는 깡르썬거의 눈동자에는 가슴 아픈 이별의 눈물이 흐르고, 고통스런 피까지 흘러내렸다.

일설에 의하면 한평생 초원을 떠나 살아온 히말라야산 짱아오는 죽을 때 피눈물을 흘린다고 한다. 그것은 영혼이 죽어간다는 징조이고, 내세를 거부한다는 의미였다. 초원을 떠난 짱아오의 영혼은 신령함을 상실한다. 즉 살아도 아무런 의미가 없는 셈이다.

아버지는 짱아오를 다시는 곁에 두지 않으셨고 금세 늙어버렸다. 항상 말씀하시길 당신은 당신의 시제구 초원으로 돌아가겠다고, 당신의 학교로 돌아가겠다고 하셨다. 하지만 너무 늙어 다시는 돌아가지 못하셨다.

아버지는 열심히 사셨다. 짱아오가 동행하지 않은 그날들 동안, 참으로 자랑스럽게 당신의 과거를 회상하셨다. 당신이 생각하기에 시제구 초원에서 보낸 젊은날 당신의 매순간은 짱아오의 생명과 매한가지였다. 모든 게 귀중하고 그리운 시간이었다.

하루는 몸이 건장하고 외모가 투박하게 생긴 티베트 사람이 집에 찾아왔다.

힘세고 튼튼한 두 손으로 희고 고운 하다를 바치고서는 자신의 얼굴을 가리키며 그다지 유창하지 않는 한어로 아버지에게 말했다. "한짜시 선생님! 저를 못 알아보시겠습니까? 제가 바로 얼굴에 칼자국이 있는 그놈입니다."

아버지는 반색을 하셨다. "아! 칼자국, 샹아마 일곱 아이들 중 하나였지. 자네 날 보러 왔나? 나도 이렇게 나이가 많이 들어 죽을 때가 되었네. 그런데 자네는 지금에서야 날 보러 왔나? 깡르썬거는 왜 같이 안 오고? 검은 짱아오 나르 자매들은 왜 안 왔나? 뚸지라이바, 그놈 음혈왕 당샹나찰은 왜 안 왔나?"

얼굴에 칼자국이 있는 그 티베트 사람이 울먹이며 대답했다. "올 겁니다. 오고 말고요. 한짜시 선생님! 몸 건강하십시오. 선생님이 건강하게 살아계시기만 하면 놈들은 반드시 돌아올 겁니다. 짜시에게, 한짜시에게."

짱아오들은 정말로 돌아왔다. 아버지의 꿈속으로.

모래바람을 감고 가볍디가벼운 생명의 모습으로, 초원과 설산의 향기를 가득 품고 아버지에게 돌아왔다. 고귀하고 우아하며 신중하고 위엄 넘치는 모습, 이타적이며 대의를 지키는 품격, 강직하고 용감하고 충성스런 정신 그대로 나타나 아버지의 가슴을 두근거리게 만들었다. 오매불망 돌아가고 싶은 초원의 향기와 바람과 물빛을 생생하게 전해주고는 아스라이 사라졌다.

영원함이란 원래 그런 건가보다. 한번 지나간 이후에는 잡을 수도 돌이킬 수도 없는 것. 속절없이 아름다운 꿈으로만 남는 것.

아, 아버지의 짱아오도 그랬다. 다시는 돌아갈 수 없는, 우리의 영원한 꿈으로 남았다.

사실 이 책을 번역하기 전까지 티베트는 나에게 생소한 땅이었다. 그곳에 관해 알고 있는 몇 가지 지식도 고작 티베트는 중국에서 가장 낙후한 서북지방 중 하나이며 소수민족 자치구로 운영되고 있다는 것, 매우 가난한 시억이라는 식의 '편견'을 벗어나지 못했다.

나는 라싸루拉薩路라는 거리 근처에서 몇 년을 살았지만 그 지명이 티베트족 자치구의 성도에서 따온 이름임을 안 건 꽤 오랜 시간이 지나서였다.

이런 나의 무지와 편견을 뒤집고 티베트에 관한 진한 사랑과 애정을 가져다준 책이 바로 《짱아오》이다.

망망한 초원과 투명한 고원 호수, 만년설이 뒤덮은 설산, 천막집과 야크떼, 수많은 야생 동식물, 야생초처럼 자라나는 아이들, 절대자를 향한 순수한 신앙으로 살아가며 본래의 인간성을 지켜가려는 사람들, 야성을 잃고 살아가는 이 시대 맹수들의 마지막 표본이 된 짱아오……. 작가가 묘사하는 이 모든 이야기는 나에게 또 다른 세계를 알리는 경이가 되었다.

티베트는 히말라야 산맥 북서쪽 해발고도 4,000미터 이상인 티베트 고원 위에 자리잡고 있으며, 면적 122킬로미터(한반도의 6배, 중국 전체 국토의 23퍼센트), 인구는 약 265만 명이다. 주민 중 93퍼센트 이상이 티베트족이며 나머지는 몽골, 나시, 뭐 등의 민족으로 구성되어 있다고 한다.

이곳은 인류문명에 의해 파괴당하지 않은 지구상 몇 안 되는 처녀지 가운데 하나이다. 희귀한 식물종과 야생동물, 천연자원의 보고이며 아시아 대륙을 흐르는 주요 강들(브라마푸트라, 인더스, 메콩, 양쯔, 황하)이 발원하는 곳이다. 또 1만 5,000여 개의 자연호수가 있으며 연구보고서에 따르면 티베트에서 발원하는 강들은 세계 인구 47퍼센트, 아시아 인구 85퍼센트의 생명을 유지시킨다고 한다. 티베트에서 자라는 1만여 종의 고산식물은 대부분 그곳에만 자생하는 희귀종이며 이중 2,000여 종은 티베트, 중국과 인도의 전통의학에 사용되는 약용식물이라고 한다. 이 책을 잘 읽어보면 티베트가 얼마나 놀랍고 아름다운 축복의 땅인지 쉽게 알 수 있다.

이 소설은 티베트 주민자치구인 시짱西藏의 관문격인 칭하이성 위수초원, 티베트인 자치현을 배경으로 한다. 시간적 배경도 1949

년 공산당이 '티베트 해방'을 기치로 티베트를 접수한 후로부터 강제통합 이전, 즉 티베트인과 공산당 간에 아슬아슬 불안한 동거관계가 유지되던 무렵을 다룬다.

과거 티베트는 고유의 왕조를 가진 독립왕국이었다. 우리 역사책에 토번吐蕃이란 이름으로 등장하는 나라가 바로 현재 티베트의 전신이다. 7세기 티베트를 최초로 통일한 토번왕 송첸캄포는 당나라의 수도 시안西安을 공격할 정도로 세력이 강성했고, 당나라의 문성공주와 정략결혼을 요청하기에 이르렀다. 문성공주가 시집을 온 후, 제지술과 불교가 전래되었으며 티베트 문자도 만들어졌다. 이후 티베트는 정교혼합 체제를 이루며 일명 '라마교'로 불리는 티베트 불교를 꽃피워왔다.

13세기부터는 원·명·청에 조공을 바치며 그 영향권 아래 있었으나 티베트는 한국과 같이 그들만의 땅과 언어와 문화와 종교를 가진 엄연한 독립국가였다. 그러나 중국 정부의 무력 침략으로 인해 티베트의 사원은 파괴되고, 사유재산은 몰수되었으며, 승려는 강제 투옥되고 환속되었다.

책의 말미에서는 티베트의 모든 것을 처참하게 파괴했던 문화대혁명과 이제는 더 이상 야성을 간직할 수 없게 된 짱아오의 역사를 교차시키며 진한 슬픔을 불러일으키고 있다. 잘못된 미움과 분노와 적대감은 티베트의 문화와 전통, 짱아오의 야성과 위엄, 무엇보다도 인간 스스로 자랑스러워하던 인간성을 철저히 말살시켰다.

작가 양쯔쥔楊志軍의 말처럼 인간은 이제는 늑대가 되어버려 스스로는 인간성을 지켜낼 수 없게 된 것일까?

《짱아오》라는 이 한 권의 책을 번역하면서 간절히 소망했다. 티베트와 티베트인, 짱아오를 이해하는 데, 나아가 우리의 인간성을 지켜내는 데 이 책이 조그만 힘이라도 보탤 수 있기를.

마지막으로, 티베트와 그들의 삶에 대해 더 많이 이해하고 좋은 글을 쓸 수 있도록 격려와 조언을 아끼지 않았던 심서현 씨에게도 감사를 전한다.

옮긴이 이성희

옮긴이 **이성희**

이화여대 중문과를 졸업하고, 남경사범대 한어과를 졸업하였다. 남경 금릉언어교육
원의 한국어 강사로 재직하였다. 현재 SBS 번역대상 최종 심사기관으로 위촉된 (주)
엔터스코리아 중국어 번역가로 활동 중이다.
역서로《짱아오의 생존법칙》《뉘슈렌 전기》《인경학문의 활동》《관계의 기술》등 다
수가 있다.

# 짱아오 2

첫판 1쇄 펴낸날 2015년 7월 30일

지은이 | 양쯔췬
옮긴이 | 이성희
펴낸이 | 지평님
본문 조판 | 성인기획 (010)2569-9616
종이 공급 | 화인페이퍼 (02)338-2074
인쇄 | 중앙P&L (031)904-3600
제본 | 서정바인텍 (031)942-6006

펴낸곳 | 황소자리 출판사
출판등록 | 2003년 7월 4일 제2003-123호
주소 | 서울시 영등포구 양평로 21길 26 선유도역 1차 IS비즈타워 706호 (150-105)
대표전화 | (02)720-7542    팩시밀리 | (02)723-5467
E-mail | candide1968@hanmail.net

ⓒ 황소자리, 2015

ISBN 979-11-85093-15-4 04820
ISBN 979-11-85093-16-1 (전 2권)